# O PORTÃO DO OBELISCO

A TERRA PARTIDA: LIVRO DOIS

N. K. JEMISIN

Tradução
Aline Storto Pereira

Título original em inglês: *The Obelisk Gate*

Direção editorial: Victor Gomes
Coordenação editorial: Giovana Bomentre
Tradução: Aline Storto Pereira
Preparação: Cássio Yamamura
Revisão: Bruno Alves
Capa e design de capa: © 2016 Hachette Book Group. Inc. e Lauren Panepinto
Imagem de capa: © Arcangel Images
Adaptação da capa original: Marina Nogueira
Mapa: © Tim Paul
Projeto gráfico: Desenho Editorial
Diagramação: Elis Nunes



Dados Internacionais de Catalogação na Publicação (CIP)

J49p Jemisin, N.K.
O portão do obelisco/ N.K. Jemisin; Tradução Aline Storto Pereira. – São Paulo: Editora Morro Branco, 2018.
p. 512; 14x21cm.

ISBN: 978-85-92795-51-1

1. Literatura americana – Romance. 2. Ficção americana. I. Storto Pereira, Aline. II. Título.
CDD 813

Todos os direitos desta edição reservados à:
EDITORA MORRO BRANCO
Alameda Santos, 1357, 8º andar
01419-908 – São Paulo, SP – Brasil
Telefone (11) 3373-8168
www.editoramorrobranco.com.br

Impresso no Brasil
2021

*Para aqueles que*
*não têm escolha a não ser*
*preparar seus filhos para*
*o campo de batalha*

Placa Mínima
As Árticas
Tundra
Latmedianas do Norte
Placa Máxima

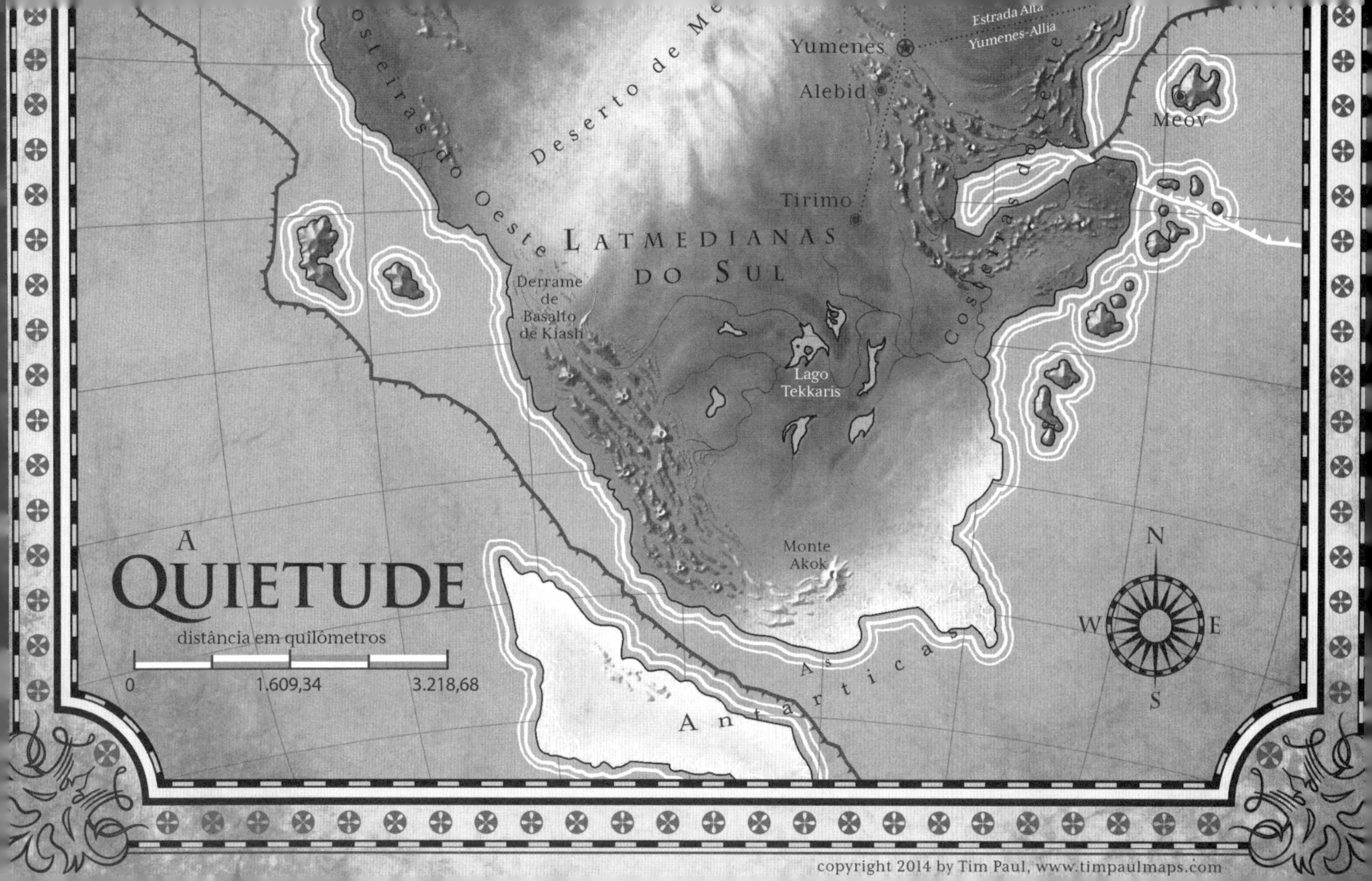
A QUIETUDE
distância em quilômetros
0
1.609,34
3.218,68
Yumenes
Estrada Alta
Yumenes-Allia
Alebid
Meov
Tirimo
Deserto de Me
osteiras do Oeste
Costeiras do Leste
LATMEDIANAS DO SUL
Derrame de Basalto de Kiash
Lago Tekkaris
Monte Akok
As Antárticas
N
S
W
E

# 1

## Nassun, em crise

Hmm. Não. Estou contando isso do jeito errado.

Afinal de contas, uma pessoa é ela mesma *e* os outros. Os relacionamentos esculpem a forma final de um ser. Damaya era ela mesma *e* a família que a rejeitou *e* as pessoas do Fulcro que a talharam até atingir o ponto ideal. Syenite era Alabaster *e* Innon *e* as pessoas das pobres e perdidas Allia e Meov. Agora, você é Tirimo *e* os andarilhos cobertos de cinzas na estrada *e* os seus filhos mortos... e também a filha viva que ainda resta. Que você vai recuperar.

Isso não é um *spoiler*. Você é Essun, afinal. Você já sabe disso. Não sabe?

Nassun em seguida, então. Nassun, que só tem oito anos quando o mundo acaba.

Não dá para saber o que passou pela mente da pequena Nassun quando ela voltou para casa do treinamento certa tarde para encontrar o irmão mais novo morto no chão da sala e o pai de pé sobre o cadáver. Podemos imaginar o que ela pensou, sentiu, fez. Podemos especular. Mas não vamos *saber*. Talvez seja melhor assim.

Eis aqui o que eu sei com certeza: sabe esse treinamento que eu mencionei? Nassun estava em treinamento para se tornar uma sabedorista.

A Quietude tem uma relação estranha com os autonomeados guardadores do Saber das Pedras. Há registros da existência de sabedoristas desde a suposta Estação da Casca de Ovo. Foi a Estação em que algum tipo de emissão de gases fez, durante muitos anos, todas as crianças nascidas nas Árticas terem ossos delicados que se quebravam com um toque e se encurvavam quando cresciam... se crescessem. (Os arqueomestas yumenescenses discutiram durante séculos sobre se isso poderia ter sido causado por estrôncio ou arsênio, e se ela deveria sequer ser contada como uma Estação, considerando que afetou apenas algumas centenas de milhares de pequenos bárbaros fracos e pálidos da tundra ao norte. Mas foi *nessa época* que os povos das Árticas ganharam a reputação de serem fracos.) Em torno de 25 mil anos, segundo os próprios sabedoristas, o que a maioria das pessoas acha tratar-se de uma mentira descarada. Na verdade, os sabedoristas são parte ainda mais antiga da vida na Quietude. A cifra de 25 mil anos atrás foi simplesmente quando o seu papel acabou distorcido até se tornar quase inútil.

Eles ainda estão por aí, embora tenham esquecido o quanto esqueceram. De algum modo, a ordem deles, se é que se pode chamar de ordem, sobrevive, apesar de a Primeira à Sétima Universidade repudiarem seu trabalho como sendo apócrifo e provavelmente inexato, e apesar de os governos de todas as eras poluírem o mesmo trabalho com campanhas políticas. E apesar das Estações, claro. Houve um tempo em que os sabedoristas vinham de uma raça chamada Regwo... costeiros do oeste que tinha pele de um tom vermelho desbotado e lábios naturalmente pretos, que veneravam a preservação da história da maneira como povos, em épocas menos amargas, veneravam deuses. Esculpiam o Saber das Pedras nas laterais de montanhas em tábuas de pedra tão altas quanto o céu, para que todos vissem e tivessem o conhecimento necessário para sobreviver. Lamentavelmente, na Quietude, destruir montanhas é tão fácil quanto um surto de birra de um bebê orogene. Destruir um povo só requer um pouco mais de esforço.

Então os sabedoristas não são mais Regwo, mas a maioria deles tinge os lábios de preto em memória dos Regwo. Não que ainda lembrem por quê. Agora é apenas o modo como se sabe que alguém é sabedorista: pelos lábios, além de pela pilha de tábuas de polímero que carregam, pelas roupas esfarrapadas que tendem a usar e pelo fato de que costumam não ter nomes de comu verdadeiros. Eles não são sem-comu, veja bem. Em tese, poderiam retornar às suas comus natais caso ocorresse uma Estação, embora, por uma questão profissional, tendam a vagar para longe a ponto de tornar o retorno impraticável. Na prática, muitas comunidades os acolherão, mesmo durante uma Estação, porque até a comunidade mais estoica quer entretenimento durante as longas noites frias. Por esse motivo, a maioria dos sabedoristas tem uma formação em artes – música e comédia e coisas do tipo. Eles também atuam como professores e cuidadores dos jovens em tempos em que não se pode prescindir de mais ninguém para essa tarefa e, o mais importante, eles servem como um lembrete vivo de que outros sobreviveram a coisas piores ao longo dos séculos. Toda comu precisa disso.

A sabedorista que veio a Tirimo se chama Renthree Sabedorista Pedra (todos os sabedoristas tomam o nome de comu Pedra e o nome de uso Sabedorista, sendo esta uma das castas de uso mais raras). Em grande parte, ela não é importante, mas há uma razão pela qual você deve saber a seu respeito. Ela foi outrora Renthree Reprodutora Tenteek, mas isso foi antes de se apaixonar por uma sabedorista que visitou Tenteek e seduziu a então jovem mulher, afastando-a de uma vida entediante como forjadora de vidros. Sua vida teria se tornado um pouquinho mais interessante se houvesse ocorrido uma Estação antes de sua partida, pois a responsabilidade de um Reprodutor nesses momentos é clara... e talvez também seja justamente esse fato que a incentivou a ir embora. Ou talvez tenha sido apenas a habitual loucura do amor dos jovens? É difícil dizer. A amante sabedorista de Renthree acabou deixando-a nos arredores da cidade equatorial de Penphen, com o coração partido e a cabeça cheia de Saber das Pedras, além de uma carteira cheia de jades lascadas e cabochões e um losango de madrepérola com a marca de uma pegada. Renthree gastou a madrepérola para encomendar seu próprio conjunto de tábuas a um britador, usou as lascas de jade para comprar suprimentos para viagem e para ficar em uma hospedaria durante os dias que o britador levou para terminar o trabalho, comprou muitas bebidas fortes em uma taverna com os cabochões. Então, recém-equipada e com as feridas cobertas de curativos, ela partiu sozinha. Assim se perpetua a profissão.

Quando Nassun aparece num pequeno posto intermediário onde ela abriu um estabelecimento, é possível que Renthree tenha pensado no próprio treinamento. (Não a parte da sedução; obviamente, Renthree gosta de mulheres mais velhas, ênfase em "mulheres". A parte sonhadora tola.) No dia anterior, Renthree passou por Tirimo, fazendo compras em bancas de feira e sorrindo alegremente com seus lábios manchados de preto a fim de anunciar a sua presença na área. Ela não viu Nassun, que voltava da creche para casa, parar e olhar com espanto e com uma repentina e irracional esperança.

Nassun matou aula hoje para vir encontrá-la e para trazer uma oferenda. Isso é tradicional – isto é, a oferenda, não filhas de professoras matarem aula. Dois adultos do vilarejo já estão no posto, sentados em um banco para ouvir Renthree falar, e a caneca de Renthree para recolher oferendas já se encheu de cacos de cores vivas facetados com a marca do distritante. Renthree pisca, surpresa ao ver Nassun: uma garota desengonçada que tem mais perna do que tronco, mais olhos do que rosto, e evidentemente nova demais para estar fora da creche tão cedo fora da época de colheita.

Nassun para no umbral da porta do posto, ofegando para recuperar o fôlego, o que contribui para uma entrada muito dramática. Os outros dois visitantes se viram para olhar para ela, a primogênita normalmente calada de Jija, e apenas a presença deles impede Nassun de deixar escapar as próprias intenções bem ali e naquele exato momento. Sua mãe lhe ensinou a ser muito circunspecta. (E vai ficar sabendo que ela cabulou aula. Nassun não se importa.) No entanto, ela engole em seco e vai até Renthree de imediato para lhe entregar algo: um pedaço escuro de rocha na qual se pode ver incrustado um diamante pequeno, quase cúbico.

Nassun não tem nenhum dinheiro além de sua mesada, entende, e ela já a havia gastado em livros e doces quando correu a notícia de que havia uma sabedorista no vilarejo. Mas ninguém em Tirimo sabe que existe uma mina de diamante potencialmente excelente na região... isto é, ninguém exceto orogenes. E só se estiverem procurando. Nassun foi a única que se deu ao trabalho em vários milhares de anos. Ela sabe que não deveria ter encontrado o diamante. Sua mãe lhe ensinou a não expor a orogenia e a não usá-la fora de sessões de prática cuidadosamente proscritas que elas realizam em um vale próximo a cada duas ou três semanas. Ninguém leva diamantes como moeda porque não podem ser fragmentados com facilidade para ser transformados em troco, mas ainda são úteis na indústria, na mineração e em coisas do tipo. Nassun sabe que ele tem algum valor, mas não tem ideia de que a pedra bonita que acabou de dar a Renthree vale uma ou duas casas. Ela só tem oito anos.

E Nassun fica tão entusiasmada quando percebe que Renthree arregala os olhos ao ver o fragmento cintilante despontando do pedaço preto de rocha que deixa de se importar com a presença dos outros dois e diz de forma brusca:

— Quero ser uma sabedorista também!

Nassun não faz ideia do que um sabedorista faz de fato, claro. Ela só sabe que quer muito, muito ir embora de Tirimo.

Falaremos mais sobre isso depois.

Renthree, que seria uma tola se recusasse a oferenda, não recusa. Mas não dá uma resposta a Nassun de cara, em parte porque ela acha que Nassun é uma gracinha e que sua afirmação não é diferente da paixão momentânea de qualquer outra criança (ela está correta, até certo ponto; mês passado, Nassun queria ser geoneira). Em vez disso, pede a Nassun que se sente, e então conta histórias para o seu pequeno público pelo resto da tarde, até o sol projetar longas sombras pelo vale abaixo e por entre as árvores. Quando os outros dois visitantes se levantam para ir para casa, eles olham para Nassun e jogam indiretas até ela relutantemente vir com eles, porque as pessoas de Tirimo não vão permitir que se diga que elas desrespeitaram uma sabedorista deixando uma criança falar com ela sem parar a noite toda.

Após a saída dos visitantes, Renthree alimenta o fogo e começa a preparar o jantar com um pouco de carne de porco e legumes e fubá que ela comprou em Tirimo no dia anterior. Enquanto espera o jantar cozinhar e come uma maçã, ela gira a pedra de Nassun nos dedos, fascinada. E preocupada.

Na manhã seguinte, ela se dirige a Tirimo. Algumas perguntas discretas a levam à casa de Nassun. Essun já saiu a essa altura, foi dar a última aula da sua carreira como professora de creche. Nassun também foi para a creche, embora esteja aguardando o tempo passar até poder fugir na hora do almoço para ir encontrar a sabedorista de novo. Jija está na "oficina", como ele chama o cômodo deslocado da casa que passa por porão, onde ele trabalha em encomendas com suas ferramentas ruidosas durante o dia. Uche está dormindo em um catre no mesmo cômodo. Ele consegue dormir com qualquer barulho. As canções da terra sempre foram suas cantigas de ninar.

Jija vem à porta quando Renthree bate e, por um instante, ela fica um pouco espantada. Jija é um vira-lata latmediano, igual a Essun, embora tenha herdado mais dos sanzed; ele é grande e musculoso, com pele de tom marrom e cabeça raspada. Intimidador. No entanto, o sorriso acolhedor no rosto dele é completamente verdadeiro, o que faz Renthree se sentir melhor quanto ao que decidiu fazer. Este é um bom homem. Ela não pode enganá-lo.

— Tome — diz ela, dando-lhe a pedra com o diamante. Ela não pode aceitar um presente tão valioso de uma criança, não em troca de algumas histórias e de um treinamento sobre o qual Nassun provavelmente vai mudar de ideia em alguns meses. Jija franze as sobrancelhas, confuso, e pega a pedra, agradecendo-a profusamente depois de ouvir a explicação. Ele promete contar sobre a generosidade e a integridade de Renthree a todos que puder, o que, com sorte, dará a ela mais oportunidades de praticar sua arte antes de partir do vilarejo.

Renthree vai embora, e esse é o fim da parte dela nesta história. É uma parte significativa, contudo, e foi por isso que falei dela a você.

Não houve um único motivo para Jija se voltar contra o filho, entenda. Com o passar dos anos, ele simplesmente havia notado coisas sobre a esposa e os filhos que atiçaram a suspeita nas profundezas de sua mente. Esse atiçamento havia se transformado em uma comichão, depois em absoluta irritação à altura em que essa história começa, mas a negação o impedia de continuar se preocupando com esse pensamento. Ele amava a família, afinal, e a verdade era simplesmente... impensável. Literalmente.

Ele ia acabar descobrindo, de um jeito ou de outro. Eu repito: *ele ia acabar descobrindo.* Não há ninguém a quem culpar a não ser ele.

Mas, se você quiser uma explicação simples, e se é que pode haver algum acontecimento que se tornou o ponto crítico, a última gota, o tampão quebrado no tubo de lava... foi essa pedra. Porque Jija conhecia pedras, sabe. Ele era um excelente britador. Ele conhecia pedras, conhecia Tirimo e sabia que veios de rocha ígnea de um antigo vulcão passavam por todo o terreno ao redor. A maioria não aflorava à superfície, mas era possível que Nassun pudesse, porventura, encontrar um diamante repousando em um lugar onde qualquer um poderia tê-lo pegado. Improvável. Porém, possível.

Essa compreensão flutua na superfície da mente de Jija pelo resto do dia depois que Renthree vai embora. A verdade está abaixo da superfície, um leviatã esperando para se desenrolar, mas as águas de seu pensamento estão plácidas por enquanto. A negação é poderosa.

Mas aí Uche acorda. Jija o conduz até a saleta, perguntando-lhe se está com fome; Uche diz que não está. Então Uche sorri para Jija e, com a sensibilidade infalível de uma poderosa criança orogene, ele se orienta em direção ao bolso de Jija e pergunta:

— Por que tem um brilho aí, papai?

As palavras, na linguagem cheia de ceceios de um bebê, são bonitinhas. O conhecimento que ele possui, porque a pedra de fato está no bolso de Jija e era impossível que Uche pudesse saber que ela estava lá, o condena.

Nassun não sabe que começou com a pedra. Quando você a vir, não conte a ela.

Quando Nassun volta para casa naquela tarde, Uche já está morto. Jija está na saleta, respirando pesado, de pé sobre o cadáver dele, que está esfriando. Não requer muito esforço espancar uma criança pequena até a morte, mas ele hiperventilou ao fazê-lo. Quando Nassun entra, ainda não há dióxido de carbono suficiente na corrente sanguínea de Jija; ele está tonto, trêmulo, gelado. Irracional. Então, quando Nassun se detém bruscamente à entrada da saleta, olhando para o quadro e apenas lentamente entendendo o que vê, Jija fala sem pensar:

— Você também é?

Ele é um homem grande. É uma pergunta em tom alto, penetrante, e Nassun se sobressalta. Ela levanta os olhos em direção a ele, em vez de mantê-los no corpo de Uche, o que salva sua vida. A cor cinzenta dos seus olhos é de sua mãe, mas o formato do rosto é de Jija. Só o fato de vê-la o afasta um pouco do estado de pânico primitivo no qual ele havia entrado.

Ela também diz a verdade. Isso ajuda, porque ele não teria acreditado em nenhuma outra coisa.

— Sim — ela responde.

Nassun não está realmente com medo nesse momento. A imagem do corpo do irmão e a recusa de sua mente em interpretar o que está vendo paralisaram toda a cognição dentro dela. Ela nem sabe ao certo o que Jija está perguntando, uma vez que compreender o contexto das palavras dele exigiria que admitisse que as manchas nos pulsos do pai são sangue e que seu irmão não está apenas dormindo no chão. Ela não pode. Não naquele exato momento. Mas, não havendo mais nenhum pensamento coerente, e como as crianças fazem às vezes em situações extremas, Nassun... recua. O que ela vê a assusta, mesmo que ela não entenda por quê. E dos dois genitores, Nassun sempre foi mais próxima de Jija. Ela também é a favorita dele: a primogênita, a que ele nunca esperou ter, a que tem seu rosto e seu senso de humor. Ela gosta das comidas favoritas dele. Jija tivera vagas esperanças de que ela seguisse seus passos como britador.

Então, quando Nassun começa a chorar, não sabe ao certo por quê. E, enquanto seus pensamentos guincham e seu coração grita, ela dá um passo em direção ao pai. Os punhos dele se cerram, mas ela não consegue vê-lo como uma ameaça. Ele é seu pai. Ela quer consolo.

— Papai — ela diz.

Jija vacila. Pisca. Olha como se nunca a houvesse visto.

Percebe. Não pode matá-la. Mesmo que ela seja... não. Ela é a menininha dele.

Nassun dá mais um passo à frente, estendendo os braços. Ele não consegue obrigar-se a se afastar, mas se mantém imóvel. Ela agarra o seu punho mais próximo. Ele está sobre Uche, cada perna a um lado do corpo; ela não consegue agarrar a sua cintura da maneira como quer. Entretanto, pressiona o rosto contra o seu bíceps, tão reconfortantemente forte. Ela estremece, e ele sente as lágrimas da filha rolando pela sua pele.

Ele fica ali, a respiração desacelerando aos poucos, os punhos se abrindo aos poucos, enquanto ela chora. Passado certo tempo, Jija se vira para olhá-la em cheio, e Nassun envolve sua cintura com os braços. Virar para ficar de frente a ela requer que ele dê as costas para o que fez com Uche. É um movimento fácil.

— Pegue as suas coisas — ele murmura para ela. — Como se você fosse passar algumas noites com a Vovó. — A mãe de Jija se casou outra vez alguns anos atrás e agora ela mora em Sume, o vilarejo do outro lado do vale, que em breve será destruído por completo.

— Nós vamos para lá? — pergunta Nassun, com o rosto contra a barriga dele.

Ele toca a parte de trás da cabeça dela. Ele sempre faz isso porque ela sempre gostou do gesto. Quando era bebê, ela soltava sons afetuosos mais altos quando ele a segurava com a mão em concha naquele lugar. Isso se devia ao fato de os sensapinae se localizarem naquela região do cérebro e, quando ele a toca nesse ponto, ela consegue percebê-lo de forma mais completa, como os orogenes fazem. Nenhum deles jamais soube por que ela gosta tanto disso.

— Vamos a um lugar onde você pode ficar melhor — diz ele em um tom delicado. — Um lugar que me falaram, onde podem ajudar você. — Torná-la a menininha dele de novo, e não... Jija se afasta desse pensamento também.

Ela engole em seco, depois aquiesce e dá um passo para trás, olhando para ele.

— A mamãe vem também?

Algo passa pelo rosto de Jija, sutil como um terremoto.

— Não.

E Nassun, que estava totalmente preparada para partir ao pôr do sol com uma sabedorista, fugindo de casa de fato para escapar da mãe, relaxa enfim.

— Tudo bem, papai — ela diz, e se dirige ao quarto para preparar a bagagem.

Enquanto a menina se afasta, Jija fica olhando para ela por um longo instante, sem respirar. Ele dá as costas a Uche outra vez, pega suas próprias coisas e vai para fora para atrelar o cavalo à carroça. Dentro de uma hora, eles partem em direção ao sul, com o fim do mundo no seu encalço.

✦ ✦ ✦

NOS TEMPOS DE JYAMARIA, QUE MORREU NA ESTAÇÃO DO DESERTO AFOGADO, PENSAVA-SE QUE DAR O FILHO MAIS NOVO AO MAR IMPEDIRIA QUE ELE VIESSE À EM TERRA E LEVASSE O RESTO.

*– DE "O LUGAR DO REPRODUTOR", CONTO SABEDORISTA REGISTRADO NO DISTRITANTE DE HANL, NAS REGIÕES COSTEIRAS DO OESTE PERTO DA PENÍNSULA PARTIDA. APÓCRIFO.*

# 2

# VOCÊ, CONTINUAÇÃO

— Uma o quê? — você pergunta.

— Uma lua — Alabaster, monstro amado, louco são, o orogene mais poderoso em toda a Quietude e, no momento, lanche de uma comedora de pedra, olha para você. Isso tem toda aquela antiga intensidade, e você sente a vontade dele, a coisa que o torna a força da natureza que ele é, quase como uma presença física contida no olhar. Os Guardiões foram tolos de algum dia considerá-lo domado. — Um satélite.

— Um *o quê*?

Ele faz um ruído de frustração. Ele continua exatamente o mesmo – exceto pelo fato de ter sido parcialmente transformado em pedra – que era nos tempos em que vocês eram menos do que amantes e mais do que amigos. Dez anos e outra personalidade atrás.

— A astronomestria não é bobagem — diz ele. — Sei que ensinaram isso a você, todo mundo na Quietude pensa que é um desperdício de energia estudar o céu quando é a terra que está tentando nos matar, mas, pelos fogos da Terra, Syen. Pensei que você já tivesse aprendido a questionar um pouco mais o *status quo* a essa altura.

— Eu tinha mais o que fazer — você responde de forma brusca, do mesmíssimo modo como costumava responder. Mas pensar nos velhos tempos faz você pensar no que esteve fazendo nesse ínterim. E isso faz você pensar em sua filha viva, no seu filho morto e no seu futuro-muito-ex-marido, e você se encolhe fisicamente. — E meu nome é Essun agora, já falei.

— Que seja. — Com um suspiro gemido, Alabaster se senta com cuidado outra vez contra a parede. — Dizem que você veio para cá com uma geomesta. Peça a ela que explique para você. Eu não tenho muita energia hoje em dia. — Porque ser comido provavelmente causa certo desgaste. — Você não respondeu minha primeira pergunta. Você ainda consegue?

*Você consegue chamar os obeliscos para virem até você?* É uma pergunta que não fez sentido da primeira vez que ele a fez, possivelmente porque você se distraiu percebendo que ele a) estava vivo, b) estava virando pedra e c) era o orogene responsável por rachar o continente ao meio e desencadear uma Estação que pode nunca terminar.

— Os obeliscos? — Você chacoalha a cabeça, sentindo-se mais confusa do que em negação. Seu olhar vagueia para o estranho objeto perto da cama dele, que tem a aparência de uma faca de vidro cor-de-rosa excessivamente comprida e passa a sensação de um obelisco, embora isso seja impossível. — O quê... não. Eu não sei. Não tento desde Meov.

Ele geme baixinho, fechando os olhos.

— Pelas ferrugens, como você é inútil, Syen. Essun. Nunca teve respeito pelo ofício.

— Eu respeito, só não...

— Só o suficiente para sobreviver, o suficiente para se sobressair, mas só para ganhar alguma coisa. Eles lhe disseram a que altura pular e você não pulou nem um pouco a mais, tudo para conseguir um apartamento bom e outro anel...

— Para ter privacidade, seu imbecil, e um pouco de controle sobre a minha vida, além de um pouco de respeito ferrugento...

— Você deu mesmo *ouvidos* àquele seu Guardião, embora não dê ouvidos a ninguém...

— Ei. — Dez anos como professora deram à voz dela uma aspereza de obsidiana. Alabaster de fato interrompe o falatório e olha para você, piscando. Bem baixinho, você diz: — Você sabe muito bem por que eu dava ouvidos a ele.

Segue-se um momento de silêncio. Vocês dois usam esse tempo para se reorganizarem.

— Tem razão — ele diz enfim. — Me desculpe. — Porque todos os Orogenes Imperiais dão (davam) ouvidos aos Guardiões designados a eles. Aqueles que não davam morriam ou acabavam em uma estação de ligação. Exceto, mais uma vez, por Alabaster; você nunca descobriu o que ele fez com a Guardiã dele.

Você faz um aceno rígido, oferecendo trégua.

— Desculpas aceitas.

Ele respira com cautela, parecendo cansado.

— Tente, Essun. Tente alcançar um obelisco. Hoje. Eu preciso saber.

— Por quê? O que é esse negócio com um selênita? O quê...

— *Satélite*. E tudo isso é irrelevante se você não puder controlar os obeliscos. — Os olhos dele na verdade estão se fechando aos poucos. Isso deve ser é uma coisa boa. Ele vai precisar ter forças se quiser sobreviver ao que quer que esteja lhe acontecendo. Se é que se pode sobreviver àquilo. — Pior do que irrelevante. Você lembra por que eu não contava sobre os obeliscos a você para começar, não lembra?

Sim. Uma vez, antes que você prestasse atenção naqueles grandes cristais flutuantes parcialmente reais no céu, você pediu a Alabaster que explicasse como ele realizava algumas de suas incríveis façanhas de orogenia. Ele não quis lhe contar, e você o odiou por isso, mas agora você sabe como esse conhecimento era perigoso. Se você não houvesse entendido que os obeliscos eram amplificadores, amplificadores de *orogenia*, você jamais teria sintonizado o granada para se salvar do ataque de um Guardião. Mas, se o obelisco granada não estivesse ele próprio meio morto, rachado e recheado com um comedor de pedra paralisado, isso a teria matado. Você não tinha a força, o autocontrole, para impedir que o poder torrasse você do cérebro para baixo.

E agora Alabaster quer que você sintonize um deles de propósito, para ver o que acontece.

Alabaster conhece a sua cara.

— Vai lá ver — ele diz. Depois, seus olhos se fecham por completo. Você ouve um leve chiado em sua respiração, como cascalho em seus pulmões. — O topázio está flutuando em algum lugar aqui por perto. Chame-o hoje à noite, então veja de manhã… — Abruptamente, ele parece enfraquecer, perdendo as forças. — Veja se ele veio. Se ele não tiver vindo, me conte, e eu vou achar outra pessoa. Ou fazer o que puder por conta própria.

Encontrar quem, fazer o quê, você não consegue nem imaginar.

— Mesmo assim você ainda vai me contar do que se trata?

— Não. Porque, apesar de tudo, Essun, eu não quero que você morra. — Ele respira fundo, solta o ar devagar. As palavras subsequentes são mais suaves do que de costume. — É bom ver você.

Você precisa conter a mandíbula para responder.

— É.

Ele não fala mais nada, e isso é despedida suficiente para os dois.

Você se levanta, olhando de relance para a comedora de pedra que está por perto. Alabaster a chama de Antimony. Ela fica parada como uma estátua do modo como eles fazem, seus olhos pretos demais observando você de maneira fixa demais e, embora sua postura seja algo clássico, você pensa que há um toque de ironia nela. Ela está com a cabeça elegantemente inclinada, uma das mãos no quadril e a outra erguida e posicionada com os dedos relaxados, acenando em nenhuma direção em particular. Talvez seja um gesto sensual, talvez seja um adeus sarcástico, talvez seja aquela coisa que as pessoas fazem quando têm um segredo e querem que você saiba, mas não querem contar o que é.

— Cuide dele — você diz a ela.

— Como eu cuidaria de qualquer coisa preciosa — responde ela sem mexer a boca.

Você não vai nem começar a tentar interpretar isso. Você se dirige outra vez à entrada da enfermaria, onde Hoa está à sua espera. Hoa, que parece um menino humano muito estranho, que, de algum modo, é na verdade um comedor de pedra e que trata você como a coisa preciosa dele.

Ele observa você com um olhar infeliz, como tem feito desde que você se deu conta do que ele era. Você chacoalha a cabeça e passa por ele a caminho da saída. Ele a segue rápido.

É o começo da noite na comu de Castrima. É difícil notar, já que a suave luz branca do geodo gigantesco, impossivelmente emitida a partir dos cristais maciços que compõem a sua substância, nunca muda. As pessoas andam atarefadas de um lado a outro, carregando coisas, gritando umas com as outras, cuidando de suas atividades costumeiras sem a necessária desaceleração que ocorreria em outras comus com a redução da luz. Será difícil dormir por alguns dias, você supõe, pelo menos até você se acostumar. Não importa. Os obeliscos não se importam com o período do dia.

Lerna esteve esperando educadamente do lado de fora enquanto você e Hoa se encontravam com Alabaster e

Antimony. Ele entra na fila quando vocês saem, com um ar de expectativa.

— Preciso ir à superfície — você diz.

Lerna faz uma careta.

— Os guardas não vão deixar você subir, Essun. Não se confia em pessoas novas na comu. A sobrevivência de Castrima depende de ela continuar em segredo.

Ver Alabaster de novo trouxe de volta muitas das velhas lembranças, além da velha teimosia.

— Eles podem tentar me deter.

Lerna para de andar.

— E então você vai fazer o que fez em Tirimo?

Que inferno ferrugento. Você para também, balançando um pouco com a força desse golpe. Hoa para junto, olhando para Lerna de forma pensativa. Lerna não os está encarando. A expressão em seu rosto é vazia demais para ser intencional. Maldição. Tudo bem.

Depois de um instante, Lerna suspira e reage.

— Vamos procurar Ykka — ele diz. — Contamos a ela o que precisamos. Vamos *pedir* para ir lá em cima... com guardas, se ela quiser. Tudo bem?

É tão sensato que você não sabe por que nem ao menos considerou fazer isso. Bem, você sabe por quê. Ykka pode ser uma orogene como você, mas você passou muitos anos sendo prejudicada e traída por outros orogenes no Fulcro; sabe que não deve confiar nela só porque ela é da Sua Gente. Mas deveria dar uma chance a ela porque ela é da Sua Gente.

— Certo — você responde, então vai atrás dele procurar Ykka.

O apartamento de Ykka não é maior do que o seu, e não se distingue de nenhuma maneira, embora seja a casa da chefe da comu. É só mais um apartamento entalhado por meios desconhecidos em uma das laterais de um gigantesco cristal branco e brilhante. Duas pessoas esperam do lado de fora, entretanto, uma recostada contra o cristal e outra olhando por sobre o corrimão para a amplidão de Castrima. Lerna se posiciona atrás deles e orienta você a fazer o mesmo. É justo esperar a sua vez, e os obeliscos não vão a parte alguma.

A mulher observando a vista dá uma olhada e examina você de cima a baixo. Ela é um pouco mais velha, sanzed, embora de pele mais escura do que a maioria, e o monte de cabelo que ela tem é de cinzas sopradas, levemente crespo, tornando-o uma nuvem frisada em vez de apenas uma nuvem grossa. Ela tem alguns traços dos costeiros do leste. E dos costeiros do oeste também: seus olhos são epicânticos e seu olhar é avaliador, cauteloso e indiferente.

— Você é a recém-chegada — ela diz. Não é uma pergunta.

Você aquiesce em resposta.

— Essun.

Ela dá um sorriso torto, e você pisca os olhos. Os dentes dela foram lixados até ficarem pontiagudos, embora os sanzeds supostamente tenham deixado de fazer isso há séculos. Era ruim para a reputação deles, depois da Estação dos Dentes.

— Hjarka Liderança Castrima. Bem-vinda ao nosso pequeno buraco na terra. — O sorriso dela fica maior. Você contém uma careta ao ouvir o trocadilho, embora esteja pensando também, após ouvir o nome dela. Costuma ser má notícia quando uma comu tem uma casta Liderança que não está no comando. Líderes insatisfeitos têm o péssimo hábito de fomentar golpes durante as crises. Mas isso é um problema para Ykka resolver, não você.

A outra pessoa esperando, o homem recostado contra o cristal, não parece estar observando você… mas os olhos dele não se mexem para acompanhar o que quer que ele esteja olhando, lá ao longe. Ele é magro, mais baixo do que você, com um cabelo e uma barba que fazem você pensar em morangos crescendo em meio ao feno. Você imagina a delicada pressão da atenção indireta dele. Você *não* imagina o zumbido de instinto que lhe diz que ele é outro da sua espécie. Já que ele não reconhece a sua presença, você não lhe diz nada.

— Ele chegou alguns meses atrás — conta Lerna, desviando a sua atenção dos seus vizinhos. Por um momento, você se pergunta se ele se refere ao homem-com-cabelo-de-morango-e-feno, então você percebe que ele está se referindo a Alabaster. — Simplesmente apareceu no meio daquilo que é usado como praça da cidade dentro do geodo… o Topo Plano. — Ele meneia a cabeça para algo atrás de você, e você se vira, tentando entender do que está falando. Ah: ali, em meio aos muitos cristais pontudos de Castrima, existe um que parece ter sido cortado pela metade, formando uma ampla plataforma hexagonal posicionada e elevada próximo ao centro da comu. Várias pontes com escadas se conectavam a ele, e há cadeiras e um parapeito. Topo Plano.

Lerna continua.

— Não houve nenhum aviso. Ao que parece, os orogenes não sensaram nada, e os quietos que estavam de guarda não viram nada. Ele e aquela comedora de pedra dele de súbito simplesmente estavam… lá.

Ele não vê você franzir a testa, surpresa. Você nunca ouviu um quieto usar a palavra *quieto* antes.

— Talvez os comedores de pedra soubessem que ele estava a caminho, mas eles raramente falam com qualquer um exceto os seus escolhidos. E, nesse caso, não fizeram nem isso. — O olhar de Lerna se dirige a Hoa, que está ignorando-o cuidadosamente neste exato momento. Lerna chacoalha a cabeça. — Ykka tentou expulsá-lo, claro, embora tivesse lhe oferecido uma morte misericordiosa se ele quisesse. Mas ele fez alguma coisa quando ela chamou os Costas-fortes. A luz se apagou. O fluxo de ar e de água parou. Só por um minuto, mas pareceu um ano. Quando ele deixou que tudo voltasse a funcionar, todos estavam transtornados. Então Ykka disse que ele podia ficar, que iríamos tratar dos ferimentos dele.

*Bem a cara de Alabaster.*

— Ele é um dez-anéis — você diz. — E um babaca. Dê o que ele quiser e seja simpático.

— Ele é do Fulcro? — Lerna respira, aparentemente admirado. — Pelos fogos da Terra. Eu não fazia ideia de que algum orogene imperial tivesse sobrevivido.

Você olha para ele, surpresa demais para achar graça. Mas como ele poderia saber? Outro pensamento a deixa séria.

— Ele está virando pedra — você diz em voz baixa.

— Sim. — Responde Lerna com pesar. — Nunca vi nada igual. E está piorando. No dia em que ele chegou, só os dedos dele é que... que a comedora de pedra tinha... levado. Não vi como essa condição piora. Ele tem o cuidado de fazer isso só quando eu e meus assistentes não estamos por perto. Não sei se ela está fazendo isso com ele de alguma maneira, ou se ele faz consigo mesmo, ou... — Ele chacoalha a cabeça. — Quando eu pergunto, ele apenas sorri e diz: "Só mais um pouco, por favor. Estou esperando alguém". — Pensativo, Lerna franze a testa, olhando para você.

E ainda há isso: de algum modo, Alabaster sabia que você estava vindo. Ou talvez não soubesse. Talvez estivesse esperando que viesse alguém, qualquer um, com a habilidade necessária. Havia boas chances neste lugar, com Ykka de alguma forma chamando todos os roggas em um raio de quilômetros. Você apenas será aquilo que ele estava esperando se for capaz de invocar um obelisco.

Após alguns instantes, Ykka põe a cabeça para fora do apartamento através da cortina. Ela acena a cabeça para Hjarka, olha para o Cabelo de Morango e Feno até ele suspirar e se virar para encará-la, depois avista você e Lerna e Hoa.

— Ah. Ei. Ótimo. Entrem todos vocês.

Você começa a protestar.

— Preciso conversar com você em particular.

Ela olha de volta para você. Você pisca os olhos, confusa, perplexa, irritada. Ela continua olhando. Lerna muda o peso de uma perna para a outra atrás de você, uma pressão silenciosa. Hoa se limita a observar, seguindo suas ações. Enfim você compreende a mensagem: a comu é dela, as regras são dela e, se você quiser viver aqui... Você suspira e entra na fila atrás dos outros.

Dentro do apartamento estava mais quente do que na maior parte da comu, e mais escuro; a cortina fazia a diferença, apesar de as paredes brilharem. Faz parecer que é noite, o que provavelmente é verdade, lá em cima. Uma boa ideia para a sua própria casa, você pondera... antes de se conter, porque não deveria estar pensando em longo prazo. E então você se contém outra vez, porque perdeu o rastro de Nassun e Jija, então *deveria* pensar em longo prazo. E aí...

— Certo — diz Ykka, parecendo entediada enquanto caminha para se sentar em um divã simples e baixo, de pernas cruzadas, o queixo apoiado em um dos punhos. Os outros também se sentam, mas ela está olhando para você.

— Eu já estava pensando em algumas mudanças. Vocês dois chegaram num momento conveniente.

Por um instante, você pensa que ela está incluindo Lerna nesse "vocês dois", mas ele se senta no divã mais próximo ao dela, e há alguma coisa, certa tranquilidade ou conforto nos seus modos, que lhe dizem que ele já ouviu isso antes. Ela está falando de Hoa, então. Hoa se senta no chão, o que o faz parecer-se ainda mais com uma criança... embora não seja. É estranho como é difícil para você se lembrar disso.

Você se senta com cautela.

— Conveniente para quê?

— Eu ainda acho que isso não é uma boa ideia — diz Morango e Feno. Ele está olhando para você, embora seu rosto esteja voltado para Ykka. — Não sabemos nada sobre essas pessoas, Yeek.

— Sabemos que eles sobreviveram lá fora até ontem — diz Hjarka, inclinando-se para o lado e apoiando o cotovelo no braço do divã. — Já é alguma coisa.

— Não é nada — teimou Morango e Feno (você realmente quer saber o nome dele). — Nossos caçadores conseguem sobreviver lá fora.

Caçadores. Você pisca os olhos. Essa é uma das velhas castas de uso... uma das que foram descontinuadas pela Lei Imperial, então ninguém mais faz parte dela de nascença. As sociedades civilizadas não precisam de caçadores-coletores. O fato de Castrima sentir necessidade de tal função revela mais sobre o estado da comu do que qualquer outra coisa que Ykka tenha contado.

— Nossos caçadores conhecem o terreno, e os nossos Costas-fortes também, é — diz Hjarka. — *Aqui por perto*. Os recém-chegados sabem mais sobre como estão as condições além do nosso território... as pessoas, os danos, todo o resto.

— Não tenho certeza se sei algo de útil — você começa. Mas ao mesmo tempo em que diz isso, você franze a testa, porque se lembra daquele detalhe que começou a perceber há algumas hospedarias. As faixas ou os trapos de fina seda nos pulsos de muitos equatoriais. Os olhares pouco receptivos que eles lhe lançavam, a concentração deles, enquanto outros se sentavam em estado de choque. Em todos os acampamentos, você os viu analisar os outros sobreviventes, escolhendo quaisquer sanzeds que estavam mais bem-equipados ou mais saudáveis ou senão saindo-se melhor do que a média. Falando com esses escolhidos em voz baixa. Partindo na manhã seguinte em grupos maiores do que aqueles com que haviam chegado.

Será que isso significa alguma coisa? Semelhantes se restringindo a semelhantes são velhos costumes, mas há muito tempo as raças e as nações não têm importância. Comunidades com um propósito e especialização diversificada são mais eficientes, como comprovou o Velho Sanze. No entanto, Yumenes a essa altura é um monte de escombros no fundo de uma fissura, e as leis e os velhos costumes do Império não têm mais valor. Talvez em alguns anos você tenha que deixar Castrima e achar uma comu cheia de latmedianos como você, que tenham pele de tom marrom, mas não muito escuro, que sejam grandes, mas não muito, que tenham cabelo enrolado ou crespo, mas não de cinzas sopradas nem liso. Nesse caso, Nassun pode vir com você.

Mas por quanto tempo conseguiriam esconder o que são? Nenhuma comu quer roggas. Nenhuma comu exceto esta.

— Vocês sabem mais do que nós — disse Ykka, interpretando a sua distração. — E, de qualquer forma, não tenho paciência para discutir isso. Vou dizer a vocês o que disse a ele algumas semanas atrás. — Ela inclina a cabeça, apontando para Lerna. — Preciso de conselheiros, pessoas que conheçam esta Estação do céu ao chão. Vocês são essas pessoas até eu substituí-los.

Você fica mais do que apenas um pouco surpresa.

— Eu não sei nenhum detalhe ferrugento sobre esta comu!

— Este é o meu trabalho... e o dele, e o dela. — Ykka gesticula para Morango e Feno e para Hjarka. — Em todo caso, você vai ficar sabendo.

Você permanece de boca aberta. Então lhe ocorre que ela incluiu Hoa nesta reunião, não incluiu?

— Pelos fogos da Terra e pelas pencas de ferrugem, você quer um *comedor de pedra* como conselheiro?

— Por que não? Eles estão aqui também. Mais deles do que imaginamos. — Ela se concentra em Hoa, que a observa com expressão imperscrutável. — Foi o que você me disse.

— É verdade — diz ele em voz baixa. Depois acrescenta: — Mas não posso falar por eles. E não fazemos parte da sua comu.

Ykka se abaixa para lançar-lhe um olhar duro. Sua expressão oscila entre hostil e cautelosa.

— Você tem um impacto na nossa comu, mesmo que seja como uma ameaça em potencial — ela diz. Transfere o olhar para você.

— E aqueles a quem vocês, ahn, estão ligados, *fazem* parte dessa comu. Vocês se importam com o que acontece com eles, pelo menos. Não se importa?

Você se dá conta de que não vê a comedora de pedra de Ykka, a mulher com o cabelo cor de rubi, há algumas horas.

Porém, isso não significa que ela não esteja por perto. Você aprendeu a não confiar em ausências aparentes com Antimony. Hoa não diz nada em resposta a Ykka. De repente, você fica irracionalmente feliz que ele tenha se dado ao trabalho de permanecer visível para você.

— Quanto a por que você, e por que o médico — diz Ykka, endireitando-se e falando com você, mesmo que esteja olhando para Hoa —, é porque preciso de um misto de pontos de vista. Uma Líder, mesmo que não queira liderar. — Ela olha para Hjarka. — Outro rogga local, que não pensa duas vezes antes de dizer o quanto acha que eu sou idiota. — Ela acena para Morango e Feno, que dá um suspiro. — Um resistente e médico, que conhece a estrada. Um comedor de pedra. Eu. E você, Essun, que poderia matar todos nós. — Ela dá um sorriso forçado. — Faz sentido te dar um motivo para não fazer isso.

Você não faz ideia de como responder. Você pensa, por um breve instante, que Ykka deveria convidar Alabaster para o seu círculo de conselheiros então, se a habilidade de destruir Castrima é uma qualificação. Mas isso poderia levar a perguntas embaraçosas.

— Vocês dois são daqui? — você pergunta para Hjarka e para Morango e Feno.

— Não — responde Hjarka.

— Sim — retruca Ykka. Hjarka a encara. — Você vive aqui desde a sua juventude, Hjar.

Hjarka dá de ombros.

— Ninguém se lembra disso, só você, Yeek.

— Eu nasci e fui criado aqui — diz Morango e Feno.

Dois orogenes que sobreviveram até a idade adulta em uma comu que não os matou.

— Qual é o seu nome?

— Cutter Costa-forte. — Você espera. Ele sorri com metade da boca apenas, mas não com os olhos.

— O segredo de Cutter não foi descoberto, por assim dizer, enquanto estávamos crescendo — conta Ykka. Ela está encostada contra a parede atrás do divã agora, esfregando os olhos como se estivesse cansada. — De qualquer forma, as pessoas acabaram adivinhando. Os boatos foram suficientes para impedir que ele fosse adotado pela comu sob o comando do chefe anterior. Claro que eu já ofereci lhe dar o nome meia dúzia de vezes.

— Se eu abrir mão de "Costa-forte" — retruca Cutter. Ele continua sorrindo daquele jeito.

Ykka abaixa a mão. Sua mandíbula está tensa.

— Negar o que você é não impediu que as pessoas soubessem o que você é.

— E fazer alarde não foi o que salvou você.

Ykka respira fundo. Ela mexe os músculos da mandíbula, relaxando-os.

— E esse é o motivo pelo qual eu te pedi para fazer isso, Cutter. Mas vamos seguir adiante.

E assim prossegue a conversa.

Você fica ali sentada durante a reunião, tentando entender a natureza oculta daquilo onde está se metendo, ainda sem acreditar que está neste lugar, enquanto Ykka expõe todos os problemas que assolam Castrima. São coisas nas quais você jamais tivera que pensar antes: reclamações de que a água quente nas piscinas comunitárias não está quente o bastante. Uma grave escassez de oleiros e uma superabundância de pessoas que sabem costurar. Fungo em uma das cavernas usadas como celeiro; uma quantia de suprimento que seria suficiente para vários meses teria que ser queimada para não contaminar o resto. Escassez de carne. Você passou da obsessão por uma única pessoa para a preocupação com várias. É um tanto repentino.

— Eu acabei de tomar banho — você fala sem pensar, tentando sair de um estado de atordoamento. — A água estava boa.

— Claro que você achou que estava boa. Passou meses vivendo sem o mínimo de condições básicas, tomando banho em riachos gelados, se é que se dava ao trabalho. Muitas das pessoas de Castrima nunca viveram sem serviços geotermais confiáveis e torneiras ajustáveis. — Ykka esfrega os olhos. Já faz aproximadamente uma hora que estão em reunião, mas parece mais. — Cada um tem o próprio jeito de enfrentar uma Estação.

Reclamar de bobagens não parece enfrentar para você, mas tudo bem.

— Ter pouca carne é realmente um problema — diz Lerna, franzindo o cenho. — Percebi que as cotas das últimas comus não tinham carne alguma, nem ovos.

A expressão de Ykka se torna mais sombria.

— Sim. É por isso. — Por atenção a você, ela acrescenta: — Nós não temos campos verdejantes nesta comu, caso ainda não tenha notado. O solo aqui em volta é pobre, serve para jardinagem, mas não para plantar grama ou feno. Além do mais, nos últimos anos antes de essa Estação começar, todo mundo estava tão ocupado discutindo se deveríamos reconstruir o velho muro anterior à Estação da Asfixia que ninguém pensou em fazer um acordo com uma comu agricultora por algumas dezenas de carregamentos de bom solo. — Ela suspira, esfregando a ponte do nariz. — De qualquer forma, não dá para trazer a maior parte do gado pelos poços da mina e pelas escadas. Não sei no que a gente estava pensando, tentando viver aqui embaixo. É exatamente por isso que preciso de ajuda.

Sua exaustão não é nenhuma surpresa, mas a disposição em admitir o erro sim. É também preocupante. Você diz:

— Uma comu só pode ter um líder durante uma Estação.

— Sim, e esse líder ainda sou eu. Não se esqueça. — Poderia ser um alerta, mas não parece. Você suspeita que seja apenas uma aceitação prática de seu lugar em Castrima: as pessoas a escolheram e, por enquanto, confiavam nela. Eles não conhecem você, nem Lerna, nem Hoa e, ao que parece, não confiam em Hjarka e em Cutter. Vocês precisam dela mais do que ela precisa de qualquer um de vocês. No entanto, Ykka chacoalha a cabeça abruptamente.

— Não posso mais falar sobre essa merda.

Ótimo, porque a iminente sensação de afastamento (nesta manhã, você estava pensando na estrada, e na sobrevivência, e em Nassun) está começando a parecer-lhe insuportável.

— Preciso ir lá em cima.

É uma mudança de assunto abrupta demais, aparentemente inesperada e, por um instante, todos eles olham para você.

— Para que ferrugens? — pergunta Ykka.

— Alabaster. — Ykka olha sem parecer entender. — O dez-anéis na sua enfermaria? Ele me pediu para fazer uma coisa.

Ykka faz uma careta.

— Ah. Ele. — Você não consegue deixar de sorrir ao ver essa reação. — Interessante. Ele não conversou com ninguém desde que chegou aqui. Só fica lá usando os nossos antibióticos e comendo a nossa comida.

— Acabei de fazer um lote de penicilina, Ykka — Lerna revira os olhos.

— É o princípio da coisa.

Você suspeita que Alabaster vem contendo os microtremores locais e quaisquer tremores secundários vindos do norte, o que seria mais do que suficiente para conquistar seu direito de ficar ali. Mas se Ykka não consegue sensar isso por conta própria, é inútil explicar... e você ainda não sabe ao certo se pode confiar nela a ponto de falar sobre Alabaster.

— Ele é um velho amigo. — Isso. Esse é um bom resumo, embora incompleto.

— Ele não parecia do tipo que tem amigos. Você também não. — Ela observa você durante um longo instante. — Você é uma dez-anéis também?

Seus dedos flexionam involuntariamente.

— Já usei seis anéis um dia. — Lerna vira a cabeça e fica olhando para você. Bem. O rosto de Cutter se contrai de um jeito que você não consegue interpretar. Você acrescenta: — Alabaster foi meu mentor quando eu ainda estava no Fulcro.

— Entendo. E o que é que ele quer que você faça lá em cima?

Você abre a boca, depois fecha. Não consegue deixar de olhar para Hjarka, que bufa e se põe de pé, e Lerna, cuja expressão endurece quando percebe que você não quer falar na frente dele. Ele merece mais do que isso, mas ainda assim... ele é um quieto. Enfim você diz:

— É coisa de orogene.

É um argumento fraco. O rosto de Lerna assume um ar inexpressivo, mas seu olhar é duro. Hjarka acena e se dirige à cortina.

— Então eu estou fora. Venha, Cutter. Já que você é só um Costa-forte. — Ela solta uma risada.

Cutter enrijece, mas, para sua surpresa, levanta-se e sai atrás dela. Você olha para Lerna por um momento, mas ele cruza os braços. Não vai a lugar algum. Tudo bem. Depois disso, Ykka parece cética.

— O que é isso, uma última lição do seu velho mentor? Ele obviamente não vai viver por muito mais tempo.

Sua mandíbula enrijece antes que você possa evitar.

— Isso nós ainda vamos ver.

Ykka parece pensativa por um instante, e então acena a cabeça com firmeza, levantando-se.

— Tudo bem, então. Só espere eu reunir alguns Costas-fortes e a gente já vai.

— Espere, você vem junto? Por quê?

— Curiosidade. Quero ver o que uma seis anéis do Fulcro consegue fazer. — Ela sorri para você e pega o colete comprido de pele que estava usando quando você a viu pela primeira vez. — Talvez ver se eu consigo fazer também.

Você estremece violentamente diante da ideia de uma selvagem autodidata tentando se conectar a um obelisco.

— Não.

O rosto de Ykka assume uma expressão de desânimo. Lerna encara você, não acreditando que tenha conseguido alcançar o seu objetivo e então colocá-lo a perder no mesmo fôlego. Depressa, você se corrige.

— É perigoso mesmo para mim, e eu já fiz isso antes.

— Isso?

Bem, chega disso. É mais seguro que ela não saiba, mas Lerna está certo: você tem que ganhar a confiança dessa mulher se for viver em sua comu.

— Prometa que não vai tentar, se eu te contar.

— Não vou fazer nenhuma promessa ferrugenta. Não conheço você. — Ykka cruza os braços. Você é uma mulher grande, mas ela é um pouco maior, e o cabelo não ajuda. Muitos sanzeds gostam de deixar seus cabelos de cinzas sopradas crescerem até formar uma grande juba volumosa como a dela. É uma questão de intimidação animal, e funciona se eles têm a confiança necessária para dar-lhe apoio. Ykka tem confiança de sobra.

Mas você tem conhecimento. Você dá um impulso para se levantar e a olha nos olhos.

— Você não consegue — você diz, desejando que ela acredite. — Você não tem treinamento.

— Você não sabe que tipo de treinamento eu tenho.

E você pisca os olhos, lembrando-se daquele momento lá em cima quando você percebeu que havia perdido o rastro de Nassun e quase enlouqueceu. Aquela estranha e difusa lufada de poder que ela lançou e que passou por você como um tapa, mas mais gentil, e orogênico de algum modo. Além disso, há o pequeno truque dela de atrair orogenes de um raio de quilômetros em direção a Castrima. Ykka pode não usar anéis, mas orogenia não tem a ver com classificações.

Não há escolha então.

— Um obelisco — você diz, cedendo. Você olha para Lerna; ele pisca os olhos e franze o cenho. — Alabaster quer que eu chame um obelisco. Vou ver se consigo.

Para sua surpresa, Ykka concorda com a cabeça, seus olhos brilhando.

— A-há! Sempre pensei que tinha algo com essas coisas. Vamos lá, então. Eu com certeza quero ver isso.

Ah. Merda.

Ykka veste o colete.

— Me dê meia hora, depois me encontre no Mirante Panorâmico. — É a entrada de Castrima, aquela pequena plataforma onde os recém-chegados sempre pasmam com a estranheza de uma comu dentro de um geodo gigantesco. Tendo dito isso, ela passa por você e sai do apartamento.

Chacoalhando a cabeça, você olha para Lerna. Ele faz um breve aceno; quer ir também. Hoa? Ele simplesmente toma seu lugar de costume atrás de você, mirando-a de forma plácida, como se dissesse, "*você tinha alguma dúvida?*". Então, agora são um grupo.

Ykka encontra vocês no mirante dentro de meia hora. Com ela estão outros quatro castrimenses, armados e vestidos com roupas em tons desbotados e cinzentos para se camuflarem na superfície. Subir é mais difícil do que descer: muitos estirões morro acima, muitas escadas. Você não perde tanto o fôlego quanto algumas pessoas do grupo de Ykka ao fim do trajeto, mas você passou muito tempo caminhando quilômetros todos os dias enquanto eles viviam com segurança e conforto na cidade subterrânea. (Ykka, você percebe, só respira um pouco mais pesado. Ela está mantendo a forma.) Vocês acabam chegando enfim ao porão falso de uma das casas que servem de chamariz na superfície. Não é o mesmo portão pelo qual você entrou, o que não deveria surpreendê-la; claro que o "portão" deles tem múltiplas entradas e saídas. As passagens subterrâneas são mais complicadas do que você havia pensado de início... algo importante para ter em mente, caso algum dia tenha que sair às pressas.

A casa-chamariz tem sentinelas Costas-fortes como a outra, alguns protegendo a entrada do porão e alguns de fato na casa lá em cima, vigiando a estrada lá fora. Quando as sentinelas da casa lhes dão permissão, vocês saem em meio à chuva de cinzas daquele fim de tarde.

Depois de, o quê, menos de um dia no geodo de Castrima? É impressionante como a superfície parece estranha para você. Pela primeira vez em semanas você *percebe* o odor de enxofre no ar, a neblina prateada, o suave e incessante tamborilar de grandes flocos de cinzas no chão e folhas mortas. O silêncio, que faz você se dar conta de como a Castrima-de-baixo é barulhenta, com pessoas conversando e roldanas rangendo e forjas tinindo, além do zunido onipresente do estranho maquinário oculto do geodo. Aqui em cima, não há nada. As árvores perderam as folhas; nada se move em meio aos detritos dissecados com bordas curvas. Não é possível ouvir nenhum canto por entre os galhos; a maioria dos pássaros para de marcar território e de acasalar durante uma Estação, e o canto só atrai predadores. Nenhum outro ruído de animal. Não há viajantes na estrada, embora você possa notar que as cinzas estão mais finas. Pessoas passaram por aqui recentemente. Exceto por esses detalhes, contudo, até o vento está parado. O sol se pôs, embora ainda haja bastante luz no céu. As nuvens, mesmo aqui no extremo sul, ainda refletem a Fenda.

— Movimento? — pergunta Ykka a uma das sentinelas.

— Um grupo que parecia ser uma família uns quarenta minutos atrás — ele responde, mantendo a voz em um tom apropriadamente baixo. — Bem-equipados. Talvez vinte pessoas, de todas as idades, todos sanzeds. Viajando para o norte.

Isso faz todos olharem para ele. Ykka repete:

— Para o norte?

— Para o norte. — A sentinela, que tem os mais lindos olhos com cílios longos, olha de volta para Ykka e encolhe os ombros. — Pareciam ter um destino em mente.

— Hum. — Ela cruza os braços, estremecendo um pouco, embora não esteja particularmente frio ali fora; o frio de uma Quinta Estação leva meses para se estabelecer por completo. A Castrima-de-baixo é tão cálida que, para alguém acostumado a ela, a Castrima-de-cima é gelada. Ou talvez Ykka esteja apenas reagindo à desolação da comu ao seu redor. Tantas casas silenciosas, jardins mortos e trilhas obstruídas pelas cinzas onde as pessoas um dia caminharam. Você vinha pensando na superfície da comu como isca... e é, um chamariz com a finalidade de atrair os desejáveis e distrair os hostis. No entanto, foi também uma comu de verdade outrora, viva e iluminada e tudo, menos quieta.

— E então? — Ykka respira fundo e sorri, mas você pensa que o sorriso dela é forçado. Ela indica as nuvens baixas de fumaça com a cabeça. — Se você precisar *ver* essa coisa, acho que não vai ter muita sorte tão cedo.

Ela está certa: o ar é uma névoa de cinzas, e você não consegue ver nada além das nuvens em formato de gota e tingidas de vermelho. Você sai da varanda e olha para o céu mesmo assim, sem saber ao certo como começar. Você também não tem certeza *se* deveria começar. Afinal de contas, nas duas primeiras vezes que tentou interagir com um obelisco, você quase morreu. Além disso, há o fato de que Alabaster quer que você faça isso quando foi ele quem destruiu o mundo. Talvez você não devesse fazer nada do que ele pede.

Mas ele nunca magoou você. O mundo sim, mas ele não. Talvez o mundo merecesse ser destruído. E talvez ele tenha ganhado um pouco da sua confiança depois de todos esses anos.

Então você fecha os olhos e tenta acalmar os pensamentos. *Há* sons a serem ouvidos à sua volta, você enfim percebe. Chiados suaves e estalos, à medida que as partes da Castrima-de-cima feitas de madeira reagem ao peso das cinzas ou à mudança do calor presente no ar. Várias coisas se mexendo entre as hastes de plantas secas em um jardim próximo. Um dos castrimenses está respirando de forma bastante barulhenta por algum motivo.

Um agito ligeiramente quente na terra sob os seus pés. Não. Direção errada.

Na verdade, há cinzas suficientes no céu a ponto de você conseguir meio que captar as nuvens com a consciência. Cinzas são pedra em pó, afinal. Mas não são as nuvens que você quer. Você as apalpa como faria com os estratos da terra, sem saber ao certo o que está procurando...

— Isso ainda vai demorar muito? — suspira um dos castrimenses.

— Por quê, você tem algum compromisso? — responde Ykka de forma arrastada.

Ele é insignificante. Ele é...

Ele é...

Algo atrai você abruptamente para o oeste. Você estremece e se vira para ficar de frente para esse algo, puxando o ar ao se lembrar de uma noite há muito tempo em uma comu chamada Allia e de um outro obelisco. O ametista. *Ele não precisava* vê-lo, *precisava* ficar de frente para ele. Linhas de visão, linhas de força. Sim. E ali, em um ponto muito longínquo da sua linha de atenção, você sensa a sua consciência sendo atraída em direção a algo pesado e... escuro.

Escuro, *tão* escuro. Alabaster disse que seria o topázio, não disse? Não é. Parece meio que familiar, faz você lembrar do granada. Não do ametista. Por quê? O granada estava quebrado, louco (você não sabe por que esse pensamento lhe vem à mente), mas, além disso, ele era também mais poderoso, de certa forma, embora *poder* seja uma palavra simples demais para o que essas coisas contêm. Riqueza. Estranheza. Cores mais escuras, maior potencial? Mas, se esse for o caso...

— Ônix — você diz em voz alta, abrindo os olhos.

Outros obeliscos rumorejam pela periferia da sua linha de visão, mais próximos, possíveis, mas não respondem a esse seu chamado quase instintivo. O obelisco escuro está tão distante, bem além das Costeiras do Oeste, em alguma parte do Mar Desconhecido. Mesmo voando, poderia levar meses para chegar. Mas.

Mas. O ônix *ouve* você. Você sabe disso da mesma maneira que um dia soube que seus filhos a haviam ouvido, mesmo que fingissem ignorá-la. Ele se vira devagar, misteriosos processos despertando pela primeira vez em uma era da terra, emitindo um rompante de som e vibração que sacode o mar em quilômetros de profundidade. (Como você sabe disso? Você não está sensando. Simplesmente sabe.)

Então ele começa a vir. Maldita Terra comedora.

Você se retrai para a linha que leva a você mesma. Ao longo do caminho, algo capta a sua atenção e, quase como uma reflexão tardia, você o chama também: o topázio. É mais leve, mais vivaz, está muito mais próximo e, de certo modo, mais receptivo, talvez porque você perceba um pouco de Alabaster em seus interstícios, como um pedaço de casca de fruta cítrica em um prato de comida salgada. Ele o preparou para você.

Então, você volta depressa a si e se vira para Ykka, que está franzindo o cenho para você.

— Você acompanhou isso?

Ela chacoalha a cabeça devagar, mas não em negação. De alguma maneira, ela entendeu em parte. Você consegue ver isso na expressão no rosto dela.

— Eu... aquilo foi... alguma coisa. Não sei bem o quê.

— Não sintonize nenhum dos dois, quando chegarem aqui. — Porque você tem certeza de que estão vindo. — Não sintonize nenhum deles. Nunca. — Você reluta em dizer "obelisco". Demasiados quietos por perto e, mesmo que ainda não a tenham matado, quietos nunca precisam saber que algo pode tornar os orogenes ainda mais perigosos do que já são.

— O que aconteceria se eu sintonizasse? — É uma pergunta de curiosidade sincera, não de desafio, mas algumas perguntas são perigosas.

Você decide ser honesta.

— Você morreria. Não sei ao certo como. — Na verdade, você está bastante certa de que ela sofreria combustão espontânea e se tornaria, aos gritos, uma coluna incandescente de fogo e força, possivelmente levando Castrima inteira com ela. Mas você não tem certeza absoluta, então se atém ao que sabe. — Os... essas coisas são como as baterias que algumas comus equatoriais usam. — Merda. — Usavam. Já ouviu falar? Uma bateria armazena energia de modo que haja eletricidade mesmo se o sistema hidro não estiver fluindo ou o sistema geo tiver...

Ykka parece ofendida. Bem, ela é sanzed; eles inventaram a bateria.

— Eu sei o que é uma bateria ferrugenta! Ao primeiro sinal de tremor, você tem que lidar com queimaduras com ácido em cima de tudo quanto é coisa, só por causa de um pouco de energia armazenada. — Ela chacoalha a cabeça. — Isso que você está falando não é uma *bateria*.

— Estavam fazendo baterias de açúcar quando saí de Yumenes — você diz. Ela também não está usando a palavra "obelisco". Ótimo; ela entende. — É mais seguro do que ácido e metal. Existe mais de uma maneira de fazer baterias. Mas, se uma bateria for forte demais para o circuito em que é ligada... — Você imagina que essa parte é suficiente para transmitir a ideia.

Ykka chacoalha a cabeça outra vez, mas você acha que ela acredita em você. Enquanto ela se vira e começa a andar de um lado a outro, você repara em Lerna. Ele esteve calado esse tempo todo, ouvindo vocês duas conversarem. Agora, parece mergulhado em pensamentos, o que a incomoda. Você não gosta que um quieto esteja pensando tanto nesse assunto.

Mas então ele a surpreende.

— Ykka, quantos anos você acha que esta comu tem de verdade?

Ela para e franze o cenho para ele. Os outros castrimenses se remexem, como se estivessem se sentindo pouco à vontade. Talvez os incomode ser lembrados de que vivem nas ruínas de uma civextinta.

— Não faço ideia. Por quê?

Ele encolhe os ombros.

— Só estou pensando nas semelhanças.

Aí você entende. Os cristais da Castrima-de-baixo que brilham por algum meio que você não consegue entender. Os cristais que flutuam no céu por algum meio que você não consegue entender. Ambos mecanismos a ser usados por orogenes e mais ninguém.

Comedores de pedra demonstrando um interesse excessivo por orogenes que usam qualquer um dos dois. Você olha para Hoa de relance.

Mas Hoa não está olhando para o céu nem para você. Ele saiu da varanda, agachou-se no chão coberto de cinzas logo ao lado da passarela e ficou olhando para alguma coisa. Você segue o olhar dele e vê um montículo naquilo que foi um dia o pátio da frente da casa ao lado. Parece apenas mais uma pilha de cinzas, talvez com quase um metro de altura, mas então você percebe um minúsculo pé dissecado de algum animal despontando em um canto. Um gato, talvez, ou um coelho. Provavelmente, há dezenas de pequenas carcaças por aqui, enterradas nas cinzas: o início da Estação deve ter causado enorme mortandade. Mas é estranho que essa carcaça pareça ter acumulado muito mais cinzas do que o chão ao redor.

— Morreu há tempo demais para comermos, garoto — diz um dos homens, que também reparou em Hoa e obviamente não faz ideia do que o "garoto" é. Hoa olha para ele piscando os olhos e morde o lábio com o grau perfeito de inquietação. Ele representa o papel de criança tão bem. Depois se levanta e vem até você, e você se dá conta de que ele não está só atuando. Algo de fato o amedrontou.

— Outras coisas vão vir comê-lo — ele diz a você bem baixinho. — Nós devíamos ir.

O quê?

— Você não tem medo de nada.

Ele aperta a mandíbula. Mandíbula cheia de dentes de diamante. Músculos sobre ossos de diamante? Não é de estranhar que ele nunca tenha deixado você tentar levantá-lo; deve ser pesado feito mármore. Mas ele diz:

— Tenho medo de coisas que vão te machucar.

E... você acredita nele. Porque, de súbito, você percebe: esse tem sido o ponto comum de todos os comportamentos estranhos de Hoa até agora. A disposição dele em enfrentar o kirkhusa, que poderia ter sido rápido demais mesmo para a sua orogenia. A ferocidade dele para com outros comedores de pedra. Ele está protegendo você. Tão poucos tentaram protegê-la ao longo da sua vida. É o impulso que faz você erguer uma das mãos e passar pelo cabelo branco esquisito dele. Hoa pisca os olhos. Algo passa por eles que pode ser qualquer coisa, menos inumano.

Você não sabe o que pensar. No entanto, esse é o motivo pelo qual você dá ouvidos a ele.

— Vamos — você diz a Ykka e aos outros. Você fez o que Alabaster pediu. Você supõe que ele não ficará descontente com o obelisco *extra* quando lhe contar... se é que ele já não sabe. Agora, talvez enfim ele lhe contará o que ferrugens está acontecendo.

✦ ✦ ✦

ANTES, REÚNA EM UMA ROCHA ESTÁVEL SUPRIMENTO SUFICIENTE POR UM ANO PARA CADA CIDADÃO: DEZ REGULATAS DE GRÃOS, CINCO DE LEGUME, UM QUARTO DE TROCATA DE FRUTAS SECAS E MEIA ESTOCATA DE GORDURA, QUEIJO OU CARNE CONSERVADA. MULTIPLIQUE PELA QUANTIDADE DE ANOS DE VIDA DESEJADOS. DEPOIS, GUARDE SOBRE UMA ROCHA ESTÁVEL COM PELO MENOS TRÊS ALMAS COSTAS-FORTES POR ESCONDERIJO DE PROVISÕES: UM PARA VIGIAR O ESCONDERIJO, DOIS PARA VIGIAR O VIGIA.

– *TÁBUA UM, "DA SOBREVIVÊNCIA", VERSÍCULO QUATRO*

# 3

## Schaffa, esquecido

Sim. Você é ele também, ou era até antes de Meov. Mas agora ele é outra pessoa.

\+ \+ \+

A força que despedaça o *Clalsu* é orogenia aplicada ao ar. A orogenia não é para ser aplicada ao ar, mas não existe nenhum motivo real para não funcionar. Syenite já teve experiência usando orogenia na água, em Allia e depois dela. Há minerais na água e, da mesma forma, partículas de poeira no ar. O ar tem calor e fricção e massa e potencial cinético, da mesma forma que a terra; as moléculas de ar só estão mais distantes, os átomos têm um formato diferente. De qualquer modo, o envolvimento de um obelisco torna todos esses detalhes meramente conceituais.

Schaffa sabe o que está por vir no instante em que sente o pulsar do obelisco. Ele é velho, bem velho, o Guardião de Syenite. Tão velho. Ele sabe o que comedores de pedra fazem com orogenes poderosos sempre que têm a oportunidade e sabe por que é crucial manter os olhos dos orogenes no chão e não no céu. Ele viu o que acontece quando um quatro-anéis (é assim que ainda vê Syenite) se conecta com um obelisco. Ele se preocupa de verdade com ela, você percebe (já ela não percebe). Nem tudo tem a ver com controle. Syenite é a sua pequenina, e Schaffa a protegeu mais do que ela imagina. A ideia de que ela tenha uma morte agonizante lhe é insuportável. Isso é irônico, considerando o que acontece a seguir.

No momento em que Syenite se retesa e sua silhueta fica envolta em luz, e o ar dentro do minúsculo compartimento dianteiro do *Clalsu* estremece e se transforma em uma parede quase sólida de energia incontrolável, Schaffa por acaso estava a um lado de um tabique suspenso, e não na frente dele. Seu companheiro, o Guardião que acaba de matar o amante selvagem de Syenite, não tem tanta sorte: quando a energia o joga para trás, o tabique se desprende da parede na altura e no ângulo certos para decapitá-lo antes de cair. Schaffa, contudo, é atirado para trás e sai voando pelo espaçoso porão do *Clalsu*, que está vazio porque já faz algum tempo que o navio não sai para uma temporada de pirataria. Há espaço suficiente para a velocidade dele diminuir um pouco e para a maior parte da potência do golpe de Syenite passar por ele. Quando enfim bate em um tabique, é com força suficiente apenas para quebrar ossos, não pulverizá-los. E o tabique está cedendo, dobrando-se com todo o resto do navio quando o Guardião bate contra ele. Isso também ajuda.

Então, quando pontudas e cortantes estacas de leito de rocha do fundo do oceano começam a irromper em meio à explosão dos destroços, Schaffa se vê com sorte outra vez: nenhuma delas perfura seu corpo. Syenite está perdida no obelisco a essa altura, perdida nas primeiras pontadas de uma dor que dará origem a tremores secundários até mesmo ao longo da vida de Essun. (Schaffa viu a mão dela sobre o rosto da criança, cobrindo a boca e o nariz, pressionando. Incompreensível. Será que ela não sabia que Schaffa amaria seu filho do mesmo modo como a amava? Ele deitaria o menino com cuidado, com tanto cuidado, na cadeira de arame.) Ela faz parte de algo vasto e totalmente poderoso agora, e Schaffa, que um dia foi a pessoa mais importante do seu mundo, não significa nada para ela. De alguma forma, ele tem consciência disso, mesmo enquanto voa em meio à tempestade, e esse conhecimento deixa uma profunda ferida em seu coração. Em seguida, está na água e está morrendo.

É difícil matar um Guardião. As muitas fraturas que Schaffa sofreu e o dano aos seus órgãos por si só não bastariam para tal tarefa. Mesmo o afogamento não seria problema em circunstâncias normais. Guardiões são diferentes. Mas eles têm limites, e afogamento *mais* falência de órgãos *mais* contusão é suficiente para ultrapassá-los. Ele se dá conta disso enquanto cai girando na água, fazendo ricochetear pedaços de pedra e destroços do navio destruído. Ele não sabe qual direção leva para cima, exceto que uma delas parece um pouco mais clara do que a outra, mas está sendo arrastado para longe pela parte posterior da embarcação, que afunda depressa. Endireita-se, bate em uma pedra, recupera-se e tenta nadar contra a corrente, apesar de um dos seus braços estar quebrado. Não há nada em seus pulmões. O golpe arrancou-lhe o ar e ele está tentando não respirar água, porque, se o fizer, com certeza morrerá. Ele não pode morrer. Ainda há tanto a fazer.

Mas ele é, em grande parte, só humano e – à medida que aumenta a terrível pressão, surgem pontos pretos na sua visão e todo o corpo fica dormente com o peso da água – sem conseguir evitar, engole um bom tanto. *Dói*: ácido hidroclorídrico no peito, ardor na garganta, e ainda nada de ar. Além de tudo (ele pode suportar o resto, já suportou coisas piores em sua vida longa e horrível), de repente aquilo é demais para a racionalidade organizada e cautelosa que guiou e protegeu a mente de Schaffa até o momento.

Ele entra em pânico.

Os Guardiões nunca devem entrar em pânico. Ele sabe disso; existem bons motivos para não entrarem. Mas ele entra mesmo assim, debatendo-se e gritando enquanto é puxado para a escuridão fria. Ele quer viver. Esse é o primeiro e o pior pecado para alguém da sua espécie.

O pavor que sente se desvanece de súbito. Mau sinal. É substituído no momento seguinte por uma cólera tão poderosa que apaga todo o resto. O Guardião para de gritar e treme de raiva, mas, mesmo nesse momento, ele sabe: essa cólera não é dele. Em seu pânico, ele se expôs ao perigo, e o perigo que teme mais do que todos os outros vem entrando pela porta como se já fosse o dono do lugar.

Ele lhe diz: *Se quiser viver, podemos dar um jeito.*

Oh, Terra Cruel.

Mais ofertas, promessas, sugestões e suas recompensas. Schaffa pode ter mais poder... poder suficiente para lutar contra a corrente, e contra a dor, contra a falta de oxigênio. Ele pode sobreviver... se pagar um preço.

Não. Não. Ele sabe qual é o preço. É melhor morrer do que pagá-lo. Mas decidir morrer é uma coisa, levar a cabo essa decisão enquanto se está morrendo é outra bem diferente.

Algo queima na parte de trás do crânio de Schaffa. É um ardor frio, não como aquele no nariz e na garganta e no peito. Algo ali está despertando, aquecendo-se, acumulando-se. Pronto para o colapso de sua resistência.

*Todos nós fazemos o que precisa ser feito*, vêm os sussurros do sedutor, e esse é o mesmo raciocínio que Schaffa muitas vezes usou consigo mesmo ao longo dos séculos. Justificando demasiadas atrocidades. A pessoa faz o que é necessário, pelo dever. Pela vida.

Isso basta. Aquela presença fria toma conta dele.

O poder se espalha pelos seus membros. Após apenas algumas batidas de coração reiniciadas de repente, os ossos quebrados se uniram e os órgãos retomaram suas funções normais, ainda que com algumas soluções alternativas devido à falta de oxigênio. Ele se contorce na água e começa a nadar, sentindo a direção que deve seguir. Não para cima, não mais; de repente, ele encontra oxigênio na água que está respirando. O Guardião não tem guelras, no entanto, seus alvéolos de súbito absorvem mais do que ele deveria ser capaz de absorver. Porém, é só um pouco de oxigênio... não é sequer o suficiente para suprir seu corpo de maneira adequada. Algumas células morrem, sobretudo em uma parte muito particular de seu cérebro. Ele tem horrível e absoluta consciência disso. Tem consciência da lenta morte de tudo o que o torna *Schaffa*. Mas é preciso pagar o preço.

Ele luta contra aquilo, é claro. A raiva tenta fazê-lo avançar, mantê-lo debaixo d'água, mas ele sabe que *tudo* o que faz parte dele morrerá se ficar ali. Então, ele nada para a frente e também para cima, semicerrando os olhos em meio à escuridão, em vista da luz. Isso leva um longo e agonizante tempo. Mas ao menos parte da raiva que carrega dentro de si é sua de fato, fúria por ter sido forçado a ocupar essa posição, ira para consigo mesmo por ter sucumbido, e tudo o faz aguentar firme até mesmo quando suas mãos e seus pés começam a formigar. Mas...

Ele alcança a superfície. Rompe a superfície. Concentra-se muito em não entrar em pânico enquanto vomita água, expele ainda mais água tossindo e, por fim, puxa o ar. Dói tanto. Entretanto, a morte é interrompida com a primeira respiração. Seu cérebro e seus membros obtêm tudo de que precisam. Ele ainda vê pontos pretos, ainda sente aquele frio horrível na parte de trás do crânio, mas ele é Schaffa. *Schaffa*. Ele se agarra a essa noção e afasta com unhas, dentes e grunhidos o frio que o invadia. Pelos fogos da Terra, ele ainda é Schaffa e não vai se permitir esquecer isso.

(Mas ele perde tantas outras coisas. Entenda: o Schaffa que conhecíamos até agora, o Schaffa que Damaya aprendeu a temer e Syenite aprendeu a desafiar, agora está morto. O que resta é um homem com o hábito de sorrir, um instinto paterno distorcido e uma raiva que não é de todo sua orientando todas as suas ações deste ponto em diante.

Talvez você lamente esse Schaffa que se perdeu. Tudo bem se lamentar. Ele foi parte de você um dia.)

Ele volta a nadar. Depois de umas sete horas (essa é a força que as lembranças lhe deram), ele vê o cone ainda fumegante de Allia no horizonte. A distância até lá é maior do que seguir direto para a praia, mas ele ajusta a direção e nada em rumo a ela. Haverá ajuda ali, de algum modo ele sabe.

O sol já se pôs faz tempo agora, escureceu por completo. A água está fria, e ele sente sede e dor. Por sorte, nenhum dos monstros das profundezas o ataca. A única ameaça verdadeira que enfrenta é a própria determinação, além da dúvida sobre ela falhar na batalha contra o mar ou contra a fria ira que consome sua mente. Não ajuda muito o fato de estar sozinho a não ser pelas estrelas indiferentes... e o obelisco. Ele o vê uma vez, quando olha para trás: um oscilante vulto agora sem cor no reluzente céu noturno. Não parece estar mais distante do que quando, do convés do navio, ele o notou pela primeira vez e o ignorou para se concentrar em sua presa. Deveria ter prestado mais atenção, deveria tê-lo estudado para ver se estava se aproximando, deveria ter se lembrado de que até mesmo um quatro-anéis pode ser uma ameaça nas circunstâncias certas, e...

Ele franze a testa, pausando por um momento para boiar de costas. (Isso é perigoso. A fadiga na mesma hora começa a tomar conta. O poder que o sustenta não dá conta de tudo.)

Ele olha para o obelisco. Um quatro-anéis. Quem? Tenta se lembrar. Havia alguém... importante.

Não. Ele é Schaffa. Essa é a única coisa que importa. Ele volta a nadar.

Quase ao amanhecer, sente areia preta e áspera sob os pés. Sai da água aos tropeços, alheio a si mesmo e ao movimento dos seus membros na terra, meio que rastejando. Atrás dele, a arrebentação recua; há uma árvore adiante. Ele desmaia sobre suas raízes e faz algo que se assemelha a dormir. Parece mais com um coma.

Quando acorda, o sol está alto e ele está ardendo de dores de todos os tipos: pulmões doloridos, membros doídos, latejantes fraturas não curadas em ossos menos importantes, garganta seca, pele rachando. (E outra dor mais profunda.) Ele grunhe e algo lança uma sombra sobre o seu rosto.

— Você está bem? — pergunta uma voz que soa como aquilo que ele sente. Áspera, seca, baixa.

Ele abre devagar os olhos para ver um homem agachado à sua frente. O homem é costeiro do leste, magro e envelhecido, já sem boa parte do cabelo enrolado, exceto por uma faixa na parte de trás da cabeça. Quando Schaffa olha ao redor, vê que estão em uma pequena enseada coberta pela sombra de árvores. O barco a remo do velho foi trazido até a praia, não muito longe dali. Dá para ver uma vara de pescar despontando para fora. As árvores da enseada estão todas mortas e a areia debaixo de Schaffa está cheia de cinzas; eles ainda estão bem perto do vulcão que foi Allia.

Como ele chegou até ali? Ele se lembra de ter nadado. Por que estava na água? Essa parte desvaneceu.

— Eu... — começa Schaffa, e engasga com a própria língua seca e inchada. O velho o ajuda a se sentar, depois lhe oferece um cantil aberto. Uma água salobra e com gosto de couro nunca pareceu tão doce. O velho afasta a água dele após alguns goles, o que Schaffa sabe ser sensato, mas ainda assim resmunga e tenta alcançar o cantil uma vez. Mas só uma vez. Ele é forte o bastante para não implorar.

(O vazio dentro dele não é apenas sede.)

Ele tenta se concentrar.

— Eu. — Dessa vez é mais fácil falar. — Eu... não sei se estou bem.

— Naufrágio? — O velho vira o pescoço para dar uma olhada em volta. A pouca distância, bem visível, está a cordilheira de pedras cortantes que Syenite ergueu da ilha dos piratas até o continente. — Você estava lá? O que foi aquilo, algum tipo de tremor?

Parece impossível que o velho não saiba... mas sempre impressionava Schaffa como as pessoas comuns entendiam pouco do mundo. (Sempre? *Sempre* o impressionou tanto assim? Mesmo?)

— Rogga — responde ele, cansado demais para conseguir pronunciar a palavra não vulgar de quatro sílabas para a espécie deles. Isso basta. O rosto do velho se fecha.

— Criaturas imundas filhas da Terra. É por isso que têm que ser afogados quando bebês. — Ele chacoalha a cabeça e se concentra em Schaffa. — Você é grande demais para eu te erguer, e arrastar vai doer. Você acha que consegue levantar?

Com ajuda, Schaffa consegue levantar e cambalear até o barco a remo do velho. Trêmulo, ele se senta na proa enquanto o velho rema para longe da enseada, dirigindo-se para o sul ao longo do litoral. Parte do motivo da sua tremedeira é o frio (suas roupas ainda estão molhadas nas partes sobre as quais estava deitado) e parte é a persistência do choque. Outra parte, no entanto, é algo bem distinto.

(Damaya! Com grande esforço, ele se lembra desse nome e de uma impressão: uma menina latmediana pequena e assustada sobreposta por uma mulher latmediana alta e insolente. Amor e medo nos olhos, tristeza no coração. Ele a machucou. Precisa encontrá-la, mas, quando busca a sensação dela que deveria estar encravada em sua mente, não há nada. Ela se foi, junto com todo o resto.)

O velho fica falando com ele durante a viagem inteira. Ele é Litz Costa-forte Metter, e Metter é um vilarejo de pescadores alguns quilômetros ao sul de Allia. Eles vinham debatendo se deveriam se mudar desde que aconteceu toda aquela confusão com Allia, mas então, de repente, o vulcão adormeceu, de modo que talvez a Terra Cruel não esteja atrás deles afinal, ou pelo menos não desta vez. Ele tem dois filhos, um imbecil e outro egoísta, e três netos, todos filhos do imbecil e, com sorte, não tão imbecis. Eles não têm muita coisa, Metter é só outra comu costeira, não tem sequer condições de construir um muro apropriado em vez de um monte de árvores e paus, mas é preciso fazer o que é preciso fazer, você sabe como é, todo mundo vai cuidar bem de você, não se preocupe.

(*Qual é o seu nome?*, pergunta o velho em meio ao falatório, e Schaffa lhe diz. O homem pergunta por mais outros nomes além desse, mas Schaffa só tem um. *O que você estava fazendo em alto-mar?* O silêncio dentro de Schaffa boceja em resposta.)

O vilarejo é particularmente precário, no sentido de que metade dele está na praia e metade na água, casas flutuantes e casas sobre palafitas se interconectam através de molhes e cais. As pessoas se aglomeram em torno de Schaffa quando

Litz o ajuda a subir em um cais. Mãos o tocam e ele recua, mas elas querem ajudar. Não é culpa delas que tenham tão pouco do que ele precisa, a ponto de parecerem inadequadas. Elas empurram-no, conduzem-no. Ele se vê debaixo de uma ducha fria com água fresca, então o vestem com calças curtas e uma camisa simples sem mangas. Quando ele ergue o cabelo ao lavá-lo, ficam assombrados com a cicatriz no pescoço, grossa e suturada, desvanecendo ao entrar na linha do cabelo. (Ele mesmo se espanta com ela.) Ficam intrigados com as suas roupas, tão desbotadas pelo sol e pela água salgada que perderam quase toda a cor. Parece ter um tom marrom acinzentado. (Ele lembra que deveria ser vinho, mas não lembra por quê.)

Mais água, da boa. Desta vez ele pode tomar até se saciar. Come um pouco. Depois dorme durante horas, com um incessante sussurro furioso no fundo da mente.

Quando Schaffa acorda, é tarde da noite, e há um menininho de pé em frente à cama. Diminuíram a intensidade da luz da lamparina, mas ela brilha o suficiente no quarto para que Schaffa veja suas velhas roupas, agora lavadas e secas, nas mãos do garoto. O menino virou um bolso do avesso; ali, naquele único ponto da vestimenta toda, manteve algo de sua cor original. Vinho.

Schaffa se ergue, apoiado em um dos cotovelos. Alguma coisa no garoto... talvez.

— Oi.

O menino se parece tanto com Litz que só precisa de algumas décadas de envelhecimento e menos cabelo para ser o irmão gêmeo do velho. Mas há uma esperança desesperada nos olhos do garoto que estaria completamente fora de lugar nos de Litz. O Costa-forte sabe qual é o seu lugar no mundo. Esse menino, que talvez tenha onze ou doze anos, com idade suficiente para ser confirmado por sua comu... algo soltou suas amarras, e Schaffa acha que sabe o quê.

— Isto é seu — diz o garoto, estendendo a vestimenta.

— Sim.

— Você é um Guardião?

Uma quase lembrança fugaz.

— O que é isso?

O menino parece tão confuso quanto Schaffa. Dá mais um passo em direção à cama e para. (Chegue mais perto. Mais perto.)

— Eles disseram que você não se lembrava das coisas. Tem sorte de estar vivo. — O garoto passa a língua pelos lábios, inseguro. — Guardiões... protegem.

— Protegem o quê?

O medo do menino dá lugar à incredulidade. Ele se aproxima ainda mais.

— *Orogenes*. Eu quero dizer... vocês protegem as pessoas deles. Para que não machuquem ninguém. E vocês os protegem das pessoas também. É o que contam as histórias.

Schaffa se senta, deixando as pernas penderem por sobre a beirada da cama. A dor dos ferimentos quase desapareceu, seu corpo recupera-se em um ritmo mais rápido do que o normal pelo furioso poder dentro de si. Ele se sente bem, na verdade, exceto por uma coisa.

— Protegem orogenes — diz ele, pensativo. — Eu faço isso?

O garoto dá uma risadinha, embora seu sorriso desvaneça rápido. Ele está com muito medo por alguma razão, mas não de Schaffa.

— As pessoas matam orogenes — diz o menino em voz baixa. — Quando os encontram. A menos que estejam com um Guardião.

— Matam? — Não parece civilizado da parte deles. Mas então ele se lembra da cordilheira de pedras pontudas no oceano e de sua absoluta convicção de que foi obra de um orogene. *É por isso que eles têm que ser afogados quando bebês*, Litz dissera.

*Deixou escapar um*, pensa Schaffa, e depois tem que conter uma gargalhada histérica.

— Eu não quero machucar ninguém — diz o garoto. — Vou acabar machucando um dia, sem... sem treinamento. Quase machuquei quando o vulcão estava fazendo coisas. Foi difícil evitar.

— Se tivesse tentado, isso teria matado você e poderia ter matado muitas outras pessoas — explica Schaffa. Então ele pisca os olhos. Como sabe disso? — Um ponto quente é volátil demais para você reprimir com segurança.

Os olhos do menino brilham.

— Você *sabe*. — Ele dá um passo à frente e se agacha ao lado do joelho de Schaffa. — Por favor, me ajude. Acho que a minha mãe... ela me viu, quando o vulcão... — sussurra. — Tentei parecer normal e *não consegui*. Acho que ela sabe. Se ela contar para o meu avô... — De repente, ele respira forte, como se ofegasse. Ele está segurando um soluço, mas o movimento parece o mesmo.

Schaffa sabe como é se afogar. Ele estende a mão e afaga a densa cabeleira do garoto, da coroa à nuca, e deixa os dedos permanecerem sobre a nuca.

— Há uma coisa que eu preciso fazer — diz Schaffa, porque há. A raiva e os sussurros dentro de si têm um propósito, afinal, e esse se tornou o propósito dele. *Reúna-os, treine-os, transforme-os nas armas que estão destinados a ser*. — Vou levar você comigo, temos que viajar para longe daqui. Nunca mais verá a sua família.

O menino desvia o olhar, sua expressão tornando-se amarga.

— Eles me matariam se soubessem.

— Sim.

Schaffa pressiona um ponto com muita delicadeza para tirar a primeira medida de... alguma coisa... do garoto. Do quê? Ele não consegue lembrar como se chama. Talvez não tenha nome. Tudo o que importa é que existe, e que ele precisa dela. Ele sabe de algum modo que, com aquilo, poderá agarrar-se com mais firmeza aos resquícios de quem é. (Era.) Então ele absorve, e a primeira gota é como um doce fluxo de água fresca em meio a vários litros de sal ardente. Ele deseja beber tudo, estende o próprio alcance até o resto com tanta sede como quando estendeu a mão para pegar o cantil de Litz, embora se obrigue a desistir pela mesma razão. Pode sobreviver com o que tem agora e, se tiver paciência, o menino terá mais para ele mais tarde.

Sim. Seus pensamentos estão mais claros agora. Está mais fácil pensar em meio aos sussurros. Ele precisa desse garoto e de outros como ele. Precisa seguir adiante e encontrá-los e, com a ajuda deles, conseguirá chegar a...

... a...

... bem. Nem tudo está claro. Algumas coisas nunca voltarão. Ele vai se virar com o que lembra.

O menino está examinando seu rosto. Enquanto Schaffa esteve tentando juntar os fragmentos de sua identidade, o menino esteve se debatendo com o próprio futuro. Eles foram feitos um para o outro.

— Eu vou com você — diz o garoto, que aparentemente passou aquele último minuto pensando ter escolha. — Para qualquer lugar. Não quero machucar ninguém. Não quero morrer.

Pela primeira vez desde um momento em um navio alguns dias antes, quando ele era uma pessoa diferente, Schaffa sorri. Ele afaga a cabeça do menino de novo.

— Você tem uma alma boa. Vou ajudar como puder. A tensão do garoto se desfaz de imediato; lágrimas enchem seus olhos. — Vá e pegue algumas coisas para viajar. Vou falar com os seus pais.

Essas palavras saem de sua boca com naturalidade, facilmente. Ele já as disse antes, embora não lembre quando. Lembra-se, porém, de que às vezes as coisas não correm tão bem quanto ele diz que correrão.

O menino murmura um agradecimento, agarra o joelho de Schaffa e tenta fazer esse agradecimento penetrar-lhe apertando-o, depois sai a passo rápido. Schaffa se põe de pé devagar. O garoto deixou o uniforme desbotado para trás, então Schaffa o veste outra vez, seus dedos lembrando-se de como as costuras deveriam ficar. Deveria haver uma capa também, mas ela sumiu. Ele não lembra onde. Quando dá um passo adiante, um espelho a um lado do quarto chama a sua atenção, e ele para. Estremece, não de prazer dessa vez.

Está *errado*. Está muito errado. Seu cabelo está escorrido e ressecado depois do estrago causado pelo sol e pelo sal; deveria ser preto e lustroso, mas, em vez disso, está sem vida e ralo, queimado. O uniforme está largo, pois ele gastou um pouco da matéria do seu próprio corpo como combustível para chegar à praia. As cores do uniforme também estão erradas e ele não lhe oferece nenhuma reafirmação de quem ele era, de quem deveria ser. E seus olhos...

*Terra Cruel*, pensa, fitando o gélido quase branco que há neles. Ele não sabia que seus olhos eram assim.

Ouve-se um rangido no assoalho perto da porta, e seus estranhos olhos se direcionam para um lado. A mãe do menino está ali, piscando à luz da lamparina que carrega.

— Schaffa — diz ela. — Achei que tinha ouvido você. E Eitz?

Esse deve ser o nome do garoto.

— Ele veio me trazer isto. — Schaffa toca a roupa.

A mulher entra no quarto.

— Ahn — ela diz. — Agora que está limpo e seco, parece um uniforme.

Schaffa aquiesce.

— Descobri algo novo sobre mim mesmo. Sou um Guardião.

Ela arregala os olhos.

— De verdade? — Há desconfiança em seu olhar. — E Eitz esteve te incomodando.

— Não foi incômodo. — Schaffa sorri para tranquilizá-la. Por algum motivo, a testa franzida da mulher se contrai e franze ainda mais. Ah, bem: ele também se esqueceu de como cativar as pessoas. Ele se vira e vai até ela, e ela dá um passo atrás quando ele se aproxima. Ele para, achando graça do seu medo. — Ele também descobriu algo sobre si mesmo. Vou levá-lo embora agora.

A mulher arregala os olhos. Sua boca se movimenta em silêncio por um instante, depois ela assume um ar decidido.

— Eu sabia.

— Sabia?

— Eu não queria saber. — Ela engole em seco, apertando a mão; a pequena chama da lamparina bruxuleia com qualquer que seja a emoção que a perpassa. — Não o leve. Por favor.

Schaffa inclina a cabeça.

— Por que não?

— Seria como morrer para o pai dele.

— Não para o avô? — Schaffa chega um pouco mais perto. (Mais perto.) — Não para os tios e as tias e os primos? Não para você?

Ela se contrai de novo.

— Eu... não sei como me sinto neste exato momento. — Ela chacoalha a cabeça.

— Pobre criatura — diz Schaffa em voz baixa. Essa compaixão também é automática. Ele sente profundamente a tristeza. — Mas você vai protegê-lo deles se eu não o levar?

— O quê? — Ela olha para Schaffa, surpresa e alarmada. Será que isso poderia mesmo nunca ter passado pela cabeça dela? Aparentemente não. — Proteger... *o menino*? — Schaffa entende que o fato de ela fazer essa pergunta é a prova de que não é adequada para essa tarefa.

Então ele suspira e estende a mão, como se fosse colocá-la no ombro dela, e chacoalha a cabeça, como que para exprimir desculpas. Ela relaxa ligeiramente e não percebe quando a mão dele se curva em torno do seu pescoço. Os dedos dele repousam em um ponto, e ela se retesa de imediato.

— O q... — Depois ela cai morta.

Schaffa pisca enquanto ela cai ao chão. Por um instante, ele fica confuso. Era para isso acontecer? E então... seus próprios pensamentos se restauram um pouco mais devido ao bocado de *algo* que ela lhe deu, uma quantidade tão ínfima em relação ao que Eitz possuía... ele entende. Só é seguro fazer isso com orogenes, que têm mais do que o suficiente para compartilhar. A mulher devia ser uma quieta. Mas Schaffa se sente melhor. Na verdade...

*Pegue mais*, sussurra a raiva no fundo de sua mente. *Pegue os outros. Eles ameaçam o garoto, o que ameaça você.*

Sim. Parece sensato.

Então Schaffa se levanta e se movimenta pela casa silenciosa e escura, tocando cada membro da família de Eitz e devorando um pedaço deles. A maioria não acorda. O filho imbecil dá mais do que o resto: quase um orogene (quase um Guardião). Litz dá menos, talvez porque seja velho... ou talvez porque esteja acordado e lute contra a mão que Schaffa cravou sobre a sua boca e o seu nariz. Ele está tentando esfaquear Schaffa com uma faca de cortar peixes que tirou de sob o travesseiro. Que pena que tenha que sentir tanto medo! Schaffa vira a cabeça de Litz de forma brusca para alcançar a nuca. Ouve-se um estalo quando faz isso, que ele nem sequer nota até que o fluxo de *algo* que sai de Litz fique fraco e morto e inútil. Ah, sim, só tarde demais Schaffa se lembra de que não funciona nos mortos. Tomará mais cuidado no futuro.

Mas está muito melhor, agora que aquela dor tensa dentro dele se acalmou. Ele se sente... não completo. Nunca mais completo. Mas quando outra presença ocupa tanto espaço dentro dele, recuperar mesmo que seja um pouco de terreno é uma benção.

— Eu sou Schaffa Guardião... Garantia? — ele murmura, piscando conforme a última parte enfim lhe vem à mente. Que comu é Garantia? Ele não consegue lembrar. Independentemente, está feliz de ter o nome. — Eu só fiz o que era necessário. Só o que é melhor para o mundo.

As palavras parecem certas. Sim. Ele precisava do senso de propósito, que agora repousa como chumbo no fundo do seu cérebro; é espantoso que ele não tivesse antes. Mas agora?

— Agora tenho trabalho a fazer.

Eitz o encontra na sala de estar. O menino está sem fôlego, entusiasmado, levando uma pequena pasta.

— Ouvi você e a mamãe conversando. Você... contou para ela?

Schaffa se agacha para ficar à altura dos olhos do garoto e coloca as mãos nos seus ombros.

— Sim. Ela disse que não sabia dizer como se sentia, depois não disse mais nada.

Eitz contorce o rosto. Ele olha para o corredor que leva aos quartos dos adultos. Todos no corredor estão mortos. As portas estão fechadas e silenciosas. Contudo, Schaffa deixou os irmãos e primos de Eitz vivos, porque não é tão monstruoso assim.

— Posso me despedir dela? — pergunta Eitz em voz baixa.

— Acho que isso seria perigoso — responde Schaffa. Ele está falando a verdade. Não quer ter que matar o menino ainda. — Essas coisas devem ser feitas da forma apropriada. Venha. Você tem a mim agora, e eu nunca vou te deixar.

O garoto pisca os olhos e se endireita um pouco, depois aquiesce, trêmulo. Já está grandinho para que essas palavras tenham sobre ele o poder que têm. Schaffa supõe que elas funcionem porque Eitz passou os últimos meses com pavor da família. Manipular alguém em um estado mental tão solitário e fatigado não é nada. Não é sequer uma mentira.

Eles deixam a casa semimorta para trás. Schaffa sabe que deveria levar o menino... para algum lugar. Algum lugar com paredes de obsidiana e grades douradas, um lugar que morrerá em um cataclismo de fogo dentro de dez anos, então talvez seja bom que ele esteja lesionado demais para se lembrar da localização. Em todo caso, os sussurros furiosos começaram a conduzi-lo a uma direção diferente. Algum lugar ao sul. Onde ele tem trabalho a fazer.

Ele põe a mão no ombro de Eitz para consolá-lo, ou talvez para consolar a si mesmo. Juntos eles vão adentrando a escuridão da madrugada.

✦ ✦ ✦

NÃO SE ENGANE. OS GUARDIÕES SÃO MUITO, MUITO MAIS VELHOS DO QUE O VELHO SANZE, E ELES NÃO TRABALHAM PARA NÓS.

*– Últimas palavras registradas do Imperador Mutshatee antes da sua execução*

# 4

## VOCÊ É DESAFIADA

Você fica cansada depois de chamar o obelisco. Quando volta ao seu quarto e se estica durante meio minuto no catre descoberto que veio com o apartamento, você adormece tão rápido que nem percebe que está caindo no sono. Na calada da noite (ou pelo menos é o que diz o seu relógio biológico, já que as paredes reluzentes não mudaram), seus olhos se abrem, e é como se houvesse se passado apenas um instante. Mas Hoa está encolhido ao seu lado, aparentemente dormindo, para sua surpresa, e você consegue ouvir Tonkee roncando de leve no quarto vizinho, e você se sente muito melhor embora esteja com fome. Descansada, talvez pela primeira vez em semanas.

A fome faz você se levantar e ir à sala do apartamento. Há uma pequena sacola de cânhamo na mesa, que Tonkee deve ter adquirido, parcialmente aberta, deixando à mostra cogumelos e uma pequena pilha de feijão e outros alimentos armazenados. É mesmo: como membros aceitos de Castrima, vocês agora têm uma cota das provisões da comu. Nenhuma dessas coisas é o tipo de comida que serve para você comer como petisco; a não ser talvez pelos cogumelos, mas você nunca os viu antes, e algumas espécies de cogumelos precisam ser cozidas antes de ingeridas. Você se sente tentada, mas... será que Castrima *é* o tipo de comu que daria alimentos perigosos para os recém-chegados sem avisá-los?

Hmm. Certo. Você pega a sua bolsa de fuga, vasculha-a em busca do restante das provisões que trouxe consigo para Castrima e faz uma refeição com laranja desidratada, cascas de pão armazenado e um pedaço de carne seca que você negociou na última comu por onde passou e que você suspeita que seja carne de rato de hidro-tubo. Comida é aquilo que sustenta, dizem os sabedoristas.

Você acabou de engolir a carne seca e está sentada, refletindo de forma sonolenta a respeito de como meramente chamar um obelisco tirou tanta energia de você (como se alguma coisa relativa aos obeliscos pudesse ser descrita pelo advérbio "meramente"), quando nota o som alto e ritmado de algo raspando. Você o desconsidera de imediato. Nada nessa comu faz sentido; provavelmente vai levar semanas, se não meses, para você se acostumar com os sons peculiares. (Meses. Você está desistindo de Nassun assim tão fácil?) Então você ignora o som mesmo enquanto se torna mais alto e mais próximo, e fica bocejando, e está prestes a se levantar e voltar para a cama quando lhe ocorre, com atraso, que o que você está ouvindo são *gritos*.

Franzindo o cenho, você vai à porta do apartamento e abre a cortina delgada. Você não está particularmente preocupada, seus sensapinae nem ao menos se contraíram e, de qualquer modo, se houver um tremor aqui na Castrima-de--baixo, todos morrerão, não importa com que rapidez deixem suas casas. Lá fora, há várias pessoas acordadas e ativas. Uma mulher passa pela sua porta levando uma cesta grande com os mesmos cogumelos que você quase comeu; ela cumprimenta você, distraída, quando você sai, e depois por pouco não perde o que está carregando ao tentar se virar na direção do barulho e quase trombar com um homem que está empurrando uma lata tampada e com rodinhas que fede muito e que provavelmente vem das latrinas. Em uma comu que não tem um ciclo dia/noite funcional, Castrima de fato nunca dorme, e você sabe que eles têm seis turnos de trabalho em vez dos três de costume, porque a colocaram em um. Seu turno só vai começar ao meio-dia (ou doze-toques, como diz o povo de Castrima), quando então você deve procurar uma mulher chamada Artith perto da ferraria.

E nada disso é relevante porque, em meio aos cristais espalhados e salientes de Castrima, você consegue ver um aglomerado de pessoas chegando à boca retangular do túnel que serve de entrada para o geodo. Estão correndo e carregam outra pessoa, que é a responsável por todos os gritos.

Mesmo assim, você se sente tentada a ignorar aquilo e voltar a dormir. É uma Estação. As pessoas morrem; não há nada que você possa fazer quanto a isso. Eles nem ao menos são o seu povo. Não há razão para você se importar.

Então alguém grita *"Lerna!"*, e o tom de voz é tão apavorado que você estremece. Da sua sacada, você consegue ver o cristal baixo e cinzento que abriga o apartamento de Lerna, a três cristais de distância e um pouco mais abaixo do que o seu. A cortina-porta se abre e ele sai apressado, vestindo uma camisa enquanto desce correndo a escada mais próxima. Está se dirigindo para a enfermaria, para onde o aglomerado de gente parece ir também.

Por motivos que você não consegue definir, você olha de volta para a entrada do seu próprio apartamento. Tonkee, que dorme como madeira petrificada, não saiu... mas Hoa está ali, imóvel como uma estátua e observando você. Algo na expressão dele faz você franzir a testa. Ao que parece, ele não sabe fazer a cara de pedra sem expressão dos da sua espécie, talvez porque não tenha de fato um rosto de pedra. Independentemente disso, a primeira coisa que você interpreta da expressão dele é... pena.

No instante seguinte, você já saiu do apartamento e está correndo até o nível do solo, quase antes mesmo de pensar em fazê-lo. (Você pensa enquanto corre: a pena de um comedor de pedra disfarçado alarmou você de uma maneira que os gritos de outro ser humano não alarmaram. Você é um monstro.) Castrima é a mesma confusão frustrante de sempre, mas desta vez você é auxiliada pelo fato de que outras pessoas começaram a correr pelas pontes e passarelas na direção do problema, então você pode apenas seguir o fluxo.

Quando você chega lá, formou-se uma pequena multidão ao redor da enfermaria, a maioria amontoando-se por curiosidade, preocupação ou ansiedade. Lerna e o aglomerado de gente carregando o companheiro ferido entraram, e agora fica óbvio o que é aquele grito horrível: o berro de rasgar a garganta de alguém que está sentindo uma dor terrível, uma dor insuportável, e que, não obstante, é forçado a suportá-la.

Não é de propósito que você começa a forçar passagem para entrar lá. Você não sabe nada sobre prestar assistência médica... mas conhece a dor. Para sua surpresa, no entanto, as pessoas olham irritadas para você... depois piscam e abrem caminho. Você percebe que aqueles que parecem confusos são puxados de lado para ouvir rápidos sussurros por parte daqueles cujos olhos se arregalaram. Ah-há. Castrima tem falado de você.

Então você entra na enfermaria e quase é derrubada por uma mulher sanzed que passa correndo com um tipo de seringa nas mãos. É perigoso carregar uma seringa desse jeito. Você a segue até um leito da enfermaria onde seis pessoas seguram a pessoa que está gritando. Você dá uma olhada no rosto dela quando um dos outros se move para o lado: ninguém que você conheça. Só mais um homem latmediano que evidentemente estava lá em cima, a julgar pela camada de cinzas na pele, na roupa e no cabelo. A mulher com a seringa afasta alguém com o ombro e, ao que parece, aplica o conteúdo da seringa. Um instante depois, o homem estremece todo, e sua boca começa a se fechar. Seus gritos cessam, devagar,

devagar. Devagar. Ele se contorce uma vez, com violência; aqueles que o seguram se mexem com a força do homem. Então, enfim, por misericórdia, ele fica inconsciente.

O silêncio quase reverbera. Lerna e a tratadora sanzed continuam em movimento, embora as pessoas que estavam segurando o homem se afastem e olhem umas para as outras, como que perguntando o que deveriam fazer em seguida. Na confusão agora silenciosa, você não consegue deixar de olhar para o outro extremo da enfermaria, onde Alabaster ainda jaz despercebido pelos novos visitantes da enfermaria. Sua comedora de pedra permanece onde você a viu da última vez, embora os olhos dela também estejam fixos na cena. Você consegue ver o rosto de Alabaster por cima dos leitos; os olhos dele se movem para encontrar os seus, mas depois se desviam.

O homem na cama volta a chamar a sua atenção quando algumas das pessoas à volta dele se afastam. De início, você não consegue distinguir qual é o problema, a não ser o fato de que partes de suas calças parecem estranhamente *úmidas*, cobertas de cinzas barrentas. As partes úmidas não estão vermelhas, não é sangue, mas há um cheiro que você não sabe ao certo como descrever. Carne na salmoura. Gordura quente. Tiraram suas botas, deixando descalços pés que espasmodicamente ainda se contraem um pouco, com os dedos esticados relaxando apenas com relutância, mesmo em estado de inconsciência. Lerna está cortando uma das pernas da calça com uma tesoura. A primeira coisa que você nota, conforme ele abre o tecido úmido, são os pequenos hemisférios azuis e redondos que pontilham a pele do homem aqui e ali, cada um talvez com uns cinco centímetros de diâmetro e três de altura, brilhantes e estranhos ao seu corpo. Há dez ou vinte deles. Cada um está no centro de uma área de carne marrom-rosada e inchada que cobre talvez um palmo das pernas do homem. Você acha que aquelas protuberâncias são joias, a princípio. Elas meio que parecem ser, algo metálico sobre o azul, e bonito.

"Droga", alguém diz em um tom baixo por conta do choque, e outra pessoa diz "Que ferrugens". Mais outra pessoa entra na enfermaria aos empurrões depois de discutir um instante com as pessoas que haviam bloqueado a entrada. Ela vem e para ao seu lado, e você vira a cabeça para ver Ykka, cujos olhos se arregalam devido à confusão e ao asco por um momento, antes de ela se controlar e assumir um ar inexpressivo. Então ela diz em um tom áspero o bastante a ponto de fazer algumas pessoas pararem de olhar:

— O que aconteceu?

(Você percebe, com atraso ou talvez na hora certa, que há outra comedora de pedra na sala, não muito longe da cena. Ela é familiar... a ruiva que a cumprimentou junto com Ykka quando você chegou a Castrima. Ela está observando Ykka agora com avidez, mas por vezes transfere seu olhar pétreo para você também. Você de repente fica super ciente do fato de que Hoa não a seguiu para fora do apartamento.)

— Patrulha do perímetro exterior — outro latmediano coberto de cinzas conta para Ykka. Ele não parece um Costa-forte, é pequeno demais. Talvez seja um dos novos Caçadores. Ele contorna o grupo de pessoas em torno da cama e fixa a mirada em Ykka como se ela fosse a única coisa que o impedisse de ficar olhando para o homem ferido até a sua mente pifar. — Nós estávamos lá fora ao lado da pedreira de s-sal, pensando que poderia ser um bom lugar para caçar. Havia um tipo de sumidouro perto de um riacho. Beled... eu não sei. Ele se foi. No começo, ouvi os dois gritarem, mas não sabia por quê. Eu estava rio acima, observando algumas pegadas de animais. Quando cheguei lá, só vi Terteis, que parecia estar tentando sair das cinzas. Eu o ajudei a sair, mas já estavam em cima dele, e tinha mais subindo nos sapatos, então tive que cortá-los...

Um chiado tira os seus olhos de cima do homem que estava falando. Lerna sacode a mão, estirando os dedos como se estivessem doendo.

— Traz o fórceps ferrugento para mim! — ele diz para outro homem, que se contrai e se vira para ir buscá-lo. Você nunca ouviu Lerna xingar antes.

— Algum tipo de fervedouro — diz a mulher sanzed que aplicou a injeção no homem. Ela soa descrente; está falando com Lerna, como se tentasse convencer a ele em vez de a si mesma. (Lerna continua examinando as extremidades das queimaduras com a mão saudável, ignorando a mulher.) — Tem que ser. Ele caiu em uma saída de vapor, um gêiser, um geotubo velho e enferrujado. — O que tornaria os insetos apenas uma coincidência.

—... caso contrário, eles teriam subido em mim também. — O outro Caçador ainda está falando com sua voz inexpressiva. — Achei que o sumidouro fosse só cinzas soltas, mas na verdade era... não sei. Como um formigueiro. — O Caçador engole em seco e cerra o maxilar. — Não consegui tirar o resto, então trouxe ele para cá.

Ykka aperta os lábios, mas enrola as mangas da blusa e vai até lá, forçando passagem por entre as outras pessoas chocadas que estão por perto.

— Afastem-se! Se não pretendem ajudar, saiam do caminho ferrugento — ela grita. Algumas das pessoas amontoadas começam a puxar outras para longe. Mais alguém tenta pegar um dos objetos semelhantes a joias e arrancá-lo, depois recolhe a mão, chiando como Lerna. O objeto muda, duas partes da brilhante superfície azul abrindo-se e erguendo-se antes de se fecharem de novo... e de súbito ele também muda em sua mente. Não é uma joia, é um inseto. Algum tipo de besouro. A casca iridescente é a carapaça. No momento em que ele ergueu os estojos que cobrem as asas, você viu que seu corpo redondo era translúcido, com algo saltando e borbulhando lá dentro. Você consegue sensar o calor dele até mesmo de onde está, quente como uma fervura. A carne do homem fumega ao redor do inseto.

Alguém dá o fórceps para Lerna, que tenta arrancar um dos besouros. Os estojos das asas se erguem outra vez, e um jato fino de algo atinge os dedos de Lerna. Ele chia, deixando o fórceps cair, e recua.

— Ácido! — alguém diz. Alguém pega a mão dele e tenta limpar depressa a substância, mas você sabe o que é antes mesmo que Lerna arqueje:

— Não! Só água. Água bem quente.

— Cuidado — diz tardiamente outro Caçador. Há uma fileira de bolhas em uma das mãos dele, você percebe. Você também percebe que ele não olha para o leito da enfermaria nem para nenhuma das pessoas que estão ali.

É horrível demais de ver. Os insetos ferrugentos estão fervendo o homem até a morte. Mas, quando você desvia o olhar, vê que Alabaster a observa de novo. Alabaster, ele próprio coberto de queimaduras, mas que *deveria estar morto*. Ninguém fica perto do epicentro de uma fissura que atravessa o continente e sofre apenas algumas queimaduras de terceiro grau. Ele deveria ser cinzas espalhadas pelas ruas derretidas de Yumenes.

Você se dá conta disso enquanto ele a encara, embora sua expressão seja indiferente à prova de fogo de outro homem. É um tipo familiar de indiferença... do gênero Fulcro de familiaridade. É a indiferença que vem de muitas traições, muitos amigos perdidos sem motivo, muitas atrocidades "horríveis demais de ver".

No entanto. A reverberação da orogenia de Alabaster é descuidadamente poderosa, precisa como diamante, e tão dolorosamente familiar que você tem que fechar os olhos e lutar contra as lembranças de um convés de navio inclinado, uma estrada alta solitária, uma ilha rochosa batida pelo vento. A espiral que ele prolonga é tremendamente pequena... não chega a ter três centímetros de largura, é tão atenuada que você não consegue encontrar o fulcro de sua curva. Ele ainda é melhor do que você.

Então você ouve um arquejo. Você abre os olhos e vê um dos insetos estremecer, chiar como uma chaleira viva... e depois congelar. As pernas do inseto, que estavam enganchadas na carne cozida ao redor, soltaram-se. Está morto.

Mas aí você ouve um gemido suave, e a orogenia se dissipa. Você alça o olhar para ver que Alabaster inclinou a cabeça e está curvado. A comedora de pedra se agacha lenta e ruidosamente ao lado dele, algo na postura dela indicando preocupação, embora seu rosto esteja plácido como sempre. A comedora de pedra ruiva (em um acesso de exasperação interna, você decide chamá-la de Cabelo de Rubi por enquanto) também o observa.

Então é isso. Você olha de novo para o homem... e o seu olhar recai sobre Lerna, que está olhando com fascínio para o inseto congelado. Os olhos dele se erguem, vasculham a sala, encontram-se hesitantemente com os seus, param. Você vê a pergunta ali, e começa a chacoalhar a cabeça: não, você não congelou o inseto. Mas essa não é a pergunta certa, e talvez nem seja a pergunta que ele está fazendo. Ele não precisa saber se você congelou. Precisa saber se você *consegue*.

Lerna, Hoa, Alabaster; hoje você está sendo impulsionada por olhares silenciosos e significativos, ao que parece.

Você sensa os pontos quentes dos insetos como aberturas geotermais quando dá um passo à frente e concentra os seus sensapinae. Muita pressão controlada em seus corpos minúsculos; é assim que eles fazem a água ferver. Você ergue uma das mãos na direção do homem por força do hábito, de modo que todos saibam que está fazendo algo, e ouve um xingamento, um chiado, movimento de pés e corpos empurrados enquanto as pessoas se afastam de você, distanciam-se de qualquer espiral que possa manifestar. Tolos. Será que eles não sabem que você só precisa de uma espiral quando tem que absorver do ambiente? Os insetos têm bastante do que você precisa. A dificuldade estará em limitar a absorção apenas a eles e não incluir a pele superaquecida do homem.

A comedora de pedra de Ykka dá um lento passo à frente. Você sensa seu movimento em vez de vê-lo; é como uma montanha se movendo em sua direção. Então Cabelo de Rubi para, uma vez que, de súbito, surge outra montanha em seu caminho: Hoa, completamente imóvel e silenciosamente frio. De onde ele veio? Você não pode ficar pensando nessas criaturas neste exato momento.

Você começa devagar, usando seus olhos bem como os seus sensapinae para determinar exatamente onde parar... mas Alabaster lhe mostrou como fazer. Você prolonga a espiral de seus corpúsculos quentes como ele fez, um por um. Quando você faz isso, alguns deles se partem em dois com um chiado alto e violento, e um deles até salta, voando para um lado da sala (as pessoas saem da frente do inseto ainda mais rápido do que saíram da sua). Então termina.

Todos encaram você. Você olha para Ykka. Sua respiração está pesada, porque esse grau de concentração sutil é muito, muito mais difícil do que mover uma encosta.

— Precisa chacoalhar alguma coisa?

Ela pisca os olhos, sensando na hora o que você quer dizer. Então, agarra o seu braço. Ocorre... o quê? Uma inversão. Uma canalização para longe, como você faria com um obelisco, exceto que não há nenhum obelisco e você não está realizando a canalização, apesar de ser a sua orogenia. De repente, você ouve exclamações lá fora e olha para a porta da enfermaria. A enfermaria é um prédio construído, não escavado, a partir de um dos cristais gigantescos do geodo; no interior, é iluminada apenas por lâmpadas elétricas. Lá fora, entretanto, pela entrada sem cortinas, você pode ver os cristais do geodo brilhando com mais intensidade, por toda a comu.

Você encara Ykka. Ela lhe dá um aceno de cabeça objetivo e companheiro, como se você devesse ter uma ideia do que ela acaba de fazer ou como se devesse se sentir confortável com uma selvagem fazendo coisas que um orogene do Fulcro que já tem anéis não sabe fazer. Depois, Ykka dá um passo à frente e pega outro fórceps para ajudar. Lerna está puxando um dos besouros de novo, apesar dos dedos escaldados, e desta vez a coisa está saindo. Uma probóscide do mesmo comprimento que o corpo sai da carne cozida e... você não consegue mais olhar.

(Você vê Cabelo de Rubi de relance outra vez, pelo canto dos olhos. Está ignorando Hoa, que se posta como uma estátua entre vocês duas; agora, ela sorri para Ykka, os lábios apenas entreabertos. Você vislumbra um traço de dentes brilhantes. Você apaga isso da consciência.)

Então você recua para o outro extremo da enfermaria para se sentar ao lado da pilha de almofadas de Alabaster. Ele ainda está curvado, respirando como um fole, embora a comedora de pedra tenha agarrado o ombro dele com mão firme para mantê-lo quase ereto. Tardiamente você percebe que ele colocou um dos pulsos sobre a barriga e... oh, Terra. A rocha marrom acinzentada que antes cobria apenas o seu pulso direito agora chegou até o cotovelo.

Ele ergue a cabeça; seu rosto brilha devido ao suor. Ele parece exausto como se houvesse acabado de bloquear outro supervulcão, embora desta vez pelo menos esteja consciente, sorrindo.

— Sempre uma boa aluna, Syen — murmura ele. — Mas, pelas ferrugens da Terra, é custoso ensinar você.

O choque da compreensão ecoa dentro de você como o silêncio. *Alabaster não pode mais fazer orogenia.* Não sem... consequências. Um impulso faz você olhar para Antimony, e o seu sangue ferve quando você se dá conta de que a comedora de pedra tem a mirada fixa no braço que acabou de se transformar em pedra. No entanto, ela não se mexe. Depois de um instante, Alabaster consegue se endireitar e lança um olhar de gratidão para ela por segurá-lo.

— Mais tarde — ele diz baixinho. Você sabe que isso significa *coma meu braço mais tarde.* Ela ajusta a mão para apoiá-lo pelas costas.

O impulso de afastá-la e colocar a mão no lugar para apoiá-lo é tão poderoso que você também não consegue ficar olhando.

Você se levanta e passa esbarrando em todos para sair da enfermaria, em seguida se senta na ponta plana de um cristal baixo que está começando a brotar da parede do geodo. Ninguém a incomoda, embora você sinta a pressão dos olhares e ouça o eco dos sussurros. Não pretende ficar por muito tempo, mas acaba ficando. Você não sabe por quê.

Por fim, uma sombra recai sobre os seus pés. Você levanta os olhos para ver Lerna ali de pé. Mais atrás, Ykka se afasta com outro homem que está tentando conversar com ela; ela parece ignorá-lo, irritada. O resto da multidão se dispersou enfim, embora você possa ver, através da entrada aberta, que ainda há mais gente na enfermaria do que de costume, talvez visitando o pobre Caçador meio cozido.

Lerna não está olhando para você. Ele fita parede do outro lado do geodo, que se perde em meio ao brilho enevoado de dezenas de cristais que se estendem entre um ponto e outro. Além disso, fuma um cigarro. O cheiro e a cor amarelada do invólucro exterior lhe dizem que é um mellow: folhas e botões de flor de derminther mela, ligeiramente narcóticos quando secos. Os latmedianos do sul são famosos por conta deles, tanto quanto é possível para os latmedianos do sul serem famosos por alguma coisa. No entanto, você ainda está surpresa de vê-lo fumando um. Ele é médico. Mellows fazem mal.

— Você está bem? — você pergunta.

Ele não responde logo de cara, dando uma longa tragada no cigarro. Você está começando a pensar que ele não vai falar, quando ouve:

— Vou matá-lo quando voltar para lá.

Então você entende. As queimaduras dos insetos atravessaram a pele, o músculo, talvez tenham até chegado ao osso. Com uma equipe de médicos yumenescenses e drogas bioméstricas de ponta, talvez pudessem manter o homem vivo por tempo suficiente para salvá-lo... e mesmo assim ele poderia nunca mais andar. Com apenas o que quer que Castrima tenha à mão em termos de equipamento e remédios, o máximo que Lerna pode fazer é amputar. Talvez o homem sobrevivesse. Mas é uma Estação, e todos os habitantes da comu devem fazer por merecer seu abrigo das cinzas e do frio. Poucas comus podem fazer uso de um Caçador sem pernas, e esta comu já está sustentando um inválido queimado.

(Ykka está se afastando, ignorando um homem que parece discutir uma questão de vida ou morte.)

Então Lerna não está nada bem. Você decide mudar um pouco o assunto.

— Nunca vi nada parecido com aqueles insetos.

— O povo daqui diz que se chamam fervilhões, embora ninguém soubesse por quê até agora. Eles procriam ao redor de riachos, carregam água no interior. Os animais os comem durante a seca. Normalmente, esses insetos comem carniça. Inofensivos. — Lerna sacode as cinzas do seu antebraço com um peteleco. Está vestindo apenas uma camisa solta sem mangas devido ao calor de Castrima. A pele dos antebraços dele está manchada com... alguma coisa. Você desvia o olhar. — Mas as coisas mudam durante uma Estação.

Sim. Carniça cozida provavelmente dura mais tempo.

— Você poderia ter tirado aquelas coisas dele no instante em que entrou pela porta — acrescenta Lerna.

Você pisca os olhos. Então, você se dá conta de que essa afirmação foi um ataque. Foi feito de maneira tão branda, de origem tão inesperada, que você fica surpresa demais para ficar brava.

— Não poderia — você responde. — Pelo menos, eu não sabia que poderia. Alabaster...

— Eu não espero nada dele. Ele veio para morrer aqui, não para viver aqui. — Lerna vira para encarar você e, de repente, você percebe que seus modos plácidos vinham ocultando absoluta ira. Seu olhar é frio, mas é possível vê-la em tudo o mais: seus lábios brancos, o músculo do maxilar se flexionando, as narinas dilatadas.

— Por que é que *você* está aqui, Essun?

Você vacila.

— Não sei por quê. Vim para encontrar Nassun.

— Nassun está fora de alcance. Seus objetivos mudaram; agora você tem que sobreviver, igual ao resto de nós. Agora você é *uma de nós*. — Ele curva os lábios em algo que talvez seja desdém. — Estou dizendo isso porque, se eu não fizer você entender, você pode ter um acesso ferrugento e matar todos nós.

Você abre a boca para responder. Porém, ele dá um passo em sua direção, e é um ato tão agressivo que você de fato ajusta sua postura sentada.

— Me diz que você não vai fazer isso, Essun. Me diz que eu não vou ter que partir *desta* comu na calada da noite, esperando não ser pego nem morto com um corte na garganta por alguém que você irritou. Me diz que não vou ter que voltar lá fora, lutar pela minha vida e ver as pessoas que eu tento ajudar morrerem uma vez após a outra, até eu ser comido por *insetos* ferrugentos...

Ele se interrompe com um engasgo, virando-se de forma brusca. Você fita aquelas costas tensas e não diz nada, porque não há nada a dizer. Essa é a segunda vez que ele menciona o fato de você ter assassinado Tirimo. E isso é de surpreender? Lerna nasceu lá, cresceu lá; a mãe dele ainda estava vivendo lá quando você partiu. Você acha. Talvez você a tenha matado também naquele último dia.

Não há nada que você possa dizer, não com a culpa amargando a sua boca, mas você tenta mesmo assim.

— Sinto muito.

Ele ri. Nem parece ele, é uma risada tão feia e furiosa. Então ele retoma a postura anterior, olhando para a parede distante do outro lado do geodo. Está mais controlado agora; o músculo do maxilar já não está mexendo tanto.

— Prove que sente.

Você chacoalha a cabeça, em sinal de confusão, não de recusa.

— Como?

— Os rumores estão se espalhando. Algumas das maiores fofocas da comu eram sobre Ykka quando ela encontrou você, e aparentemente você confirmou o que muitos dos roggas vêm cochichando entre si. — Você se sobressalta quando ele usa a palavra "rogga". Ele já foi um dia um rapaz tão educado. — Lá em cima, você disse que esta Estação vai durar milhares de anos. Isso foi um exagero ou é verdade?

Você suspira e esfrega a mão no cabelo. A raiz está uma confusão espessa e enrolada. Você precisa refazer os cachos, mas não refez porque não teve tempo e porque parece não haver sentido em fazê-lo.

— As Estações sempre acabam — você responde. — O Pai Terra tem seu próprio equilíbrio. É só uma questão de quanto tempo vai demorar.

— Quanto tempo? — Isso quase nem é uma pergunta. Seu tom é uniforme, resignado. Ele já suspeita qual é a resposta.

E ele merece a sua estimativa sincera, a sua melhor estimativa.

— Dez mil anos? — Para a Fenda de Yumenes parar de expelir gases e o céu clarear. Não é muito tempo de modo algum segundo a escala tectônica habitual, mas o verdadeiro perigo está no que as cinzas podem desencadear. Se houver cinzas o suficiente na superfície quente do mar, o gelo pode aumentar nos polos. Isso significa mares mais salgados. Climas mais secos. Pergelissolo. Geleiras movendo-se, espalhando-se. E, se isso acontecer, a parte mais habitável do mundo, os Equatoriais, ainda estará quente e tóxica.

É o inverno que mata de verdade durante as Estações. A fome. A exposição. Mesmo depois que o céu clarear, porém, a Fenda poderia causar uma era de inverno que durasse *milhões* de anos. Nada disso importa porque a humanidade terá se extinguido muito antes. Serão apenas os obeliscos flutuando sobre planícies de brancura infinita, sem que reste ninguém para admirá-los ou ignorá-los.

As pálpebras dele estremecem.

— Hum. — Para sua surpresa, ele se vira para encará-la. É mais surpreendente ainda o fato de que sua raiva parece ter desaparecido, embora tenha sido substituída por uma espécie de desconsolo que parece familiar. É a pergunta dele, porém, que a deixa pasmada. — Então o que você pretende fazer quanto a isso?

Você fica mesmo de queixo caído. Depois de um instante, você consegue responder:

— Não sabia que tinha alguma coisa que eu *pudesse* fazer quanto a isso. — Da mesma maneira que você pensava não haver nada que pudesse fazer quanto aos fervilhões. Alabaster é o gênio. Você é o soldado raso.

— O que é que você e o Alabaster estão fazendo com os obeliscos?

— O que *Alabaster* está fazendo — você corrige. — Ele só me pediu para chamar um. Provavelmente porque... — Dói dizer isso. — Ele não consegue mais fazer orogenia desse tipo.

— Alabaster criou a Fenda, não foi?

Você fecha sua boca tão rápido que seus dentes batem. Você acabou de dizer que Alabaster não consegue mais fazer orogenia. Um número suficiente de castrimenses ouve dizer que estão vivendo em um jardim de rocha subterrâneo por causa dele, e vão encontrar um jeito de matá-lo, com ou sem comedora de pedra.

Lerna dá um sorriso torto.

— Não é difícil juntar as coisas, Essun. As feridas dele são causadas por vapor, abrasão de partículas e gás corrosivo, não fogo... características de estar muito próximo de um ponto de emissão de calor escaldante. Não sei como ele sobreviveu, mas isso deixou marcas nele. — Ele encolhe os ombros. — E eu vi você destruir uma cidade em cinco minutos sem derramar uma gota de suor, então tenho ideia do que um dez-anéis poderia ser capaz de fazer. Para que são os obeliscos?

Seu rosto assume uma expressão determinada.

— Você pode me fazer essa pergunta de seis formas diferentes, Lerna, e eu vou te responder "não sei" de seis formas diferentes, porque não sei.

— Eu acho que você pelo menos faz ideia. Mas minta para mim, se quiser. — Ele chacoalha a cabeça. — Esta é a sua comu agora.

Ele se cala depois dessa declaração, como se esperasse uma resposta. Você está ocupada demais rejeitando veementemente a ideia para responder. Mas ele conhece você muito bem; sabe que você não quer ouvir isso. É por isso que ele diz outra vez.

— *Essun Rogga Castrima*. É quem você é agora.

— Não.

— Então vá embora. Todo mundo sabe que Ykka não pode segurá-la se você estiver determinada a partir. Sei que vai matar todos nós se achar necessário. Então vá.

Você fica sentada, olhando para as próprias mãos, que balançam entre os joelhos. Sua mente está vazia.

Lerna inclina a cabeça.

— Você não vai embora porque não é burra. Talvez você possa sobreviver lá fora, mas não como algo que Nassun algum dia vai querer ver de novo. No mínimo, você quer viver para poder encontrá-la outra vez... por mais improvável que isso seja.

Suas mãos se contraem uma vez, depois voltam a balançar frouxamente.

— Quando esta Estação não terminar — continua Lerna, e é muito pior que o faça com aquele cansado tom monótono que perguntou quanto tempo duraria a Estação, como se estivesse falando a pura verdade e soubesse disso e não gostasse —, vamos ficar sem comida. O canibalismo vai ajudar, mas não é sustentável. A essa altura, a comu vai se tornar saqueadora ou simplesmente se desfazer em bandos de sem-comu errantes. Mas nem mesmo isso nos salvará no longo prazo. Os sobreviventes de Castrima acabarão morrendo de fome. O Pai Terra vencerá, enfim.

É a verdade, quer você queira encará-la ou não. E é uma prova ainda maior de que o que quer que tenha acontecido com Lerna durante sua breve carreira sem-comu o transformou. Não necessariamente para pior. Apenas o tornou o tipo de curador que sabe que às vezes uma pessoa tem que infligir uma agonia terrível – quebrar de novo um osso, cortar um membro, matar os fracos – a fim de tornar o todo mais forte.

— Nassun é forte como você — continua ele, de forma suave e brutal. — Digamos que ela sobreviva a Jija. Digamos que você a encontre, que a traga para cá ou a leve para outro lugar que pareça mais seguro. Ela vai morrer de fome junto com o resto quando os esconderijos de provisões ficarem vazios, mas, com a orogenia dela, ela provavelmente poderia forçar os outros a lhe dar comida. Talvez até matá-los e ficar com o restante das provisões para si. Mas um dia as provisões vão acabar. Ela vai ter que deixar a comu, sobreviver do que conseguir encontrar debaixo das cinzas, isso se der sorte de não ter problemas com os animais selvagens e outros perigos. Vai ser uma das últimas a morrer: sozinha, com fome, com frio, odiando a si mesma. Odiando você. Ou talvez ela terá desistido a essa altura. Talvez ela se torne só um animal, levado apenas pelo instinto de sobrevivência e fracassando até mesmo nisso. Talvez ela coma a si mesma no final, como qualquer fera...

— Pare — você diz. É um sussurro. Piedosamente, ele para. Vira as costas de novo, dando outra longa tragada no seu mellow meio esquecido.

— Você conversou com alguém desde que chegou aqui? — ele finalmente pergunta. Na verdade, não se trata de uma mudança de assunto. Você não relaxa. Ele acena a cabeça em direção à enfermaria. — Com alguém além de Alabaster e aquele zoológico que viaja com você? Mais do que trocar algumas palavras; *conversar*.

Não o suficiente para contar. Você chacoalha a cabeça.

— Os rumores estão se espalhando, Essun. E agora todos estão pensando em como os próprios filhos morrerão lentamente. — Ele enfim atira o mellow para longe com um peteleco. O cigarro ainda está aceso. — Pensando que não podem fazer nada em relação a isso.

*Mas você pode*, ele não precisa dizer.

Pode?

Lerna se afasta de forma tão abrupta que você fica surpresa. Você não tinha percebido que ele havia terminado a conversa. É uma repulsa arraigada quanto à ideia de desperdício que faz você ir pegar o cigarro que ele jogou fora. Leva um instante para descobrir como tragar sem engasgar; você nunca experimentou um cigarro antes. Orogenes não devem ingerir narcóticos.

Mas os orogenes também não devem viver durante uma Estação. O Fulcro não tem esconderijos para provisões. Ninguém nunca mencionou isso, mas você tem certeza de que, se uma Estação algum dia chegasse a Yumenes com intensidade suficiente, os Guardiões teriam vasculhado o lugar e matado todos vocês. A sua espécie é útil para prevenir Estações, mas, se o Fulcro algum dia falhasse em sua missão, se algum dia os ilustres da Estrela Negra ou do Imperador sentissem o mínimo indício de um tremor, você e os seus companheiros Orogenes Imperiais não receberiam a recompensa de sobreviver.

E por que deveriam? Que habilidades de sobrevivência qualquer rogga oferece? Vocês podem impedir que as pessoas morram durante um tremor, eba. Grande coisa quando não há comida.

— Chega! — Você ouve a voz de Ykka a uma curta distância, embora não possa vê-la em torno dos cristais ao nível do solo. Ela está gritando. — Já está feito! Você quer dar o seu apoio ou ficar aqui gastando saliva comigo?

Você se levanta com os joelhos doloridos. Dirige-se para aquele lado.

Ao longo do caminho, passa por um homem jovem que tem o rosto marcado por lágrimas de fúria e de tristeza incipiente. Ele passa por você como um raio a caminho da enfermaria. Você continua andando e por fim vê Ykka de pé, perto da lateral de um cristal comprido e estreito. Uma das mãos está apoiada contra a parede do cristal e a cabeça está baixa, com sua cabeleira caindo por cima do rosto de modo que você não consegue vê-lo. Parece-lhe que ela está tremendo um pouco.

Talvez seja só imaginação. Ela parece tão insensível. Mas você também parece.

— Ykka.

— Você também não — ela resmunga. — Eu não quero ouvir, Matadora de Insetos.

Só agora você percebe: ao matar os fervilhões, você tornou essa escolha mais difícil para ela. Antes, ela poderia ter mandado que matassem o Caçador por misericórdia, e a culpa seria dos insetos. Agora é pragmatismo, política de comu. É culpa dela.

Você chacoalha a cabeça e se aproxima. Ela se endireita e se vira em um instante, e você sensa a orientação defensiva de sua orogenia. Ela não faz nada, não cria uma espiral nem começa a absorver do ambiente, mas ela não faria isso, faria? Essas são técnicas do Fulcro. Na verdade, você não sabe o que ela, essa selvagem de treinamento estranho, vai fazer para se defender.

Uma parte de você está curiosa, de uma maneira quase distante. A outra parte percebe a tensão no rosto dela. Então você lhe oferece o mellow ainda aceso.

Ela pisca ao vê-lo. A orogenia dela se acalma outra vez, mas os olhos se erguem e estudam os seus. Então ela inclina a cabeça, perplexa, pensando. Finalmente, põe uma das mãos no quadril, arranca o mellow dos seus dedos com a outra e dá uma longa tragada. O efeito é rápido: depois de um momento, ela se vira para se recostar contra o cristal, seu rosto marcado por linhas de cansaço em vez de tensão enquanto ela solta uma fumaça ondulada. Ela oferece o mellow de volta. Você se acomoda ao lado dela e o pega.

Demora mais dez minutos para terminar o cigarro, passando-o de uma para a outra. Vocês duas continuam ali, no entanto, depois que ele acaba, por acordo implícito. Só quando ouvem alguém começar a soltar soluços altos e entrecortados vindos da enfermaria atrás de vocês é que acenam com a cabeça uma para a outra e se separam.

✦ ✦ ✦

É INCOMPREENSÍVEL QUE QUALQUER CIVILIZAÇÃO SENSATA TENHA COMETIDO O DESPERDÍCIO DE ENCHER EXCELENTES CAVERNAS DE ARMAZENAMENTO COM CADÁVERES! NÃO É DE SURPREENDER QUE ESSAS PESSOAS TENHAM MORRIDO, FOSSEM QUEM FOSSEM. ESTIMO MAIS UM ANO ATÉ PODERMOS REMOVER TODOS OS OSSOS, URNAS FUNERÁRIAS E OUTROS DESTROÇOS, DEPOIS TALVEZ MAIS SEIS MESES ATÉ MAPEAR POR COMPLETO E REFORMAR. A MENOS QUE ME CONSIGA AQUELAS JAQUETAS PRETAS QUE EU SOLICITEI! NÃO ME IMPORTA SE ELES CUSTAREM A TERRA: ALGUMAS DESTAS CÂMARAS SÃO INSTÁVEIS.

CONTUDO, HÁ TÁBUAS AQUI. ALGO EM VERSOS, EMBORA NÃO POSSAMOS LER NESTA LINGUAGEM BIZARRA. COMO O

Saber das Pedras. Cinco tábuas, não três. O que quer fazer com elas? Sugiro darmos este lote à Quarta Universidade para eles pararem de se queixar sobre quanta história estamos destruindo.

*– Relato da obreira Fogrid Inovadora Yumenes à Licenciatura de Geonaria, Leste dos Equatoriais: "Proposta para reutilizar catacumbas subterrâneas, cidade de Firaway". Revisão de mestrado apenas.*

# INTERLÚDIO

*Um dilema: você é feita de tantas pessoas que não gostaria de ser. Inclusive de mim.*

*Mas você conhece tão pouco a meu respeito. Vou tentar explicar o* contexto *do meu eu, se não o detalhe. Começa...* eu *comecei... com uma guerra.*

*"Guerra" é uma palavra pobre. É guerra quando as pessoas descobrem uma infestação de vermes em algum lugar indesejado e tentam limpá-lo com fogo ou veneno? Embora essa também seja uma metáfora pobre, porque ninguém odeia individualmente um rato ou um percevejo. Ninguém escolhe para uma vingança* aquele, aquele bem ali, aquele desgraçado de costas manchadas e três pernas, *e todos os seus descendentes até as centenas de gerações verminosas que abrangem uma vida humana. E os desgraçados de costas manchadas e três pernas não têm grandes chances de se tornar mais do que um incômodo para as pessoas... ao passo que você e a sua espécie racharam a superfície do planeta e perderam a Lua. Se os ratos no seu jardim, lá em Tirimo, houvessem ajudado Jija a matar Uche, você teria transformado aquele lugar em pedrinhas e ateado fogo às ruínas antes de partir. Você destruiu Tirimo mesmo assim, mas, se houvesse sido algo pessoal, você teria feito pior.*

*No entanto, apesar de todo o seu ódio, talvez você não conseguisse matar os vermes. Os sobreviventes passariam por mudanças profundas... ficariam mais duros, mais fortes, com manchas maiores nas costas. Talvez o sofrimento que você infligiu tivesse dividido os descendentes em muitas facções, cada uma com interesses próprios. Alguns desses interesses não teriam nada a ver com você. Alguns a admirariam e a desprezariam pelo seu poder. Alguns se dedicariam tanto à sua destruição quanto você se dedicou à deles, embora quando tivessem força para de fato agir contra o inimigo, você já teria se esquecido de sua existência. Para eles, a sua inimizade seria uma lenda.*

*E alguns poderiam ter esperança de apaziguá-la ou convencê-la a chegar pelo menos a um grau de tolerância pacífica. Eu sou um desses.*

*Mas nem sempre fui. Por muito tempo, fui um dos vingativos... mas tudo continua voltando a isto: a vida não pode existir sem a Terra. No entanto, existe uma chance substancial de que a vida vencerá sua guerra e destruirá a Terra. Chegamos perto algumas vezes.*

*Isso não pode acontecer. Não se pode permitir que nós vençamos.*

*Então esta é uma confissão, minha Essun. Eu já traí você e vou trair de novo. Você ainda não escolheu um lado e eu já afasto aqueles que a recrutariam para a causa deles. Eu já planejo a sua morte. É necessário. Mas posso pelo menos tentar ao máximo dar à sua vida um significado que perdurará até que o mundo acabe.*

# 5

## Nassun toma as rédeas

*A Mamãe me fez mentir para você, pensa Nassun.* Ela está olhando para o pai, que conduz a carroça há horas a essa altura. Os olhos dele estão fixos na estrada, mas um músculo do maxilar fica mexendo. Uma das mãos (aquela que bateu primeiro em Uche e por fim o matou) treme no ponto em que segura as rédeas. Nassun sabe que ele ainda está furioso, talvez ainda matando Uche na cabeça. Ela não entende por quê, e não gosta disso. Mas ama o pai, tem medo dele, venera-o e, por isso, parte dela anseia por acalmá-lo. Ela se pergunta: *O que foi que eu fiz para que isso acontecesse?* E a resposta que recebe é: *Mentir. Você mentiu, e as mentiras sempre são ruins.*

Mas essa mentira não foi escolha dela. Havia sido uma ordem da Mamãe, junto com todas as outras: *não sintonize, não congele, eu vou fazer a terra se mexer e é melhor você não reagir, eu não disse para você não reagir, até mesmo ouvir é reagir, as pessoas normais não ouvem desse jeito, você está me ouvindo, pelas ferrugens, para, em nome da Terra, você não consegue fazer nada direito, para de chorar, agora faz de novo.* Ordens intermináveis. Descontentamento infindável. Por vezes o tapa de gelo para ameaçar, o tapa com a mão, a repugnante inversão da espiral de Nassun, o puxão na parte superior do braço. Mamãe disse algumas vezes que ama Nassun, mas Nassun nunca viu nenhuma prova disso.

Não como o Papai, que lhe dá kirkhusas de pedra britada para brincar ou um kit que primeiros socorros para a sua bolsa de fuga porque Nassun é uma Resistente como a Mamãe. Papai, que a leva para pescar no Riacho Tirika nos dias em que não tem encomendas para fazer. Mamãe nunca se deitou no telhado coberto de grama com Nassun, apontando para as estrelas e explicando que dizem que algumas civextintas davam nomes a elas, embora ninguém se lembre deles. Papai nunca está cansado demais para conversar ao final do dia de trabalho. Papai não examina Nassun durante as manhãs após o banho do modo como a Mamãe faz, verificando se as orelhas estão mal lavadas ou se a cama não está feita e, quando Nassun se comporta mal, Papai apenas suspira e chacoalha a cabeça e lhe diz, "querida, você sabia que não devia". Porque Nassun sempre faz isso.

Não era por causa de Papai que Nassun queria fugir e se tornar uma sabedorista. Ela não gosta que seu pai esteja tão bravo agora. Isso parece mais uma coisa que a mãe fez com ela.

Então ela diz:

— Eu queria te contar.

Papai não reage. Os cavalos continuam andando devagar. A estrada se estende diante da carroça, os bosques e as colinas passando lentamente em torno da estrada, um céu azul e brilhante lá no alto. Não há muitas pessoas cruzando o caminho deles hoje... apenas algumas carroças pesadas de mercadorias para comércio, mensageiros, alguns guardas do distritante em patrulha. Alguns dos carroceiros, que visitam Tirimo com frequência, acenam com a cabeça ou com a mão porque conhecem o Papai, mas Papai não responde. Nassun também não gosta disso. Seu pai é um homem amigável. O homem sentado ao seu lado parece um estranho.

Só porque ele não responde não significa que não esteja ouvindo. Ela acrescenta:

— Eu perguntei para a Mamãe quando íamos poder te contar. Perguntei muitas vezes. Ela disse que nunca. Ela disse que você não ia entender.

Papai não diz nada. Suas mãos ainda estão tremendo... menos agora? Nassun não sabe dizer. Ela começa a se sentir insegura; será que ele está bravo? Será que está triste por conta de Uche? (Será que *ela* está triste por conta de Uche? Não parece real. Quando ela pensa no irmão pequeno, pensa em uma coisinha tagarela que às vezes mordia as pessoas e ainda fazia cocô na fralda de vez em quando, que tinha uma presença orogênica do tamanho de um distritante. Aquela coisa amarrotada e imóvel lá na casa deles não pode ser Uche, porque era pequeno e imóvel demais.) Nassun quer tocar a mão trêmula do pai, mas percebe que está curiosamente relutante em fazer isso. Ela não sabe ao certo por quê... medo? Talvez porque esse homem seja tão estranho, e ela sempre foi tímida com estranhos.

Mas. Não. Ele é o Papai. O que quer que haja de errado com ele agora, é culpa da Mamãe.

Então Nassun estende o braço e pega a mão mais próxima do Papai, com firmeza, porque quer mostrar a ele que não está com medo, e porque está brava, embora não com Papai.

— Eu queria te contar!

O mundo se turva. A princípio, Nassun não sabe ao certo o que está acontecendo e se fecha. Isso foi o que Mamãe a treinou para fazer em momentos de surpresa ou dor: bloquear a reação instintiva do seu corpo ao medo, bloquear a busca instintiva de seus sensapinae pela terra mais abaixo. E em nenhuma circunstância Nassun deve reagir com orogenia, porque as pessoas normais não fazem isso. *Você pode fazer qualquer outra coisa*, diz a voz da Mamãe dentro de sua cabeça. *Grite, chore, jogue alguma coisa com as mãos, levante-se e comece uma briga*. Orogenia não.

Então Nassun cai no chão com mais força do que deveria, porque ainda não dominou a habilidade de não reagir e ainda se retesa fisicamente junto com o ato de não reagir orogenicamente. E o mundo se turva não apenas porque ela foi derrubada do assento do condutor da carroça, mas porque de fato rolou para fora da beirada da Estrada Imperial e foi declive abaixo pelo solo coberto de cascalho em direção a um pequeno lago alimentado por um riacho.

(Esse riacho é o local onde, alguns dias depois, Essun dará banho em um estranho garoto branco que age como se houvesse esquecido para que serve um sabonete.)

Nassun cai pesadamente até parar, aturdida e ofegante. Nada dói ainda. Quando o mundo se acalma e ela começa a entender o que aconteceu – *Papai me bateu, me derrubou da carroça* –, Papai já desceu o declive e diz seu nome aos prantos enquanto se agacha ao seu lado e a ajuda a se sentar. Aos prantos *mesmo*. Enquanto Nassun pisca para afastar a poeira e as estrelas que obscurecem sua visão, estende a mão para o alto para tocar o rosto do Papai, e o encontra úmido.

— Desculpa — ele fala. — Sinto muito, querida. Eu não quero machucar você, não quero, você é tudo o que me restou. — Ele a puxa para si e a abraça apertado, embora isso machuque. Ela está com hematomas por toda parte. — Sinto muito. Pelas ferrugens, eu sinto muito mesmo! Oh, Terra, oh, Terra, seu cruel filho de uma ferrugem! Esta não! Você não pode ficar com esta também!

Esses são soluços de dor, longos e guturais e histéricos. Nassun entenderá isso mais tarde (e não muito mais tarde). Ela se dará conta de que, neste momento, o pai está chorando tanto pelo filho que matou quanto pela filha que machucou.

Neste instante, contudo, ela pensa: *ele ainda me ama*, e começa a chorar também.

Então é enquanto eles estão assim, Papai dando um abraço apertado em Nassun, Nassun tremendo por conta do alívio e de um prolongado abalo emocional, que a sinuosa onda de choque do continente sendo partido ao meio lá no norte chega até eles.

Já faz quase um dia inteiro que estão descendo pela Estrada Imperial. Lá em Tirimo, alguns momentos antes, Essun acabou de desviar a força da onda de forma que ela se divida e contorne a cidade... o que significa que o que chega até Nassun é progressivamente mais poderoso. E Nassun ficou meio inconsciente após a queda, além de ter menos habilidade, menos experiência. Quando sensa a investida da onda, o seu poder bruto, ela reage exatamente da maneira errada. Ela se fecha outra vez.

O pai ergue a cabeça, surpreso ao vê-la arquejando e retesando o corpo de repente, e esse é o instante em que o martelo bate. Ele sensa até mesmo a aproximação, embora venha de forma demasiado rápida e poderosa para configurar algo além de uma mensagem estridente de *corra corra CORRA CORRA* no fundo da mente. Correr é inútil. A onda é basicamente o que acontece quando uma pessoa que está lavando a roupa estica as rugas de um lençol, só que em escala continental e avançando com a velocidade e a força do impacto casual de um asteroide. Na escala das pessoas pequenas, paradas e passíveis de serem esmagadas, o estrato se desloca abaixo deles e as árvores sacodem e depois racham. A água no lago ao lado deles de fato salta ao ar por um momento, suspensa e imóvel. Papai fica olhando para a água, fascinado, ao que parece, com esse único ponto estático em meio à implacável descamação do mundo em todas as outras partes.

Mas Nassun ainda é uma orogene habilidosa, mesmo que meio aturdida. Embora não tenha se concentrado a tempo de fazer o que Essun fez e quebrar a força da onda antes que chegasse, a menina faz a segunda melhor coisa possível. Ela finca duas torres invisíveis de força nos estratos, tão fundo quanto consegue, alcançando a própria litosfera. Quando a força cinética chega, instantes progressivos antes de a crosta do planeta reagir flexionando-se, ela arrebata o calor e a pressão e a fricção dessa força e a usa para alimentar suas torres, prendendo os estratos e o solo no lugar com tanta solidez como se estivessem colados.

Há muita força para absorver da terra, mas ela forma uma espiral ambiente mesmo assim. Ela a mantém a uma ampla distância, porque *seu pai* está dentro dela e ela não pode, não pode, não pode machucá-lo, e prolonga a espiral com força e violência, embora não precise. O instinto lhe diz para fazer isso, e o instinto está certo. O núcleo congelante do sua espiral, que desintegra qualquer coisa que esteja vindo em direção à zona estável do seu centro, é o que impede algumas dezenas de projéteis de perfurá-los até a morte.

Tudo isso significa que, quando o mundo cai aos pedaços, isso acontece em todas as outras partes. Durante um momento, não há nenhum fragmento da realidade para ver exceto o glóbulo flutuante que é o lago, um furacão composto de todas as outras coisas pulverizadas e um oásis de quietude no centro do ciclone.

Depois o abalo passa. O lago cai de volta no lugar, salpicando-os com neve lamacenta. As árvores que não se despedaçaram voltam a se retesar de modo brusco, algumas delas quase se curvando até o chão na direção contrária em um ímpeto de resposta e quebrando-se ali. A distância (para além da espiral de Nassun), pessoas e animais e pedregulhos e árvores que foram arremessados ao ar desabam. Há gritos, humanos e não humanos. Som de madeira rachando, de pedra se fragmentando, o chiado distante de algo metálico feito pelo homem se partindo. Atrás deles, do outro lado do vale do qual acabaram de sair, a superfície de um penhasco se despedaça e despenca em uma estrondosa avalanche, soltando um grande e fumegante geodo de calcedônia.

Depois, segue-se o silêncio. Em meio a ele, Nassun enfim ergue o rosto, desencostando-o do ombro do pai para olhar ao redor. Ela não sabe o que pensar. Os braços do pai ao redor dela afrouxam o aperto – choque –, e ela se contorce até ser solta e conseguir se levantar. Ele se levanta também. Durante um longo instante, eles se limitam a olhar para os destroços do mundo que um dia conheceram.

Então Papai se vira para fitá-la, devagar, e ela vê no rosto dele o que Uche deve ter visto naqueles últimos momentos.

— Você fez isso? — ele pergunta.

A orogenia desanuviou a mente de Nassun por uma questão de necessidade. É um mecanismo de sobrevivência: a estimulação intensa dos sensapinae em geral vem acompanhada de uma descarga de adrenalina e outras mudanças físicas que preparam o corpo para a fuga... ou para o uso prolongado de orogenia, se for necessário. Nesse caso, ela traz uma maior clareza de pensamento, que é o modo como Nassun enfim percebe que o pai não estava histérico devido à sua queda apenas pelo seu bem. E o que ela vê em seus olhos neste exato instante é algo completamente diferente de amor.

Seu coração se despedaça nesse momento. Outra pequena e silenciosa tragédia, entre tantas outras. Mas ela fala, porque, no final das contas, é filha de sua mãe e, o mínimo que Essun fez foi treinar sua garotinha para sobreviver.

— Aquilo foi grande demais para mim — responde Nassun. Sua voz é calma, neutra. — O que eu fiz foi isto —

Ela faz um gesto apontando o círculo de terreno seguro que os cerca, diferente do caos do outro lado. — Desculpa por eu não ter barrado tudo, Papai. Eu tentei.

Esse *Papai* é o que funciona, da mesma forma como suas lágrimas a haviam salvado antes. O assassinato que permeia a expressão dele oscila, desvanece, muda.

— Não consigo te matar — ele murmura para si mesmo.

Nassun vê a hesitação do pai. Também é o instinto que a faz dar um passo à frente e pegar a mão dele. Ele se retrai, talvez pensando em afastá-la com um tapa de novo, mas, desta vez, ela segura firme.

— Papai — ela tenta outra vez, colocando desta vez um toque mais lamurioso e carente na voz. Foi este o elemento que o fez pender nessas ocasiões em que ele chegou perto de se voltar contra ela: lembrar-se de que ela era a sua garotinha. Lembrá-lo de que ele foi, até hoje, um bom pai.

É manipulação. Uma parte dela se desassocia da verdade a partir desse momento e, a partir daí, todos os seus gestos de carinho em relação ao pai serão calculados, performativos. Para todos os efeitos, sua infância morre. Mas isso é melhor do que a morte de todo o seu ser, ela sabe.

E funciona. Jija dá piscadas rápidas, depois murmura algo ininteligível para si mesmo. Sua mão aperta a dela.

— Vamos voltar para a estrada — ele diz.

(Ele agora é Jija na mente dela. Será Jija de agora em diante, para sempre, e nunca mais Papai, a não ser em voz alta, quando Nassun precisa de rédeas para conduzi-lo.)

Então eles voltam juntos, Nassun mancando um pouco porque seu traseiro está dolorido na parte onde bateu com muita força no asfalto e nas pedras. Toda a extensão da estrada ficou destruída, embora não esteja tão ruim perto da carroça. Os cavalos ainda estão engatados, embora uma égua tenha caído de joelhos e se enroscado nos arreios. Por sorte não quebrou uma perna. O outro ainda está em choque. Nassun começa a acalmar os cavalos, persuadindo a égua a se levantar e tirando o outro de um estado de quase catatonia, quanto seu pai se aproxima dos outros viajantes que eles veem estendidos pela estrada. Aqueles que estavam dentro da ampla circunferência da espiral de Nassun estão bem. Aqueles que não estavam... bom.

Após os cavalos ficarem trêmulos, mas em boas condições, Nassun vai procurar Jija e o encontra tentando erguer um homem que foi arremessado contra uma árvore. A batida quebrou as costas do homem; ele está consciente e xingando, mas Nassun pode ver a flacidez de suas pernas agora inúteis. É danoso movê-lo, mas Jija obviamente acha pior deixá-lo ali daquele jeito.

— Nassun — ele diz em um tom suave, arfando enquanto tenta encontrar uma maneira melhor de pegar o homem —, arrume a cama da carroça. Tem um hospital de verdade em Água Aprazível, a um dia de distância. Acho que podemos chegar até lá se...

— Papai — ela diz em voz baixa. — Água Aprazível não existe mais.

Ele para. (O homem ferido geme.) Vira-se para ela, franzindo a testa.

— O quê?

— Sume também não — ela diz. Ela não acrescenta "mas Tirimo está bem, porque a Mamãe estava lá". Ela não quer voltar, nem mesmo por causa do fim do mundo. Jija dá uma olhada rápida para o trecho da estrada que eles percorreram, mas é claro que a única coisa que veem são as árvores quebradas e alguns pedaços de asfalto virados ao longo da estrada... e corpos. Muitos corpos. Pelo caminho inteiro até Tirimo, ou pelo menos é o que a vista sugere.

— Mas que ferrugens — ele sussurra.

— Tem um buraco grande no chão lá no norte — continua Nassun. — *Bem* grande. Foi o que causou isto. Vai causar mais tremores e coisas também. Consigo sensar cinzas e gás vindo nesta direção. Papai... acho que é uma Estação.

O homem ferido arqueja, não só por conta da dor. Os olhos de Jija ficam arregalados e horrorizados. Mas ele pergunta, e isso é importante:

— Você tem certeza?

É importante porque significa que está dando ouvidos a ela. É uma medida de confiança. Nassun sente uma onda de triunfo ao ouvir essa pergunta, embora não saiba de fato por quê.

— Sim. — Ela morde o lábio. — Vai ser muito ruim, Papai.

Os olhos de Jija seguem em direção a Tirimo outra vez. Essa é uma reação condicionada: durante uma Estação, os membros de uma comu sabem que o único lugar em que com certeza serão acolhidos é lá. Qualquer outro lugar é um risco.

Mas Nassun não vai voltar, agora que está longe. Não agora que Jija a ama (por mais que seja de uma maneira estranha) e a levou embora e está *ouvindo* o que ela diz, *entendendo-a*, apesar de saber que é uma orogene. Mamãe estava errada sobre essa parte. Ela havia dito que Jija não entenderia.

*Ele não entendeu Uche.*

Nassun luta contra esse pensamento. Uche era muito pequeno. Nassun será mais esperta. E Mamãe ainda estava apenas meio certa. Nassun será mais esperta que ela também.

Então ela diz baixinho:

— A Mamãe sabe, Papai.

Nassun nem sequer sabe ao certo o que quer dizer com isso. Sabe que Uche está morto? Sabe quem bateu nele até matá-lo? Será que a Mamãe conseguiria acreditar que Jija poderia fazer uma coisa dessas com o próprio filho? A própria Nassun mal pode acreditar. Mas Jija se encolhe como se as palavras fossem uma acusação. Ele olha para ela por um longo instante, sua expressão mudando de medo para terror para desespero... e, aos poucos, para resignação.

Ele olha para o homem ferido. Não é ninguém que Nassun conheça... não é de Tirimo e veste as roupas práticas e os bons sapatos de um mensageiro. Ele não vai mais correr, certamente não para a sua comu natal, seja lá onde for.

— Sinto muito — diz Jija. Ele se curva e quebra o pescoço do homem ao mesmo tempo em que o mensageiro está tomando fôlego para perguntar: "Pelo quê?".

Depois Jija se levanta. Suas mãos estão tremendo de novo, mas ele se vira e estende uma delas. Nassun a pega. Eles voltam andando para a carroça e retomam a viagem para o sul.

✦ ✦ ✦

A ESTAÇÃO SEMPRE VOLTARÁ.

— *TÁBUA DOIS, "A VERDADE INCOMPLETA", VERSÍCULO UM*

# 6

## VOCÊ SE COMPROMETE COM A CAUSA

— Uma o quê? — pergunta Tonkee, estreitando os olhos para você através de uma cortina de cabelo. Você acabou de entrar no apartamento depois de passar parte do dia ajudando um dos turnos de trabalho a emplumar e consertar setas de balestras para uso dos Caçadores. Já que não faz parte de nenhuma casta de uso em particular, você vem ajudando cada uma por vez, um pouco todos os dias. Isso foi conselho de Ykka, embora Ykka esteja cética quanto à sua recém-descoberta determinação de tentar se encaixar na comu. Ela gosta que esteja tentando, pelo menos.

Outra sugestão foi que você encorajasse Tonkee a fazer o mesmo, uma vez que, até o momento, ela não tenha feito nada além de comer e dormir e tomar banho às custas da generosidade da comu. É verdade que certa parte desse último obséquio foi necessária pelo bem da socialização da comu. Nesse instante, Tonkee está de joelhos diante de uma bacia de água no quarto dela, cortando o cabelo com uma faca para tirar as pontas emaranhadas. Você se mantém bem afastada porque o quarto tem cheiro de mofo e odor corporal e porque você pensa estar vendo algo se mexer na água junto com o cabelo que caiu. Tonkee pode ter precisado revestir-se de sujeira como parte do disfarce de pessoa sem-comu, mas isso não significa que não era imundície de verdade.

— Uma lua — você diz. É uma palavra estranha, curta e redonda; você não sabe ao certo quanto deve esticar o som de "u" no meio. O que mais Alabaster havia dito? — Um... satélite. Ele disse que um geomesta saberia.

Ela franze ainda mais a testa enquanto corta um tufo particularmente teimoso.

— Bem, eu não sei do que ele está falando. Nunca ouvi falar de uma “lua”. Os obeliscos são minha especialidade, lembra? — Então ela pisca os olhos e faz uma pausa, deixando pendurado o tufo cortado pela metade. — Embora, tecnicamente, os próprios obeliscos sejam satélites.

— Como é que é?

— Bem, “satélite” significa apenas um objeto cujo movimento e posição dependem de outro. O objeto que controla tudo é chamado de primário, o objeto dependente é um satélite desse. Entende? — Ela encolhe os ombros. — É uma coisa que os astronomestas comentam quando você consegue compreender alguma coisa do que eles falam. *Mecânica orbital.* — Ela revira os olhos.

— O quê?

— Bobagem. Placas tectônicas para o céu. — Você fica olhando, incrédula, e ela faz um gesto com a mão. — De qualquer forma, eu te contei sobre como os obeliscos seguiram você até Tirimo. Aonde você vai, eles vão. Isso os torna satélites do seu primário.

Você estremece, não gostando do pensamento que lhe vem à cabeça... de cordas finas e invisíveis ancorando você ao ametista, ao topázio, que estava mais próximo, e agora ao distante ônix, cuja presença escura está crescendo em sua mente. E, estranhamente, você também pensa no Fulcro. Das cordas que a prendiam a ele, mesmo quando você tinha a aparente liberdade de sair de lá e viajar. Contudo, você sempre voltava, ou o Fulcro teria ido atrás de você, na forma dos Guardiões.

— Correntes — você diz em voz baixa.

— Não, não — retruca Tonkee, distraída. Ela está trabalhando com o tufo de cabelo de novo, tendo grande dificuldade. Sua faca ficou cega. Você sai por um instante, vai ao quarto que divide com Hoa e pega a pedra de amolar na sua bolsa. Ela pisca os olhos quando você oferece a pedra, depois faz um aceno de agradecimento e começa a afiar a faca. — Se houvesse uma corrente entre você e um obelisco, ele estaria te seguindo porque você está *obrigando-o* a te seguir. Força, não gravidade. Quero dizer, se você pudesse forçar um obelisco a fazer o que você quer. — Você dá um sorrisinho ao ouvir isso. — Mas um satélite reage independentemente do fato de você tentar fazê-lo reagir. Ele é atraído pela sua presença e pelo peso que você exerce sobre o universo. Ele fica ao seu redor porque não consegue evitar. — Ela faz um aceno distraído com a mão molhada, enquanto você fica olhando outra vez. — Não que se deva atribuir motivações e intenções aos obeliscos, é claro, isso seria idiotice.

Você se agacha contra a parede do outro lado do quarto para refletir sobre isso enquanto ela retoma o trabalho. À medida que os restos do cabelo dela começam a se soltar, você enfim reconhece a cabeleira, porque é enrolada e escura como o seu, e não de cinzas sopradas e acinzentado. Com cachos mais soltos, talvez. Cabelo latmediano; outra marca contra ela aos olhos da família, provavelmente. E, dada a sua aparência sanzed comum nos demais aspectos (ela é um tanto baixa, o corpo em formato de pera, mas é isso o que acontece quando as famílias yumenescenses não usam Reprodutores para se melhorarem), essa é uma característica que você teria lembrado em relação àquela visita que ela fez ao Fulcro há muito tempo.

Você não acha que Alabaster estava falando dos obeliscos quando mencionou essa coisa sobre lua. No entanto...

— Você disse que aquela coisa que nós encontramos no Fulcro, aquele *soquete*, foi onde construíram os obeliscos.

Fica claro de imediato que você voltou a um terreno pelo qual Tonkee realmente se interessa. Ela põe a faca no chão e se inclina para a frente, seu rosto cheio de entusiasmo em meio ao resto assimétrico de cabelo que ainda está pendurado.

— Ã-hã. Talvez não todos eles. As dimensões de todos os obeliscos registrados eram um pouco diferentes, então só alguns... ou talvez até mesmo só um... caberia naquele soquete. Ou talvez os soquetes mudasse toda vez que colocavam um obelisco lá, adaptando-se a ele!

— Como você sabe que eles *os colocavam* lá? Talvez primeiro... eles crescessem lá, depois fossem lapidados ou extraídos e levados embora depois. — Isso faz Tonkee parecer pensativa; você se sente indiretamente orgulhosa por ter considerado algo que ela não considerou. — E "eles" quem?

Ela pisca, em seguida se senta, seu entusiasmo desaparecendo a olhos vistos. Por fim, ela diz:

— Supostamente, a Liderança yumenescense descende do povo que salvou o mundo depois da Estação do Estilhaçamento. Temos textos que são passados de geração em geração desde aquela época, segredos que cada família está encarregada de guardar e os quais devem nos mostrar quando ganhamos nossos nomes de uso e de comu. — Ela faz uma carranca. — Minha família não me mostrou, porque já estava pensando em me repudiar. Então invadi o cofre e *peguei* o meu direito de nascença.

Você aquiesce, porque essa parece a Binof de que você se lembra. Entretanto, você está incrédula quanto ao segredo de família. Yumenes não existia antes de Sanze, e Sanze é apenas a última de incontáveis civilizações que devem ter ido e vindo no decorrer das Estações. As lendas da Liderança têm ares de mito inventado para justificar seu lugar na sociedade.

Tonkee prossegue:

— No cofre, achei todo tipo de coisa: mapas, escritos estranhos em uma língua que não se parece com nada que eu já tenha visto, objetos que não faziam sentido, como uma minúscula pedra amarela perfeitamente redonda, com mais ou menos dois centímetros de circunferência. Alguém tinha colocado a pedra em uma caixa de vidro, lacrado e grudado nela avisos para não tocá-la. Ao que parece, aquela coisa tinha a reputação de abrir buracos nas pessoas. — Você estremece. — Então, ou existe um pouco de verdade nas histórias de família ou, incrivelmente, ser rico e poderoso torna fácil reunir uma coleção e tanto de objetos antigos valiosos. Ou as duas coisas. — Ela percebe a sua expressão e parece achar graça. — É, provavelmente não as duas coisas. De qualquer forma, não é Saber das Pedras, são só... palavras. Conhecimento empírico. Eu precisava embasá-lo.

Isso parece típico de Tonkee.

— Então você se esgueirou no Fulcro para tentar encontrar o soquete porque, de algum modo, isso prova alguma antiga história ferrugenta que a sua família passou de geração em geração?

— Estava em um dos mapas que eu achei. — Tonkee encolhe os ombros. — Se tinha alguma verdade em parte da história; sobre existir um soquete em Yumenes, escondido de propósito pelos fundadores da cidade; então isso sugeriria que poderia haver verdade no resto, sim. — Colocando a faca de lado, Tonkee muda de posição para ficar confortável, preguiçosamente empilhando o cabelo cortado com uma das mãos. Seu cabelo está terrivelmente curto e assimétrico agora, e você sente muita vontade de pegar a tesoura da mão dela e modelá-lo. Mas você vai esperar até ela dar outra lavada nele.

— Há um pouco de verdade em outras partes da história também — diz Tonkee. — Quero dizer, muitas das histórias são ferrugem e fumaça de mellow; não quero fingir que não são. Mas aprendi na Sétima Universidade que os obeliscos são tão antigos quanto a história, mais antigos ainda. Temos evidências de Estações de dez, quinze, até vinte mil anos atrás... e os obeliscos são mais antigos que isso. É possível que sejam anteriores à Estação do Estilhaçamento.

A primeira Estação, aquela que quase matou o mundo. Apenas os sabedoristas falam dela, e a Sétima Universidade nega a maior parte das histórias que eles contam. Só para contrariá-la, você diz:

— Talvez não tenha existido uma Estação do Estilhaçamento. Talvez as Estações sempre tenham existido.

— Talvez — Tonkee dá de ombros, sem perceber a sua tentativa de ser irritante ou sem se importar. Provavelmente a segunda opção. — Mencionar a Estação do Estilhaçamento era uma ótima maneira de provocar uma discussão de cinco horas no colóquio. Velhos peidorreiros idiotas. — Ela sorri para si mesma, lembrando-se de algo, e fica séria de repente. Você entende de pronto. Dibars, a cidade que abrigava a Sétima, fica nos Equatoriais, apenas um pouco a oeste de Yumenes.

— Mas eu não acredito — comenta Tonkee quando se recupera — que sempre tivemos Estações.

— Por que não?

— Por nossa causa. — Ela sorri. — A vida, eu quero dizer. Não é diferente o bastante.

— O quê?

Tonkee se inclina para a frente. Ela não está tão entusiasmada como fica quando o assunto são os obeliscos, mas fica claro que praticamente qualquer conhecimento escondido há muito tempo a faz tagarelar. Por um instante, no brilho do rosto aberto e atrevido dela, você vê Binof; aí ela fala e se torna Tonkee, a geomesta, outra vez.

— "Todas as coisas mudam durante uma Estação", certo? Mas não o suficiente. Pense da seguinte forma: tudo o que cresce ou anda na terra pode respirar o ar do mundo, comer seus alimentos, sobreviver às suas habituais mudanças de temperatura. Nós não precisamos *mudar* para fazer isso; somos exatamente o que precisamos ser, porque é assim que o mundo funciona. Certo? Talvez as pessoas sejam as piores, porque temos que usar nossas mãos para fazer casacos em vez de deixar o pelo crescer... mas conseguimos fazer casacos. Fomos feitos para isso, com mãos hábeis que podem costurar e cérebros que podem descobrir como caçar ou criar animais para obter peles. Mas não fomos feitos para expelir cinzas de dentro dos pulmões antes que elas se transformem em cimento...

— Alguns animais sim.

Tonkee olha feio para você.

— Pare de interromper. É falta de educação.

Você suspira e faz um gesto para ela continuar, e ela, mais calma, aquiesce.

— Bem. *Sim*, alguns animais passam a ter filtros pulmonares durante uma Estação... ou começam a respirar água e se mudam para o oceano, onde é mais seguro, ou se enterram e hibernam, ou algo do tipo. Nós descobrimos como fazer não só casacos, mas esconderijos para provisões e muros e Saber das Pedras. Mas isso foi pensado depois. — Ela gesticula descontroladamente, procurando as palavras. — Como... quando um dos raios da roda da carroça se parte e você está no meio do caminho entre duas comus, você improvisa. Entende? Você coloca um galho ou mesmo uma barra de metal no lugar onde o raio quebrado estava, só para manter a roda forte o bastante para aguentar até você conseguir achar um fabricante de carroças. É isso o que acontece quando os kirkhusas de repente desenvolvem gosto pela carne durante uma Estação. Por que eles não comem carne o tempo todo? Por que nem *sempre* comeram carne? Porque foram feitos originalmente para outra coisa, ainda são *melhores* em comer outra coisa, e comer carne durante as Estações é o remendo desleixado, de última hora, que a natureza acrescentou para impedir que os kirkhusas fossem extintos.

— Isso... — Você está um pouco espantada. Parece loucura, mas, de certa maneira, correto. Você não consegue pensar em nenhuma falha para apontar nessa teoria e você não sabe ao certo se quer fazer isso. Tonkee não é uma pessoa que queira enfrentar em uma batalha de lógica.

Tonkee assente.

— É por isso que não consigo parar de pensar nos obeliscos. Foram construídos por pessoas, o que significa que, como espécie, somos pelo menos tão antigos quanto eles! É muito tempo para quebrar coisas, recomeçar e quebrá-las de novo. Ou, se as histórias da Liderança forem verdadeiras... talvez seja tempo suficiente para improvisar um remendo. Algo que nos ajude a resistir até que os verdadeiros reparos sejam feitos.

Você franze a testa para si mesma.

— Espere. A liderança yumenescense acha que os obeliscos, uma quinquilharia de uma civextinta, são o remendo?

— Basicamente. As histórias dizem que os obeliscos mantinham o mundo unido quando ele se fragmentou. E insinua que poderia haver algum dia um modo de acabar com as Estações, envolvendo os obeliscos.

Um término para todas as Estações? É difícil até de imaginar. Não haveria necessidade de ter bolsas de fuga. Nem esconderijos de provisões. As comus durariam para sempre, cresceriam para sempre. Todas as cidades poderiam se tornar algo como Yumenes.

— Seria incrível — você murmura.

Tonkee lança um olhar penetrante para você.

— Os orogenes poderiam ser um tipo de remendo também, sabe — ela diz. — E, sem as Estações, vocês não seriam mais necessários.

Você franze o cenho para ela, sem saber ao certo se deveria ficar preocupada ou reconfortada com essa declaração, até ela começar a pentear o que restou do cabelo com os dedos e você perceber que não tem mais nada a dizer.

✦ ✦ ✦

Hoa sumiu. Você não sabe com certeza para onde foi. Você o deixou na enfermaria, encarando Cabelo de Rubi e, quando voltou para o seu apartamento para tentar dormir durante mais algumas horas, ele não estava ao seu lado quando acordou. O pequeno embrulho de pedras dele ainda está no quarto, perto da sua cama, então ele deve planejar voltar logo. Provavelmente não é nada. No entanto, após tantas semanas, você se sente curiosamente desamparada sem sua presença estranha e sutil. Mas talvez seja melhor assim. Você tem uma visita a fazer, que talvez seja mais fácil sem... hostilidade.

Você volta caminhando para a enfermaria, lenta e silenciosamente. É o início da noite, você acha... é sempre difícil dizer em Castrima-de-baixo, mas o seu corpo ainda está acostumado ao ritmo da superfície. Por enquanto, você confia nele. Algumas das pessoas nas plataformas e passarelas ficam olhando quando você passa; é evidente que esta comu passa muito tempo fofocando. Não importa. A única coisa que importa é se Alabaster teve tempo suficiente para se recuperar. Vocês precisam conversar.

Não há nem sinal do cadáver do Caçador que estava ali de manhã; já limparam tudo. Lerna está lá dentro, com roupas limpas, e olha para você de relance quando entra. A expressão dele ainda é reservada, você nota, embora seus olhares se encontrem apenas por um instante antes de ele acenar e voltar a fazer o que quer que esteja fazendo com o que parecem ser instrumentos cirúrgicos. Há outro homem por perto, pipetando algo em uma série de frasquinhos de vidro; este nem ergue os olhos. Qualquer um pode entrar.

Só quando você está no meio do longo corredor central da enfermaria, caminhando entre fileiras de leitos, é que toma consciência de um som que vinha ouvindo o tempo todo: um tipo de zumbido. Parece monótono de início, mas, à medida que se concentra, você detecta tons, harmonias, um ritmo sutil. Música? Uma música tão estranha, tão difícil de analisar, que você não sabe ao certo se a palavra "música" de fato se aplica. Alabaster continua no lugar onde você o viu de manhã, em uma pilha de almofadas e cobertores no chão. Não dá para saber por que Lerna não o colocou em um leito. Há frascos em uma mesa de cabeceira ali perto, um rolo de atadura limpa, algumas tesouras, um pote de pomada. Uma comadre, felizmente não utilizada desde a última limpeza, embora ainda cheire mal perto dele.

A música está vindo da comedora de pedra, você percebe, deslumbrada, quando se agacha diante deles. Antimony está sentada de pernas cruzadas perto do "ninho" de Alabaster, como se alguém houvesse se dado ao trabalho de esculpir uma mulher sentada de pernas cruzadas com uma das mãos erguidas. Alabaster está dormindo... embora em uma postura estranha, quase sentada, que você não entende até se dar conta de que ele está recostado contra a mão de Antimony. Talvez por que seja a única maneira que ele consiga dormir com conforto? Há ataduras nos braços dele hoje, brilhantes por conta da pomada, e Alabaster não está vestindo uma camisa, o que ajuda você a ver que ele não está tão ferido quanto você havia pensado a princípio. Não há trechos de pedra no peito ou na barriga, e apenas algumas queimaduras pequenas em torno dos ombros, a maior parte curada. Mas seu torso está quase esquelético: quase não há músculos, as costelas estão à vista, a barriga parece quase côncava.

Além disso, o braço direito está muito menor do que estava de manhã.

Você olha para Antimony. A música vem de algum lugar dentro dela. Os olhos pretos da comedora de pedra estão fixos nele; não se mexeram desde a sua chegada. É tranquila, essa música estranha. E Alabaster parece confortável.

— Você não está cuidando dele — você diz, olhando para as costelas dele e lembrando-se de incontáveis noites colocando comida na frente dele, olhando enquanto ele cansadamente a mastigava, conspirando com Innon para fazê-lo comer nas refeições em grupo. Ele sempre comia mais quando achava que havia gente olhando. — Se você vai roubá-lo de nós, o mínimo que podia ter feito era alimentá-lo de forma apropriada. Engordá-lo antes de comê--lo, ou algo do tipo.

A música continua. Segue-se um ruído muito leve de pedra raspando quando os olhos pretos em formato de cabochão dela enfim recaem sobre você. São olhos tão estranhos, apesar da semelhança superficial em relação aos humanos. Você consegue ver o material seco e fosco que constitui o branco dos olhos dela. Sem veias nem manchinhas, nenhuma coloração de branco sujo que indique cansaço ou preocupação ou qualquer outra coisa humana. Você não consegue sequer distinguir se há pupilas dentro do preto das íris. Que você saiba, ela não consegue nem ao menos ver com eles e usa os cotovelos para detectar a sua presença e direção.

Você olha naqueles olhos e percebe, de repente, que restou tão pouco dentro de você capaz de ter medo.

— Você o tirou de nós e não conseguimos sozinhos. — Não, isso é uma meia verdade. Innon, um selvagem, não tinha nenhuma esperança contra Guardiões e um orogene treinado pelo Fulcro. Mas você? Foi você quem estragou tudo. — *Eu* não consegui sozinha. Depois, quando eu estava vagando, jurei encontrar um modo de matar você. Colocar você dentro de um obelisco como aquele outro. Enterrar você no oceano longe o suficiente para ninguém jamais te desenterrar.

Ela observa você e não diz nada. Você não consegue nem captar a respiração dela, porque ela não respira. Mas a música para, morrendo no silêncio. Pelo menos isso é uma reação.

Isso é inútil. Mas então o silêncio fica mais pesado, e você ainda está meio irritada, de modo que acrescenta:

— Que pena. A música era bonita.

(Mais tarde, deitada na cama e refletindo sobre os erros do dia, você pensará tardiamente: *sou tão louca agora quanto Alabaster era naquela época.*)

Um instante depois, Alabaster se mexe, erguendo a cabeça e soltando um gemido fraco que lança os seus pensamentos e o seu coração a dez anos de distância antes de eles retornarem. Ele pisca os olhos para você, desorientado por um momento, e você percebe que ele não a reconhece com o cabelo duas vezes mais comprido, a pele desgastada e as roupas desbotadas pela Estação. Então ele pisca outra vez, e você respira fundo, e vocês dois voltam ao aqui e agora.

— O ônix — ele diz, sua voz rouca de sono. Claro que ele sabe. — Sempre dando um passo maior do que a perna, Syen.

Você não se dá ao trabalho de corrigi-lo quanto ao nome.

— Você disse um obelisco.

— Eu falei para chamar o topázio ferrugento. Mas se você conseguiu chamar o ônix, eu subestimei o seu desenvolvimento. — Ele inclina a cabeça com um ar pensativo. — O que você fez nesses últimos anos para refinar tanto o seu controle?

Você não consegue pensar em nada de início, mas aí vem uma hipótese.

— Eu tive dois filhos. — Impedir que uma criança orogene destrua tudo na vizinhança tomou muito da sua energia naqueles primeiros anos. Você aprendeu a dormir com um olho aberto, seus sensapinae preparados para a menor contração devido a medo de criança ou melindre de bebê... ou pior, um tremor local que pudesse fazer qualquer uma delas reagir. Você reprimia uma dúzia de desastres por noite.

Ele aquiesce, e só então você se lembra de como era acordar às vezes durante a noite em Meov e encontrar Alabaster acordado, observando Corundum com os olhos pesados de sono. Você se lembra de caçoar dele, na verdade, pela preocupação, quando Coru claramente não era nenhuma ameaça a ninguém.

Que a Terra queime tudo, você odeia descobrir todas essas coisas depois de o fato ter acontecido.

— Eles me deixaram com a minha mãe durante alguns anos depois que eu nasci — ele diz, quase para si mesmo. Você já imaginava, uma vez que ele fala uma língua costeira. Como essa mãe procriada no Fulcro sabia o idioma, porém, é um mistério que nunca será solucionado. — Eles me levaram embora quando eu tinha idade suficiente para ser ameaçado de forma eficaz, mas, antes disso, ela aparentemente impediu que eu congelasse Yumenes algumas vezes. Acho que não fomos feitos para sermos criados por quietos. — Ele fez uma pausa, seu olhar distante. — Eu a encontrei anos mais tarde, por acaso. Não a reconheci, embora de algum modo ela tenha me reconhecido. Acho que ela está... ela *estava*... no conselho consultivo sênior. Chegou aos nove anéis, se bem me lembro. — Ele fica em silêncio por um instante. Talvez contemplando o fato de que matou a própria mãe também. Ou talvez tentando lembrar-se de outra coisa sobre ela além de um rápido encontro entre dois estranhos em um corredor.

Ele intensifica a concentração de modo abrupto, de volta ao presente e a você.

— Acho que você talvez seja uma nove-anéis agora.

Você não consegue deixar de sentir surpresa e prazer, embora cubra ambos sob uma aparente indiferença.

— Achei que essas coisas não importassem mais.

— Não importam. Tive o cuidado de aniquilar o Fulcro quando destruí Yumenes. Ainda há edifícios onde ficava a cidade, empoleirados na beira do abismo, a menos que tenham caído desde então. Mas as paredes de obsidiana foram abaixo, e eu me certifiquei de que o Principal caísse no buraco primeiro. — Há uma satisfação profunda e perversa na voz dele. Parece você um minuto atrás, quando se imaginou assassinando comedores de pedra.

(Você olha para Antimony. Ela voltou a observar Alabaster, mão ainda apoiando as costas dele. Você quase poderia pensar nela fazendo isso por devoção ou gentileza, se não soubesse que as mãos dele e os pés e o antebraço estão no que quer que faça as vezes de estômago dela.)

— Eu só menciono os anéis para você ter um ponto de referência. — Alabaster se mexe, sentando-se com cuidado e então, como se tivesse ouvido o seu pensamento, estendendo o toco do braço direito coberto de pedra. — Olhe para dentro disto. Me diz o que você vê.

— Você vai me contar o que está acontecendo, Alabaster? — Mas ele não responde, fica apenas olhando para você, e você suspira. Tudo bem.

Você olha para o braço dele, que termina no cotovelo agora, e se pergunta o que ele quer dizer com *olhar para dentro*. Então, de maneira involuntária, você se lembra de uma noite em que ele tirou veneno de dentro das células do próprio corpo. Mas ele teve ajuda para fazer isso. Você franze a testa, olhando por impulso para o objeto cor-de-rosa de formato estranho atrás dele... aquela coisa que parece uma faca excessivamente comprida e de cabo grande e que, na verdade, de alguma forma, é um obelisco. O espinélio, ele disse.

Você olha para Alabaster de relance; ele deve ter visto você espiar o objeto. Mas não se mexe: nem um espasmo em seu rosto queimado e incrustrado de pedras, nem uma oscilação de seus cílios não existentes. Tudo bem, então. Vale tudo, contanto que você faça o que ele diz.

Então você olha para o braço dele. Você não quer se arriscar com o espinélio. Impossível saber o que vai acontecer. Em vez disso, você tenta deixar a sua consciência perscrutar o braço. Parece absurdo; você passou a vida inteira sensando camadas de terra quilômetros abaixo. Para a sua surpresa, no entanto, a sua percepção *consegue* captar o braço dele. É pequeno e estranho, próximo demais e quase miúdo demais, mas está lá, porque pelo menos a camada mais externa dele é de pedra. Cálcio e carbono e partículas de ferro oxidado que antes devem ter sido sangue, e...

Você faz uma pausa, franzindo a testa, e abre os olhos. (Você não se lembra de tê-los fechado.)

— O que é aquilo?

— O que *é* aquilo? — O lado da boca dele que não ficou colado por uma queimadura se ergue em um sorriso sardônico.

Você faz uma carranca.

— Tem algo nessa coisa que você... — está se tornando.

—... essa coisa de pedra. Não é, eu não sei. É pedra e não é.

— Você consegue sensar a carne mais para baixo do braço?

Você não deveria ser capaz de sensar. Mas quando você restringe a concentração até o limite possível, quando aperta os olhos e pressiona a língua contra o céu da boca e franze o nariz, aquela substância está ali também. Grandes glóbulos pegajosos todos quicando uns contra os outros... Você recua de imediato, enojada. Pelo menos as pedras são limpas.

— Olhe de novo, Syen. Não seja covarde.

Você poderia ficar irritada, mas está velha demais para esse tipo de merda agora. Com uma expressão determinada, você tenta outra vez, respirando fundo para não se sentir enjoada. É tudo tão *úmido* dentro dele, e a água não fica sequer retida entre as camadas de barro ou...

Você faz uma pausa. Restringe a concentração ainda mais. Por entre a gelidez, movendo-se também, mas de maneira mais lenta e menos orgânica, você de súbito sensa a mesma coisa que encontrou na pedra que o compõe. Alguma outra coisa, nem carne nem pedra. Algo imaterial que, no entanto, está ali para você perceber. Brilha em forma de fios entre os pedaços dele, entrecruzando-se consigo mesmos, formando treliças, mudando constantemente. Uma... tensão? Uma energia, brilhante e fluida. Potencial. Intenção.

Você chacoalha a cabeça, recuando para poder se concentrar nele.

— O que é?

Desta vez ele responde.

— O elemento que constitui a orogenia. — Ele faz uma voz dramática, já que as expressões faciais não podem mudar muito. — Eu já te falei antes que o que fazemos não é lógico. Para fazer a terra se mover, colocamos algo de nós no sistema e fazemos surgir *algo completamente sem relação*. Sempre existiu outra coisa envolvida, conectando as duas. Isto.

Você franze o cenho. Ele se senta mais para a frente, animando-se, do mesmo modo como costumava fazer nos velhos tempos... mas aí alguma parte dele range e ele se encolhe, com dor. Com cautela, ele se recosta contra a mão de Antimony outra vez.

Mas você está lhe dando ouvidos. E ele tem razão. Nunca fez sentido, não é, o jeito como a orogenia funciona? Não deveria funcionar de maneira nenhuma, isso de que a força de vontade e a concentração e a percepção possam mover montanhas. Nenhuma outra coisa no mundo funciona dessa forma. As pessoas não podem deter avalanches dançando bem nem criar tempestades refinando a audição. E, de certo modo, você sempre *soube* que isso estava lá, fazendo a sua vontade se manifestar. Essa... o que quer que seja.

Alabaster sempre foi capaz de ler você como um livro.

— A civilização que construiu os obeliscos tinha uma palavra para isso — ele diz, acenando com a cabeça ao notar a sua epifania. — Acho que existe um motivo pelo qual nós não temos. É porque ninguém quis, durante incontáveis gerações, que os orogenes *entendessem* o que fazem. Queriam apenas que a gente fizesse.

Você aquiesce lentamente.

— Depois de Allia, consigo entender por que ninguém queria que a gente aprendesse como manipular os obeliscos.

— Para as ferrugens com os obeliscos. Eles não queriam que a gente criasse coisa melhor. Ou pior. — Com cautela, ele respira fundo. — Nós vamos parar de manipular as pedras agora, Essun. Aquela coisa que você vê em mim? É *aquilo* que você tem que aprender a controlar. A perceber, onde quer que exista. É disso que os obeliscos são feitos, e é assim que eles fazem o que fazem. Precisamos conseguir que você faça aquelas coisas também. Só temos que te transformar em uma dez-anéis, no mínimo.

No mínimo. Fácil assim.

— *Por quê?* Alabaster, você mencionou algo. Uma... lua. Tonkee não faz ideia do que é. E todas as coisas que você disse sobre criar a fenda e querer que eu faça algo pior... — Alguma coisa se move na sua visão periférica. Você ergue os olhos e percebe que o homem que esteve trabalhando com Lerna está vindo com uma tigela nas mãos. Jantar, para Alabaster. Você começa a falar baixo. — A propósito, eu não vou fazer isso. Ajudar você a piorar as coisas. Você já não fez o suficiente?

Alabaster também olha para o enfermeiro que está chegando. Observando-o, diz em voz baixa:

— A Lua é uma coisa que este mundo costumava ter, Essun. Um objeto no céu, muito mais próximo do que as estrelas. — Ele continua alternando entre um nome e outro para se referir a você. É incômodo. — Sua perda é parte do que causou as Estações.

O Pai Terra nem sempre odiou a vida, dizem os sabedoristas. *Ele odeia porque não consegue perdoar a perda de sua única filha.*

Mas os contos dos sabedoristas também diziam que os obeliscos eram inofensivos.

— Como você sabe... — Mas então você para, porque o homem chegou até vocês, de modo que você se recosta contra um leito próximo, digerindo o que ouviu enquanto ele alimenta Alabaster com uma colher. A comida é um tipo de papa líquida, uma porção pequena. Alabaster se senta e abre a boca para ser alimentado como um bebê. Os olhos dele permanecem fixos em você o tempo todo. É desconcertante e, por fim, você tem que desviar o olhar. Algumas das coisas que mudaram entre vocês dois você não consegue suportar.

Finalmente o homem termina e, com um olhar categórico na sua direção que, não obstante, transmite a opinião dele de que deveria ser você a dar a comida, ele sai. Mas, quando você se endireita e abre a boca para fazer mais perguntas, Alabaster diz:

— Eu provavelmente vou precisar usar a comadre em breve. Já não consigo controlar meu intestino muito bem, mas, pelo menos, ele ainda é regular. — Ao ver a expressão no seu rosto, ele sorri apenas com um leve toque de amargura. — Eu não quero que você veja tanto quanto você não quer ver. Então, que tal você voltar mais tarde? O meio-dia parece ser um horário melhor para não interferir com nenhuma das minhas funções naturais nojentas.

Isso não é justo. Bem. É sim, e você merece essa repreensão, mas é uma repreensão que deveria ser compartilhada.

— Por que você fez isso consigo mesmo? — Você aponta com um gesto o braço e o corpo arruinados. — Eu só... — Talvez você conseguisse aceitar melhor se pudesse entender.

— A consequência do que eu fiz em Yumenes. — Ele chacoalhou a cabeça. — Uma coisa para lembrar, Syen, quando você fizer as suas próprias escolhas no futuro: algumas delas custam um preço terrível. Embora às vezes valha a pena pagá-lo.

Você não consegue entender por que ele vê isso, essa morte lenta e horrível, como um preço que vale a pena pagar por qualquer que fosse o motivo; menos ainda pelo que ele conseguiu, que foi a destruição do mundo. E você ainda não entende o que qualquer uma dessas coisas tem a ver com comedores de pedra ou luas ou obeliscos ou qualquer outra coisa.

— Não teria sido melhor só... viver? — você não consegue deixar de perguntar. Voltar, você não consegue dizer. Construir a vida que pudesse com Syenite outra vez, depois que Meov foi destruída, mas antes de ela encontrar Tirimo e Jija e tentar criar uma versão inferior da família que perdera. Antes de ela se tornar você.

A resposta está no modo como os olhos dele perdem o brilho. Esse era o olhar que ele tinha no rosto quando estiveram em uma estação de ligação certa vez, sobre o cadáver maltratado de um de seus filhos. Talvez seja o olhar que ele tinha no rosto quando ficou sabendo da morte de Innon. Certamente é o que você viu no seu próprio rosto depois da morte de Uche. É nesse momento que você não precisa mais de uma resposta para a pergunta. Existe uma coisa chamada perda demais. Muito foi tirado de vocês dois... tirado e tirado e tirado, até não restar nada além de esperança, e você *desistiu* dela porque dói demais. Até você preferir morrer, ou matar, ou evitar vínculos por completo a perder mais uma coisa.

Você pensa no sentimento que ocupava o seu coração quando pressionou uma das mãos sobre o nariz e a boca de Corundum. Não o pensamento. O pensamento era simples e previsível: *é melhor morrer do que viver como escravo*. Mas o que você *sentiu* naquele instante era um tipo de amor frio e monstruoso. Uma determinação de garantir que a vida do seu filho continuasse aquela coisa bonita e saudável que havia sido até aquele dia, mesmo que isso significasse que você tinha que acabar com a vida dele de forma prematura.

Alabaster não responde a sua pergunta. Você não precisa mais que ele responda. Você se levanta para ir embora, de modo que ele possa ao menos manter a dignidade na sua frente, porque de fato é a única coisa que você ainda pode lhe dar. O seu amor e o seu respeito não valem muito para ninguém.

Talvez você ainda esteja pensando em dignidade quando faz mais uma pergunta, para que a conversa não termine com um tom de desesperança. É a sua maneira de oferecer um gesto de paz também, de informá-lo que você decidiu aprender o que ele tem para ensinar. Você não está interessada em piorar a Estação ou qualquer outra coisa de que ele esteja falando... mas é óbvio que ele precisa disso de alguma forma. O filho que ele fez com você está morto, a família que vocês construíram juntos ficou para sempre incompleta, mas, no mínimo, ele ainda é o seu mentor.

(Você também precisa disso, uma parte cética do seu ser se dá conta. É uma troca ruim, na verdade: Nassun por ele, o propósito de uma mãe pelo de uma ex-amante, esses ridículos mistérios pelo mais cruel e mais importante, o porquê de Jija matar o próprio filho. Mas, sem Nassun para motivá-la, você precisa de algo. Qualquer coisa, para continuar seguindo em frente.)

Então você diz, de costas para ele:

— Que nome eles davam?

— Hum?

— Os construtores dos obeliscos. Você disse que eles tinham uma palavra para essa coisa que existe nos obeliscos. — A matéria prateada que vibra entre as células do corpo de Alabaster, concentrando-se e compactando-se nas suas partes de pedra em solidificação. — O elemento de que é feita a orogenia. Qual era o termo deles, já que nós não temos mais uma palavra?

— Ah. — Ele se mexe, talvez se preparando para a comadre. — A palavra não importa, Essun. Invente uma, se quiser. Você só precisa saber que esse elemento existe.

— Eu quero saber que nome eles davam. — É uma pequena parte do mistério que ele está tentando fazer você engolir. Você quer pôr as mãos nesse mistério, controlar a ingestão, pelo menos sentir o sabor enquanto ele desce. E, além disso, as pessoas que construíram os obeliscos eram poderosas. Tolas, talvez, e evidentemente horríveis por infligir as Estações aos seus descendentes, se de fato foram elas que fizeram isso. Mas poderosas. Talvez saber o nome vá lhe dar poder de algum modo.

Ele começa a chacoalhar a cabeça, contrai-se porque isso lhe causa dor em algum lugar e, como alternativa, suspira.

— Eles chamavam de *magia*.

Não tem significado. É só uma palavra. Mas talvez você possa lhe dar significado de alguma maneira.

— Magia — você repete, memorizando. Depois se despede com um aceno de cabeça e sai sem olhar para trás.

✦ ✦ ✦

Os comedores de pedra sabiam que eu estava lá. Estou certo disso. Eles simplesmente não se importavam.

Eu os observei durante horas enquanto permaneciam imóveis, vozes ecoando do nada. A língua que falavam uns com os outros era... estranha. Ártico, talvez? Uma das línguas costeiras? Nunca ouvi algo parecido. Independentemente disso, depois de umas dez horas, admito que dormi. Acordei ao som de estrépitos e estalos tão altos que pensei que a própria Estação do Estilhaçamento recaía sobre mim. Quando ousei erguer os olhos, pedaços de um dos comedores de pedra estavam espalhados pelo chão. O outro continuava como antes, exceto por uma modificação, voltada diretamente para mim: um sorriso claro e cintilante.

*– Memória de Ouse Inovador (nascido Costa-forte) Ticastries, geomesta amador. Não confirmado pela Quinta Universidade.*

# 7

# Nassun encontra a lua

A viagem ao sul para Nassun e seu pai é longa e tensa. Eles viajam a maior parte do tempo com a carroça, o que significa que viajam mais rápido do que Essun, que está a pé e vai ficando cada vez mais para trás. Jija oferece carona em troca de comida ou suprimentos; isso os ajuda a avançar ainda mais rápido, porque não precisam parar e negociar com frequência. Por conta desse ritmo, eles se mantém à frente da pior parte da mudança climática, a queda de cinzas, os kirkhusas carnívoros e os fervilhões e todas as coisas piores que se formam nas terras que ficaram para trás. Estão viajando tão rápido quando passam por Castrima-de-cima que Nassun quase não sente os chamados de Ykka... e, quando sente, é durante os sonhos, puxando-a para baixo e para dentro da terra cálida em meio a uma luz branca e cristalina. Mas ela tem esse sonho mais de quinze quilômetros depois de terem passado por Castrima, pois Jija pensou que podiam seguir mais um pouco antes de acampar e, dessa forma, não sucumbem ao chamariz de convidativos prédios vazios.

Quando precisam parar em comus, algumas estão apenas em estado de bloqueio e ainda não declararam Lei Sazonal. Esperando que o pior não chegue ao extremo sul, provavelmente; é raro as Estações afetarem o continente inteiro de uma vez. Nassun nunca fala sobre o que é para estranhos, mas, se pudesse, ela lhes diria que não há nenhum lugar onde possam se esconder desta Estação. Algumas partes da Quietude sofrerão todos os efeitos mais tarde do que outras, mas as coisas acabarão ficando ruins em todo lugar.

Algumas das comus onde eles param convidam-nos a ficar. Jija é mais velho, mas ainda é sadio e forte, e suas habilidades como britador e sua casta de uso Resistente o tornam valioso. Nassun é jovem o bastante para ser treinada em quase qualquer habilidade necessária e é claramente saudável e alta para a idade, já mostrando sinais de que terá a forte estrutura latmediana de sua mãe. Há alguns lugares onde eles param, comus fortes com provisões abundantes e povo amigável, onde ela gostaria que pudessem ficar. Jija, porém, sempre recusa. Ele tem algum destino em mente.

Umas poucas comus pelas quais eles passam tentam matá-los. Não há lógica nisso, já que um homem e uma garotinha não podem ter com eles itens de valor em quantidade suficiente para valer a pena matar, mas não existe muita lógica em uma Estação. Eles fogem de algumas. Jija aponta uma faca comprida para a cabeça de um homem para tirá-los de uma comu que os deixou passar pelos portões e depois tentou trancá-los lá dentro. Eles perdem os cavalos e a carroça, que é o que a comu provavelmente queria, mas Jija e Nassun escapam, que é o mais importante. A partir dali, seguem a pé, mas estão vivos.

Em outra comu, cujo povo nem se dá ao trabalho de alertá-los antes de apontar as balestras, é Nassun quem os salva. Ela faz isso envolvendo o pai com os braços, cravando os dentes na terra e retirando cada pingo de vida e calor e movimento da comu inteira até ela se tornar uma brilhante confecção congelada com muros de ardósia cobertos por lascas de gelo e com corpos inertes e sólidos.

(Ela nunca mais vai fazer isso. O jeito como Jija olha para ela depois.)

Eles ficam na comu morta por alguns dias, descansando em casas vazias e reabastecendo as provisões. Ninguém incomoda aquela comu enquanto eles estão lá, porque Nassun mantém os muros congelados como um claro alerta de *perigo*.

Eles não podem ficar por muito tempo, claro. As outras comus da região acabarão se unindo e virão matar o rogga que eles supõem ameaçar todos. Alguns dias de água quente e comida fresca (Jija cozinha um dos frangos congelados da comu para se regalarem) e seguem adiante. Antes que os corpos descongelem e comecem a feder, entende.

E assim seguem as coisas: bandidos, fraudadores, uma lufada de gás quase fatal e uma árvore que lança estacas de madeira quando corpos quentes estão nas proximidades; eles sobrevivem a tudo isso. Nassun tem um estirão, embora esteja sempre com fome e quase nunca saciada. Quando enfim se aproximam do lugar do qual Jija ouviu falar, ela está quase oito centímetros mais alta, e um ano se passou.

Eles finalmente saíram das Latmedianas do Sul e estão entrando nas Antárticas. Nassun começou a suspeitar que Jija pretende levá-la até Nife, uma das poucas cidades na região das Antárticas, perto da qual dizem que está localizada uma unidade satélite do Fulcro. Mas eles saem da Estrada Imperial Pellestane-Nife e começam a seguir para o leste, parando de tempos em tempos a fim de que Jija possa pedir informações para pessoas ao longo do caminho e ver se está indo na direção certa. Após uma dessas conversas, sempre sussurradas e sempre feitas depois que Jija acha que Nassun foi dormir, e apenas com pessoas que Jija considera equilibradas após algumas horas de conversa fiada e comida compartilhada, é que Nassun enfim descobre para onde estão indo.

— *Me diz uma coisa* — ela ouve Jija sussurrar para uma mulher que estava inspecionando a área para uma comu local depois que eles compartilham, ao redor da fogueira que Jija fez, uma refeição com a carne que ela caçou —, *você já ouviu falar da Lua?*

A pergunta não faz nenhum sentido para Nassun, nem a palavra ao final dela. Mas a mulher inspira. Ela orienta Jija a pegar a estrada regional que vai para o sudeste em vez de continuar pela Estrada Imperial, depois a seguir para o sul ao virar um rio aonde eles vão chegar logo. Daí em diante, Nassun finge estar dormindo, porque consegue sentir o olhar estreito que a mulher lhe dirige. Por fim, no entanto, Jija timidamente se oferece para esquentar o saco de dormir dela. Então Nassun tem que ouvir enquanto seu pai se esforça para fazer a mulher gemer e ofegar como retribuição pela carne... E para fazê-la esquecer que Nassun está ali. De manhã, eles continuam a viagem antes de a mulher acordar, de modo que ela não vá segui-los para tentar machucar Nassun.

Dias depois, eles fazem o desvio ao passar pelo rio, dirigindo-se para o bosque ao longo de uma trilha coberta pela sombra das árvores que é pouco mais do que uma faixa mais clara de terra batida em meio aos arbustos e à vegetação rasteira da floresta. O céu não ficou completamente coberto por muito tempo nesta parte do mundo: a maior parte das árvores ainda tem folhas e Nassun consegue até ouvir animais saltitando e correndo enquanto eles passam por lá. Por vezes, os pássaros gorjeiam ou cantam. Não há nenhuma outra pessoa nesta trilha, embora seja evidente que algumas passaram por ali recentemente, senão a vegetação teria avançado mais sobre o caminho. As Antárticas são uma parte erma e pouco povoada do mundo, ela se lembra de ler nos livros didáticos em outra vida. Poucas comus, menos Estradas Imperiais, invernos que são rigorosos mesmo se não estiverem em uma Estação. Aqui, levam-se semanas para atravessar os distritantes. As faixas de terra das Antárticas são compostas por tundra, e dizem que o extremo sul do continente se torna gelo sólido, que se estende mar adentro. Ela leu que o céu noturno, se pudessem vê-lo por entre as nuvens, às vezes se enche de estranhas luzes coloridas que dançam.

Nesta parte das Antárticas, contudo, o ar é quase fumegante, apesar do ligeiro frio. Debaixo dos pés deles, Nassun consegue sensar a agitação pesada e contida de um vulcão em escudo ativo – efetivamente em erupção, só que bem devagar, com um fluxo de lava gotejando mais para o sul. Aqui e ali na topografia da própria consciência, Nassun consegue detectar aberturas de gás e alguns pontos de fervura que chegaram à superfície como fontes termais ou gêiseres. Toda essa umidade e o solo aquecido são o que mantêm as árvores verdejantes.

Então as árvores se bifurcam, e diante deles assoma algo que Nassun jamais vira antes. Uma formação rochosa, ela acha... mas uma que parece consistir de dezenas de longas faixas em formato de colunas, feitas de uma pedra marrom acinzentada que sobe ondulante declive acima, gradualmente inclinando-se o suficiente para ser considerada uma montanha baixa ou uma colina alta. No topo desse rio de pedra, ela pode ver copas de árvores verdes e espessas; a formação constitui um platô lá em cima. Sobre o platô, Nassun consegue vislumbrar algo entre as árvores, que poderia ser um telhado arredondado ou uma torre para guardar provisões. Algum tipo de povoado. Mas, a menos que eles escalem as faixas em formato de coluna, o que parece perigoso, ela não sabe ao certo como chegar lá.

Exceto... exceto. É um arranhão em sua percepção, que aumenta até se tornar uma pressão, que coça até se transformar em certeza. Nassun olha para o pai, que está olhando para o rio de pedra também. Nos meses que se passaram desde a morte de Uche, ela veio a entender Jija melhor do que nunca antes na vida, porque a vida dela depende disso. Ela entende que ele é frágil, apesar da força e da impassibilidade exteriores. As fissuras que há nele são novas, porém perigosas, como as extremidades das placas tectônicas: sempre ásperas, nunca estáveis, precisando apenas do mínimo toque para liberar o equivalente a eras de energia reprimida e destruir tudo por perto.

Mas terremotos são fáceis de lidar, se você souber como fazer isso.

Então Nassun diz, observando-o com cautela:

— Isto foi feito por orogenes, Papai.

Ela imaginou que ele fosse ficar tenso, e é o que ele faz. Ela imaginou que ele fosse precisar respirar fundo para se acalmar, o que ele também faz. Ele reage à mera ideia de orogenes do modo como a Mamãe costumava reagir ao vinho: com respiração rápida e mão trêmulas e, às vezes, com paralisia ou fraqueza nos joelhos. Papai não podia sequer trazer coisas que tivessem cor de vinho para dentro de casa... Mas, por vezes, ele esquecia e trazia mesmo assim e, quando estava feito, não havia como argumentar com a Mamãe. Não havia nada a fazer a não ser esperar que os tremores e a respiração ofegante e a agitação de suas mãos passassem.

(*Esfregação*. Nassun não percebia a diferença, mas Essun esfregava uma das mãos. A velha dor, ali nos ossos.)

Por isso, quando Jija está calmo o bastante, Nassun acrescenta:

— Acho que somente orogenes podem subir esse declive também. — Na verdade, ela tem certeza. As colunas de pedra estão *se mexendo* imperceptivelmente. Essa região inteira é um vulcão em erupção admiravelmente lenta. Aqui, ele desloca para cima um constante fluxo de lava adicional que leva anos para esfriar e, por conseguinte, divide-se nesses longos eixos hexagonais à medida que a coisa se contrai. Seria fácil para um orogene, mesmo não treinado, opor resistência àquela pressão ascendente, experimentar um pouco daquele calor de arrefecimento vagaroso e erguer outra coluna. Cavalgá-la para chegar àquele platô. Muitas das faixas de pedra diante deles têm um tom de cinza mais claro, mais fresco, mais nítido. Outras pessoas fizeram isso recentemente.

Então Papai a surpreende dando acenos espasmódicos com a cabeça.

— Existem outros... devem existir outros como você neste lugar. — Ele nunca usa a palavra que começa com "o" nem a que começa com "r". É sempre *como você* ou *a sua espécie* ou *aquele tipo*. — É por isso que eu trouxe você para cá, querida.

— Este é o Fulcro Antártico? — Talvez ela estivesse enganada sobre onde ele ficava.

— Não. — Os lábios dele se curvam. A linha falha que eles formam estremece. — É melhor.

É a primeira vez que ele está disposto a falar sobre isso. Ele também já não está respirando tão rápido nem a encarando daquele jeito que faz com tanta frequência quando está se esforçando para se lembrar de que ela é sua filha. Nassun decide sondar um pouco, examinando os estratos do pai. — Melhor?

— Melhor. — Ele olha para a menina e, pela primeira vez no que parece ser uma eternidade, sorri para ela como costumava fazer. Do modo como um pai deveria sorrir para a filha. — Eles podem curar você, Nassun. É o que dizem as histórias.

*Curá-la de quê?*, ela quase pergunta. Então o instinto de sobrevivência entra em ação e ela morde a língua antes que possa dizer uma estupidez. Só existe uma doença que a aflige aos olhos dele, somente um veneno que o faria atravessar metade do mundo para que o tirassem de sua menininha.

Uma cura. *Uma cura*. Para a orogenia? Ela mal sabe o que pensar. Ser... outra pessoa que não ela mesma? Ser normal? Isso é possível?

Ela fica tão espantada que se esquece de observar o pai por um momento. Quando lembra, estremece, porque *ela* está sendo observada. No entanto, ele dá um aceno de satisfação ao ver o olhar no seu rosto. Sua surpresa é o que ele queria ver: isso ou talvez admiração, prazer. Ele teria reagido mal ao desagrado ou ao medo.

— Como? — pergunta ela. Curiosidade ele consegue tolerar.

— Não sei. Mas já ouvi isso de viajantes, antes. — Da mesma forma como ele só se refere a uma coisa quando diz *a sua espécie*, também só há um *antes* que importa para eles dois. — Dizem que existe faz uns cinco ou dez anos.

— Mas e o Fulcro? — Ela chacoalha a cabeça, confusa. De todos os lugares, ela teria pensado...

Papai contorce o rosto.

— Animais treinados e acorrentados ainda são animais. — Ele se vira outra vez para a elevação de pedra em fluxo. — Quero minha garotinha de volta.

*Eu não fui a lugar nenhum*, pensa Nassun, mas sabe que não deve dizer isso.

Não há nenhuma trilha para mostrar por onde ir, nenhum sinal para indicar nada ali por perto. Parte disso poderia estar relacionada às defesas Sazonais; eles viram algumas comus que se protegiam não apenas com muros, mas com camuflagens e obstáculos e aparentemente insuperáveis. Sem dúvida, os membros da comu sabiam de alguma maneira secreta de chegar ao platô, mas, sem esse conhecimento, Nassun e Jija têm um enigma a resolver. Também não existe um caminho fácil para passar pela elevação; eles poderiam circundá-la e ver se há degraus do outro lado, mas isso poderia levar dias.

Nassun se senta em um tronco próximo, depois de verificar cuidadosamente a existência de insetos ou outras criaturas que poderiam ter se tornado agressivas desde o início da Estação (Nassun aprendeu a tratar a natureza e o pai com a mesma cautela desconfiada). Ela observa Jija andar para frente e para trás, parando de vez em quando para chutar uma das faixas no ponto em que elas se erguem do solo de forma abrupta. Ele murmura para si mesmo. Vai precisar de tempo para admitir o que precisa ser feito.

Por fim, ele se vira para ela.

— Você consegue?

Ela se levanta. Ele se afasta aos tropeços, como que surpreso pelo movimento repentino, depois para e olha para ela com cara feia. Ela apenas fica ali, deixando-o ver o quanto a magoa que ele sinta tanto medo dela.

Ele mexe um músculo do maxilar; parte da raiva se transforma em desapontamento. (Apenas uma parte.)

— Você vai ter que matar esta floresta para fazer isso?

Ah. Ela consegue entender um pouco da preocupação dele agora. Este é o primeiro lugar verdejante que eles viram em um ano.

— Não, Papai — ela responde. — Existe um vulcão. — Ela aponta para a terra debaixo dos pés dos dois. Ele recua outra vez, olhando para o chão com o mesmo ódio puro que por vezes deixa transparecer a ela. Mas é tão inútil odiar o Pai Terra quanto é desejar que as Estações acabem.

Ele respira fundo e abre a boca, e Nassun está esperando tanto que ele diga "tudo bem" que já está começando a formar o sorriso de que ele vai precisar, como reafirmação. Portanto, ambos são pegos completamente desprevenidos quando um estalo ruidoso ressoa pela floresta à sua volta, espantando um bando de pássaros que ela não sabia que estava lá. Ouve-se um ruído no chão ali por perto, o que faz Nassun piscar por conta da leve reverberação do golpe ao longo dos estratos locais. Algo pequeno, mas desferido com força. E então Jija grita.

Uma vez, Nassun paralisou como reação ao fato de estar surpresa. O treinamento da Mamãe. Parte desse condicionamento se foi nesse último ano e, embora fique parada, ela afunda a consciência na terra de qualquer forma... só uns poucos metros, mas ainda assim. Mas ela paralisa de duas maneiras quando vê a haste de metal pesada, enorme e farpada que atravessou a panturrilha de seu pai.

— *Papai!*

Jija está com um dos joelhos no chão, agarrando a perna e soltando um som por entre os dentes que não chega a ser um grito, mas não deixa de ser agonizante. A coisa é enorme: vários metros de comprimento, uns cinco centímetros de circunferência. Ela consegue ver o modo como afastou a carne dele para o lado em seu terrível trajeto. A ponta está enterrada no chão do outro lado da panturrilha, efetivamente prendendo-o no lugar. Um arpão, não uma flecha de balestra. Ele tem até uma corrente fina presa à ponta cega.

Uma corrente? Nassun se vira, seguindo-a. Alguém a está segurando. Há pés pisoteando os estratos por perto, esmagando folhas enquanto se movem. Sombras deslizam, bruxuleando ao passar pelos troncos, e desaparecem; ela ouve um chamado em alguma língua ártica que já ouviu antes, mas não conhece. *Bandidos*. Chegando.

Ela olha de novo para o Papai, que está tentando respirar fundo. Seu rosto está pálido. Há tanto sangue. Mas ele a encara com os olhos arregalados e brancos de dor e, de repente, ela se lembra da comu onde as pessoas os atacaram, a comu que ela congelou, e a forma como ele olhou para ela depois.

Bandidos. *Mate-os*. Ela sabe que deve. Se não fizer isso, eles vão matá-la.

Mas o seu pai quer uma garotinha, não um animal.

Ela fica olhando e olhando e respira com força e não consegue parar de olhar, não consegue pensar, não consegue *agir*, não consegue fazer nada além de ficar ali e tremer e hiperventilar, dividida entre sobreviver e ser filha.

Então alguém salta da crista do fluxo de lava, pulando de uma faixa de rocha a outra com uma rapidez e uma agilidade que são... Nassun observa. Ninguém consegue fazer aquilo. Mas o homem pousa sobre uma protuberância em meio ao solo coberto de cascalho ao pé das cristas com um baque pesado e ameaçador. Ele é robusto. Ela percebe que ele é grande, apesar de o homem ficar abaixado, soerguendo-se apenas um pouco, com seu olhar fixo em alguma coisa nas árvores para além de Nassun, e sacando uma faca de vidro comprida e horrível. (E, no entanto, de algum modo, o peso do seu pouso no chão não reverbera nos sentidos dela. O que isso quer dizer? E há um... Ela chacoalha a cabeça, pensando que talvez seja um inseto, mas o zumbido estranho é uma sensação, e não um som.)

O homem sai em disparada, correndo direto para a vegetação rasteira, seus pés pressionando o solo com tanta força que pedaços de terra se erguem quando ele passa. Nassun fica de queixo caído quando se vira para acompanhá-lo, perdendo seu rastro em meio ao verde, mas seguem-se gritos naquela língua outra vez... E depois, na direção para onde ela viu o homem correr, ouve-se um som baixo e gutural, como alguém reagindo a um forte golpe. As pessoas que estavam se movendo entre as árvores param. Nassun vê uma mulher ártica paralisada em uma brecha clara entre um emaranhado de videiras e uma antiga rocha desgastada. A mulher se vira, tomando fôlego para gritar por mais alguém e, quase que em um borrão, o homem aparece atrás dela, dando um soco em suas costas. Não, não, a faca... E então ele some antes que a mulher caia. A violência e a velocidade do ataque são impressionantes.

— N-Nassun — Jija chama, e Nassun se sobressalta de novo. Na verdade, ela havia se esquecido dele por um instante. Ela vai até o pai, agacha-se e põe o pé sobre a corrente para impedir que qualquer um a use para machucá-lo ainda mais. Ele pega no braço dela com muita força. — Você devia, ãhn, correr.

— Não, Papai. — Ela tenta entender como a corrente está presa ao arpão. A haste da arma é lisa. Se ela conseguir soltar a corrente ou cortar a ponta farpada, eles podem simplesmente arrastar a perna do Papai para soltá-lo. Mas e depois? É uma ferida tão feia. Será que ele vai sangrar até a morte? Ela não sabe o que fazer.

Jija chia quando ela sacode a extremidade da corrente como teste, para tentar ver se consegue soltá-la.

— Eu não... eu acho que o osso... — Mas Jija efetivamente cambaleia, e Nassun acha que seus lábios pálidos são um mau sinal. — *Vai.*

Ela o ignora. A corrente está soldada em uma argola na extremidade do eixo. Ela a apalpa com os dedos e pensa muito, agora que o aparecimento do homem estranho interrompeu seu impasse. (Porém, sua mão está tremendo. Ela respira fundo, tentando controlar o próprio medo. Em algum lugar no meio das árvores, ouve-se um gemido baixo e um grito de fúria.) Ela sabe que Jija tem algumas de suas ferramentas de britagem na bolsa, mas o arpão é feito de aço. Espere... o metal se quebra se estiver frio o bastante, não quebra? Será que ela poderia, talvez, com uma espiral alta e estreita...?

Ela nunca fez isso antes. Se errar, vai congelar a perna dele. No entanto, de alguma maneira, ela se sente segura de que *pode* ser feito. O modo como a Mamãe lhe ensinou a pensar sobre a orogenia, como calor e movimento absorvidos e calor e movimento irradiados, nunca lhe pareceu certo. Existe verdade nesse modo; funciona, ela sabe por experiência. Mas alguma coisa nele está... errada. Deselegante. Frequentemente ela pensava: "se eu não pensar nisso como calor"... sem jamais concluir esse pensamento de forma produtiva.

Mamãe não está aqui, e a morte sim, e seu pai é a única pessoa no mundo que a ama, apesar de o seu amor vir envolto em dor.

Então ela coloca uma das mãos na ponta traseira do arpão.

— Não se mexa, Papai.

— O-o quê? — Jija está tremendo, mas também enfraquecendo depressa. Ótimo; Nassun pode trabalhar sem que sua concentração seja interrompida. Ela coloca a mão livre na perna dele (já que sua orogenia sempre se esquivou de *congelá-la*, mesmo quando ela não conseguia controlá-la) e fecha os olhos.

Existe algo sob o calor do vulcão, intercalado entre ondulações de movimento que dançam pela terra. É fácil manipular as ondas e o calor, mas é difícil até mesmo *perceber* essa outra coisa, que talvez seja o motivo pelo qual a Mamãe ensinou Nassun a procurar ondas e calor em vez disso. Mas, se Nassun conseguir tornar palpável a outra coisa, que é mais fina e mais delicada e também mais precisa do que o calor e as ondas... Se puder moldá-la, transformando-a em um tipo de ponta afiada, e limá-la até que fique infinitamente afilada, e cortá-la de um lado a outro da haste como *um*...

Ouve-se um chiado rápido e estridente quando o ar entre Jija e ela se move. Depois, a ponta da haste do arpão presa à corrente se solta e cai, o lado raspado do metal brilha como a superfície lisa de um espelho à luz da tarde.

Soltando o ar de alívio, Nassun abre os olhos. Para descobrir que Jija está tenso, olhando para além dela com uma expressão de horror mesclado com agressividade. Assustada, Nassun se vira, e vê atrás dela o homem que empunhava a faca.

Seu cabelo é preto, mole como o dos árticos, e bastante comprido, para baixo da cintura. Ele é tão alto que ela cai de bunda quando se vira para vê-lo. Ou talvez seja porque de repente ela está exausta? O homem respira pesado, e sua vestimenta (tecido simples e uma velha calça surpreendentemente asseada e pregueada) está generosamente salpicada de sangue, com os respingos centralizando-se na faca de vidro em sua mão direita. Ele olha para ela com olhos que reluzem como o metal que ela acaba de cortar, e seu sorriso é quase igualmente afiado.

— Olá, pequenina — diz o homem enquanto Nassun o encara. — Esse é um truque e tanto.

Jija tenta se mexer, virando a perna ao longo da haste do arpão, e é horrível. Ouve-se o som malogrado de osso raspando em metal, e ele, meio gemendo, meio tossindo, solta um grito de agonia, estendendo o braço espasmodicamente para Nassun. Nassun pega no seu ombro, mas ele é pesado, e ela está cansada, e percebe, subitamente aterrorizada, que não tem a força que seria necessária para lutar com o homem com a faca de vidro, caso precisasse. O ombro de Jija treme sob sua mão, e ela treme quase tanto quanto ele. Talvez seja por isso que ninguém usa a coisa que há sob o calor? Agora ela e o pai vão pagar o preço por sua tolice.

Mas o homem de cabelo preto se agacha, mexendo-se com uma graça notavelmente vagarosa para alguém que mostrou uma brutalidade tão veloz apenas alguns momentos antes.

— Não tenha medo — ele diz. Depois pisca os olhos, algo bruxuleante e incerto em seu olhar. — Eu te conheço?

Nassun jamais viu esse gigante de olhos branco-gelo e com a faca mais comprida do mundo. A faca ainda está em sua mão, embora ela balance ao lado do seu corpo agora, pingando. Ela chacoalha a cabeça um pouco forte e rápido demais.

O homem pisca os olhos, a incerteza se dissipa, e o sorriso retorna.

— Aqueles monstros estão mortos. Eu vim ajudar, não vim? — Há algo de estranho nessa pergunta. Ele indaga como se buscasse uma confirmação: "não vim?". De certa forma, é franca demais, sincera demais. Então, ele diz: — Não vou deixar ninguém machucar você.

Talvez seja somente coincidência que o olhar dele deslize até o rosto do pai dela depois de dizer isso. Mas... Alguma coisa dentro de Nassun relaxa, só um pouquinho.

Então Jija tenta se mexer de novo e produz outro som de dor, e o olhar do homem se aguça.

— Que desagradável. Deixe-me ajudá-lo... — Ele põe a faca no chão e estende o braço para alcançar Jija.

— Fique onde ferrugens você está — fala Jija de modo brusco, tentando se afastar e repuxando-se todo por conta da dor que o movimento causa. Está resfolegando também, e suando. — Quem é você? Você é...? — Ele olha na direção da crista de pedras hexagonais em fluxo. — De lá?

O homem, que recuou ante a reação de Jija, segue seu olhar.

— Ah. Sim. As sentinelas da comu viram vocês passando pela estrada. Então vimos os bandidos se aproximando, aí eu vim ajudar. Já tivemos problemas com esse bando antes. Era uma oportunidade conveniente para eliminar a ameaça. — Seu olhar branco volta a pousar sobre Nassun, cintilando ao ver, no meio do caminho, o arpão cortado. — Mas *você* não deveria ter tido problemas com eles.

Ele sabe o que Nassun é. Ela se encolhe contra o pai, embora saiba que ele não representa nenhuma proteção. É o hábito.

Seu pai fica tenso, sua respiração acelerando-se até produzir um som esganiçado.

— Você... você é... — Ele engole em seco. — Estamos procurando pela Lua.

O sorriso do homem se espraia. Seu sotaque é um tanto equatorial; os equatoriais sempre têm dentes brancos tão fortes.

— Ah, sim — ele responde. — Você a encontrou.

Seu pai cai de alívio, até onde a perna lhe permite.

— Ah... ah. Terra cruel, até que enfim.

Nassun não aguenta mais.

— O que é *a Lua*?

— Lua Encontrada. — O homem inclina a cabeça. — Este é o nome da nossa comunidade. Um lugar muito especial, para pessoas muito especiais. — Então, ele embainha a faca e estende uma das mãos com a palma para cima, oferecendo-a. — Meu nome é Schaffa.

A mão é estendida apenas para Nassun, e Nassun não sabe por quê. Talvez porque ele saiba o que ela é? Talvez só porque sua mão não está coberta de sangue como as duas mãos de Jija. Ela engole em seco e toma a mão, que imediatamente se fecha sobre a dela com firmeza. Ela consegue dizer:

— Eu sou Nassun. Este é o meu pai. — Ela ergue o queixo. — Nassun *Resistente Tirimo.*

Nassun sabe que sua mãe foi treinada pelo Fulcro, o que significa que o nome de uso da Mamãe nunca foi "Resistente". E Nassun só tem dez anos, jovem demais para Tirimo reconhecê-la com um nome de comu mesmo que ela ainda morasse lá. No entanto, o homem inclina a cabeça com seriedade, como se não fosse mentira.

— Então venha — ele fala. — Vamos ver se nós dois juntos conseguimos libertar o seu pai.

Ele se levanta, erguendo-a junto com ele, e ela se vira em direção a Jija, pensando que, talvez com Schaffa aqui, eles possam tirar a perna de Jija da haste e que, se fizerem isso rápido o bastante, talvez não o machuque muito. Mas antes que ela possa abrir a boca para dizer isso, Schaffa pressiona dois dedos em sua nuca. Ela recua e se vira para ele, subitamente defensiva, e ele ergue ambas as mãos, sacudindo os dedos para mostrar que ainda está desarmado. Ela consegue sentir um pouco de umidade no pescoço, provavelmente uma mancha de sangue.

— Primeiro o dever — diz ele.

— O quê?

Ele acena em direção ao pai dela.

— Eu posso erguê-lo, enquanto você mexe a perna.

Nassun pisca outra vez, confusa. O homem se aproxima de Jija, e os gritos de dor do pai enquanto eles trabalham para libertá-lo distraem os pensamentos dela sobre aquele estranho toque.

Muito mais tarde, contudo, ela se lembrará de um instante após aquele toque, quando as pontas dos dedos do homem brilharam como as extremidades cortadas do arpão. Um fio tênue de luz-sob-o-calor que parecia saltar dela para ele. Ela lembrará também que, por um momento, aquele fio de luz iluminou outros: uma trama inteira de linhas irregulares estendendo-se sobre ele todo como o padrão de teia de aranha que se segue a um impacto abrupto em vidro frágil. O local do impacto, o centro da teia, era em algum lugar perto da nuca dele. Nassun se lembrará de pensar naquele momento: *Ele não está sozinho aí.*

Nesse instante, isso não importa. A viagem deles terminou. Nassun, aparentemente, está em casa.

✦ ✦ ✦

Os Guardiões não falam sobre Garantia, onde são feitos. Ninguém sabe sua localização. Quando lhes perguntam, eles apenas sorriem.

*– De uma história sabedorista, "Sem título 759", registrada no distritante de Charta, na Comu de Eadin, pelo ambulante Mell Sabedorista Pedra*

# 8

## VOCÊ FOI AVISADA

Você está na fila para pegar a cota da sua casa para a semana quando ouve o primeiro sussurro. Não é para você e não é para ser entreouvido, mas você ouve mesmo assim porque quem fala está irriquieto e se esquece de falar baixo.

— Pelos fogos da Terra, tem muitos deles — um homem mais velho diz a um mais jovem quando você se distrai dos seus próprios pensamentos o suficiente para processar as palavras. — Ykka tudo bem, conquistou o lugar dela, não foi? Deve ter alguns bons. Mas o resto? A gente só precisa de *um*...

O companheiro manda o homem calar a boca de imediato. Você fixa seu olhar em um grupo distante tentando transportar alguns cestos de minério pela caverna por meio de uma tirolesa guiada, de forma que, quando o homem mais jovem olhar ao redor, não vá vê-la olhando para eles. Mas você se lembra.

Faz uma semana desde o incidente com os fervilhões e parece que se passou um mês. Não é apenas uma questão de perder a noção dos dias e das noites. Parte da estranha elasticidade do tempo advém do fato de você ter perdido Nassun e, com ela, a urgência de um propósito. Sem esse propósito, você se sente meio que enfraquecida e perdida, tão sem rumo quanto as agulhas das bússolas devem ter ficado durante a Estação Errante. Você decidiu tentar se adaptar, centrando de novo sua consciência, explorando seus novos limites, mas isso não está ajudando muito. O geodo de Castrima desafia o seu senso tanto de tamanho como de tempo. Parece atulhado quando você fica perto das paredes do geodo, onde a vista da parede oposta fica encoberta por dezenas de colunas de quartzo irregulares entrecruzadas. Parece vazio quando você passa por cristais inteiros de apartamentos desocupados e percebe que o lugar foi construído para acolher muito mais pessoas do que acolhe no momento. O entreposto comercial da superfície era menor do que Tirimo... No entanto, você está começando a se dar conta de que os esforços de Ykka em recrutar pessoas para viver em Castrima têm sido excepcionalmente bem-sucedidos. Pelo menos metade das pessoas que você encontra na comu é nova, assim como você. (Não é de estranhar que ela quisesse algumas pessoas novas em seu conselho improvisado; *ser novo* é uma característica de grupo aqui.) Você encontra um meta-sabedorista nervoso e três britadores que não se parecem nada com Jija, um biomesta que trabalha com Lerna dois dias por semana e uma mulher que um dia ganhou a vida vendendo artesanato com couro como presente e que agora passa os dias curtindo as peles que os Caçadores trazem.

Algumas das pessoas novas têm uma aparência amargurada porque, como Lerna, não pretendiam juntar-se a Castrima. Ykka ou alguma outra pessoa as considerou úteis para uma comunidade que certa vez consistia apenas de comerciantes e mineradores, e isso significou o fim de suas viagens. Alguns deles, contudo, demonstram de maneira manifestamente febril sua determinação em contribuir com a comu e defendê-la. Esses são os que não tinham para onde ir, com suas comus destruídas pela Fenda ou pelos tremores secundários. Nem todos têm habilidades úteis. São jovens, em geral, o que faz sentido, porque a maioria das comus não aceitará pessoas idosas ou doentes durante uma Estação a não ser que tenham habilidades muito desejáveis... e porque, você fica sabendo ao conversar com eles, Ykka exige que se faça uma pergunta muito específica para a maioria dos recém-chegados: *Você consegue conviver com orogenes?* Os que respondem sim podem entrar. Os que *conseguem* dizer que sim costumam ser mais jovens.

(Os que respondem não, você entende sem ter que perguntar, não têm permissão de continuar viajando e potencialmente se juntar a outras comus ou a bandos de sem-comu para atacar uma comunidade que sabidamente abriga orogenes. Há uma pedreira de gipsita conveniente não muito longe, ao que parece, a jusante. Ela ajuda a afastar salteadores de Castrima-de-cima também.)

E, além disso, há os nativos: as pessoas que faziam parte de Castrima muito tempo antes de a Estação começar. Muitos deles estão descontentes com as novas aquisições, apesar de todos saberem que a comu não poderia sobreviver como estava. Era simplesmente pequena demais. Antes de Lerna, não tinham médico, apenas um homem que fazia partos e cirurgias durante batalhas e praticava medicina para gado como um trabalho paralelo à pelaria. E tinham só dois orogenes, Ykka e Cutter, embora, aparentemente, ninguém tivesse certeza de que Cutter era orogene até o início da Estação; essa é uma história que você quer ouvir um dia. Sem orogenes, Castrima-de-baixo vira uma armadilha, o que torna a maioria dos nativos relutantemente disposta a aceitar os esforços de Ykka para atrair mais como ela. Então os velhos castrimenses olham para você com desconfiança, mas o bom é que olham para todos os recém-chegados da mesma forma. Não é o seu status como orogene que os incomoda. É o fato de que você ainda não provou o próprio valor.

(É surpreendente como a sensação é revigorante. Ser julgada pelo que você faz, não pelo que é.)

Nos últimos tempos, você tem passado as manhãs em um grupo de trabalho fazendo cultivo hidropônico: fazendo sementes germinarem em bandejas de tecido molhado, depois transplantando as mudas que vingaram para canais com água e elementos químicos que os biomestas criam para elas poderem crescer. É um trabalho relaxante, que faz você se lembrar da estufa que tinha em Tirimo. (Uche sentado em meio às samambaias comestíveis, fazendo caretas horríveis ao mastigar um bocado de terra antes que você pudesse impedi-lo. Você sorri com a lembrança, antes que a dor deixe seu rosto inexpressivo outra vez. Você ainda não consegue sorrir por conta de coisas que Corundum fazia, e isso faz dez... não, onze anos agora.)

Toda noite você vai ao apartamento de Ykka para conversar com ela, Lerna, Hjarka e Cutter sobre questões da comu. Isso inclui coisas como se deve-se punir Jever Inovador Castrima por vender leques, uma vez que a economia de mercado é ilegal durante uma Estação, segundo a Lei Imperial, e como evitar que o Velho Crey (que não é tão velho assim) reclame outra vez que os banhos comunitários estão mornos demais. Ele está dando nos nervos de todo mundo. E quem vai intervir se Ontrag, a ceramista, continuar quebrando a cerâmica malfeita de seus dois aprendizes? Foi desse modo que ensinaram a ela, mas também é desse modo que se ensina as pessoas que *querem* aprender cerâmica. Os aprendizes de Ontrag só estão lá porque Ykka mandou que aprendessem o ofício da velha antes que ela morra. No ritmo que as coisas estão indo, talvez eles mesmos a matem.

São coisas ridículas, banais, incrivelmente entediantes e... você adora. Por quê? Vai saber. Talvez porque seja semelhante aos tipos de discussão que você tinha durante as duas vezes em que fez parte de uma família? Você se lembra de discutir com Innon sobre se deveriam ensinar sanze-mat para Corundum desde cedo, para ele não ter sotaque, ou mais tarde, só se Coru quisesse sair de Meov. Você teve uma discussão com Jija uma vez porque ele achava que colocar fruta na repartição fria estragava o sabor, e você não ligava, porque fazia a fruta durar mais. As discussões que você tem com os outros conselheiros são mais importantes: suas decisões afetam mais de mil pessoas agora. Mas passam a mesma sensação tola e pedante. Pedantismo tolo é um luxo de que raras vezes na vida você pôde desfrutar.

Você foi para a superfície de novo e ficou em silêncio na varanda de uma casa-entrada em meio à queda das cinzas. O céu está um pouco diferente hoje: tem um tom amarelo acinzentado mais tênue em vez de um vermelho acinzentado mais denso, e as nuvens têm um formato comprido e ondulado em vez do formato de contas que você viu desde a Fenda. Olhando para cima, um dos Costas-fortes diz:

— Talvez as coisas estejam melhorando.

O amarelo das nuvens quase parece luz do sol. Você consegue ver o sol de vez em quando, um disco pálido e débil às vezes emoldurado por delicadas curvas flutuantes.

Você não conta ao guarda o que consegue sensar, que é o fato de que as nuvens amarelas contêm mais enxofre do que o habitual. Tampouco conta o que sabe, que é o fato de que, se chover agora, a floresta que circunda Castrima e no momento fornece uma porção significativa dos alimentos da comu morrerá. Em algum lugar ao norte, a fenda que Alabaster abriu simplesmente expeliu uma grande lufada de gás de algum bolsão subterrâneo há muito enterrado. Cutter, que subiu com você e Hjarka, olha para você, o rosto cuidadosamente sem expressão; ele também sabe. Mas também não diz nada, e você acha que sabe por quê: por conta do guarda e sua melancólica esperança de que as coisas estejam melhorando.

Seria cruel acabar com essa esperança antes que ela desvaneça por si própria. Você gosta mais de Cutter devido a esse instante de gentileza compartilhada.

Então você vira um pouco a cabeça e esse sentimento desaparece. Há outro comedor de pedra por perto, espreitando à sombra de uma casa não muito longe. Esse é macho, de mármore amarelo manteiga com veios marrons, com um cabelo encaracolado tom de bronze. Ele não está se aproximando de ninguém, não está se mexendo, e você não o teria sequer notado se não fosse pelo metal brilhante de seu cabelo, tão chamativo contra a neblina do dia. Você se pergunta, pela terceira ou quarta vez, por que eles se aglomeram ao redor de Castrima. Será que estão tentando ajudar, como Hoa ajuda você? Será que estão esperando que mais de vocês se transformem em pedra deliciosa e mastigável? Será que estão só entediados?

Você não consegue lidar com essas criaturas. Você tira Mármore de Manteiga da cabeça, desvia o olhar e, mais tarde, quando está pronta para descer e olha outra vez, ele sumiu.

Vocês três estão aqui em cima, seguindo um dos Caçadores pela floresta porque querem que vocês venham e vejam uma coisa. Ykka não veio junto porque está mediando uma disputa entre os Costas-fortes e os Resistentes a respeito da duração dos turnos ou algo assim. Lerna não está aqui porque começou a dar aula sobre o tratamento de feridas para qualquer um que quisesse participar. Hoa não está aqui porque continua sumido, como tem estado há uma semana. Mas com você estão sete dos Costas-fortes de Castrima, dois Caçadores e a mulher branca e loira que você conheceu no seu primeiro dia em Castrima e que se apresentou como Esni. Ela foi aceita na comu como Costa-forte, apesar de pesar pouco mais de 45 quilos e ser mais pálida que as cinzas. Acontece que ela era a chefe de um clã de vaqueiros antes da Fenda, o que significa que sabe domar animais grandes e pessoas com egos descomunais. Ela e o seu povo se juntaram voluntariamente a Castrima porque ficava muito mais perto do que sua comu natal lá nas Antárticas. A carne seca mantida em conserva e curada com sal do restante de seu último rebanho constituiu a única reserva de carne de Castrima desde a Fenda.

Ninguém conversa durante a caminhada. O silêncio da floresta, exceto pelo rumorejo de pequenas criaturas em meio à vegetação rasteira e o ocasional toc-toc de animais que perfuram a madeira à distância, exige mais do mesmo. A mata está mudando, você vê à medida que anda pesadamente por ela. As árvores mais altas perderam as folhas há meses, a seiva desce para proteger contra o frio que invade e a superfície do solo está ficando ácida. Mas, proporcionalmente, os arbustos e as árvores de porte médio desenvolveram uma folhagem mais densa, absorvendo o pouco de luz que conseguem, às vezes dobrando as folhas para baixo à noite para derrubar as cinzas. Isso torna as cinzas mais finas fora das estradas, tanto que às vezes você consegue ver o chão atulhado.

O que é bom, porque faz as partes mais recentes da paisagem se destacarem muito mais: os aglomerados de terra. Eles têm mais ou menos um metro, em geral, feitos com cinzas cimentadas, folhas e galhos e, em um dia mais claro como este, são fáceis de avistar porque soltam um leve vapor. De vez em quando, você vê ossinhos, os restos de patas ou rabos, projetando-se da base de cada montículo. Ninhos de fervilhões. Não muitos... Mas você não se lembra de ter visto nenhum na semana anterior, quando passou por essa área da floresta (você teria sensado o calor). É um lembrete de que, ao passo que a maioria das plantas e dos animais luta para sobreviver em uma Estação, alguns raros fazem mais do que isso: privados de seus predadores habituais e dotados das condições ideais, eles prosperam, reproduzindo-se descontroladamente onde quer que consigam encontrar uma fonte de alimento, confiando no grande número para garantir a continuidade da espécie.

Independentemente de qualquer coisa, isso não é nada bom. Você se flagra verificando seus sapatos com frequência e nota que os outros estão fazendo o mesmo.

Então, vocês chegam ao alto de um cume que dá para uma bacia de floresta que se espalha. Está claro que a bacia fica fora da zona de proteção mantida pelos orogenes de Castrima, porque amplas faixas da floresta aqui estão devastadas e mortas como consequência da Fenda. Você seria capaz de enxergar centenas de quilômetros se não fosse pelas cinzas, mas, já que está um dia tão claro e de poucas cinzas, você consegue ver talvez algumas dezenas. É o bastante.

Porque ali, indistinto sob a luz dourada, você percebe algo sobressaindo em meio à floresta devastada: um punhado do que devem ser árvores novas sem casca ou galhos compridos colocados no chão em uma tentativa de fazer com que ficassem retos, embora muitos se envérguem para um lado ou para o outro. Na ponta de cada um, há um pedaço de tecido vermelho escuro agitando-se para chamar a atenção. Você não consegue distinguir se o vermelho é tintura ou alguma outra coisa porque, em cada uma dessas estacas, há um corpo. As estacas saem da boca e de outras partes dos corpos; estão empalados.

— Não é o nosso povo — diz Hjarka. Ela está olhando através de lentes de distância, ajustando-as enquanto um dos Caçadores perambula ali por perto com as mãos meio erguidas para pegar o precioso instrumento caso Hjarka se atrapalhe com ele ou, conhecendo Hjarka, caso jogue a coisa fora. — Quero dizer, é difícil distinguir daqui, mas não os reconheço e acho que nunca mandamos ninguém para tão longe. E eles parecem imundos. Um bando de sem-comu, talvez.

— Um bando com o olho maior que a barriga.

— Todas as nossas patrulhas já estão contabilizadas — diz Esni, cruzando os braços. — Eu não fico de olho em ninguém a não ser os Costas-fortes; quero dizer, os Caçadores têm suas próprias tarefas... Mas a gente nota as idas e vindas. — Ela já examinou os corpos através das lentes de distância, e foi decisão dela que membros da liderança da comu fossem trazidos lá para cima para verem por si mesmos. — Suponho que os culpados sejam viajantes. Um grupo atrasado tentando voltar para uma comu natal, mais bem-armados do que os sem-comu que os atacaram. E mais sortudos.

— Viajantes não fariam isso — diz Cutter, calmo. Ele costuma ser calmo. Hjarka é quem você sempre espera que seja difícil, mas, na verdade, ela é previsível e muito mais tranquila do que a aparência impetuosa poderia sugerir. Cutter, no entanto, se opõe a quase tudo que você, Ykka ou os outros sugerem. Ele esconde um ferrugentinho teimoso por trás daquela atitude calma. — A empalação, quero dizer. Não há motivo para se demorar tanto. Alguém gastou tempo cortando aquelas varas, afiando, cavando buracos para colocá-las, posicionando as estacas para que pudessem ser vistas a quilômetros à volta. Viajantes... viajam.

Também é muito mais difícil interpretar Cutter do que Hjarka, você se dá conta agora. Hjarka é uma mulher que nunca conseguiu esconder a amplitude e o vigor do que é, então ela nem se dá ao trabalho de tentar. Cutter é um homem que passou a vida encobrindo a força de montanhas por trás de uma aparência superficial de brandura. Agora você sabe como isso é visto, de fora. Mas ele tem razão.

— O que você acha que é, então? — Você dá um palpite.
— Outro bando de sem-comu?

— Eles também não fazem essas coisas. A esta altura, não estão mais desperdiçando corpos.

Você estremece e vê várias outras pessoas no grupo suspirando ou se remexendo. Mas é verdade. Ainda há animais para caçar, mas os que não estão hibernando são ferozes o suficiente ou encouraçados o suficiente ou tóxicos o suficiente para se tornarem uma presa muito custosa para qualquer um a não ser caçadores muito bem preparados. Os sem-comu raramente têm balestras em bom funcionamento, e o desespero atrapalha as ações furtivas. E, como mostraram os fervilhões, existem novos concorrentes às carcaças.

Claro, se Castrima não encontrar uma nova fonte de carne logo, você e os outros também não desperdiçarão mais corpos. Esse estremecimento serviu a vários propósitos.

Hjarka enfim abaixa as lentes de distância.

— É — ela suspira, respondendo para Cutter. — Droga.

— O quê? — De repente você se sente estúpida, como se todos houvessem começado a falar em outra língua.

— Alguém está marcando território. — Hjarka gesticula com as lentes de distância, encolhendo os ombros; o Caçador habilmente as arranca de sua mão. — Fazer isso é um alerta, mas não para outros sem-comu, que não ligam a mínima e provavelmente vão tirar os corpos de lá para lanchar. Para *nós*. Para ficarmos sabendo o que eles vão fazer se ultrapassarmos as fronteiras deles.

— A única comu naquela direção é Tettehee — diz um dos Caçadores. — Eles são amigáveis, tem sido há anos. E não somos ameaça para eles. Não existe muita água para aqueles lados para sustentar outras comus; o rio segue para o norte.

Norte. Isso a incomoda. Você não sabe por quê. Não há motivo para mencionar isso aos outros, mas...

— Quando foi a última vez que tiveram notícias de Tettehee? — O silêncio a saúda, e você olha ao redor. Todos estão encarando. Bem, isso responde a sua pergunta. — Precisamos enviar alguém para Tettehee então.

— Alguém que pode acabar em uma estaca? — Hjarka olha para você. — Ninguém é dispensável nesta comu, *recém-chegada*.

É a primeira vez que você provoca a ira dela, e é muita ira. Ela é mais velha, maior e, além dos seus dentes afiados, há o olhar dela, com seus olhos pretos e ferozes. Mas, de algum modo, ela faz você lembrar de Innon, de forma que você sente qualquer coisa, menos raiva, em resposta.

— Vamos ter que enviar um grupo de negociadores de qualquer maneira. — Você diz isso com tanta delicadeza quanto possível, o que faz Hjarka piscar os olhos. Essa é a inevitável conclusão de todas as conversas que vocês tiveram nos últimos tempos a respeito do agravamento do déficit de carne da comu. — É melhor usarmos esse alerta para garantir que o grupo esteja armado e seja grande o suficiente para que ninguém possa confrontá-los sem pagar por isso.

— E se quem fez isso tiver um grupo maior e mais armado?

As coisas nunca têm a ver só com a força durante uma Estação. Você sabe disso. Hjarka sabe disso. Mas você diz:

— Mande um orogene com eles.

Ela pisca, verdadeiramente surpresa, depois ergue uma das sobrancelhas.

— Que vai matar metade do nosso pessoal tentando defendê-los?

Você dá as costas para ela e estende uma das mãos. Nenhum deles se afasta de você, mas nenhum deles é de uma comu grande o bastante para ter recebido visitas frequentes de Orogenes Imperiais; eles não sabem o que o seu gesto significa. Eles ofegam, porém, afastam-se e murmuram quando você produz uma espiral de dois metros de largura no mato rasteiro a alguns passos de distância. Cinzas e folhas mortas rodopiam em um demônio de poeira, cintilando com gelo à sulfúrea luz da tarde. Você não precisava fazê-la girar tão rápido. Só está sendo dramática.

Depois você usa o que absorveu daquela espiral e vira, apontando para o local onde estão os corpos empalados lá embaixo na bacia. A essa distância, é impossível dizer o que está acontecendo a princípio, mas então as árvores na área estremecem e as varas começam a balançar descontroladamente. Um instante depois, abre-se uma fissura, e você derruba as varas e os seus pavorosos ornamentos no chão. Você junta as mãos – devagar, para não alarmar ninguém – e as árvores param de estremecer. Mas, um momento depois, todos começam a sentir uma leve vibração na crista onde vocês estão porque você deixou um pouco do tremor secundário vir nessa direção. Você também não precisava ter feito isso. Você só tinha que comprovar o seu argumento.

É louvável que Hjarka pareça apenas impressionada e não alarmada quando você abre os olhos e se vira para ela.

— Legal — ela diz. — Então *você* consegue congelar alguém sem matar todo mundo à sua volta. Mas, se todos os roggas conseguissem fazer isso, as pessoas não teriam problemas com os roggas.

Você odeia muito essa palavra ferrugenta, não importa o que Ykka pense.

E você não sabe ao certo se concorda com a avaliação de Hjarka. As pessoas têm problemas com os roggas por vários motivos que não têm nada a ver com a orogenia. Você abre a boca para responder... e então para. Porque consegue entender a armadilha que Hjarka preparou, a única forma como essa conversa vai terminar, e você não quer falar disso... mas é impossível evitar. Droga ferrugenta.

Então é desse modo que você acaba ficando encarregada de uma espécie de novo Fulcro.

✦ ✦ ✦

— É uma estupidez — diz Alabaster.

Você suspira.

— Eu sei.

É o dia seguinte, e vocês estão tendo outra conversa sobre o princípio do irreal: como um obelisco funciona, como sua estrutura cristalina imita as estranhas ligações de poder entre as células de um ser vivo e como há teorias sobre coisas menores do que as células, embora ninguém as tenha visto nem consiga provar que elas existem.

Você têm essas conversas com Alabaster todos os dias, entre o seu turno de trabalho da manhã e a politicagem da noite, porque ele está tomado de uma sensação de urgência estimulado pela iminência de sua própria mortalidade. As sessões não duram muito porque a força de Alabaster é limitada. E as conversas até agora não foram muito úteis, em grande parte porque Alabaster é um péssimo professor. Ele vocifera ordens e dá sermões, nunca respondendo as suas perguntas quando você as faz. Ele é impaciente e ríspido. E, embora parte disso possa ser atribuída à dor que ele está sentindo, o resto é apenas Alabaster sendo ele mesmo. Ele realmente não mudou.

Você com frequência se surpreende com o quanto sentiu falta dele, o velho babaca irascível. E, por conta disso, você se controla... por algum tempo, de qualquer forma.

— Alguém precisa mesmo ensinar os mais novos — você diz. A maioria dos orogenes da comu são crianças ou adolescentes, simplesmente porque a maioria dos selvagens não sobrevive à infância. Você ouviu rumores de que alguns dos orogenes mais velhos estão ensinando-os, ajudando-os a aprender como não congelar as coisas quando batem os dedões, e ajuda o fato de Castrima ser tão estável quanto os Equatoriais foram um dia. Mas são selvagens ensinando selvagens. — E se eu não conseguir fazer o que quer que você esteja insistindo que eu faça...

— Nenhum deles vale uma ferrugem. Você sensaria isso por conta própria, se você se desse ao trabalho de prestar um pouco de atenção neles. Não é só sobre habilidade, é também talento natural; essa é a grande razão pela qual o Fulcro nos fazia procriar, Essun. E a maioria deles nunca será capaz de passar da redistribuição de energia. — Esse é o termo que vocês dois inventaram para a orogenia feita com calor e energia cinética... o jeito do Fulcro. O que Alabaster está tentando ensinar a você agora, e você está tendo dificuldade para aprender porque se baseia em coisas que não fazem sentido nenhum, é algo que vocês começaram a chamar de *redistribuição mágica*. Esse termo também não está certo, não é redistribuição, mas vai servir até que você o entenda melhor.

Alabaster ainda está falando sobre a aula de orogenia que você concordou em dar e sobre as crianças que vão participar.

— É um desperdício do seu tempo dar aula para eles.

Essa reprovação inexplicavelmente começa a esgotar a sua paciência.

— Nunca é desperdício de tempo educar os outros.

— Falou como uma simples professora de creche. Ah, espera aí.

É golpe baixo desrespeitar a vocação que lhe deu anos de camuflagem. Você deveria deixar pra lá, mas arde como sal em um corte feito por vidro, e você retruca com rispidez.

— Pare. Com. Isso.

Alabaster pisca os olhos, e depois, tanto quanto lhe é possível, faz uma carranca.

— Não tenho muito tempo para ficar paparicando, Syen...

— *Essun.* — Neste exato momento, aqui, isso importa. — E eu não me importo uma ferrugem se você está morrendo. Você não tem o direito de falar comigo assim. — E se levanta, porque, de repente, para você *já chega* dessa ferrugem.

Ele a encara. Antimony está lá como sempre, apoiando-o em silêncio, e os olhos dela se deslocam para você por um instante. Você pensa ver surpresa neles, mas isso provavelmente é apenas projeção.

— Você não se importa se eu estou morrendo.

— Não, não me importo. Por que ferrugens eu deveria? Você não se importa se qualquer um de nós morrer. Você *fez isso com a gente.* — Lerna, na outra extremidade da sala, levanta os olhos e franze as sobrancelhas, e você se lembra de abaixar a voz. — Você vai morrer mais rápido e mais fácil do que o resto de nós. *A gente* vai passar fome até morrer, bem depois de você ter virado poeira nas cinzas. E se você não quer se dar ao trabalho de me ensinar nada de fato, então vá se ferrar; vou descobrir como consertar as coisas sozinha!

Então você já atravessou metade da enfermaria, com seus passos vigorosos e seus punhos cerrados ao lado do corpo, quando ele diz bruscamente:

— Saia por esta porta e você *vai* morrer de fome. Fique e terá uma chance.

Você continua andando, gritando por sobre o ombro:

— *Você* descobriu um jeito!

— Demorei dez anos! E... maldita ferrugem escamada, sua cabeça-dura, coração de gelo...

O geodo sacode. Não só o prédio da enfermaria, mas a porcaria da coisa inteira. Você ouve gritos de alarme do lado de fora, e essa é a gota d'água. Você para e cerra os punhos e lança uma contra-espiral contra o fulcro que ele posicionou bem embaixo de Castrima. Não desloca o dele; você ainda não é precisa o suficiente para isso e, de qualquer forma, está irritada demais para tentar com muito afinco. Contudo, o movimento cessa... seja porque você o deteve ou porque o surpreendeu tanto que ele parou, você não se importa.

Depois você volta, avançando contra ele com tanta fúria que Antimony desvanece e de repente está de pé ao lado dele, uma silenciosa sentinela dando um aviso. Você não se importa com ela e não se importa que Alabaster esteja curvado de novo, produzindo um chiado baixo e exausto, nem com nada que envolva aquilo.

— Escuta aqui, seu babaca egoísta — você fala com rispidez, abaixando-se de modo que a comedora de pedra seja a única a ouvir. Bas está tremendo, visivelmente com dor e, um dia antes, isso teria sido o suficiente para deter você. Agora você está irritada demais para ter pena. — Eu tenho que morar aqui, mesmo que você só esteja esperando para morrer e, se fizer essas pessoas nos odiarem porque não consegue se controlar...

Espere. Você vai parando de falar, distraída. Desta vez, você consegue ver a mudança à medida que ela acontece no braço dele: o esquerdo, que havia sido maior. A pedra que há nele vai subindo devagar, progressivamente, produzindo um rangido mínimo ao passo que transmuta carne em outra coisa. E quase contra a sua vontade você muda a visão como ele lhe ensinou, procurando entre as gélidas bolhas nele por aquelas indefiníveis tentáculos gavinhas. Você vê, de súbito, que elas estão mais brilhantes, quase como metal prateado, estreitando-se em uma treliça e alinhando-se de um modo novo que você nunca viu antes.

— Você é uma ferrugenta tão arrogante — diz ele com rispidez por entre os dentes. Isso rompe o seu assombro quanto ao braço dele, substituindo-o por afronta devido ao fato de que *ele*, entre todas as pessoas, chamou *você* de arrogante. — *Essun*. Você age como se fosse a única que cometeu erros, a única que já morreu por dentro e teve que continuar. Você não sabe nada, não ouve nada...

— Porque você não me conta nada! Você espera que eu te escute, mas você não compartilha, você só faz exigências e declarações e, e... e eu não sou criança! Pela Terra Cruel, eu não falaria assim nem com uma criança!

(Há uma parte traidora em você que sussurra: *Só que você falou. Você falou com Nassun desse jeito*. E a parte leal responde com rispidez: *Porque ela não teria entendido. Ela não estaria segura se você tivesse sido mais gentil, mais lenta. Foi para o próprio bem dela, e...*)

— É para o seu próprio bem ferrugento — Alabaster chia. A progressão da pedra no braço dele parou, pouco mais de dois centímetros desta vez. Sorte. — Estou tentando protegê-la, em nome da Terra!

Você para, encarando-o, e ele a encara de volta, e o silêncio recai.

Ouve-se, atrás de você, o tinido de algo pesado e metálico sendo colocado sobre uma superfície. Isso faz você virar-se e olhar para Lerna, que está olhando para vocês e cruzou os braços. A maioria das pessoas de Castrima, mesmo os orogenes, não vai saber do que se tratou a sacudida, mas ele sabe porque viu a linguagem corporal, e agora você vai ter que explicar coisas para ele... com sorte antes que ele misture a próxima tigela de papa de Alabaster com algo tóxico.

É um lembrete de que não são os velhos tempos e de que você não pode reagir de acordo com os velhos hábitos. Se Alabaster não mudou, então cabe a você. Porque você mudou.

Então você se endireita e respira fundo.

— Você nunca ensinou nada para ninguém, não é?

Ele pisca os olhos, franzindo a testa, aparentemente desconfiado da sua mudança de tom.

— Eu ensinei você.

— Não, Alabaster. Naquela época, você fazia coisas impossíveis e eu só observava e tentava não morrer quando imitava você. Mas você nunca tentou disseminar informação de propósito para outro adulto, não é? — Você sabe a resposta mesmo sem ele dizer, mas é importante que ele diga. Isso é uma coisa que ele precisa aprender.

Ele mexe um músculo do maxilar.

— Eu tentei.

Você dá risada. O tom defensivo na voz dele lhe diz tudo. Após mais um momento de reflexão, além de uma respiração profunda para organizar o seu autocontrole, você se senta de novo. Isso deixa Antimony pairando sobre vocês dois, mas você tenta ignorá-la.

— Escuta — você diz. — Você precisa me dar uma razão para confiar em você.

Ele estreita os olhos.

— Você ainda não confia em mim a essa altura?

— Você destruiu o mundo, Alabaster. Você me disse que quer que eu piore as coisas. Não ouvi muita coisa que me convencesse a "obedecer sem questionar".

Ele infla as narinas. A dor de se tornar pedra parece ter desvanecido, embora ele esteja encharcado de suor e com a respiração ainda pesada. Mas então algo na expressão dele também se modifica e, um instante depois, ele desmorona, na medida do possível.

— Eu o deixei morrer — ele murmura, desviando o olhar. — Claro que você não confia em mim.

— Não, Alabaster. Os Guardiões mataram Innon.

Ele dá um meio sorriso.

— Ele também.

Então você sabe. Dez anos e é como se o tempo não houvesse passado nem um pouco.

— Não — você diz outra vez. Mas dessa vez é mais suave. Sem força. Ele disse que não a perdoaria por Corundum... mas talvez você não seja a única que ele não perdoa.

Passa-se um longo período de silêncio.

— Tudo bem — ele diz enfim. Sua voz é bem tênue. — Vou te contar.

— O quê?

— Onde eu estive nos últimos dez anos. — Ele olha para Antimony, que ainda paira sobre eles dois. — Do que se trata tudo isso.

— Ela não está pronta — diz a comedora de pedra. Você se sobressalta ao ouvir a voz dela.

Alabaster tenta dar de ombros, contrai-se quando sente uma pontada em alguma parte do corpo e suspira.

— Eu também não estava.

Antimony olha para vocês dois. Não é muito diferente do modo como ela estava encarando você desde que voltou, mas parece mais contido. Talvez seja apenas projeção. Mas então, de repente, ela desaparece. Você vê acontecer desta vez. Sua forma fica borrada, tornando-se insubstancial, translúcida. Depois, ela cai no chão como se um buraco houvesse se aberto sob os pés dela. E some.

Alabaster suspira.

— Vem se sentar ao meu lado — ele diz.

Você franze a testa de imediato.

— Por quê?

— Para a gente transar de novo. Por que ferrugens você acha?

Você o amou um dia. Provavelmente ainda ama. Com um suspiro, você se levanta e vai até a parede. Cautelosamente, embora as costas dele não estejam queimadas, você se abaixa em uma posição confortável, depois apoia uma das mãos nas costas dele para mantê-lo ereto, da forma como Antimony tantas vezes faz.

Alabaster fica em silêncio por um momento, e então diz:

— Obrigado.

Depois... ele lhe conta tudo.

✦ ✦ ✦

NÃO RESPIRE AS CINZAS FINAS. NÃO BEBA A ÁGUA VERMELHA. NÃO CAMINHE POR MUITO TEMPO EM SOLO QUENTE.

– *TÁBUA UM, "DA SOBREVIVÊNCIA", VERSÍCULO SETE*

# 9

## Nassun, necessária

Porque você é Essun, eu não deveria ter que lembrá-la que tudo que Nassun conhecia antes de Lua Encontrada era Tirimo, e o mundo se escurecendo de cinzas que é a estrada durante uma Quinta Estação. Você conhece sua filha, não conhece? Deveria ser óbvio, portanto, que a Lua Encontrada se torna algo que ela nunca antes acreditou ter: um verdadeiro lar.

Não é uma comu nova. No centro fica o vilarejo de Jekity, que era uma cidade antes da Estação da Asfixia uns cem anos atrás. Durante aquela Estação, o Monte Akok cobriu as Antárticas de cinzas... Mas não foi isso que quase matou Jekity, já que a cidade tinha vastas provisões e robustos muros de madeira e ardósia naquela época. A cidade de Jekity morreu devido a uma combinação de erros humanos: uma criança, ao acender um lampião, derrubou óleo, o que provocou um incêndio que se alastrou pela extremidade oeste da comu e queimou um terço dela até as pessoas conseguirem controlá-lo. O chefe da comu morreu no incêndio e, quando três candidatos qualificados se voluntariaram para tomar o lugar dele, o facciosismo e as brigas internas significaram que a parte queimada do muro não foi reconstruída rápido o bastante. Uma multidão de tibbits (animais pequenos e peludos que se aglomeram como formigas quando a comida é escassa o bastante) entrou na comu e tomou conta de qualquer um que demorasse demais para sair do chão... incluindo os esconderijos de provisões da comu que estavam ao nível do solo. Os sobreviventes se mantiveram por algum tempo com o que havia sobrado, depois passaram fome. Quando o céu clareou, cinco anos mais tarde, restavam menos de cinco mil almas das cem mil que havia no começo da Estação.

A Jekity de hoje é ainda menor. Os reparos mal feitos e desajeitados no muro durante a Asfixia ainda estão no lugar e, embora as provisões tenham sido ampliadas e reabastecidas o suficiente para atender aos padrões imperiais, isso só ocorreu no papel: a comu fez um trabalho péssimo em alternar provisões velhas e estragadas e guardar novas provisões. Estranhos raramente pediram para se juntar a Jekity ao longo dos anos. Mesmo para os padrões antárticos, a comu é vista como malfadada. Os jovens em geral partem para, por meio de uma conversa ou um casamento, conseguir entrar em outra comunidade em crescimento, onde os empregos são mais abundantes e a lembrança do sofrimento não é duradoura. Quando Schaffa encontrou essa pacata comu de cultivo em terraços e convenceu a então chefe Maite a permitir que ele estabelecesse uma unidade especial de Guardiões dentro dos muros da comu, ela esperava que isso fosse o começo de uma reviravolta para o seu lar. Guardiões são uma aquisição saudável para qualquer comu, não são? E, de fato, há agora três Guardiões em Jekity, incluindo Schaffa, e nove crianças orogenes de idades variadas. Havia dez, mas, quando uma das crianças causou um breve, porém poderoso terremoto em meio a uma birra certa noite, essa criança desapareceu. Maite não fez perguntas. É bom saber que os Guardiões estão fazendo o trabalho deles.

Nassun e seu pai não sabem disso quando entram na comu, embora os outros acabem contando. Os curadores (um médico idoso e um herbalista da floresta) levaram sete dias para fazer com que Jija deixasse de correr perigo, porque ele contraiu uma febre não muito depois da cirurgia na ferida. Nassun cuida dele o tempo todo. No entanto, quando fica claro que ele vai sobreviver, Schaffa os apresenta a Maite, que fica encantada em saber que Jija é britador. A comu não tem um há várias décadas, então eles vinham enviando pedidos a britadores da comu de Deveteris, a pouco mais de trinta quilômetros de distância. Há uma casa velha e vazia na comu com uma fornalha anexa e, embora uma forja fosse mais útil, Jija lhe diz que consegue fazê-la funcionar. Maite espera um mês para ter certeza e ouve quando seu povo lhe conta que Jija é educado e amigável e sensato. Ele também é fisicamente saudável, uma vez que está se recuperando daquela ferida como um verdadeiro Resistente e já que conseguiu sobreviver à estrada sem nenhuma companhia além de uma garotinha. Todos notam como sua filha é bem-comportada e dedicada também... nada do que se esperaria de uma rogga. Dessa forma, ao final do mês, Jija recebe o nome de *Jija Resistente Jekity*. Eles fazem sua iniciação com uma cerimônia que a maioria da comu nunca viu antes, de tanto tempo que faz desde a última vez que alguém novo se juntou à comu. A própria Maite teve que procurar os detalhes da cerimônia em um velho livro de sabedorismo. Em seguida, eles dão uma festa, o que é muito bom. Jija lhes diz que se sente honrado.

Nassun continua sendo apenas *Nassun*. Ninguém a chama de Nassun Resistente Tirimo, embora ela ainda se apresente desse modo quando conhece pessoas novas. O interesse de Schaffa nela é simplesmente óbvio demais. Mas ela não causa nenhum problema, então as pessoas de Jekity são amigáveis com ela da mesma maneira como são com Jija, embora de uma forma um pouco mais cautelosa.

São as outras crianças orogenes que descaradamente acolhem Nassun por tudo o que ela é.

O mais velho é um garoto costeiro chamado Eitz, que fala com um estranho sotaque entrecortado que Nassun acha exótico. Ele tem dezoito anos, é alto, tem o rosto comprido e, se há uma eterna sombra em sua expressão, ela não estraga sua beleza aos olhos de Nassun. É ele quem dá as boas vindas a Nassun no primeiro dia depois que fica claro que Jija sobreviverá.

— Lua Encontrada é a *nossa* comunidade — ele diz com uma voz grave que faz o coração de Nassun acelerar, levando-a para o pequeno complexo que o pessoal de Schaffa construiu perto do muro mais fraco de Jekity. Fica no alto de uma colina. Ele a conduz até um par de portões que se abrem à medida que eles se aproximam. — Yumenes tinha o Fulcro, Jekity tem isto: um lugar onde você pode ser você mesma e sempre estar em segurança. Schaffa e os outros Guardiões também estão aqui para nos apoiar, lembre-se. Isto é nosso.

Lua Encontrada tem seus próprios muros, formados a partir das hastes de coluna rochosa que predomina nessa área... Mas essas têm uma estrutura uniformemente dimensionada e perfeitamente regular. Nassun não precisa sequer sensá-las para perceber que foram erguidas por meio de orogenia. Dentro do complexo, há um punhado de pequenos prédios, alguns deles novos, mas a maioria composta de partes da antiga Jekity que foram abandonadas à medida que a população da comu foi diminuindo. O que quer que costumassem ser, foram transformados desde então em uma casa para os Guardiões, um refeitório, uma ampla área coberta para prática, vários depósitos ao nível do solo e um dormitório para as crianças.

Nassun fica fascinada com as outras crianças. Duas são costeiras do oeste, pequenas e morenas e de cabelo preto e de olhos puxados. Irmãs, e parecem ser irmãs, chamadas Oegin e Ynegen. Nassun, que nunca viu costeiros do oeste antes, fica olhando até se dar conta de que elas, por sua vez, ficam olhando-a. Elas pedem para tocar seu cabelo e ela pede para tocar o delas. Isso as faz perceber o quanto esse pedido é estranho e bobo, e elas dão risadinhas e se tornam amigas na mesma hora sem que nenhuma passe a mão na cabeça da outra. Também há Paido, outro latmediano do sul, que parece ter herdado mais do que só um pouco dos antárticos, pois seu cabelo é amarelo reluzente e sua pele é tão branca que quase brilha. Os outros caçoam dele por conta disso, mas Nassun lhe diz que às vezes ela também fica queimada de sol (embora cuidadosamente não mencione que demora boa parte do dia em vez de alguns minutos), e o rosto dele se ilumina.

As outras crianças são todas de comus mais meridionais das Latmedianas do Sul, e todas têm visíveis traços sanzed. Deshati estava em treinamento para se tornar britadora antes de os Guardiões a encontrarem e pergunta a Nassun todo tipo de coisa sobre seu pai. (Nassun a alerta para não falar diretamente com Jija. Deshati entende de imediato, embora fique triste com isso.) Wudeh fica doente quando come certos tipos de grãos e é muito pequeno e frágil por não consumir bons alimentos em quantidade suficiente, embora sua orogenia seja a mais forte do grupo. Lashar olha para Nassun com frieza e zomba de seu sotaque, embora Nassun não consiga distinguir qual a diferença entre o modo como ela fala e o modo como Lashar fala. Os outros lhe contam que é porque o avô de Lashar era equatorial e a mãe dela é líder em uma comu local. Lamentavelmente, Lashar é uma orogene, então nada disso importa... Mas sua criação se faz notar.

Esquiva não é o nome de Esquiva, mas ela não conta a ninguém o seu nome de verdade, então começaram a chamá-la assim depois que ela tentou escapar dos afazeres uma tarde (ela já não tenta mais, mas o nome pegou). Olhadinha foi apelidada de maneira semelhante, porque ela é extremamente tímida e passa a maior parte do tempo escondendo-se atrás de outras pessoas. Ela só tem um olho, e uma cicatriz terrível de cima a baixo do lado do rosto – onde sua avó tentou esfaqueá-la, sussurram os outros quando Olhadinha não está por perto. Seu nome verdadeiro é Xif.

Nassun é a décima, e eles querem saber tudo sobre ela: de onde veio, que tipo de comida gosta de comer, como era a vida em Tirimo, se já pegou um filhote de kirkhusa nos braços porque eles são tão macios. E, sussurrando, perguntam sobre outras coisas, quando fica claro que Schaffa a favorece. O que ela fez no dia da Fenda? Como aprendeu a ter tanta habilidade com a orogenia? É dessa forma que ela descobre que é raro os da sua espécie nascerem de pais orogenes. Wudeh é o que tem uma experiência mais próxima a essa, porque sua tia percebeu o que ele era e ensinou-lhe o que pôde em segredo, mas isso não chegava a muito mais do que como não congelar as pessoas por acidente. Alguns dos outros só aprenderam essa lição da maneira difícil... e Oegin fica muito calada durante essa conversa. Deshati na verdade não sabia que era orogene até a Fenda, o que Nassun acha incompreensível. Ela é quem faz mais perguntas, mas discretamente, quando os outros não estão por perto, e com um tom de vergonha.

Outra coisa que Nassun descobre é que ela é muito, muito, *muito* melhor do que qualquer um deles. Não é só questão de treinamento. Eitz teve mais anos de treinamento do que ela e, no entanto, sua orogenia é tão delgada e frágil quanto o corpo de Wudeh. Eitz sabe controlá-la, o suficiente para não fazer estrago, mas também não consegue fazer muita coisa útil com ela, como encontrar diamantes ou fazer um ponto frio para ocupar em um dia quente ou cortar um arpão. Os outros ficam olhando quando Nassun tenta explicar esse último, e então Schaffa se afasta da parede de um prédio próximo (um dos Guardiões está sempre observando enquanto eles se reúnem e treinam e brincam) para levá-la a uma caminhada.

— O que você não entende — diz Schaffa, pondo uma das mãos no ombro dela enquanto caminham — é que a aptidão de um orogene não é apenas uma questão de prática, mas de habilidade nata. Já se fez tanto para tirar esse dom do mundo através da reprodução. — Ele suspira um pouco, soando quase desapontado. — Restam poucos que nascem com um alto nível de habilidade.

— Meu pai matou meu irmão por causa disso — conta Nassun. — Uche tinha mais orogenia do que eu. Mas a única coisa que ele fazia era ouvir através dela e dizer coisas estranhas às vezes. Ele me fazia rir.

Ela pronuncia as palavras baixinho, porque ainda dói dizê-las e porque ela as proferiu tão raras vezes. Jija nunca quis ouvir isso, então ela não teve ninguém com quem pudesse conversar sobre a sua dor até agora. Eles estão perto dos terraços da parte sul de Jekity, sucessivas plataformas bem acima do solo do vale de uma planície de lava. Os terraços ainda estão cheios de plantações de grãos, verduras e feijão. Algumas das plantas estão começando a parecer doentes por conta da diminuição da luz solar. Esta provavelmente será a última colheita antes que a nuvem de cinzas fique densa demais.

— Sim. E isso é uma tragédia, pequenina; sinto muito. — Schaffa suspira. — Meus irmãos fizeram seu trabalho bem demais, eu acho, ao alertar a população sobre os perigos de um orogene não treinado. Não que qualquer um desses alertas fosse falso. Só... exagerados, talvez. — Ele encolhe os ombros. Ela sente um lampejo de raiva do fato de que esse *exagero* seja o motivo pelo qual seu pai olhe para ela com tanto ódio às vezes. Mas a raiva é vaga, sem direção; ela odeia o mundo, não alguém em particular. É muita coisa para odiar.

— Ele acha que eu sou má — ela se vê dizendo.

Schaffa olha para ela por um longo instante. Há algo confuso em seu olhar por um momento, um modo interrogador de franzir a testa que ele tem de vez em quando. De maneira não muito intencional, Nassun o sensa em um ato fugaz, e sim... aqueles estranhos fios prateados estão reluzindo dentro dele de novo, enlaçando-se em sua carne e dando puxões em sua mente a partir de algum lugar perto da parte de trás da cabeça. Ela para assim que sua expressão se desfaz, porque ele é extremamente sensível aos usos que ela faz da orogenia e não gosta que ela faça nada sem sua permissão. Mas, quando está sendo puxado pelos fios prateados, ele percebe menos.

— Você não é má — Schaffa fala com firmeza. — Você é exatamente como a natureza te fez. E isso é *especial*, Nassun... especial e poderoso de uma forma que é atípica mesmo para alguém da sua espécie. No Fulcro, você teria anéis a esta altura. Talvez quatro, ou até cinco. Para alguém da sua idade, é incrível.

Isso deixa Nassun feliz, embora não entenda de todo.

— Wudeh disse que os anéis do Fulcro vão até dez, é verdade? — Wudeh tem a mais falante dos três Guardiões, Nida, aquela com olhos de ágata. Nida às vezes diz coisas que não fazem sentido, mas, no restante do tempo, ela compartilha conhecimento útil, então todas as crianças aprenderam a simplesmente ignorar as bobagens.

— Sim, dez. — Por algum motivo, Schaffa parece descontente com isso. — Mas isto não é o Fulcro, Nassun. Aqui, você tem que treinar a si mesma, já que não temos orogenes seniores para treiná-la. E isso é bom, porque há... coisas que você pode fazer. — O rosto dele se contorce. Uma centelha de prata o perpassa outra vez, depois a tranquilidade retorna. — Coisas que precisamos que você faça, que… coisas que o treinamento do Fulcro não consegue fazer.

Nassun reflete sobre o assunto, ignorando o prateado por um instante.

— Coisas como fazer a minha orogenia sumir? — Ela sabe que o pai fez esse pedido a Schaffa.

— Isso seria possível quando você alcançasse certo ponto de desenvolvimento. Mas, para chegar a esse ponto, é melhor você aprender a usar os seus poderes sem preconcepções. — Ele a olha de relance. A expressão dele é evasiva, mas, de algum modo, ela sabe: ele não quer que ela se transforme em uma quieta, mesmo que isso se torne possível. — Você teve sorte de ser filha de uma orogene habilidosa o suficiente para lidar com você quando era nova. Você deve ter sido muito perigosa quando bebê e nos primeiros anos de vida.

É a vez de Nassun encolher os ombros ao ouvir isso. Ela baixa o olhar e raspa com o pé uma erva que cresceu entre duas colunas de basalto.

— Acho que sim.

Ele olha para ela com o olhar se aguçando. O que quer que haja de errado com ele, e há algo de errado com todos os Guardiões de Lua Encontrada, desaparece sempre que ela tenta esconder alguma coisa dele. É como se ele pudesse sensar ofuscação.

— Me fale mais sobre a sua mãe.

Nassun não quer conversar sobre a mãe.

— Ela provavelmente está morta. — Parece provável, embora ela se lembre de ter sentido o esforço da mãe em desviar a Fenda para longe de Tirimo. Mas as pessoas teriam percebido isso, não teriam? Mamãe sempre alertou Nassun para não fazer orogenia durante um tremor, porque é assim que a maioria dos orogenes é descoberta. E Uche é o que acontece quando orogenes são descobertos.

— Talvez. — Ele inclina a cabeça de lado, como um pássaro. — Eu vi as marcas do treinamento do Fulcro na sua técnica. Você é... precisa. É incomum ver isso em um grão... — Ele se interrompe. Parece confuso outra vez por um momento. — Uma criança da sua idade. Como ela treinou você?

Nassun encolhe os ombros de novo, enfiando as mãos nos bolsos. Ele vai odiá-la se ela lhe contar. Se não odiar, ele com certeza vai perder estima por ela. Talvez desista dela.

Schaffa se mexe para se sentar na parede de um terraço próximo. Ele também continua observando-a, sorrindo educadamente. Esperando. O que faz Nassun pensar em uma terceira possibilidade pior: e se ela se recusar a lhe contar e ele ficar bravo e expulsar ela e o pai de Lua Encontrada? Então ela não terá mais nada, exceto Jija.

E... ela dá outra olhada sorrateira em Schaffa. Ele franziu de leve a testa, não por desaprovação, mas por preocupação. A preocupação não parece falsa. Ele está preocupado com *ela*. Ninguém se mostra preocupado com ela há um ano.

Por isso, Nassun diz enfim:

— A gente ia para um lugar perto do fim do vale, longe de Tirimo. Ela dizia para o Papai que ia me levar para procurar ervas. — Schaffa aquiesce. Isso é algo que normalmente se ensina às crianças em comus fora da rede de ligação equatorial. Uma habilidade útil, caso venha uma Estação. — Ela chamava de um "momento só das meninas". Papai dava risada.

— E vocês praticavam orogenia lá?

Nassun confirmou com a cabeça, olhando para as mãos.

— Ela conversava sobre isso comigo quando o Papai não estava em casa. "Conversa de meninas". — Discussões sobre a mecânica das ondas e matemática. Testes intermináveis. Irritação quando Nassun não respondia rápido ou certo. — Mas na Ponta, o lugar para onde ela me levava, era só prática. Ela tinha desenhado círculos no chão. Eu tinha que empurrar uma rocha, e minha espiral não podia passar nem um pouco do quinto círculo, e depois do quarto, e depois do terceiro. Às vezes ela jogava a rocha em mim. — É aterrorizante ver uma rocha de três toneladas se deslocando ruidosamente em sua direção e se perguntar: "*Se eu não conseguir, será que a Mamãe vai parar?*".

Ela havia conseguido, então a pergunta continua sem resposta.

Schaffa dá uma risadinha.

— Incrível. — Ao ver o olhar confuso de Nassun, ele acrescenta: — É exatamente assim que as crianças orogenes são... eram... treinadas no Fulcro. Mas parece que o seu treinamento foi consideravelmente acelerado. — Ele inclina a cabeça de novo, refletindo. — Se vocês tinham apenas sessões ocasionais de prática para escondê-las do seu pai...

Nassun aquiesce. Sua mão esquerda se fecha e então se abre outra vez, como que por conta própria.

— Ela disse que não havia tempo para me ensinar do jeito suave e que, de qualquer forma, eu era muito forte. Ela tinha que fazer o que fosse funcionar.

— Entendo. — No entanto, ela pode senti-lo observando-a, esperando. Ele sabe que há mais coisas. Ele dá a deixa: — Mas deve ter sido desafiador.

Nassun concorda com cabeça. Dá de ombros.

— Eu odiava. Gritei com ela uma vez. Disse que ela era maldosa. Disse que a odiava e que ela não podia me obrigar a fazer aquilo.

A respiração de Schaffa, quando a luz prateada não está balbuciando ou bruxuleando dentro dele, é surpreendentemente regular. Passou pela mente da garota antes que ele parece uma pessoa adormecida, de tão estável que é essa respiração. Ela o ouve respirar, não adormecido, mas calmo, não obstante.

— Ela ficou muito calada. Depois disse: "Você tem certeza que consegue se controlar?". E pegou a minha mão. — Ela morde o lábio então. — Ela a quebrou.

A respiração de Schaffa para, só por um instante.

— A sua mão?

Nassun confirma com a cabeça. Ela passa um dedo sobre a palma, onde cada um dos longos ossos que conectam o pulso às juntas ainda dói às vezes, quando faz frio. Depois que ele não diz mais nada, ela pode continuar.

— Ela disse que nã-não importava que eu a odiava. Não importava se eu não *queria* ser boa em orogenia. Então pegou a minha mão e me falou para não congelar nada. Ela tinha pegado uma pedra redonda e bateu na minha, minha... minha mão com ela. — O som da pedra atingindo a carne. Estalos úmidos enquanto a mãe alinhava os ossos. Sua própria voz gritando. A voz de sua mãe interrompendo a batida do sangue em seus ouvidos: "Você é fogo, Nassun. Você é relâmpago, perigosa a não ser quando é capturada por arame. Mas, se conseguir se controlar em meio à dor, eu saberei que você está a salvo." — Eu não congelei nada.

Depois disso, sua mãe a levou para casa e disse a Jija que Nassun havia caído e se machucado feio. Fiel à sua palavra, ela nunca mais fez Nassun acompanhá-la à Ponta outra vez. Jija notou, mais tarde, como Nassun ficou quieta aquele ano. "É só uma coisa que acontece quando as meninas começam a crescer", Mamãe dissera.

Não. Se Papai era Jija, então Mamãe tinha que ser Essun.

Schaffa está muito calado. Porém, ele sabe o que ela é agora: uma criança tão teimosa que a própria mãe quebrou a mão dela para convencê-la. Uma menina cuja mãe nunca a amou, apenas *aprimorou*, e cujo pai só a amará de novo se ela conseguir fazer o impossível e tornar-se o que não é.

— Isso foi errado — diz Schaffa. Sua voz é tão suave que ela mal consegue ouvir. Nassun se vira para olhar para ele, surpresa. Ele está olhando para o chão, e há uma expressão estranha em seu rosto. Não o ar errante e confuso que ele assume às vezes. Isso é algo de que ele de fato se lembra, e sua expressão é de... culpa? Arrependimento. Tristeza. — É errado machucar alguém que você ama, Nassun.

Nassun o encara. Prende o fôlego e não se dá conta disso até que seu peito dói e ela é forçada a puxar o ar. É errado machucar alguém que você ama. É errado. É errado. Sempre foi errado.

Então Schaffa ergue uma das mãos em direção a ela. Ela a toma. Ele puxa, e ela cai voluntariamente, e então ele a envolve em seus braços em um abraço bem apertado e forte como seu pai não faz desde antes de matar Uche. Nesse momento, ela não se importa de que Schaffa não possa amá-la, uma vez que a conhece há apenas algumas semanas. Ela o ama. Precisa dele. Fará qualquer coisa por ele.

Com o rosto pressionado contra o ombro de Schaffa, Nassun sensa quando a centelha prateada acontece outra vez. Desta vez, em contato com ele, ela também sente a ligeira contração de seus músculos. É apenas uma oscilação, e poderia ser qualquer coisa: uma picada de inseto, um arrepio devido à brisa que se esfria. Contudo, de algum modo, ela percebe que na verdade é dor. Franzindo a testa contra o seu uniforme, Nassun cautelosamente estende a mão até esse estranho lugar na parte de trás da cabeça de Schaffa, de onde vêm os fios prateados. Eles estão *com fome*, de alguma forma, os fios; à medida que sua mão se aproxima deles, eles a lambem, procurando alguma coisa. Curiosa, Nassun os toca e sensa... o quê? Um leve puxão. Depois, se sente cansada.

Schaffa se encolhe de novo e se afasta, mantendo-a à distância de um braço.

— O que você está fazendo?

Ela encolhe os ombros desajeitadamente.

— O senhor está precisando. Estava com dor.

Schaffa vira o rosto de um lado a outro devagar, não negando, mas como se estivesse verificando algo que esperava encontrar ali e que agora se foi.

— Estou sempre com dor, pequenina. Faz parte do que os Guardiões são. Mas... — Sua expressão é indagadora. Ao ver isso, Nassun sabe que a dor sumiu, pelo menos por enquanto.

— O senhor está sempre com dor? — Ela franze o cenho. — É essa coisa na sua cabeça?

O olhar dele volta a ela de imediato. Ela nunca teve medo de seus olhos branco-gelo, mesmo agora, quando se tornam muito frios.

— O quê?

Ela aponta para a parte de trás da própria cabeça. É onde se localizam os sensapinae, ela sabe por conta das aulas de biomestria na creche.

— Há uma coisinha no senhor. Aqui. Não sei o que é, mas eu a sensei quando o conheci. Quando o senhor tocou o meu pescoço. — Ela pisca os olhos, entendendo. — O senhor pegou alguma coisa para fazer isso incomodá-lo menos.

— Sim. Peguei. — Ele põe a mão atrás da cabeça dela agora e coloca dois dedos no alto da espinha, logo abaixo da base do crânio. Esse toque não é tão relaxado quanto das outras vezes que ele a tocou. Os dois dedos estão retesados, posicionados como se ele estivesse imitando uma faca.

Só que ele não está imitando, ela se da conta. Ela se lembra daquele dia na floresta quando chegaram a Lua Encontrada e os bandidos os atacaram. Schaffa é muito, muito forte... sem dúvida forte o bastante para atravessar osso e músculo com dois dedos como se fossem papel. *Ele* não teria precisado de uma pedra para quebrar sua mão.

O olhar de Schaffa procura o dela e descobre que ela entende exatamente o que ele está pensando em fazer.

— Você não está com medo.

Ela encolhe os ombros.

— Me diga por que não. — Sua voz não tolera desobediência.

— É só que... — Ela não consegue deixar de encolher os ombros outra vez. Não consegue descobrir como dizer isso. — Eu não... quero dizer, e se o senhor tiver uma boa razão?

— Você não faz ideia das minhas razões, pequenina.

— Eu *sei*. — Ela faz cara feia, mais por conta de sua frustração consigo mesma do que qualquer outra coisa. Então, lhe ocorre uma explicação. — Papai não tinha uma razão quando matou meu irmãozinho. — Ou quando a derrubou da carroça. Ou da meia dúzia de vezes que olhou para Nassun tão descaradamente e pensou em matá-la que até uma menina de dez anos consegue perceber.

Uma piscada branco-gelo. O que acontece em seguida é fascinante de se ver: aos poucos a expressão de Schaffa passa da contemplação do seu assassinato à indagação de novo depois a uma tristeza tão profunda que deixa Nassun com um nó na garganta.

— E você viu tanto sofrimento sem propósito que pode suportar pelo menos ser morta por um motivo?

Ele é tão melhor com palavras. Ela aquiesce enfaticamente.

Schaffa suspira. Ela sente seus dedos hesitarem.

— Mas isto é uma coisa que ninguém de fora da minha ordem pode saber. Uma vez, deixei uma criança que viu viver, mas eu não deveria ter deixado. E nós dois sofremos por conta da minha compaixão. Eu me lembro disso.

— Não quero que o senhor sofra — diz Nassun. Ela põe as mãos no peito dele, deseja que as centelhas prateadas dentro dele peguem mais. Elas começam a flutuar em sua direção.

— Sempre dói? Isso não está certo.

— Muitas coisas aliviam a dor. Sorrir, por exemplo, libera endorfinas específicas que... — Ele se sacode e tira a mão da nuca dela, agarrando as mãos da menina e tirando-as de cima dele no exato momento em que os fios prateados a encontram. Ele realmente parece alarmado. — Isso vai te matar!

— O senhor vai me matar de qualquer jeito. — Isso parece sensato para ela.

Ele fica olhando.

— Pela Terra dos nossos pais e das nossas mães. — Mas, com isso, aos poucos a tensão de matar começa a se esvair de sua postura. Depois de um momento, ele suspira. — Nunca fale sobre o... o que você sensa em mim, quando estiver perto dos outros. Se os outros Guardiões descobrirem que você sabe, talvez eu não consiga te proteger.

Nassun concorda com a cabeça.

— Não vou falar. O senhor vai me contar o que é?

— Um dia, talvez. — Schaffa se põe de pé. Nassun se agarra à sua mão quando ele tenta puxá-la. Ele franze o cenho para ela, confuso, mas ela sorri e balança um pouco a mão dele e, depois de um instante, ele chacoalha a cabeça. Depois, os dois voltam para o complexo, e esse é o primeiro dia em que Nassun pensa naquele local como *a casa dela*.

✦ ✦ ✦

PROCURE O OROGENE NO BERÇO. PROCURE PELO CENTRO DO CÍRCULO. LÁ VOCÊ ENCONTRARÁ [ILEGÍVEL].

*– TÁBUA DOIS, "A VERDADE INCOMPLETA", VERSÍCULO CINCO*

# 10

## VOCÊ TEM UM TRABALHO IMPORTANTE PELA FRENTE

Você o chamou de louco tantas vezes. Disse a si mesma que o desprezava mesmo quando passou a amá-lo. Por quê? Talvez você tenha entendido desde o início que ele era o que você poderia se tornar. O mais provável é que você suspeitasse, muito antes de perdê-lo e encontrá-lo de novo, que ele *não era* louco. "Louco" é o que todo mundo pensa que todos os roggas são, afinal... confusos devido ao tempo que passam na pedra, devido à sua ostensiva aliança com a Terra Cruel, devido ao fato de não serem humanos o bastante.

Mas.

"Louco" também é o modo como os roggas que obedecem escolhem chamar os roggas que não obedecem. Você obedeceu, outrora, porque pensou que a manteria a salvo. Ele lhe mostrou – repetidas vezes, implacavelmente, ele não deixava você fingir que as coisas não eram assim – que, se a obediência não a mantinha a salvo dos Guardiões nem das estações de ligação nem dos linchamentos nem da procriação nem do desrespeito, então qual era o propósito? O jogo era manipulado demais para se dar ao trabalho de jogar.

Você fingiu odiá-lo porque era uma covarde. Mas acabou amando-o, e ele é parte de você agora, porque desde então você se tornou corajosa.

\+ \+ \+

— Eu lutei contra Antimony o caminho todo até lá embaixo — diz Alabaster. — Foi uma estupidez. Se ela houvesse me soltado, se a concentração dela houvesse vacilado por um momento, eu teria me tornado parte da pedra. Não teria sido nem ao menos esmagado, apenas... teria me mesclado. — Ele ergue um braço encurtado, e você o conhece bem o suficiente para perceber que ele teria sacudido os dedos. Se ainda os tivesse. Ele suspira sem nem ao menos notar. — Nós provavelmente estávamos no manto quando Innon morreu.

Ele fala baixo. A enfermaria ficou silenciosa. Você ergue os olhos e dá uma olhada ao redor; Lerna foi embora e um de seus assistentes está dormindo em um leito desocupado, roncando de leve. Você fala em voz baixa também. Esta é uma conversa só para vocês dois.

Você precisa perguntar, embora até pensar na pergunta lhe cause dor.

— Você sabe...?

— Sim. Eu sensei como ele morreu. — Ele fica em silêncio por um momento. Você reverbera com a tristeza dele e a sua própria. — Não pude deixar de sensar. O que eles fazem, aqueles Guardiões, é magia também. Só que é... errado. Contaminada, como todas as outras coisas da espécie deles. Quando eles fragmentam uma pessoa, se você estiver afinado com essa pessoa, parece um tremor de grau nove.

E é claro que vocês dois estavam afinados com Innon. Ele era parte de você. Você estremece, porque ele está tentando torná-la *mais* afinada com a terra e a orogenia e os obeliscos e a teoria unificadora da magia, mas você não quer vivenciar isso nunca mais. Foi ruim demais ver aquilo, saber que o horror que resultou daquilo havia um dia sido um corpo que você abraçou e amou. A sensação havia sido muito pior do que um tremor de grau nove.

— Eu não pude impedir.

— Não. Você não pôde. — Você está sentada atrás dele, mantendo-o ereto com uma das mãos. Ele vem olhando para outro lado, para algum lugar à meia distância, desde que começou a contar essa história. Ele não se vira para olhar para você por sobre o ombro agora, possivelmente porque não consegue fazer isso sem sentir dor. Mas talvez seja consolação o que se ouve em sua voz.

— Não sei como ela manipulou a pressão, o calor, para impedir que me matassem — continua ele. — Não sei como não enlouqueci sabendo onde estava, querendo voltar para vocês, percebendo que eu não podia fazer nada, sentindo como se estivesse sufocando. Quando sensei o que você fez com Coru, eu entrei em um estado de bloqueio. Não me lembro do resto da viagem nem quero me lembrar. Devemos ter... não sei. — Ele treme, ou tenta tremer. Você sente a contração dos músculos das costas dele.

— Quando recobrei os sentidos, estava na superfície de novo. Em um lugar que... — Ele hesita. Seu silêncio perdura tempo suficiente para fazer a sua pele comichar.

(Eu estive lá. É difícil de descrever. Não é culpa de Alabaster.)

— Do outro lado do mundo — Alabaster diz enfim —, existe uma cidade.

As palavras não fazem sentido. O outro lado do mundo é uma grande extensão de vazio desconhecido na sua cabeça. Um mapa com nada além de oceano.

— Em... uma ilha? Existe um continente lá?

— Mais ou menos. — Ele não consegue mais sorrir de fato com facilidade. Mas você percebe o sorriso em sua voz. — Existe um vulcão em escudo lá, embora esteja sob o oceano. O maior que eu já sensei; dá para colocar as Antárticas lá. A cidade fica bem em cima dele, no oceano. Não há nada visível ao redor dela: nem terra para cultivo, nem colinas para conter um tsunami. Não há um porto ou ancoradouros para barcos. Só... construções. Árvores e algumas outras plantas, de variedades que nunca vi em nenhuma outra parte, que cresceram de forma descontrolada, mas que não constituem uma floresta... meio que esculpidas na cidade. Não sei como chamar aquilo. Infraestruturas parecem manter a coisa toda estável e funcional, mas é tudo estranho. Tubos e cristais e coisas que parecem vivas. Não sei dizer como um décimo daquilo funcionava. E, no centro da cidade, existe... um buraco.

— Um buraco. — Você está tentando imaginar. — Para nadar?

— Não. Não tem água. O buraco vai até o vulcão e... além. — Ele respira fundo. — A cidade existe para conter o buraco. Tudo nela foi construído com esse propósito. Até o nome dela, que os comedores de pedra me contaram, reconhece esse fato: *Ponto Central*. É uma ruína, Essun... Uma ruína de civextinta como qualquer outra, mas que está intacta. As ruas não se despedaçaram. As construções estão vazias, mas dá até para usar parte da mobília... feita de coisas que não são naturais, que não perecem. Daria para morar nelas se quisesse. — Ele fez uma pausa. — Eu morei nelas quando Antimony me levou para lá. Não havia nenhum outro lugar aonde ir e ninguém mais com quem conversar... exceto os comedores de pedra. Dezenas deles, Essun, talvez centenas. Eles dizem que não construíram a cidade, mas que é deles agora. Tem sido há dezenas de milhares de anos.

Você sabe o quanto ele detesta ser interrompido, mas, ainda assim, ele faz uma pausa. Talvez esteja esperando um comentário, ou talvez esteja lhe dando tempo para absorver suas palavras. Você apenas olha para a parte de trás da cabeça dele. O que restou do cabelo está ficando muito comprido; você vai ter que pedir a Lerna uma tesoura e uma escova do tipo garfo em breve. Não há absolutamente nenhum pensamento adequado em sua mente além desse.

— É uma coisa em que não dá para deixar de pensar, quando você se depara com ela. — Ele parece cansado. É raro suas aulas durarem mais do que uma hora, e já se passou mais tempo do que isso. Você se sentiria culpada se ainda houvesse restado alguma emoção dentro de você neste exato momento além de choque. — Os obeliscos dão uma ideia, mas eles não são... — Você sente que ele tenta encolher os ombros. E entende. — Uma coisa que você possa tocar ou por onde possa andar. Mas essa cidade ... A história documentada vai até o que, dez mil anos atrás? Uns 25 mil, se você contar todas as Estações que a Universidade ainda está discutindo. Mas *as pessoas* existem há muito mais tempo. Vai saber quando foi que alguma versão dos nossos ancestrais saiu rastejando das cinzas pela primeira vez e começou a tagarelar com os outros. Trinta mil anos? Quarenta? Muito tempo para sermos as criaturas patéticas que somos agora, agrupando-nos atrás dos nossos muros e colocando toda a nossa astúcia, todo o nosso aprendizado, na única tarefa de sobreviver. É tudo o que fazemos agora: maneiras melhores de fazer cirurgias de campo com equipamento improvisado. Produtos químicos melhores, para podermos cultivar mais feijões com pouca luz. Houve um tempo em que fomos muito mais. — Ele se cala outra vez, por um longo instante. — Eu chorei por você, Innon e Coru durante três dias, lá naquela cidade de quem nós costumávamos ser.

Dói-lhe o fato de ele ter incluído você em sua tristeza. Você não merece.

— Quando eu... eles me trouxeram comida. — Alabaster pula o que quer que teria dito de forma tão discreta que, a princípio, a frase não faz sentido. — Eu comi, depois tentei matá-los. — Sua voz se torna amarga. — Levou um tempo até eu desistir, na verdade, mas eles continuavam me alimentando. Eu perguntava para eles repetidas vezes por que tinham me levado para lá. Por que estavam me mantendo vivo. Antimony era a única que conversava comigo de início. Achei que eles a tinham encarregado disso, mas então percebi que eles só não falavam a minha língua. Ficavam olhando e, às vezes, eu tinha que enxotá-los. Parecia que eu fascinava alguns e repugnava outros. O sentimento era mútuo.

"Acabei aprendendo um pouco do idioma deles. Tive que aprender. Partes da cidade *falavam* naquele idioma. Se você conhecesse as palavras certas, conseguia abrir portas, acender luzes, tornar um cômodo mais quente ou mais frio. Nem tudo continuava a funcionar. A cidade *estava* deteriorando. Só que devagar."

— Mas quanto ao buraco... Existiam marcadores ao redor dele, que se acendiam à medida que alguém se aproximava. — (De súbito, você se lembra de uma câmara do coração do Fulcro. Compridos painéis estreitos acionando-se em sequência à medida que você caminhava em direção ao soquete, brilhando sem nenhum fogo ou filamento perceptível.) — Barreiras grandes como edifícios em si, que às vezes reluziam de noite. Avisos de fogo que se escreviam sozinhos no ar diante de você, sirenes que disparavam se alguém chegasse perto demais. Mas Antimony me levou até ele no primeiro dia em que eu estava... em condições. Subi em uma das barreiras e me deparei com uma escuridão tão profunda que...

Ele precisa parar. Depois de engolir em seco, ele continua.

— Ela já tinha me contado que me levou de Meov porque não podiam correr o risco de eu ser morto. Então, no coração do Ponto Central, ela me disse: "Foi por isso que salvei você. Este é o inimigo que você enfrenta. Você é o único que consegue".

— *O quê?* — Você não está confusa. Você acha que entende. Você apenas não quer entender, então decide que deve estar confusa.

— Foi o que ela disse — responde ele. Agora ele está irritado, mas não com você. — Palavra por palavra. Eu lembro porque estava achando que *esse* era o motivo de Innon e Coru terem morrido e você ter sido atirada aos cães ferrugentos: porque em algum momento lá nos primórdios da história, alguns dos nossos ancestrais tão espertos decidiram cavar um buraco até o coração do mundo por razão nenhuma. Não; por poder, disse Antimony. Não sei como era para funcionar, mas eles cavaram, e construíram os obeliscos e outras ferramentas para captar esse poder.

— Mas algo deu errado. Fiquei com a sensação de que nem mesmo Antimony sabia exatamente o quê. Ou talvez os comedores de pedra ainda estejam discutindo o assunto e ninguém tenha chegado a um consenso. Alguma coisa simplesmente deu errado. Os obeliscos... falharam. A Lua foi arremessada para longe do planeta. Talvez aquilo tenha sido responsável, talvez outras coisas tenham acontecido, mas, qualquer que seja o motivo, o resultado foi a o Estilhaçamento. Aconteceu mesmo, Essun. Foi isso que causou todas as Estações. — Os músculos das costas dele se contraem um pouco sob a sua mão. Ele está tenso. — Você entende? *Nós* usamos os obeliscos. Para os quietos, eles são só grandes pedras estranhas. Aquela cidade, todas aquelas maravilhas... aquela civextinta era *administrada por orogenes*. Nós destruímos o mundo do jeitinho que sempre dizem que fizemos. *Roggas*.

Ele diz isso de maneira tão brusca e agressiva que o seu corpo inteiro reverbera com a palavra. Você sente como ele se retesa quando a pronuncia. A veemência o faz sentir dor. Ele sabia que sentiria e falou mesmo assim.

— O que entenderam errado — continua ele, parecendo cansado agora —, foram as alianças. As histórias dizem que somos agentes do Pai Terra, mas é o contrário: somos seus inimigos. Ele nos odeia mais do que aos quietos por conta do que fizemos. Foi por isso que ele fez os Guardiões para nos controlarem e...

Você está chacoalhando a cabeça.

— Bas... você está falando como se ele, o planeta, fosse real. Como se estivesse vivo, quero dizer. Consciente. Todas essas coisas sobre o Pai Terra são só histórias para explicar o que há de errado com o mundo. Como aqueles cultos esquisitos que surgem de tempos em tempos. Ouvi falar de um que pede a um velho no céu para mantê-los vivos toda vez que vão dormir. As pessoas precisam acreditar que existem mais coisas no mundo do que o que existe.

E o mundo é simplesmente uma merda. Você entende isso agora, depois de dois filhos mortos e a repetida destruição da sua vida. Não há necessidade de imaginar o planeta como uma força malévola procurando vingança. É uma rocha. É apenas o modo como a vida deve ser: terrível e breve e acabando em (se você tiver sorte) esquecimento.

Ele ri. Isso também lhe causa dor, mas é uma risada que faz a *sua* pele comichar, porque é a risada da estrada alta Yumenes-Allia. A risada de uma estação de ligação morta. Alabaster nunca foi louco; ele só descobriu tanta coisa que levaria uma alma inferior ao delírio que às vezes isso transparece. Colocar para fora um pouco desse horror acumulado na forma às vezes de um maníaco que espuma pela boca é o modo como ele lida com isso. É também a maneira como ele alerta você, agora você sabe, que está prestes a destruir mais um pouco da sua ingenuidade. Nada nunca é tão simples quanto você quer que seja.

— Eles provavelmente pensavam assim — diz Alabaster quando sua risada cessa. — Aqueles que decidiram cavar um buraco até o núcleo do mundo. Mas só porque você não consegue ver ou entender uma coisa não quer dizer que ela não pode te fazer mal.

Você sabe que é verdade. Mas, mais importante, você ouve conhecimento na voz de Alabaster. Isso a deixa tensa.

— O que você viu?

— Tudo.

Sua pele comicha.

Ele respira fundo. Quando fala outra vez, é em tom monótono.

— Esta é uma guerra com três lados. Mais lados do que isso, mas só três com os quais você precisa se preocupar. Todos os três lados querem que a guerra acabe; é só uma questão de como vai acabar. Nós somos o problema, entende... as pessoas. Dois dos lados estão tentando decidir o que deveria ser feito com a gente.

Essa forma de falar explica muito.

— A Terra e... os comedores de pedra? — Sempre espreitando, planejando, querendo algo desconhecido.

— Não. Eles são pessoas também, Essun. Você não se deu conta disso? Eles precisam de coisas, querem coisas, sentem coisas, do mesmo modo que nós. E eles estão lutando nessa guerra há muito, muito mais tempo do que você ou eu. Alguns deles, desde o começo.

— O começo? — O quê, a Estação do Estilhaçamento?

— Sim, alguns deles são velhos assim. Antimony é uma. O pequeno que segue você também, eu acho. Existem outros. Eles não podem morrer, então... é. Alguns deles viram tudo acontecer.

Você está atordoada demais para reagir de fato. Hoa? De uns sete anos de idade a trinta mil. *Hoa?*

— Um lado quer que a gente morra; que as pessoas morram — diz Alabaster. — É uma maneira de acabar com as coisas, suponho. Um lado quer as pessoas... neutralizadas. Vivas, mas tornadas inofensivas. Como os próprios comedores de pedra: o Pai Terra tentou torná-los mais semelhantes a ele, dependentes dele, pensando que isso os tornaria inofensivos. — Ele suspira. — Acho que é reconfortante saber que o planeta também pode errar.

Você se encolhe em uma reação atrasada, porque ainda está pensando em Hoa.

— Ele já foi humano — você murmura. Sim. É só um disfarce agora, um conjunto de roupas descartado há muito e colocado outra vez em nome dos velhos tempos, mas um dia ele foi mesmo um menino de carne e osso que tinha aquela aparência. Não há nada de sanzed nele porque *os sanzed não existiam como povo na época dele.*

— Todos eles já foram. É isso que há de errado com eles. — Ele está muito cansado agora, que deve ser a razão pela qual está falando mais baixo. — Eu mal consigo me lembrar de coisas que aconteceram comigo cinquenta anos atrás; imagine tentar se lembrar de cinco mil. Dez mil. Vinte. Imagine esquecer o seu próprio nome. É por isso que eles nunca respondem quando perguntamos quem são eles. — Você puxa o ar, dando-se conta desse fato. — Acho que não é o elemento de que são feitos que torna os comedores de pedra tão diferentes. Acho que a questão é que ninguém pode viver tanto tempo e não se tornar algo tão estranho.

Ele fica dizendo "imagine", e você não consegue. Claro que não consegue. Mas consegue pensar em Hoa nesse momento. Sentindo-se fascinado com o sabonete. Encolhendo-se contra você para dormir. Seu pesar, quando você parou de tratá-lo como ser humano. Ele vinha tentando tanto. Dando o seu melhor. Fracassando no final.

— Você disse três lados — você diz. Concentrando-se no que consegue, em vez de se lamentar pelo que não consegue. Alabaster está começando a se curvar, pesando mais contra a sua mão. Ele precisa descansar.

Alabaster fica calado por tanto tempo que você acha que ele pode ter caído no sono. Então, ele diz:

— Eu saí uma noite, quando Antimony não estava lá. Eu estava lá fazia... anos? Perdi a noção depois de um tempo. Ninguém além deles com quem conversar e, às vezes, eles esquecem que as pessoas precisam falar. Nada na terra para ouvir a não ser o ronco do vulcão. As estrelas estão todas erradas naquele lado do mundo... — Ele para por um instante. A noção de tempo reencontrando-se com ele. — Eu vinha vendo diagramas de obeliscos, tentando entender o que seus construtores pretendiam. Minha cabeça doía. Eu sabia que você estava viva e sentia tanto a sua falta que estava doente de saudade. Tive uma ideia repentina, imprudente, meio enferrujada: talvez, pelo buraco, eu conseguisse voltar para você.

Se ao menos houvesse lhe restado uma das mãos que você pudesse pegar. Em vez disso, seus dedos se contraem contra as costas dele. Não é a mesma coisa.

— Então, corri até o buraco e pulei nele. Não é suicídio se você não tem intenção de morrer; foi o que eu disse a mim mesmo. — Deu para sentir outro sorriso. — Mas não foi... As coisas ao redor do buraco são mecanismos, mas não só de alerta. Eu devo ter ativado alguma coisa, ou talvez fosse assim que eles deveriam funcionar. Eu desci, mas não foi como cair. Foi controlado, de algum modo. Rápido, porém estável. Eu deveria ter morrido. Pressão do ar, calor, as mesmas coisas através das quais Antimony me levou, só que sem as rochas, mas Antimony não estava lá e eu deveria ter morrido. Há luzes no poço em intervalos regulares. Janelas, eu acho. Pessoas realmente costumavam morar lá embaixo! Mas, na maior parte, é só escuridão.

— Finalmente... horas ou dias depois... minha velocidade se reduziu. Eu havia chegado...

Ele para. Você sente os pelos dele se arrepiarem.

— A Terra *está* viva. — A voz dele fica áspera, rouca, levemente histérica. — Algumas das velhas histórias são só histórias, você tem razão, *mas não essa*. Entendi naquele momento o que os comedores de pedra vinham tentando me dizer. Por que eu tinha que usar os obeliscos para criar a Fenda. Estamos em guerra com o mundo há tanto tempo que esquecemos, Essun, mas *o mundo* não esqueceu. E precisamos pôr fim a ela logo ou...

Alabaster faz uma pausa, de repente, por um longo e contido instante. Você tem vontade de perguntar o que acontecerá se uma guerra tão antiga não terminar logo. Você tem vontade de perguntar o que aconteceu com ele lá embaixo no núcleo da Terra, o que ele viu ou vivenciou que tão evidentemente o perturbou. Você não pergunta. Você é uma mulher corajosa, mas sabe o que consegue aguentar, e o que não consegue.

— Quando eu morrer, não me enterre. — sussurra ele.

— O q...

— Me dê para Antimony.

Como se houvesse ouvido seu nome, de súbito, Antimony reaparece, colocando-se diante de vocês dois. Você a encara, percebendo que isso significa que Alabaster chegou ao fim de suas forças e que a conversa precisa terminar. Isso faz você se ressentir da fraqueza dele e odiar que ele esteja morrendo. Faz você procurar um bode expiatório para esse ódio.

— Não — você responde, olhando para ela. — Ela tirou você de mim. Ela não vai ficar com você.

Ele dá uma risadinha. É uma risadinha tão cansada que a sua raiva abranda.

— É ela ou a Terra Cruel, Essun. Por favor.

Ele começa a inclinar-se para um lado, e talvez você não seja tão monstruosa quanto pensa, porque você desiste e se levanta. Antimony se torna um borrão daquele jeito típico de comedores de pedra, lento exceto quando não são, e então aparece agachada ao lado dele, usando as duas mãos agora para segurá-lo e dar-lhe apoio à medida que ele cai no sono.

Você fita Antimony. Você pensou nela como inimiga esse tempo todo, mas, se o que Alabaster diz é verdade...

— Não — você fala de maneira brusca. Você não está dizendo isso para ela, mas funciona de qualquer modo. — Ainda não estou pronta para pensar em você como aliada. — Talvez nunca esteja.

— Mesmo que estivesse — responde a voz de dentro do peito da comedora de pedra —, sou aliada *dele*. Não sua.

Pessoas como nós, com desejos e necessidades. Essa é outra ideia que você quer rejeitar, mas, por estranho que pareça, conforta-lhe saber que ela também não gosta de você.

— Alabaster disse que entendia por que você fez o que fez. Mas não entendo por que *ele* fez o que fez, nem o que quer agora. Ele disse que esta era uma guerra de três lados; qual é o terceiro? De que lado ele está? Como a Fenda... ajuda?

Não importa o quanto tente, você não consegue imaginar que Antimony fora humana algum dia. Há muitas coisas que contrariam essa ideia: a imobilidade do seu rosto, o deslocamento de sua voz. O fato de que você a odeia.

— O Portão do Obelisco amplifica energias tanto físicas como arcanas. Nenhum ponto de abertura na superfície produz essas energias em quantidade suficiente. A Fenda é uma fonte confiável de grande volume.

O que quer dizer que... Você fica tensa.

— Você está dizendo que, se eu usar a Fenda como minha fonte ambiente e a canalizar através do minha espiral...

— Não. Isso simplesmente a mataria.

— Bem, obrigada pelo aviso. — Você está começando a entender, no entanto. É o mesmo problema que você continua tendo com as aulas de Alabaster: calor e pressão e movimento não são as únicas forças em jogo aqui. — Você está dizendo que o solo produz magia também? E, se eu projetar essa magia para dentro de um obelisco... — Você pisca os olhos, lembrando-se das palavras dela. — Portão do Obelisco?

O olhar de Antimony estava concentrado em Alabaster. Agora, os seus olhos negros achatados se movem devagar até enfim encontrarem os seus.

— Os 216 obeliscos individuais interligados por meio do cabochão de controle. — Enquanto você fica ali, perguntando-se o que ferrugens é um cabochão de controle e admirando-se de que haja mais de duzentas dessas malditas coisas, ela acrescenta: — Usar *isso* para canalizar o poder da Fenda deve ser suficiente.

— Para fazer o quê?

Pela primeira vez, você ouve um toque de emoção na voz dela: irritação.

— Para impor equilíbrio ao sistema Terra-Lua.

O quê?

— Alabaster disse que a Lua foi arremessada para longe.

— Para uma órbita degradante em forma de uma longa elipse. — Quando você a encara, sem entender, ela fala a sua língua de novo. — Ela está voltando.

Oh, Terra. Oh, ferrugens. Oh, não.

— *Vocês querem que eu pegue a maldita Lua?*

Ela apenas encara você e, tarde demais, você percebe que está quase gritando. Você lança um olhar culpado para Alabaster, mas ele não acordou. Nem o enfermeiro no leito. Quando ela vê que você se calou, Antimony diz:

— Essa é uma opção. — Quase como uma reflexão posterior, ela acrescenta: — Alabaster fez a primeira das duas correções de curso da Lua, diminuindo sua velocidade e alterando a trajetória que a levaria para longe do planeta de novo. Outra pessoa precisa fazer a segunda correção, trazendo-a de volta para uma órbita estável e um alinhamento mágico. Se o equilíbrio for restabelecido, é provável que as Estações acabem ou se tornem tão raras a ponto de significar o mesmo que acabar para a sua espécie.

Você inspira, mas entende agora. Devolva ao Pai Terra sua filha perdida e talvez sua ira seja aplacada. Esse é o terceiro grupo então: aqueles que querem uma trégua, as pessoas e o Pai Terra concordando em tolerar um ao outro, mesmo que isso signifique criar a Fenda e matar milhões no processo. Coexistência pacífica por qualquer meio necessário.

*O fim das Estações*. Parece... inimaginável. Sempre houve Estações. Só que agora você sabe que isso não é verdade.

— Então não é uma opção — você diz por fim. — Acabar com as Estações ou ver tudo morrer enquanto esta Estação continua para sempre? Eu... — *Vou pegar a Lua* soa ridículo. — Vou fazer o que vocês, comedores de pedra, querem então.

— Sempre há opções. — O olhar dela, estranho como é, muda de súbito e de um modo sutil... ou talvez você apenas esteja interpretando-a melhor. De repente, ela parece humana, e muito, muito amarga. — E nem todos os da minha espécie querem a mesma coisa.

Você franze a testa para ela, mas ela não diz mais nada.

Você quer fazer mais perguntas, tentar com mais afinco entender, mas ela tinha razão: você não estava pronta para isso. A sua cabeça está girando, e as palavras enfiadas lá dentro estão começando a se turvar e se misturar. É muita coisa para lidar.

Desejos e necessidades. Você engole em seco.

— Posso ficar aqui?

Ela não responde. Você supõe que não era de fato necessário perguntar. Você se levanta e vai até o leito mais próximo. A cabeceira está encostada contra a parede, o que deixaria sua cabeça atrás de Alabaster e Antimony, e você não está com vontade de ficar olhando para a parte de trás da cabeça de uma comedora de pedra. Você pega o travesseiro e se encolhe com a cabeça no pé da cama, de forma que possa ver o rosto de Alabaster. Houve um tempo em que você dormia melhor quando podia vê-lo por sobre os ombros largos de Innon. Não é o mesmo conforto... mas é alguma coisa.

Depois de algum tempo, Antimony começa a cantar outra vez. É estranhamente relaxante. Você dorme melhor do que vem dormindo há meses.

✦ ✦ ✦

PROCURE O [ILEGÍVEL] RETRÓGRADO NO CÉU MERIDIONAL.

QUANDO FICAR MAIOR, [ILEGÍVEL]

– *TÁBUA DOIS, "A VERDADE INCOMPLETA", VERSÍCULO SEIS.*

# 11

## Schaffa, deitado

Ele outra vez. Eu gostaria que ele não tivesse feito tanto contra você. Você não gosta nem um pouco de ser ele. Vai gostar menos ainda de saber que ele é parte de Nassun... mas não pense nisso neste exato momento.

✦ ✦ ✦

O homem que ainda leva o nome de Schaffa, embora mal se qualifique como a mesma pessoa, sonha fragmentos de si mesmo.

Guardiões não sonham com facilidade. O objeto inserido bem fundo dentro do lobo esquerdo dos sensapinae de Schaffa interfere no ciclo de sono e vigília. Ele não precisa dormir com frequência e, quando dorme, seu corpo geralmente não entra no sono mais profundo que possibilita o sonho. (Pessoas comuns enlouquecem se forem privadas do sono que permite o sonho. Guardiões são imunes a esse tipo de loucura... ou talvez apenas sejam loucos o tempo todo.) Ele sabe que é mau sinal o fato de estar sonhando com mais frequência nos últimos tempos, mas não se pode evitar. Ele escolheu pagar o preço.

Então ele se deita na cama em uma cabana e geme, contraindo-se de modo espasmódico enquanto sua mente se agita em meio a imagens. É um sonho de má qualidade, porque sua mente está sem prática e porque resta tão pouco do material que poderia ser usado para construir sonhos. Mais tarde, ele falará disso em voz alta, para si mesmo, enquanto põe as mãos na cabeça e tenta aproximar os pedaços espalhados de sua identidade, e é assim que eu saberei o que o atormenta. Saberei que, enquanto ele se debate, ele sonha...

... Com duas pessoas, suas feições surpreendentemente nítidas em sua lembrança embora todo o resto tenha sido eliminado: os nomes, a relação com ele, o motivo para se lembrar delas. Ele pode adivinhar, vendo que, entre os dois, a mulher tem olhos branco-gelo, emoldurados por grossos cílios pretos, que ela é sua mãe. O homem é mais comum. Comum demais... cuidadosamente comum, de uma maneira que provoca de imediato uma suspeita na mente de Guardião de Schaffa. Selvagens dão duro para parecer tão comuns. Como eles chegaram a dar origem a ele, e como ele chegou a deixá-los, está perdido para a Terra, mas pelo menos seus rostos são interessantes.

... Com Garantia e com salas de paredes pretas escavadas em rocha vulcânica estratificada. Mãos gentis, vozes piedosas. Schaffa não se lembra dos donos das mãos ou das vozes. Ajudam-no a sentar-se em uma cadeira de arame. (Não, as estações de ligação não foram as primeiras a usá-las.) Esta cadeira é sofisticada, automatizada, funcionando normalmente embora algo nela pareça velho aos olhos de Schaffa. Ela zune e reconfigura e o vira até ele ficar suspenso de barriga para baixo sob brilhantes luzes artificiais, com o rosto preso entre barras inflexíveis e sua nuca exposta ao mundo. Seu cabelo é curto. Atrás e acima, ele ouve descerem antigos mecanismos, coisas tão esotéricas e bizarras que seus nomes e propósitos originais se perderam há muito (ele se lembra de descobrir, mais ou menos nessa época, que o propósito original pode facilmente ser corrompido). Ao redor, ele consegue ouvir as fungadas e as súplicas dos outros que foram trazidos com ele para esse lugar... Fungadas e súplicas de crianças. *Ele* é criança nessa lembrança, logo percebe. Então, ouve os gritos das outras crianças, seguidos por zunidos e sons de cortes, os gritos misturando-se com esses ruídos. Ouve-se também um zumbido líquido que ele jamais ouvirá de novo (no entanto, será muito familiar para você e para qualquer outro orogene que já esteve perto de um obelisco) porque, a partir desse momento, seus próprios sensapinae serão reconfigurados, tornados sensíveis à orogenia e não às perturbações da terra.

Schaffa se lembra de lutar, e mesmo quando criança ele é mais forte do que a maioria. Quase consegue soltar a cabeça e a parte de cima do corpo antes que o maquinário chegue até ele. É por isso que o primeiro corte dá tão errado, cortando seu pescoço bem mais embaixo do que deveria e quase matando-o ali mesmo. O equipamento se ajusta, implacável. Ele sente o frio da máquina quando a lasca de ferro é inserida, sente a frieza da outra presença dentro dele de imediato. Alguém dá pontos nele. A dor é horrorosa e nunca acaba, embora ele aprenda a mitigá-la o suficiente para funcionar; todos os que sobrevivem à implantação aprendem. O sorriso, entende. Endorfinas suavizam a dor.

... Com o Fulcro, com uma câmara de teto alto no coração do Principal, com luzes artificiais familiares que circundam e levam a um poço imenso, de cujas paredes saem infindáveis lascas de ferro. Ele e outros Guardiões olham para um corpo pequeno e retalhado amassado no fundo do poço. De vez em quando as crianças acham o lugar; pobres criaturas tolas. Será que elas não entendem? A Terra é de fato má, e é cruel, e Schaffa protegeria todas elas, se pudesse. Há uma sobrevivente: uma das crianças ligadas à Guardiã Leshet. A menina se encolhe quando Leshet se aproxima, mas Schaffa sabe que Leshet a deixará viver. Leshet sempre foi mais branda, mais gentil do que deveria, e suas crianças sofrem por conta disso...

... Com a estrada, e como os infinitos olhos hesitantes de estranhos que veem suas íris branco-gelo e seus sorrisos imutáveis e sabem que estão vendo *algo errado* mesmo que não saibam o que é. Certa noite, em uma pousada, há uma mulher que tenta ficar intrigada em vez de assustada. Schaffa a alerta, mas ela insiste, e ele não consegue deixar de pensar em como o prazer afastará a dor durante horas, talvez a noite inteira. É bom se sentir humano por algum tempo. Mas, como a alertou, ele volta a percorrer a região alguns meses depois. Ela carrega uma criança no ventre, que ela diz não ser dele, mas ele não pode permitir a incerteza. Ele usa o punhal de vidro preto, que é uma coisa feita em Garantia. Ela foi gentil, então ele visa apenas à criança; com sorte, ela expelirá o cadáver e sobreviverá. Mas a mulher está furiosa, horrorizada, e grita por ajuda e puxa uma faca para si enquanto eles lutam. Nunca mais, ele decide enquanto massacra todos eles: a família dela inteira, uma dúzia de espectadores, metade do vilarejo, quando o atacam em massa. Nunca mais ele pode esquecer que não é, jamais foi, humano.

... Com Leshet outra vez. Ele mal consegue reconhecê-la desta vez: seu cabelo ficou branco e seu rosto outrora liso está cheio de rugas e pele flácida. Ela está *menor*, seus ossos enfraquecidos deixando-a com uma postura arcada, o que costuma acontecer com os árticos quando envelhecem. Mas Leshet viveu mais séculos até mesmo do que Schaffa. *Velho* não deveria significar isso para eles: fraqueza, senescência, encolhimento. (Felicidade e um sorriso que significa algo diferente de uma mera mitigação da dor. Eles também não deveriam ter esses sorrisos.) Ele olha para o seu sorriso largo, *acolhedor*, enquanto ela manca em direção a ele, saindo da casa até a qual ele a rastreou. Schaffa está tomado por um vago horror e uma crescente repulsa da qual ele nem ao menos se dá conta até ela parar diante dele e ele estender a mão para instintivamente quebrar o pescoço dela.

... Com a menina. *A menina.* Uma entre dezenas, centenas; elas se misturam em um borrão no decorrer de infinitos anos... mas não esta. Ele a encontra em um celeiro, pobre coisinha assustada e triste, e ela o ama instantaneamente. Ele a ama também, gostaria de poder ser mais gentil com ela, é tão delicado quanto pode enquanto a treina para ser obediente com ossos quebrados e ameaças amorosas e chances que não deveria dar. Será que Leshet o infectou com sua brandura? Talvez, talvez... mas *o rosto dela. Os olhos dela.* Há algo nela. Ele não fica surpreso mais tarde, quando recebe a notícia de que ela está envolvida no soerguimento de um obelisco em Allia. Sua menina especial. Depois, ele não acredita que ela está morta. Na verdade, está tomado de orgulho quando vai reclamá-la e quando reza para a voz em sua cabeça que ela não o force a matá-la. A menina...

... cujo rosto o faz acordar com um grito baixinho. *A menina.*

Os outros dois Guardiões o fitam com o julgamento da Terra nos olhos. Eles estão tão comprometidos quanto ele, ou mais. Os três são tudo sobre o que a ordem dos Guardiões os alertou. Ele se lembra do próprio nome, mas eles não se lembram dos deles. Essa é a única diferença real entre ele e os outros dois... não é? No entanto, de algum modo, eles parecem tão *menos* do que ele.

Irrelevante. Ele se levanta da cama, esfrega o rosto e sai.

A cabana das crianças. É hora de ir dar uma olhada neles, Schaffa diz a si mesmo, embora siga direto para a cama de Nassun. Ela está dormindo quando ele ergue um lampião para examinar seu rosto. Sim. Sempre esteve ali em seus olhos e talvez nas maçãs do rosto, fazendo cócegas em sua mente, os fragmentos de sua lembrança e a solidez dos traços dela encaixando-se enfim. Sua Damaya. A menina que não morreu, renascida.

Ele se lembra de ter quebrado a mão de Damaya e se encolhe com a lembrança. Por que ele teria feito uma coisa dessas? Por que fez qualquer uma das coisas horríveis que fez naquela época? O pescoço de Leshet. O de Timay. A família de Eitz. Tantos outros, pessoas suficientes para encher vilarejos inteiros. Por quê?

Nassun se mexe durante o sono, murmurando baixinho. Automaticamente, Schaffa estende a mão para afagar o rosto dela, e ela sossega de imediato. Há uma dor tênue em seu peito que talvez seja amor. Ele se lembra de amar Leshet e Damaya e outros e, entretanto, ele fez aquelas coisas com eles todos.

Nassun se remexe um pouco e meio que acorda, piscando à luz do lampião.

— Schaffa?

— Não é nada, pequenina — diz ele. — Desculpe. — Muitos graus de desculpas. Mas o medo está dentro ele, e o sonho permanece. Ele não consegue deixar de tentar expurgá-lo. Por fim, faz uma pergunta brusca: — Nassun, você tem medo de mim?

Ela pisca os olhos, ainda não muito lúcida... e então sorri. Isso endireita algo dentro dele.

— Nunca.

*Nunca*. Ele engole em seco, sua garganta parecendo apertada de repente.

— Ótimo. Volte a dormir.

Ela adormece logo, e talvez ela nunca tenha acordado para começo de conversa. Mas ele se demora perto dela, vigiando até os olhos dela bruxulearem e ela começar a sonhar de novo.

Nunca.

— Nunca mais — ele sussurra, estremecendo com essa lembrança também. Depois, o sentimento muda e a decisão dele se reajusta. O que aconteceu antes não importa. Aquele era um Schaffa diferente. Ele tem outra chance agora. E se ser menos do que ele mesmo significa ser menos do que o monstro que era, ele não pode lamentar.

Há uma rápida pontada de dor ao longo de sua espinha, veloz demais para ele fazê-la ir embora com um sorriso. Algo discorda da decisão. Automaticamente, sua mão se estende trêmula em direção à nuca de Nassun... e então ele se obriga a parar. Não. Ela significa mais para ele do que somente alívio da dor.

*Use-a*, ordena a voz. *Quebre-a. Tão teimosa, igual à mãe. Treine esta para obedecer.*

*Não*, Schaffa pensa em resposta, preparando-se para o açoite da retaliação. É apenas dor.

Então Schaffa aconchega Nassun, dá-lhe um beijo na testa e apaga o lampião ao sair. Ele se dirige ao cume que dá para o vilarejo e fica lá pelo resto da noite, rangendo os dentes, tentando esquecer os últimos detalhes de quem era e prometendo a si mesmo um futuro melhor. Depois de um tempo, os outros dois Guardiões também saem até os degraus da cabana, mas ele ignora a estranha pressão de seus olhares contra as costas.

# 12

## Nassun, caindo para cima

Novamente, grande parte disso é especulação. Você sabe *sobre* Nassun, e ela é parte de você, mas você não pode *ser* Nassun... e acho que já demonstramos a esta altura que você não a conhece tão bem quanto pensa (ah, mas nenhum pai ou mãe conhecem, com qualquer criança). Outra pessoa tem a missão de abarcar a existência de Nassun. Mas você a ama, e isso significa que alguma parte de mim não consegue evitar fazer o mesmo.

No amor, portanto, devemos procurar compreensão.

✦ ✦ ✦

Com a consciência ancorada nas profundezas da terra, Nassun ouve.

De início, há somente o impacto habitual sobre a sensuna ambiente: o minúsculo movimento de flexão e contração dos estratos, o agito relativamente plácido do antigo vulcão debaixo de Jekity, o atrito lento e interminável do basalto colunar elevando-se e resfriando-se para formar padrões. Ela se acostumou com isso. Gosta de poder ouvir livremente agora, sempre que quer, em vez de ter que esperar até a escuridão da noite, acordada depois que seus pais foram dormir. Aqui na Lua Encontrada, Schaffa deu a Nassun permissão para usar o tormento quando quiser, durante quanto tempo quiser. Ela tenta não monopolizá-lo, porque os outros precisam aprender também... mas eles não gostam da orogenia tanto quanto ela gosta. A maioria parece indiferente ao poder que controla ou às maravilhas que pode explorar dominando-o. Alguns dos demais têm até medo dele, o que não faz sentido para Nassun... mas também não faz sentido para ela agora o fato de um dia ter desejado ser sabedorista. Agora ela tem a liberdade de ser por inteiro quem e o que é e não teme mais aquele eu. Agora ela é alguém que acredita em si, confia em si, luta por si, da maneira como é. Então ela vai *ser* o que é.

Então neste momento Nassun navega por um redemoinho dentro do ponto quente de Jekity, equilibrando-se perfeitamente entre as pressões conflitantes, e não passa por sua cabeça sentir medo. Ela não tem noção de que é algo que um quatro-anéis do Fulcro teria que se esforçar para fazer. Mas ela não faz isso da forma que um quatro-anéis faria, tomando posse do movimento e do calor e tentando canalizar ambos através de si. Ela se sintoniza, sim, mas apenas com os sentidos e não com a espiral de absorção. Mas, ao passo que um instrutor do Fulcro a alertaria de que ela não conseguirá afetar nada desse modo, ela segue a lição de seus próprios instintos, que dizem que ela consegue. Ao se estabelecer no redemoinho, girando com ele, ela consegue relaxar o suficiente para atravessar a fricção e a pressão até o que jaz abaixo: o prateado.

Este é o nome que ela decidiu dar a esse elemento, depois de perguntar a Schaffa e aos outros e perceber que eles também não sabem o que é. As outras crianças orogenes não conseguem nem detectá-lo; Eitz pensou ter sensado algo uma vez, quando ela lhe pediu timidamente para se concentrar em Schaffa em vez de se concentrar na terra, porque o prateado é mais fácil de ver (mais concentrado, mais potente, mais *determinado*) dentro das pessoas do que no chão. Mas Schaffa se retesou e o encarou no momento seguinte, e Eitz encolheu-se e pareceu mais culpado e mais apreensivo do que nunca, então Nassun se sentiu mal por tê-lo magoado. Ela jamais pediu para ele tentar de novo.

Os outros, porém, não conseguem fazer nem isso. São os outros dois Guardiões, Nida e Umber, que ajudam mais.

— Essa é uma coisa que nós podávamos no Fulcro quando encontrávamos, quando eles ouviam o chamado, quando ouviam com muita atenção — começa Nida, e Nassun se prepara porque, quando Nida começa, é impossível saber por quanto tempo ela vai continuar. Ela para apenas para os outros Guardiões falarem. — O uso de sublimados em vez de controle das estruturas é perigoso, determinado, um alerta. É importante cultivar para fins de pesquisa, mas a maioria dessas crianças era encaminhada para o serviço nas estações de ligação. Entre as outras, a gente as abatia, abatia, *abatia*, pois era proibido buscar pelo céu. — Incrivelmente, ela se cala depois disso. Nassun se pergunta o que o céu tem a ver com qualquer coisa, mas sabe que não deve perguntar, para Nida não começar de novo.

Mas Umber, que é lento e calado na mesma proporção em que Nida é rápida, aquiesce com a cabeça.

— Nós permitíamos que uns poucos progredissem — traduz ele. — Para reprodução. Por curiosidade. Para o orgulho do Fulcro. Não mais do que isso.

O que revela várias coisas a Nassun, quando ela separa do resto do falatório o que faz sentido. Nida, Umber e Schaffa não são mais Guardiões propriamente, embora tivessem sido. Eles desistiram do credo de sua ordem, escolheram trair os velhos métodos. Assim, o uso do prateado é claramente uma questão de grande preocupação para os Guardiões comuns... mas por quê? Se só alguns dos orogenes do Fulcro recebiam permissão para desenvolver a habilidade, para "progredir", qual era o perigo se muitos deles progredissem? E por que esses ex-Guardiões, que um dia "podaram" a habilidade, permitem que ela a pratique sem restrições agora?

Schaffa está lá para participar dessa conversa, ela percebe, mas ele não fala nada. Apenas a observa, sorrindo, e estremece vez ou outra quando o prateado solta faíscas e dá puxões dentro dele. Isso tem acontecido bastante com ele nos últimos tempos. Nassun não sabe ao certo por quê.

Nassun vai para casa todas as noites depois de passar o dia em Lua Encontrada. Jija acomodou-se em sua casa em Jekity e, toda vez que ela volta, há novos toques caseiros de que ela gosta: tinta de um azul surpreendentemente vívido no velho piso de madeira; mudas plantadas no pequeno jardim da casa, embora elas cresçam de forma irregular à medida que as cinzas ficam mais densas no céu; um tapete que ele trocou por uma faca de vidro no pequeno quarto que ele designa como sendo dela. Não é tão grande quanto o quarto que ela tinha em Tirimo, mas tem uma janela que dá para a floresta que circunda o platô de Jekity. Para além da floresta, se o ar está claro o bastante, ela às vezes consegue ver o litoral como uma distante linha branca logo após o verde da floresta. Depois disso, há uma vastidão de azul que a fascina, embora não haja nada para ver daqui exceto essa fatia de cor. Ela nunca viu o mar de perto, e Eitz lhe conta histórias maravilhosas sobre ele: que tem cheiro de sal e vida estranha; que ele desliza sobre uma coisinha fina chamada areia, na qual cresce pouca coisa devido ao sal; que as criaturas de lá às vezes se mexem e borbulham, como "caranguejos" ou "lulas" ou "mordedores da areia", embora digam que esses últimos só aparecem durante uma Estação. Há o constante risco de tsunami, motivo pelo qual ninguém mora perto do mar, se puder evitar… e, de fato, alguns dias depois que Nassun e Jija chegaram a Jekity, ela sensou (em vez de ver) os resquícios de um grande tremor no extremo leste, em alto mar. Ela também sensou as reverberações que ele causou quando algo vasto se mexeu e então bateu na terra ao longo da costa. Desta vez, ela ficou feliz de estar tão longe.

No entanto, é bom ter um lar de novo. A vida começa a parecer normal pela primeira vez em muito tempo. Uma noite, durante o jantar, Nassun conta a seu pai o que Eitz disse sobre o mar. Ele parece incrédulo, depois pergunta onde ela ouviu essas coisas. Ela lhe conta sobre Eitz, e ele fica muito calado.

— É um menino rogga? — pergunta ele depois de um instante.

Nassun, cujos instintos enfim mandaram um alerta (ela perdeu o hábito de se manter vigilante quanto às mudanças de humor de Jija), fica em silêncio. Mas como ele vai ficar mais bravo se ela não falar, ela enfim confirma com a cabeça.

— Qual deles?

Nassun morde o lábio. Mas Eitz é de Schaffa, e ela sabe que Schaffa não permitirá que nenhum de seus orogenes seja machucado. Então ela responde:

— O mais velho. Ele é alto e bem negro e tem rosto comprido.

Jija continua comendo, mas Nassun vê se mexerem músculos do maxilar dele que não têm nada a ver com a mastigação.

— Aquele garoto costeiro, eu já vi. Não quero que você converse mais com ele.

Nassun engole em seco e arrisca.

— Tenho que conversar com todos os outros, Papai. É assim que a gente aprende.

— Aprende? — Jija levanta os olhos. É refreado, contido, mas ele está furioso. — O rapaz tem o que, vinte anos? Vinte e cinco? E ele ainda é um *rogga*. *Ainda*. Ele deveria ter sido capaz de se curar a esta altura.

Por um momento, Nassun fica confusa, porque curar-se da orogenia é a última coisa em que ela pensa ao final das aulas. Bem, Schaffa disse que era possível. Ah… e Eitz, que só tem dezoito, mas obviamente envelheceu na cabeça de Jija, é velho demais para não ter utilizado essa cura, se for usá-la. Com um arrepio, Nassun se dá conta: Jija começou a duvidar das declarações de Schaffa de que é possível apagar a orogenia. O que ele fará se perceber que Nassun não *quer* mais ser curada?

Nada de bom.

— Sim, Papai — ela responde.

Isso o acalma, como de costume.

— Se tiver que conversar com ele durante as aulas, tudo bem. Não quero que você deixe os Guardiões irritados. Mas não fale com ele fora essas ocasiões. — Ele suspira. — Não gosto que você passe tanto tempo lá em cima.

Ele continua resmungando sobre o assunto durante o resto da refeição, mas não diz nada pior, então Nassun relaxa depois de um tempo.

Na manhã seguinte, em Lua Encontrada, ela diz a Schaffa:

— Preciso aprender a esconder melhor o que eu sou.

Schaffa está carregando duas bolsas para o complexo de Lua Encontrada quando ela diz isso. Elas são pesadas, e ele é monstruosamente forte, mas até mesmo ele precisa fazer força para carregá-las, então ela não insiste por uma resposta enquanto ele caminha. Quando ele chega a um dos minúsculos barracos de provisão do complexo, coloca as bolsas no chão e recupera o fôlego. É mais fácil manter suprimentos aqui em cima para coisas como as refeições das crianças do que ir e voltar ao esconderijo de provisões de Jekity ou à casa de refeições comunitária.

— Você está em segurança? — ele pergunta então, em voz baixa. É por isso que ela o ama.

Nassun aquiesce, mordendo o lábio inferior, porque é errado que ela tenha que pensar isso sobre o próprio pai. Ele olha para ela durante um longo e difícil instante, e há uma fria reflexão nesse olhar que a alerta de que ele começou a pensar em uma solução simples para o problema.

— Por favor, não — ela fala de forma brusca.

— Não...? — desafia ele.

Nassun viveu um ano de coisas feias. Pelo menos Schaffa é claro e descomplicado em sua brutalidade. Isso torna fácil para ela empinar o queixo, determinada.

— Não mate o meu pai.

Ele sorri, mas seus olhos ainda estão frios.

— Um medo desses é causado por alguma coisa, Nassun. Alguma coisa que não tem nada a ver com você, com o seu irmão nem com as mentiras da sua mãe. O que quer que seja, deixou uma ferida no seu pai... uma ferida que obviamente infeccionou. Ele vai atacar qualquer coisa que tocar essa velha ferida fedorenta ou mesmo chegar perto dela... como você viu. — Ela pensa em Uche e aquiesce. — Não dá para argumentar com ele.

— Eu consigo — ela fala sem pensar. — Já fiz isso antes. Sei como... — *manipulá-lo*, essa é a palavra para descrever o que ela faz, mas ela só tem dez anos, então o que ela diz é: — Consigo impedir que ele faça qualquer coisa ruim. Sempre impedi antes. — Em grande parte.

— Até o dia que você não conseguir, uma única vez. Isso seria suficiente. — Ele olha para ela. — Vou matá-lo se ele alguma vez machucar você, Nassun. Tenha isso em mente, se dá mais valor à vida do seu pai do que à sua. *Eu* não dou. — Então ele volta para o barraco para organizar as bolsas, e esse é o fim da conversa.

Algum tempo depois, Nassun conta aos outros sobre esse diálogo.

— Talvez você devesse se mudar para Lua Encontrada com o resto de nós — sugere o pequeno Paido.

Ynegen, Esquiva e Lashar estão sentadas ali perto, relaxando e recuperando-se após terem passado uma tarde encontrando e empurrando as rochas marcadas enterradas sob a superfície do tormento. Elas assentem com a cabeça e murmuram em concordância.

— É o certo — diz Lashar da sua maneira arrogante. — Você nunca será uma de nós se continuar morando entre *eles*.

A própria Nassun já pensou sobre isso muitas vezes. Mas...

— Ele é o meu pai — ela responde, fazendo um gesto largo com as mãos.

Isso não obtém nenhuma compreensão dos outros, até causa alguns olhares de pena. Muitos deles ainda carregam as marcas da violência infligida pelos adultos de confiança na vida de cada um.

— Ele é um quieto — retruca Esquiva de modo abrupto, e esse é o fim da questão no que se refere à maior parte deles. Nassun acaba desistindo de tentar convencê-los do contrário.

Esses pensamentos invariavelmente começam a afetar sua orogenia. Como poderiam não afetar, quando uma parte implícita dela quer agradar o pai? Ela precisa de tudo o que tem e da confiança que vem do prazer, para se envolver com a terra ao máximo. E, naquela tarde, quando ela tenta tocar os rodopiantes fios prateados do ponto quente e isso dá tão terrivelmente errado que ela ofega e retorna com grande esforço à consciência só para descobrir que congelou todos os dez círculos do tormento, Schaffa intervém.

— Você vai dormir aqui hoje à noite — diz ele após atravessar a terra coberta de gelo para carregá-la de volta até um banco. Ela está exausta demais para andar. Foi preciso tudo o que ela tinha para não morrer. — Amanhã, quando você acordar, vou com você até a sua casa, e vamos voltar com os seus pertences.

— N-não quero — responde ela, arquejante, embora saiba que Schaffa não gosta quando as crianças lhe dizem "não".

— Não me importa o que você quer, pequenina. Isso está interferindo no seu treinamento. É por isso que o Fulcro tirava as crianças da família. O que vocês fazem é perigoso demais para permitir distrações, por mais que sejam por amor.

— Mas. — Ela não tem forças para se opor com mais firmeza. Ele a coloca no colo, tentando aquecê-la porque a extremidade de sua espiral estava a pouco mais de dois centímetros de sua pele.

Schaffa suspira. Por algum tempo, ele não diz nada, a não ser gritar para alguém trazer um cobertor; Eitz é quem o entrega, pois já havia ido buscar um assim que viu o que aconteceu. (Todos viram o que aconteceu. É embaraçoso. Como você percebeu durante a perigosa infância de Nassun, ela é uma garota muito, muito orgulhosa.) Quando Nassun enfim para de tremer e se sentir como se seus sensapinae houvessem sido metodicamente espancados, Schaffa diz enfim:

— Você serve a um propósito maior, pequenina. Não ao desejo de um único homem... nem mesmo ao meu. Você não foi feita para essas coisas insignificantes.

Ela franze a testa.

— Para o que... para o que eu fui feita, então?

Ele chacoalha a cabeça. O prateado faísca dentro dele, a rede que ele forma viva e cambiante à medida que a coisa alojada em seus sensapinae tece seu desejo outra vez, ou tenta tecer.

— Para remediar um grande erro. Um para o qual um dia eu contribuí.

Isso é interessante demais para adormecer durante a conversa, embora o corpo inteiro de Nassun anseie por dormir.

— Qual foi o erro?

— Escravizar a sua espécie. — Quando Nassun se recosta para franzir a testa para Schaffa, ele sorri de novo, mas desta vez é um sorriso triste. — Ou talvez seja mais exato dizer que perpetuamos a autoescravidão deles, sob as ordens do Velho Sanze. O Fulcro em tese era administrado por orogenes, entende... orogenes que nós havíamos selecionado e cultivado, moldado e escolhido cuidadosamente, para que obedecessem. Para que eles soubessem o próprio lugar. Tendo uma escolha entre a morte e a mínima possibilidade de aceitação, eles estavam desesperados, e nós usamos isso. Nós os *tornamos* desesperados.

Por algum motivo, ele faz uma pausa e suspira. Respira fundo. Solta o ar. Sorri. É assim que Nassun fica sabendo, sem sensar, que a dor que vive sempre na cabeça de Schaffa começou a ficar mais intensa outra vez.

— E a minha espécie, a dos Guardiões, como eu fui um dia, era cúmplice dessa atrocidade. Você já viu como o seu pai brita uma pedra? Martelando-a, cortando fora as partes mais fracas. Quebrando-a, se ela não conseguir aguentar a pressão, e começando de novo com outra. Era isso que eu fazia naquela época, mas com crianças.

Nassun acha difícil acreditar. Claro que Schaffa é impiedoso e violento, mas isso é com os inimigos. Um ano sem comu ensinou a Nassun a necessidade de ser cruel. Mas com as crianças de Lua Encontrada, ele é tão amável e gentil.

— Até mesmo comigo? — pergunta ela de forma brusca. Não é das perguntas mais claras, mas ele entende o que ela quer dizer: *se você tivesse me encontrado naquela época?*

Ele toca a cabeça dela, passa a mão pelo cabelo, pousa as pontas dos dedos contra a nuca. Não tira nada dela desta vez, mas talvez o gesto o conforte, pois ele parece tão triste.

— Até com você, Nassun. Eu machuquei muitas crianças naquela época.

Tão triste. Nassun decide que ele não havia *tido intenção* no passado, mesmo que houvesse feito algo ruim.

— Eu estava tão errado em tratar a sua espécie dessa maneira. Vocês são pessoas. O que nós fizemos, transformar vocês em instrumentos, foi errado. O que nós precisamos é de *aliados*... mais do que nunca agora, nesses tempos sombrios.

Nassun fará qualquer coisa que Schaffa pedir. Mas aliados são necessários para tarefas específicas e não são a mesma coisa que amigos. A capacidade de distinguir também é algo que a estrada lhe ensinou.

— Para o que o senhor precisa de nós como aliados?

Seu olhar fica distante e apreensivo.

— Para reparar algo que está quebrado há muito tempo, pequenina, e resolver uma disputa que se originou em um passado tão longínquo que a maioria de nós esqueceu como começou. Ou o fato de que a disputa *continua*. — Ele ergue uma das mãos e toca a parte de trás da própria cabeça. — Quando desisti dos meus velhos hábitos, eu me comprometi com a causa de ajudar a acabar com ela.

Então é isso.

— Não gosto que isso te cause dor — diz Nassun, fitando aquele borrão no mapa prateado que é ele. É tão minúsculo. Menor do que uma das agulhas que seu pai às vezes usa para costurar buracos na roupa. No entanto, é um espaço negativo contra o brilho, perceptível apenas pela silhueta ou pelos seus efeitos mais do que por si mesmo. Como uma aranha imóvel no centro de uma trêmula teia carregada de orvalho. Contudo, as aranhas hibernam durante uma Estação, e a coisa dentro de Schaffa nunca para de atormentá-lo. — Por que te machuca se o senhor está fazendo o que ele quer?

Schaffa pisca os olhos. Aperta a menina com delicadeza e sorri.

— Porque eu não vou *forçar* você a fazer o que ele quer. Eu apresento os desejos dele como uma escolha e vou respeitar se você se recusar. Ele... confia menos na sua espécie. Por uma boa razão, deve-se admitir. — Ele chacoalha a cabeça. — Podemos conversar sobre isso mais tarde. Agora, deixe os seus sensapinae descansarem. — Ela se acalma de imediato... embora não houvesse tido de fato a intenção de sensá-lo e não houvesse de fato se dado conta de estar fazendo isso. O sensamento constante está se tornando natural para ela. — Uma soneca vai te fazer bem, eu acho.

Então ele a leva a um dos dormitórios e a coloca em uma cama sem dono. Ela se encolhe dentro do casulo formado pelo cobertor e adormece ouvindo a voz dele instruir as outras crianças a não perturbá-la.

E ela acorda no dia seguinte ouvindo o eco de seus próprios gritos e arquejos sufocados enquanto se esforça para sair de dentro do cobertor. Alguém agarra o seu braço e é tudo o que não deveria ser: não agora, não com ela, não quem ela quer, não algo que se possa tolerar. Ela se projeta agitadamente na terra e não é nem calor nem pressão que respondem ao seu chamado, mas o fio de luz prateada que grita fazendo eco e reverbera junto com sua velada necessidade de força. Esse grito ecoa pela terra, não apenas em fios, mas em ondas, não apenas pela terra, mas pela água e pelo ar, e

e então

*e então*

algo lhe responde. Algo no céu.

Ela não tem intenção de fazer o que faz. Eitz certamente não pretende o que acontece como resultado de sua tentativa de acordá-la de um pesadelo. Ele gosta de Nassun. Ela é uma criança doce. E, embora Eitz não seja mais uma criança ingênua e tenha lhe ocorrido, nos anos que se passaram desde que partiram de sua casa costeira, que Schaffa sorria demais naquele dia e tinha um leve cheiro de sangue, ele entende o que quer dizer o fato de Schaffa estar tão encantado com Nassun. O Guardião esteve procurando alguma coisa todo esse tempo e, apesar de tudo, Eitz o ama o suficiente para esperar que ele encontre.

Talvez isso sirva de conforto para você, embora não vá servir de conforto para Nassun quando, em sua assustada e desorientada agitação, ela transforma Eitz em pedra.

Não é como o que está acontecendo, bem longe dali e no subterrâneo, com Alabaster. Isto é mais lento, mais cruel e, no entanto, muito mais refinado. Engenhoso. O que atinge Eitz é uma catástrofe: um golpe de martelo de átomos desorganizados rearranjados de forma não exatamente aleatória. A treliça que em geral se formaria dissolve-se em caos. Começa no peito dele quando a mão de Nassun tenta afastá-lo com um tapa, e se espalha em menos tempo do que as outras crianças presentes levam para respirar, ofegantes. Espalha-se pela pele dele, o marrom enrijecendo-se e desenvolvendo um brilho semelhante ao de uma pedra olho de tigre, depois pela carne, embora ninguém vá ver o rubi que há por dentro a menos que o quebrem. Eitz morre quase instantaneamente, seu coração solidificando-se primeiro, tornando-se uma joia estriada de quartzo amarelo e um intenso tom granada e uma tonalidade de ágata branca, com ligeiros veios de safira. Ele é um belo fracasso. Acontece tão rápido que ele não tem tempo de sentir medo. Pelo menos, isso poderá confortar Nassun mais tarde.

Mas, no momento, nos contidos segundos que se seguem a esse acontecimento, enquanto Nassun se contorce e tenta tirar sua mente daquele estado de *cair, cair para cima em meio a uma líquida luz azul*, e enquanto o arquejo de Deshati se transforma em grito (que desencadeia outros) e Olhadinha dá um passo à frente para olhar, de boca aberta, para o fac-símile lustroso e intensamente colorido de si mesmo que Eitz se tornou, várias coisas acontecem ao mesmo tempo em outra parte.

Algumas dessas coisas você terá adivinhado. Talvez a uns 160 quilômetros de distância, um obelisco safira cintila e se converte em sólida realidade por um instante, depois bruxuleia de volta ao seu estado translúcido... antes de começar a flutuar pesadamente em direção a Jekity. Muitos quilômetros mais em uma direção diferente, em algum ponto profundo dentro de um veio magmático de pórfiro, uma silhueta que sugere uma forma humana se vira, atenta com novo interesse.

Acontece outra coisa que pode ser que você não tenha adivinhado... ou talvez tenha, porque conhece Jija de uma maneira que eu não conheço. Mas, no exato instante em que a filha rompe os prótons de um garoto, Jija termina sua trabalhosa subida ao platô que abriga o complexo de Lua Encontrada. Irritado demais para ser cortês após uma noite fervendo de raiva, ele grita pela filha.

Nassun não o ouve. Está convulsionando no dormitório. Ouvindo os gritos das outras crianças, Jija se volta para o prédio… mas, antes que possa começar a avançar naquela direção, dois dos Guardiões saem do prédio deles e atravessam o complexo. Umber se dirige para o dormitório em ritmo acelerado. Schaffa vira para interceptar Jija. Nassun saberá de tudo isso mais tarde por parte das crianças que testemunharam. (Eu também.)

— Minha filha não voltou para casa ontem à noite — diz Jija, quando Schaffa o detém de modo abrupto. O pai está alarmado por conta dos gritos das crianças, mas não muito. Qualquer que seja a loucura que esteja acontecendo dentro do dormitório, ele não espera nada melhor do antro de perdição que Lua Encontrada sem dúvida deve ser. Quando confronta Schaffa, tem uma expressão determinada que você vai reconhecer de outras ocasiões em que ele se sentiu cheio de razões. Portanto, ele não estará disposto a voltar atrás.

— Ela vai ficar aqui — diz Schaffa, sorrindo educadamente. — Achamos que voltar para a sua casa à noite está interferindo com o treinamento dela. Já que sua perna obviamente está recuperada o bastante para permitir que suba até aqui, poderia fazer a gentileza de trazer as coisas dela mais tarde?

— Ela… — Os gritos ficam mais altos por um momento, quando Umber abre a porta para entrar, mas ele a fecha após passar e eles param. Jija franze o cenho ao ver isso, mas chacoalha a cabeça a fim de se concentrar no que é importante. — Ela *não* vai ficar neste lugar ferrugento! Não quero que ela passe mais tempo do que o necessário com esses… — Ele quase chega a ser vulgar. — Ela não é um deles.

Schaffa inclina a cabeça por um instante, como que ouvindo algo que só ele pode escutar.

— Não é? — Seu tom de voz é contemplativo.

Jija olha para ele, confuso por um momento, o que o faz se calar. Depois ele xinga e tenta passar por Schaffa. A perna dele de fato recuperou-se quase que por inteiro desde que chegou a Jekity, mas ele ainda manca bastante, já que o arpão rompeu nervos e tendões que demorarão a sarar, se é que algum dia sararão por completo. Mesmo que Jija fosse capaz de se mover com facilidade, entretanto, não poderia ter desviado da mão que do nada vem cobrir sua face.

É a mão grande de Schaffa que se espalma sobre o rosto dele, movendo-se tão rápido que forma um borrão antes de golpear. Jija só a vê quando ela está sobre os seus olhos, o seu nariz e a sua boca, soerguendo-o e jogando-o de costas no chão. Enquanto Jija fica ali no solo, piscando, está atordoado demais para se perguntar o que aconteceu, chocado demais para sentir dor. Então a mão se afasta e, da perspectiva de Jija, o rosto do Guardião simplesmente está *ali*, seu nariz quase tocando o dele.

— Nassun não tem pai — diz Schaffa em voz baixa. (Jija se lembrará mais tarde que Schaffa sorri durante todo o tempo em que diz isso.) — Ela não precisa de pai nem mãe. Ela não sabe disso ainda, embora um dia vá descobrir. Devo ensinar a ela desde cedo como se virar sem você? — E ele posiciona a ponta de dois dedos sob o maxilar de Jija, pressionando a pele macia com força suficiente para Jija entender no mesmo instante que sua vida depende de sua resposta.

Jija fica imóvel pelo tempo de uma longa respiração contida. Não há nada na mente dele que valha a pena relatar, mesmo que para fins especulativos. Ele não diz nada, embora produza um som. Quando as crianças falam mais tarde sobre essa cena, elas omitem esse detalhe: o pequeno e sufocado gemido de um homem que está tentando não perder o controle da bexiga e do intestino e que não consegue pensar em nada além da morte iminente. É um som em grande parte nasal, que vem do fundo da garganta. Faz com que ele queira tossir.

Schaffa parece tomar o gemido de Jija em si como uma resposta. Seu sorriso se torna mais largo por um momento... um sorriso verdadeiro, animador, do tipo que enruga os cantos dos olhos e mostra a gengiva. Ele está satisfeitíssimo de não ter que matar o pai de Nassun com as próprias mãos. E então ele muito deliberadamente ergue a mão que estava posicionada sob o maxilar de Jija, sacudindo os dedos diante dos olhos de Jija até o homem piscar.

— Isso — diz Schaffa. — Agora podemos nos portar como pessoas civilizadas outra vez. — Ele se endireita, virando a cabeça em direção ao dormitório; fica claro que ele já esqueceu Jija, a não ser como um pensamento secundário. — Não se esqueça de trazer as coisas dela, por favor. — Depois ele se levanta, passa por cima de Jija e se dirige ao dormitório.

Ninguém se importa com o que Jija faz depois disso. Um garoto virou pedra e uma menina manifestou um poder que é estranho e aterrorizante mesmo para um rogga. Essas são as coisas de que todos se lembrarão sobre este dia.

Todos exceto, imagino, Jija, que, na sequência, manca em silêncio para casa.

No dormitório, Nassun enfim conseguiu retirar sua consciência da coluna líquida de luz azul que quase a consumiu. Essa é uma façanha incrível, embora ela não tenha noção disso. A única coisa que a menina sabe, quando supera a crise e encontra Schaffa inclinando-se sobre ela, é que uma coisa medonha aconteceu e Schaffa está lá para cuidar dela na sequência.

(Ela é filha dele, no âmago dela. Não cabe a mim julgá-la, mas... ah, ela é tão dele.)

— Me conte — diz Schaffa. Ele se sentou na beirada da cama dela, bem perto, bloqueando de propósito sua visão de Eitz. Umber está conduzindo as outras crianças para fora. Olhadinha está chorando, em estado de histeria; os outros continuam em silêncio, em estado de choque. Nassun não percebe, tendo um trauma todo dela com o qual lidar no momento.

— Tinha — ela começa. Está hiperventilando. Schaffa coloca uma das mãos em forma de concha sobre o nariz e a boca da menina e, após alguns momentos, a respiração dela se acalma. Uma vez que a menina está mais perto do normal, ele tira a mão e faz um sinal com a cabeça para ela continuar. — Tinha. Uma coisa azul. Luz e... Eu caí para cima. Schaffa, eu caí *para cima*. — Ela franze a testa, confusa com o próprio pânico. — Eu tinha que sair de lá. Doía. Era rápido demais. *Queimava*. Fiquei com tanto medo.

Ele aquiesce, como se isso fizesse sentido.

— Mas você sobreviveu. Isso é muito bom. — Ela fica radiante ao ouvir esse elogio, embora não faça ideia do que significa. Ele reflete sobre o assunto por um momento. — Você sensou mais alguma coisa enquanto estava conectada?

(Ela não vai pensar sobre essa palavra, "conectada", até muito mais tarde.)

— Tinha um lugar lá no norte. Linhas no solo. Por toda parte. — Ela quer dizer por toda a Quietude. Schaffa inclina a cabeça, demonstrando interesse, o que a encoraja a continuar balbuciando. — Eu conseguia ouvir pessoas conversando. Onde elas tocavam as linhas. Tinha *pessoas* nos nós. Onde as linhas se cruzavam. Mas eu não conseguia entender o que ninguém estava falando.

Schaffa fica bastante imóvel.

— Pessoas nos nós. Orogenes?

— Sim? — Na verdade, é difícil responder a essa pergunta. A pegada firme da orogenia daqueles estranhos distantes era forte... algumas mais fortes do que a própria Nassun. No entanto, havia uma suavidade estranha e quase uniforme em cada um desses que eram mais fortes. Como passar os dedos em uma pedra polida: não havia textura para captar. Esses também eram os que estavam espalhados por uma distância maior, alguns ainda mais ao norte do que Tirimo... por todo o caminho até onde o mundo ficou vermelho e quente.

— A rede de estações de ligação — diz Schaffa, pensativo. — Hmm. Alguém está mantendo alguns dos mantenedores de estação vivos lá no norte? Que interessante.

Há mais, então Nassun tem que continuar tagarelando.

— Mais perto daqui, tinha um monte deles. De nós. — Esses se pareciam com seus companheiros de Lua Encontrada, sua orogenia brilhante e rápida como peixes, muitas palavras instruindo e reverberando ao longo das linhas prateadas que os conectam. Conversas, sussurros, risadas. Uma comu, sugere sua mente. Algum tipo de comunidade. Uma comunidade de orogenes.

(Ela não sensa Castrima. Sei que você está se perguntando.)

— Quantos? — Schaffa fala em voz muito baixa.

Ela não consegue estimar essas coisas.

— Eu apenas escuto muita gente conversando. Como casas lotadas.

Schaffa vira de lado. De perfil, ela vê que os lábios dele se mexem, mostrando os dentes. Desta vez, não é um sorriso.

— O Fulcro Antártico.

Nida, que entrou sem ruído no quarto nesse meio tempo, pergunta de perto da porta:

— Eles não foram expurgados?

— Aparentemente não. — Não há nenhuma inflexão na voz de Schaffa. — É só uma questão de tempo até nos descobrirem.

— Sim. — Então Nida ri baixinho. Nassun sensa a flexão dos fios prateados dentro de Schaffa. Sorrir alivia a dor, ele dissera. Quanto mais um Guardião sorri, dá risada, mais dor está sentindo. — A menos que... — Nida ri outra vez. Desta vez, Schaffa sorri também.

Mas ele se vira de novo para Nassun e afasta as mechas de cabelo que recaem sobre o rosto dela.

— Preciso que você fique calma — pede ele. Então se levanta e se move para o lado de forma que ela possa ver o cadáver de Eitz.

E depois que ela terminou de gritar e chorar e tremer nos braços de Schaffa, Nida e Umber vêm, erguem a estátua de Eitz e a levam embora. É obviamente muito mais pesada do que Eitz jamais foi, mas Guardiões são muito fortes. Nassun não sabe para onde o levam, o belo garoto nascido à beira-mar, de sorriso triste e olhos gentis, e ela nunca fica sabendo nada sobre seu destino a não ser que o matou, o que a torna um monstro.

— Talvez — Schaffa lhe diz enquanto ela pronuncia essas palavras entre soluços. Ele a põe no colo outra vez, afagando seus grandes cachos. — Mas você é *meu* monstro. — Ela está tão deprimida e horrorizada que isso de fato a faz sentir-se melhor.

✦ ✦ ✦

Pedras perduram, imutáveis. Nunca altere o que está escrito em pedra.

– *Tábua Três, "Estruturas", versículo um*

# 13

## VOCÊ, EM MEIO A RELÍQUIAS

Começa a parecer que você morou em Castrima a sua vida toda. Não deveria. É só outra comu, só outro nome, só outro recomeço ou, pelo menos, um recomeço parcial. Provavelmente vai terminar do modo como todos os outros terminaram. Mas... faz a diferença o fato de que, aqui, todos sabem o que você é. Essa é a única coisa boa sobre o Fulcro, sobre Meov, sobre ser Syenite: você podia ser quem era. É um luxo que você está aprendendo a saborear mais uma vez.

Você está na superfície de novo, na Castrima-de-cima, como eles a vêm chamando, no que costumava ser o simbólico campo verde do vilarejo. O solo em torno de Castrima é alcalino e arenoso; na verdade, você ouviu Ykka dizer que tinha esperanças de que houvesse um pouco de chuva ácida para melhorá-lo. Você acha que o solo provavelmente precisa de mais matéria orgânica para isso funcionar... e é pouco provável que vá haver muita, já que você viu três montículos de fervilhões no caminho até aqui.

A boa notícia é que os montículos são fáceis de detectar, mesmo quando são só um pouco mais altos do que a camada de cinzas que cobre o chão. Os insetos dentro deles comicham consciência como uma fonte de calor e de pressão pronta para a orogenia. Durante a caminhada para cá, você mostrou às crianças como sensar essa contida diferença em relação ao ambiente mais frio e mais relaxado ao redor. As mais novas transformaram isso em um jogo, ofegando e apontando sempre que sensavam um montículo e tentando ultrapassar umas às outras na contagem.

A notícia ruim é que há mais montículos de fervilhões esta semana do que havia na semana anterior. Provavelmente não é uma coisa boa, mas você não deixa que as crianças vejam a sua preocupação.

Há dezessete crianças ao todo: a maior parte do contingente de orogenes de Castrima. Dois são adolescentes, mas a maioria é mais nova, uma delas tem apenas cinco anos. A maioria é órfã, ou é como se fosse, e isso não surpreende você nem um pouco. O que a surpreende é que todas devem ter um controle relativamente bom e raciocínio rápido, porque, do contrário, não teriam sobrevivido à Fenda. Eles teriam que ter sensado a chegada dela com tempo suficiente para ir a um lugar isolado, deixar seus instintos salvá-los, recuperar-se e então partir outra vez antes que alguém começasse a tentar descobrir quem estava no centro do círculo que escapou à destruição. A maior parte deles é vira-lata latmediano como você: muitas peles tom de bronze não-totalmente-sanzed, cabelos não-totalmente-de-cinzas-sopradas, olhos e corpos em uma extensão que vai do ártico ao costeiro. Não muito diferentes das crianças a quem você costumava dar aula na creche de Tirimo. Só a matéria e, por necessidade, os métodos de ensino, precisam ser diferentes.

— Sensem o que eu faço... apenas sensem, não imitem ainda — você diz, então constrói uma espiral em torno de si mesma. Você faz isso várias vezes, cada uma delas de um jeito diferente... às vezes a gira, formando uma espiral alta e estreita, às vezes a mantém estável, mas ampla o bastante a ponto de sua extremidade chegar perto delas (metade das crianças ofega e sai correndo. É precisamente o que deveriam fazer; ótimo. O fato de que as demais apenas ficaram paradas feito idiotas não é bom. Você vai ter que trabalhar nisso). — Agora. Espalhem-se. Você fica ali, você ali; todos vocês fiquem mais ou menos a essa distância. Quando estiverem no lugar, criem uma espiral que se pareça *exatamente* com a que eu estou fazendo agora.

Não é assim que o Fulcro teria lhes ensinado. Lá, com um período de anos, muros protegidos e um reconfortante céu azul sobre suas cabeças, o ensino poderia ser feito de forma gentil, gradual, dando às crianças tempo para superar medos ou imaturidade. Não há tempo para gentileza em uma Estação, contudo, nem espaço para falhas dentro das paredes irregulares de Castrima. Você ouve as queixas e vê os olhares ressentidos quando se junta aos grupos de castas de uso ou se dirige ao banho comunitário. Ykka acha Castrima algo especial: uma comu onde roggas e quietos podem viver em harmonia, trabalhando juntos para sobreviver. Você acha que ela é ingênua. Essas crianças precisam ser preparadas para o inevitável dia em que Castrima se voltar contra eles.

Então você demonstra e corrige as imitações com palavras quando pode e uma vez com uma inversão de espiral quando uma das crianças mais velhas cria uma espiral ampla demais e ameaça congelar um dos colegas.

— Você *não pode* ser descuidado! — O garoto cai sentado no chão congelado, fitando você com os olhos arregalados. Você também fez o solo se erguer sob os pés dele para fazê-lo cair, e você está de pé diante dele agora, gritando, propositalmente intimidadora. Ele quase matou outra criança; ele *deveria* estar com medo. — As pessoas morrem quando você comete erros. É isso que você quer? — Uma frenética negativa com a cabeça. — Então, levante-se e faça de novo.

Você os açoita durante o exercício até que todos tenham demonstrado pelo menos uma capacidade básica de controlar o tamanho das espirais. Parece errado ensinar-lhes só isso, sem nada da teoria que os ajudará a entender por que e como o poder funciona, nem qualquer um dos exercícios de estabilização destinados a aperfeiçoar a separação entre instinto e poder. Você precisa ensinar a eles o que dominou no decorrer de anos; enquanto você é uma artista, eles serão, no máximo, apenas toscos imitadores. Eles estão desanimados quando você os leva de volta para Castrima, e você desconfia que alguns a odeiam. Mas eles serão mais úteis a Castrima assim... e, no inevitável dia em que Castrima se virar contra eles, estarão prontos.

(Essa é uma sequência familiar de pensamentos. Houve um tempo, quando treinou Nassun, em que você disse a si mesma que não importava se ela a odiasse no final; ela saberia do seu amor pela própria sobrevivência. Mas isso nunca pareceu certo, não é? Você foi mais gentil com Uche por esse motivo. E sempre quis pedir desculpas a Nassun mais tarde, quando ela tivesse idade suficiente para entender... Ah, há tantos arrependimentos dentro de você que eles giram, pesados como ferro comprimido, no seu âmago.)

— Você está certa — diz Alabaster quando, mais tarde, você se senta em um leito da enfermaria e conta a ele sobre a lição. — Mas também está errada.

É mais tarde do que o habitual para a sua visita a Alabaster e, como consequência, ele está inquieto e visivelmente com dor em meio ao seu ninho. As medicações que Lerna costuma lhe dar estão deixando de fazer efeito. Estar com ele é sempre uma competição de desejos para você: você sabe que não lhe resta muito tempo para ensinar essas coisas, você também quer prolongar a vida dele, e cada dia que o faz se desgastar o incomoda como o roçar de uma geleira. Urgência e desespero não se dão bem. Você decidiu que será breve desta vez, mas ele parece inclinado a conversar bastante hoje, enquanto se recosta contra a mão de Antimony e mantém os olhos fechados. Você não consegue deixar de pensar nisso como uma espécie de gesto para poupar energia, como se apenas ver você o esgotasse.

— Errada? — você o instiga. Talvez haja um tom de alerta em sua voz. Você sempre protegeu seus alunos, fossem quem fossem.

— Por desperdiçar o seu tempo, para começar. Eles jamais vão ter a precisão para serem mais do que empurra-pedras. — A voz de Alabaster está cheia de desdém.

— Innon era um empurra-pedras — você retruca de modo brusco.

Ele mexe um músculo do maxilar e pausa por um momento.

— Então talvez seja bom que você esteja ensinando a eles como empurrar pedras de maneira segura, mesmo que não seja com gentileza. — Agora o desdém sumiu de suas palavras. É o mais próximo a um pedido de desculpas que você deverá conseguir dele. — Mas mantenho o resto: você está errada de ensiná-los, porque as aulas *deles* estão atrapalhando as *suas*.

— O quê?

Ele faz você sensar um dos seus cotocos outra vez e... ah. Ahhhh. De repente, está mais difícil de captar a coisa entre as células dele. Demora mais para a sua percepção se ajustar e, quando ela se ajusta, você precisa ficar reflexivamente escapando de uma tendência a perceber apenas o calor e o movimento agitado de pequenas partículas. Uma tarde ensinando fez o seu aprendizado retroceder em uma semana ou mais.

— Existe uma razão para o Fulcro ter te ensinado do jeito como ensinou — explica ele enfim, quando você se recosta e esfrega os olhos e luta contra a frustração. Ele abriu os olhos agora; suas pálpebras estão caídas enquanto observa você. — Os métodos do Fulcro são um tipo de condicionamento destinado a te direcionar para a redistribuição de energia e te afastar da magia. A espiral não é sequer necessária... é possível reunir energia do ambiente de diversas formas. Mas é assim que eles te ensinam a orientar a sua consciência *para baixo* para realizar a orogenia, nunca para cima. Nada acima de você importa. Só o que está imediatamente à sua volta, nunca mais longe. — Ele chacoalha a cabeça da maneira como consegue. — É incrível, quando você pensa nisso. Todo mundo na Quietude é desse jeito. Esqueça o que está nos oceanos, esqueça o que está no céu; nunca para o seu próprio horizonte e se pergunte o que existe além. Passamos séculos zombando dos astronomestas por suas teorias malucas, mas o que achávamos inacreditável de fato era que eles tivessem se dado ao trabalho de *olhar para cima* para formulá-las.

Você quase havia se esquecido dessa parte dele: o sonhador, o rebelde, sempre reconsiderando o modo como as coisas têm sido há muito tempo porque talvez nunca devessem ter sido daquela maneira para começar. Além do mais, ele está certo. A vida na Quietude desencoraja a reconsideração, a reorientação. A sabedoria está gravada na pedra, afinal; é por isso que ninguém confia na mutabilidade do metal. Existe uma razão pela qual Alabaster era o centro magnético de sua pequena família quando vocês estavam juntos.

Droga, você está nostálgica hoje. Isso a instiga a falar:

— Acho que você não é só um dez-anéis. — Ele pisca os olhos, surpreso. — Você está sempre *pensando*. Você também é um gênio... só que a sua genialidade está em uma área temática que ninguém respeita.

Alabaster encara você por um instante. Estreita os olhos.

— Você está bêbada?

— Não, não estou... — Terra Cruel, lá se vão lembranças afetuosas. — Continue com a aula ferrugenta.

Ele parece mais aliviado pela mudança de assunto do que você.

— Então é isso que o treinamento do Fulcro faz com você. Você aprende a pensar na orogenia como uma questão de esforço, quando na verdade é de... perspectiva. E percepção.

Um trauma no formato de Allia lhe diz por que o Fulcro não queria cada selvagem de dois cacos buscando qualquer obelisco por perto. Mas você passa um momento tentando entender a distinção que ele está explicando. É verdade que usar energia é algo completamente diferente de usar mágica. O método do Fulcro faz a orogenia parecer o que ela é: esforço para mover objetos pesados, só que com vontade em vez de mãos ou alavancas. A mágica, no entanto, parece não requerer esforço... pelo menos enquanto está sendo usada. A exaustão vem depois. No momento, porém, é simplesmente uma questão de *saber que ela está lá.* Treinar a si mesmo para ver.

— Não entendo por que fizeram isso — você diz, batendo os dedos no colchão, pensativa. O Fulcro foi construído por orogenes. Pelo menos alguns deles, em algum ponto do passado, devem ter sensado a mágica. Mas... você estremece quando entende. Ah, sim. Os orogenes mais poderosos, aqueles que detectavam mágica com mais facilidade e talvez tivessem dificuldade em dominar a redistribuição de energia como consequência, eram os que acabavam nas estações de ligação.

Alabaster pensa em um contexto maior do que só o Fulcro.

— Eu acho — ele responde — que eles entendiam o perigo. Não apenas de que roggas sem o controle refinado necessário se conectassem aos obeliscos e morressem, mas de que alguns pudessem ser bem-sucedidos... pelos motivos errados.

Você tenta pensar em um motivo certo para ativar uma rede de antigas máquinas letais. Alabaster lê a sua expressão.

— Duvido que eu tenha sido o primeiro rogga que quis jogar o Fulcro em um poço de lava.

— Bom argumento.

— E a guerra. Nunca se esqueça disso. Os Guardiões que trabalham com o Fulcro são uma das facções sobre as quais eu te contei, por assim dizer. Eles são os que querem manter o status quo: roggas tornando-se seguros e úteis, quietos fazendo todo o trabalho e pensando que administram o lugar, Guardiões *realmente* comandando tudo. Controlando as pessoas que podem controlar os desastres naturais.

Você fica surpresa com isso. Não, você fica surpresa de não ter pensado nisso por si própria. Mas também você não passou muito tempo pensando sobre Guardiões quando não estava bem perto de um. Talvez esse seja outro tipo de aversão ao pensamento a que você foi condicionada: não olhe para cima e não pense sobre aqueles malditos sorrisos.

Você decide se obrigar a pensar neles agora.

— Mas os Guardiões morrem durante uma Estação... — Merda. — Eles *dizem* que morrem... — Merda. — Claro que não morrem.

Alabaster produz um som enferrujado que poderia ser uma risada.

— Eu sou uma má influência.

Sempre foi. Você não consegue deixar de sorrir, embora o sentimento não perdure devido à conversa.

— Mas eles não entram para as comus. Eles devem ir a algum outro lugar para enfrentar esse período.

— Talvez. Talvez para essa tal de "Garantia". Ninguém parece saber onde fica. — Ele faz uma pausa e fica mais pensativo. — Acho que devia ter perguntado para a minha Guardiã sobre isso antes de deixá-la.

Ninguém simplesmente deixa um Guardião.

— Você disse que não a matou.

Ele pisca os olhos, lembrando-se.

— Não. Eu a *curei*. Mais ou menos. Você sabe sobre aquela coisa que eles têm na cabeça. — Sim. Sangue e a picada na palma da sua mão. Schaffa entregando algo minúsculo e ensanguentado a outro Guardião com muito cuidado. Você aquiesce. — Ela dá a habilidade que eles têm, mas também os corrompe, os deturpa. Os seniores do Fulcro costumavam falar sobre isso aos sussurros. Existem graus de contaminação... — Ele ergue o queixo, visivelmente deixando esse assunto de lado. Você consegue adivinhar o porquê. Em algum lugar ao longo do caminho, esse assunto recai sobre os Guardiões sem camisa que matam com um toque. — De qualquer forma, tirei aquela coisa da minha Guardiã.

Você engole em seco.

— Eu vi um Guardião matar uma Guardiã uma vez, tirando aquilo.

— Sim. Quando a contaminação se torna grande demais. Então eles são perigosos mesmo para outros Guardiões e devem ser expurgados. Eu tinha ouvido falar que eles não eram gentis quanto a isso. Brutos até com o próprio grupo.

"Ele está irritado", havia dito a Guardiã Timay, pouco antes de Schaffa matá-la. "Preparando-se para o momento do retorno." Você inspira. A lembrança está vívida em sua mente porque foi nesse dia que você e Tonkee... Binof... encontraram o soquete. O dia do seu teste do primeiro anel, adiantado e com a sua vida em jogo. Você jamais vai se esquecer de nada daquele dia. E agora…

— É a Terra. – Você diz.

— O quê?

— Essa coisa nos Guardiões. O… contaminante. — "Ele mudou aqueles que o controlariam. Acorrentou-os, destino a destino." — Ela começou a falar em nome da Terra!

Você percebe que de fato o surpreendeu desta vez.

— Então… — Ele reflete por um momento. — Entendo. É aí que eles trocam de time. Param de trabalhar em prol do status quo e dos interesses dos Guardiões e começam a trabalhar em prol dos interesses da Terra. Não é de estranhar que os outros os matem.

Isso é o que você precisa entender.

— O que a Terra quer?

O olhar de Alabaster está sombrio, sombrio.

— O que qualquer ser vivo quer ao enfrentar um inimigo tão cruel que roubou uma criança?

Você cerra o maxilar. *Vingança.*

Você desce do leito e passa para o chão, recostando-se contra a estrutura da cama.

— Me conte sobre o Portão do Obelisco.

— Sim. Achei que você fosse ficar interessada. — A voz de Alabaster ficou mais suave outra vez, mas há uma expressão no rosto dele que faz você pensar: "*essa era a expressão no rosto dele no dia em que criou a Fenda*". — Você se lembra do princípio básico. Escalonamento paralelo. Atrelando dois bois juntos em vez de um. Dois roggas juntos podem fazer mais do que cada um individualmente. Isso funciona para os obeliscos também, só que… de forma exponencial. Uma matriz, não uma parelha. É dinâmico.

Tudo bem, você está entendendo até agora.

— Então eu preciso descobrir como conectar todos em uma rede?

Ele concorda com um movimento mínimo da cabeça.

— E você vai precisar de um amortecedor, pelo menos no começo. Quando abri o Portão em Yumenes, usei várias dezenas de mantenedores de estações de ligação.

Várias dezenas de roggas atrofiados e deturpados, convertidos em armas sem mente... E Alabaster de algum modo os voltou contra seus donos. Como isso é típico dele, como é perfeito.

— Amortecedor?

— Para amortizar o impacto. Para... suavizar o fluxo da conexão. — Ele vacila, suspira. — Não sei como explicar. Você saberá quando tentar.

*Quando*. Ele presume que você tentará.

— O que você fez matou os mantenedores das estações de ligação?

— Não exatamente. Eu os usei para abrir o Portão e criar a Fenda... e depois eles tentaram fazer o que foram projetados para fazer: deter o tremor. Estabilizar a terra. — Você faz uma careta, entendendo. Até mesmo você, na adversidade, não foi tola o bastante para tentar *deter* uma onda de choque quando ela chegou a Tirimo. A única coisa segura a fazer era desviar sua força para outro lugar. Mas os mantenedores não têm raciocínio nem controle para fazer o que é seguro.

— Não usei todos eles — comenta Alabaster, pensativo. — Aqueles no extremo oeste e nas Árticas e nas Antárticas estavam fora do meu alcance. A maioria morreu desde então. Não havia ninguém para mantê-los vivos. Mas ainda consigo sensar estações de ligação ativas em alguns lugares.

Resquícios da rede: ao sul, perto do Fulcro Antártico, e ao norte, perto de Rennanis.

Claro que ele consegue sensar estações de ligação ainda ativas por toda a extensão até as Antárticas. Você mal consegue sensar uns 160 quilômetros ao redor de Castrima, e você tem que se esforçar para chegar a essa extensão. E talvez os roggas do Fulcro Antártico tenham sobrevivido de alguma maneira e escolhido cuidar de seus irmãos menos afortunados nas estações, mas... "Rennanis"? Não pode ser. É uma cidade equatorial. Fica mais a oeste e ao sul do que a maioria; as pessoas em Yumenes pensavam que ela ficava só um pouco acima de qualquer outro fim-de-mundo latmediano do sul. Mas Rennanis era equatorial o suficiente para ter acabado.

— A Fenda segue para o noroeste, ao longo de uma antiga falha que eu encontrei. Ela passou a algumas centenas de quilômetros de distância de Rennanis... Acho que foi o bastante para permitir que os mantenedores das estações de ligação de fato fizessem alguma coisa. Deveria ter matado a maioria deles, e o resto deveria ter morrido por falta de cuidados quando a equipe os abandonou, mas não sei.

Ele fica em silêncio, talvez cansado. Sua voz está rouca hoje, e seus olhos estão injetados de sangue. Outra infecção. Ele continua pegando infecções porque algumas partes queimadas do seu corpo não estão sarando, segundo Lerna. A falta de analgésicos não está ajudando.

Você tenta digerir o que ele lhe contou, o que Antimony lhe contou, o que você aprendeu com tentativas e sofrimento. Talvez os números importem. Duzentos e dezesseis obeliscos, um número incalculável de orogenes como amortecedores, e você. Mágica para ligar os três... de alguma forma.

Tudo isso junto forjando uma rede para pegar a Lua maldita e queimada pelos fogos da Terra.

Alabaster não diz nada enquanto você pondera e, por fim, você olha para ele para ver se caiu no sono. Mas ele está acordado, seus olhos entreabertos, observando você.

— O quê? — Você franze o cenho, na defensiva, como sempre.

Ele dá menos de um meio sorriso com a metade da boca que não se queimou.

— Você nunca muda. Se eu te peço ajuda, você me diz para descamar e morrer. Se eu não digo uma palavra ferrugenta, você faz milagres por mim. — Ele suspira. — Pela Terra Cruel, como eu senti saudade de você.

Isso... dói, inesperadamente. Você percebe por quê de imediato: porque faz tanto tempo desde a última vez que alguém lhe disse algo assim. Jija podia ser carinhoso, mas não era muito dado a sentimentalismos. Innon usava o sexo e as piadas para mostrar seu carinho. Mas Alabaster... esse sempre foi o jeito dele. O gesto de surpresa, o elogio ambíguo que você podia escolher tomar como provocação ou como insulto. Você endureceu tanto sem isso. Sem ele. Você parece forte, saudável, mas sente ser por dentro o que ele aparenta ser for fora: nada além de pedra quebradiça e cicatrizes, propensa a rachar se você se curvar demais.

Você tenta sorrir e não consegue. Ele não tenta. Vocês só ficam olhando um para o outro. Não é nada e ao mesmo tempo é tudo.

É claro que não dura muito. Alguém entra na enfermaria e se aproxima e surpreende você por se tratar de Ykka. Hjarka está atrás dela, arrastando os pés e parecendo muito entediada, à moda sanzed: palitando os dentes com um pedaço de madeira polida, uma das mãos no quadril curvilíneo, o cabelo de cinzas sopradas mais bagunçado que de costume e visivelmente mais achatado do lado que ela estava dormindo quando acordou.

— Sinto muito por interromper — diz Ykka, não parecendo particularmente que sentia muito —, mas temos um problema.

Você está começando a odiar essas palavras. Entretanto, já é hora de terminar a aula, então você acena com a cabeça para Alabaster e se levanta.

— O que foi agora?

— A sua amiga. A preguiçosa. — Tonkee, que não se juntou a nenhum grupo de trabalho dos Inovadores, não se importa de pegar a cota da casa quando é a vez dela e que desaparece convenientemente quando chega o momento de ter uma reunião de casta. Em outra comu, eles já a teriam expulsado por esse tipo de coisa, mas ela recebe uma concessão extra por ser um dos acompanhantes da segunda orogene mais poderosa de Castrima. Mas isso tem um limite, e Ykka parece especialmente zangada.

— Ela encontrou a sala de controle — conta Ykka. — E se trancou lá dentro.

— A... — O quê? — A sala de controle do quê?

— *De Castrima.* — Ykka parece irritada de ter que explicar. — Eu te disse quando você chegou aqui: há mecanismos que fazem este lugar funcionar, a luz e o ar e assim por diante. Mantemos a sala em segredo porque, se alguém perder a cabeça e quiser quebrar as coisas, poderia matar todo mundo. Mas a sua mesta está lá fazendo só a Terra Cruel sabe o que, e basicamente estou perguntando para você se está tudo bem se eu matá-la, porque é mais ou menos essa a minha vontade neste exato momento.

— Ela não conseguirá afetar nada importante — diz Alabaster. Isso surpreende vocês duas: você porque não está acostumada a vê-lo interagindo com nenhuma outra pessoa, e Ykka porque ela provavelmente pensa nele como um desperdício de remédios e não como pessoa. Ele também não a tem em alta conta; os olhos dele estão fechados de novo. — É mais provável que ela se machuque do que qualquer outra coisa.

— Bom saber — responde Ykka, embora lance para ele um olhar incrédulo. — Eu me sentiria tranquilizada se você não estivesse falando abobrinha, visto que você não tem como saber o que está acontecendo para além desta enfermaria, mas, de qualquer forma, é uma ideia agradável.

Ele meio que bufa, achando graça.

— Eu sabia tudo o que precisava sobre esta relíquia no instante em que cheguei aqui. E, se qualquer um de vocês exceto Essun tivesse uma chance de fazer com que este lugar fizesse o que de fato é capaz de fazer, eu não ficaria aqui nem mais um minuto. — Quando você e Ykka o encaram, ele solta um suspiro profundo. Ouve-se um pouco de chiado nesse suspiro, o que deixa você preocupada, e você faz uma anotação mental para perguntar sobre isso a Lerna. Mas ele não diz mais nada, e Ykka enfim olha para você com uma expressão palpável de *eu estou muito farta dos seus amigos* e acena para que você a siga.

A subida até onde quer que fique a sala de controle é longa. Hjarka respira com dificuldade após a primeira escada de mão, mas ela se acostuma depois disso e pega o ritmo. Ykka se sai melhor, embora fique suando em dez minutos. Você ainda mantém o condicionamento da estrada, então aguenta a subida suficientemente bem, mas, após os primeiros três lances de escada, uma escada de mão e uma sacada em espiral construída em torno de um dos maiores cristais da comu, você está disposta até a bater papo para tirar a mente do solo que vai ficando cada vez mais lá embaixo.

— Qual é o seu processo disciplinar habitual para as pessoas que se esquivam dos seus deveres de casta?

— Um pé na bunda, o que mais? — Ykka dá de ombros. — Só que não podemos simplesmente mandá-los para as cinzas; precisamos matá-los para manter o segredo. Mas tem um processo: um aviso, depois uma audiência. Morat, a porta-voz da casta Inovadora, não fez uma reclamação formal. Eu pedi que ela fizesse, mas foi evasiva. Disse que a sua amiga lhe deu um aparelho portátil para testar a água que pode salvar as vidas de alguns dos nossos Caçadores no campo.

Hjarka dá uma risada enferrujada. Você chacoalha a cabeça, achando graça.

— É um bom suborno. Pelo menos, ela é uma sobrevivente.

Ykka revira os olhos.

— Talvez. Mas isso passa uma mensagem ruim, uma pessoa que não se junta a nenhuma equipe de trabalho e fica impune, mesmo que invente coisas úteis fora do horário de trabalho. Se outros começarem a faltar ao trabalho, o que eu faço?

— Mande para as cinzas os que não inventaram nada — você sugere. Então você para, porque Ykka se deteve. Você acha que é porque ela ficou irritada com o que você acabou de dizer, mas ela está olhando ao redor, assimilando a amplidão da comu. Então você também para. Nesse ponto tão alto, vocês estão bem mais acima do principal nível habitado da comu. O geodo ecoa com gritos e as marteladas de alguém e uma música cantada por uma das equipes de trabalho. Você arrisca um olhar por sobre o parapeito mais próximo e vê que alguém fez um elevador de carga simples com corda e um estrado de madeira para o nível intermediário, mas sem um contrapeso; a única maneira de fazer uma carga pesada subir é brincar de cabo de guerra com ele. Vinte pessoas estão fazendo isso agora. Parece surpreendentemente divertido.

— Você estava certa sobre as integrações — diz Hjarka. Sua voz soa baixo enquanto ela também contempla o movimento e a vida de Castrima. — Nós não poderíamos ter feito este lugar funcionar sem mais pessoas. Achei que era só conversa sua, mas não era.

Ykka suspira.

— *Por enquanto* está funcionando. — Ela olha para Hjarka. — Você nunca disse antes que não gostava da ideia.

Hjarka dá de ombros.

— Deixei a minha comu natal porque não queria o fardo de Liderança. Também não queria esse fardo aqui.

— Pela Terra, você não precisa entrar em uma briga de faca comigo pela chefia para dar a sua *opinião*.

— Quando há uma Estação a caminho e sou a única Líder na comu, é melhor eu tomar cuidado até mesmo com as opiniões. — Ela encolhe os ombros, depois sorri para Ykka com uma expressão de algo como carinho. — Fico pensando que você vai mandar me matar a qualquer momento.

Ykka dá risada.

— É isso que você teria feito no meu lugar? — Você ouve o toque de mordacidade na pergunta.

— Foi o livro de roteiros que me ensinaram a seguir, sim... mas seria idiotice tentar isso aqui. Nunca existiu nada como esta Estação... nem como esta comu. — Hjarka olha para você como o exemplo mais recente da peculiaridade de Castrima. — A tradição só vai enferrujar tudo em uma situação como esta. É melhor ter uma líder que não sabe nada sobre como as coisas *deveriam* ser, apenas sobre como ela *quer* que sejam. Uma líder que vai detonar quem for necessário para fazer sua visão se tornar realidade.

Ykka absorve isso em silêncio por alguns instantes. É óbvio que o que quer que Tonkee tenha feito não é tão urgente ou terrível. Depois ela se vira e começa a subir de novo, aparentemente decidindo que a pausa para descanso acabou. Você e Hjarka suspiram e vão atrás.

— Acho que as pessoas que construíram originalmente este lugar não pensaram direito — diz Ykka quando retomam a subida. — É ineficiente demais. Depende demais de maquinário que pode quebrar ou enferrujar. E tem a *orogenia* como fonte de energia, que é basicamente a coisa menos confiável de todas. Mas às vezes me pergunto se eles não pretenderam construí-la assim. Talvez algo os tenha feito vir para o subsolo correndo e eles encontraram um geodo gigantesco e simplesmente fizeram o melhor com o que tinham. — Ela passa uma das mãos por um corrimão enquanto vocês andam. Essa é uma das estruturas originais de metal que foram construídas por todo o geodo. Acima do nível habitado, é tudo metalurgia antiga. — Isso sempre me faz pensar que devem mesmo ter sido os ancestrais de Castrima. Eles respeitavam o trabalho árduo e a adaptação sob pressão, como nós.

— Todos respeitam, não? — Exceto Tonkee.

— Alguns. — Ela não morde a evidente isca. — Eu me revelei para todos quando tinha quinze anos. Havia um incêndio em uma floresta em algum lugar ao sul; época de seca. Só a fumaça já estava matando os idosos e os bebês da comu. Nós pensamos que teríamos que partir. Por fim, eu cheguei perto do incêndio, onde um monte de outras pessoas do vilarejo estava tentando criar uma barreira de contenção. Seis delas morreram na tentativa. — Ela chacoalha a cabeça. — Não teria funcionado. O incêndio era grande demais. Mas é típico do meu povo.

Você aquiesce. Isso parece característico dos castrimenses que conheceu. Também parece com o povo de Tirimo que você conheceu, com os meovitas, com os allianos e os yumenescenses. Nenhum povo da Quietude teria sobrevivido até este ponto se não fosse espantosamente tenaz. Mas Ykka precisa pensar em Castrima como algo especial... e *é* especial, à sua própria e estranha maneira. Então você sabiamente mantém sua boca fechada.

— Eu detive o incêndio — ela conta. — Congelei a parte da floresta que estava queimando e usei aquilo para criar um espinhaço mais ao sul como quebra-vento caso alguma coisa provocasse um novo foco. Todos me viram fazer isso. Eles souberam exatamente o que eu era naquele momento.

Você para de falar e fica olhando para ela. Ela dá meia-volta, com um meio sorriso.

— Eu disse a eles que iria embora se quisessem chamar os Guardiões e me mandar para o Fulcro. Ou, se quisessem só me enforcar, eu prometi não congelar ninguém. Em vez disso, eles discutiram aquela confusão toda durante três dias. Pensei que estavam tentando decidir como me matar. — Ela dá de ombros. — Então voltei para casa, jantei com os meus pais; os dois sabiam e ficaram aterrorizados pelo meu destino, mas eu os convenci a não me tirarem do vilarejo escondida em uma carroça. Fui à creche no dia seguinte, o mesmo de sempre. No final do dia, descobri que os moradores do vilarejo estavam discutindo sobre *como me treinar*. Sem revelar ao Fulcro, entende?

Você fica de queixo caído. Você viu os pais de Ykka, ainda sadios e fortes e com um ar de teimosia sanzed. Você consegue acreditar que eles fizessem isso. Mas todo o resto também? Tudo bem. Talvez Castrima *seja* especial.

— Hum. E como você foi treinada, então? — pergunta Hjarka.

— Bem, você sabe como são essas pequenas comus latmedianas. Eles ainda estavam discutindo o assunto quando surgiu a Fenda. Eu me treinei sozinha. — Ela ri, e Hjarka suspira. — Isso também é típico do meu povo. Completamente cabeça de ferrugem, mas boa gente.

Você pensa, contra a sua vontade: *se ao menos eu tivesse trazido Uche e Nassun para cá assim que eles nasceram...*

— Nem todo o seu povo gosta de nos ter aqui — você comenta de modo brusco, quase para refutar o próprio pensamento.

— É, eu ouvi a fofoca. É por isso que estou contente que você esteja treinando as crianças e que todo mundo tenha visto você tirar os fervilhões de Terteis. — Ela fica séria. — Pobre Terteis. Mas você provou outra vez que é melhor ter pessoas como nós por perto do que nos matar ou nos expulsar. Os castrimenses são pessoas práticas, Essie. — Você odeia o apelido de imediato. — Práticas demais para simplesmente fazer uma coisa porque todos os outros falam para fazer.

Com isso, ela retoma a caminhada. Após um momento, você e Hjarka recomeçam também.

Você se acostumou com a brancura implacável de Castrima; apenas alguns dos prédios-cristais têm toques de ametista ou quartzo fumê. Aqui, porém, o teto do geodo foi selado com uma substância lisa, semelhante a vidro, que tem um tom verde esmeralda profundo. A cor é um pouco chocante.

A última escada que leva até lá é larga o bastante para cinco pessoas subirem lado a lado, então você não fica surpresa ao encontrar dois Costas-fortes ladeando a porta corrediça de um porão feita da mesma substância verde. A mulher Costa-forte tem um pequeno estilete de vidro e arame na mão; o outro tem apenas grandes braços cruzados.

— Nada ainda — diz o homem Costa-forte quando vocês três chegam. — Nós continuamos ouvindo sons vindo lá de dentro... estalos, zumbidos, e às vezes ela grita coisas. Mas a porta ainda está travada.

— Grita coisas? — pergunta Hjarka.

Ele encolhe os ombros.

— Coisas como "eu sabia" e "é por isso".

Parece Tonkee.

— Como ela fez para emperrar a porta? — você pergunta. A mulher Costa-forte dá de ombros. Segundo o estereótipo, os Costas-fortes são puro músculo e nada de cérebro, mas alguns deles se encaixam nessa descrição mais do que deviam.

Ykka lança a você outro daqueles olhares de *isso é culpa sua*. Você chacoalha a cabeça, depois sobe até o último degrau e bate na porta.

— Tonkee, pelas ferrugens, abre essa porta.

Segue-se um momento de silêncio, e então você ouve um leve ruído.

— Droga, é você — murmura Tonkee de algum lugar mais distante do que a porta. — Espera um pouco e não congela tudo.

Um instante depois, ouve-se o som de alguma coisa se mexendo contra o material da porta. Em seguida a porta se abre. Você, Ykka, Hjarka e os Costas-fortes entram...

embora todos vocês, menos Ykka, parem e fiquem olhando, então sobra para ela cruzar os braços e lançar a Tonkee o olhar furioso que ela fez por merecer.

O teto é oco porta acima. A substância verde constitui um chão, e a câmara que se forma é moldada pelos mesmos costumeiros cristais brancos que ressaltam do verdadeiro teto rochoso do geodo, de um tom verde acinzentado, talvez uns cinco metros acima. O que a desequilibra, deixando seu queixo caído e fazendo sua mente passar do aborrecimento ao silêncio, é que os cristais deste lado da barreira verde cintilam e piscam, mudando aleatoriamente de imagens tremeluzentes de cristais para o estado de solidez, e de volta para o estado anterior. As hastes e as pontas desses cristais, que despontam do chão, não estavam fazendo isso do lado de fora. Nenhum dos outros cristais em Castrima faz isso. Além de brilhar (o que, com certeza, é um alerta de que elas não são apenas rochas), os cristais de Castrima não são diferentes de nenhum outro quartzo. Mas aqui... de repente você entende o que Alabaster quis dizer sobre do que Castrima era capaz. A verdade de Castrima fica, repentina e terrivelmente, clara: o geodo está repleto não de cristais, mas de *obeliscos em potencial.*

— Pela ferrugem escamada — diz um dos Costas-fortes ao respirar. Ele fala por todos vocês também.

As quinquilharias de Tonkee estão por toda parte: ferramentas esquisitas, além de placas de ardósia e pedaços de couro cobertos de diagramas, além de um palete em um canto que explica por que ela não vem dormindo muito no apartamento nos últimos tempos. (Tem sido solitário sem ela e sem Hoa, mas você não gosta de admitir isso para si mesma.) Ela está se afastando de você agora, olhando por cima do ombro e parecendo nitidamente irritada que você tenha chegado.

— Não ponha as mãos ferrugentas em nada — diz ela. — Não dá para saber o que uma orogene do seu calibre fará com essas coisas.

Ykka revira os olhos.

— É você quem não deveria estar tocando em nada. Você não tem permissão para entrar aqui e sabe disso. Venha.

— Não. — Tonkee se agacha perto de uma coluna estranha e baixa no centro da sala. Parece uma haste de cristal cuja parte do meio foi cortada: você vê a base (bruxuleante e irreal) estendendo-se a partir do teto, e a coluna é a continuação (que bruxuleia simultaneamente), mas há uma parte de dois metros entre elas que é apenas espaço vazio. O corte feito na superfície da coluna é tão liso que ela brilha como um espelho... e a superfície permanece sólida, mesmo quando o resto da coluna bruxuleia.

A princípio, você pensa que não há nada ali. Só que Tonkee está examinando a superfície da coluna com tanta atenção que você vai até lá para se juntar a ela. Quando você se agacha para ver melhor, ela levanta os olhos de encontro aos seus, e você fica chocada com a alegria indisfarçada no olhar dela. Na verdade, o choque não é por conta disso; você a conhece a essas alturas. Você está chocada porque esse brilho intenso, além de sua nova aparência sem disfarces, o cabelo limpo e curto e a roupa apresentável a transformam de maneira tão óbvia em uma versão mais velha de Binof que você se admira outra vez de não ter notado logo.

Mas isso não tem importância. Você se concentra na coluna, embora haja outras maravilhas para contemplar: uma coluna mais alta no fundo da sala, sobre a qual flutua um obelisco em miniatura de trinta centímetros da mesma cor esmeralda do chão; outra coluna com um pedaço oblongo de pedra, também flutuando; uma série de quadrados claros colocados em uma parede, contendo estranhos diagramas de algum tipo de equipamento; uma série de painéis ao longo da mesma parede, abaixo dos quadrados, cada um contendo medidores que mesuram algo desconhecido em números que você não consegue decifrar.

Na coluna grande, porém, estão os objetos menos proeminentes da sala: seis fragmentos metálicos minúsculos, cada um da espessura de uma agulha e não maiores do que o seu polegar. Não são feitos do mesmo metal prateado que compõe as estruturas antigas de Castrima; este metal é de uma cor escura suave, polvilhado de leve com vermelho. Ferro. Incrível que não tenha oxidado no decorrer de todos os anos de existência de Castrima. A menos...

— Você colocou isso aqui? — você pergunta a Tonkee.

Ela fica instantaneamente furiosa.

— Sim, claro que eu entraria no núcleo de controle de um artefato de civextinta, encontraria o dispositivo mais perigoso do lugar e imediatamente lançaria pedaços de metal enferrujado nele!

— Por favor, não seja grossa. — Embora você meio que tenha merecido isso, está intrigada demais para se sentir chateada de verdade. — Por que você acha que este é o dispositivo mais perigoso daqui?

Tonkee aponta para a borda chanfrada da coluna. Você olha mais de perto e pisca os olhos. O material não é liso como o resto da haste de cristal; na borda, ele está todo gravado com símbolos e escrita. A escrita é a mesma que aparece ao longo dos painéis na parede... oh. E são de um vermelho vivo, a cor parecendo flutuar e tremular pouco acima da superfície do material.

— E isso — diz Tonkee. Ela ergue uma das mãos e a estende em direção à superfície da coluna e aos fragmentos de metal. As letras vermelhas saltam ao ar de forma abrupta (você não tem um modo melhor do que esse para descrever o que está acontecendo). Em um instante, elas se ampliaram e se viraram para ficar cara a cara com você, brilhando no ar à altura dos olhos com o que é inequivocamente algum tipo de aviso. Vermelho é a cor dos poços de lava. É a cor de um lago quando tudo o que há dentro dele morreu, menos as algas tóxicas: um sinal de alerta de um golpe iminente. Algumas coisas não mudam com o tempo ou a cultura, você se sente certa disso.

(Em geral, você está errada. Mas, nesse caso específico, você tem toda razão.)

Todos estão olhando. Hjarka se aproxima e ergue um braço para tentar tocar as letras flutuantes; seus dedos passam por entre elas. Ykka rodeia a coluna, fascinada mesmo sem querer.

— Eu já tinha notado essa coisa antes, mas nunca prestei muita atenção. As letras viram junto comigo.

Elas não se mexeram. Mas você se inclina para um lado... e, de fato, quando você faz isso, as letras giram de leve para continuar de frente para você.

Impaciente, Tonkee recolhe a mão e faz um gesto para Hjarka tirar a mão do caminho, e as letras se achatam e encolhem, voltando a ficar inativas ao longo da borda da coluna.

— Mas não há nenhum obstáculo. Em geral, em um artefato de civextinta, um artefato *desta* civilização, qualquer coisa verdadeiramente perigosa fica lacrada de alguma maneira. Ou há um obstáculo físico ou evidência de que um dia houve um obstáculo que deixou de funcionar com o tempo.

Se eles não quisessem mesmo que você tocasse em alguma coisa, ou você não tocava ou teria que se esforçar muito para tocar. Isso? Só um aviso. Não sei o que significa.

— Você pode mesmo tocar nessas coisas? — Você estende o braço para um dos fragmentos de ferro, ignorando o alerta desta vez quando ele surge. Tonkee chia tão alto com você que você recua como uma criança que foi pega fazendo algo que não deveria.

— Eu *disse* para não pôr as mãos ferrugentas! O que há de errado com você? — Você cerra a mandíbula, mas mereceu essa também e é muito mãe para negar isso.

— Quanto tempo faz que você vem aqui? — Ykka está agachada ao lado do palete que Tonkee usa para dormir.

Tonkee está olhando para os fragmentos de ferro e, a princípio, você acha que ela não ouviu Ykka; não responde durante um longo instante. Há uma expressão no rosto dela da qual você está começando a não gostar. Você não pode dizer que a conhece melhor agora do que quando você era um grão, mas sabe que ela não é do tipo soturno. O fato de ela estar assim agora, o músculo tenso ao longo do seu maxilar, fazendo-o sobressair mais do que o que você sabe que ela gosta, é um sinal muito ruim. Ela está tramando alguma coisa. Ela responde para Ykka:

— Uma semana. Mas só me mudei para cá três dias atrás. Eu acho. Perdi a noção. — Ela esfrega os olhos. — Não dormi muito.

Ykka chacoalha a cabeça e se levanta.

— Bem, pelo menos você ainda não destruiu esta comu ferrugenta. Me diz o que você descobriu então.

Tonkee se vira para lançar um olhar cauteloso para ela.

— Aqueles painéis ao longo da parede ativam e regulam

as bombas de água, os sistemas de circulação de ar e os processos de resfriamento. Mas você já sabia disso.

— Sim, já que não estamos mortos. — Ykka espana as mãos após ter tocado o chão, caminha furtivamente em direção a Tonkee de um modo que é, de alguma forma, cheio de consideração e sutilmente ameaçador ao mesmo tempo. Ela não é tão grande quanto a maioria das mulheres sanzed... uns bons trinta centímetros mais baixa que Hjarka. O perigo que ela oferece não é tão óbvio quanto o que outras pessoas oferecem, mas você sente a lenta preparação da orogenia agora. Ela estava totalmente preparada para entrar neste local na base da destruição ou do congelamento. Os Costas-fortes se mexem e chegam um pouco mais perto também, reforçando a ameaça velada.

— O que eu quero saber — continua ela — é como *você* sabia disso. — Ela para, encarando Tonkee. — Nós descobrimos isso, no começo, por tentativa e erro. Toque uma coisa e fica mais frio, toque outra coisa e a água da piscina comunitária fica mais quente. Mas nada mudou nas últimas semanas.

Tonkee dá um breve suspiro.

— Aprendi como decifrar alguns dos símbolos ao longo dos anos. Passei tempo suficiente nesses tipos de ruínas e vi as mesmas coisas de novo e de novo.

Ykka reflete sobre isso, depois acena com a cabeça para o texto do aviso em torno da borda da coluna.

— O que ele diz?

— Não faço ideia. Eu disse *decifrar*, não ler. Símbolos, não linguagem. — Tonkee vai até um dos painéis na parede e aponta para um desenho proeminente no canto superior direito. Não é nada intuitivo: uma coisa verde e semelhante a uma flecha, mas meio que ondulada, apontando para baixo.

— Eu via este aqui onde quer que tivesse jardins aquáticos. Acho que é sobre a qualidade e a intensidade da luz que os jardins recebem. — Ela olha para Ykka. — Na verdade, eu sei que é sobre a luz que os jardins recebem.

Ykka ergue um pouco o queixo, o suficiente para você saber que Tonkee acertou.

— Então este lugar não é diferente das outras ruínas que você já viu? Tinha cristais dentro das outras, como esta aqui?

— Não. Nunca vi nada igual a Castrima antes. Exceto... — Ela olha para você e desvia o olhar. — Bem. Não *exatamente* como Castrima.

— Aquela coisa no Fulcro não era nada parecido com isto — você retruca de maneira brusca. Faz mais de vinte anos, mas você não se esqueceu de nenhum detalhe daquele lugar. Aquilo era um poço, e Castrima é uma rocha com um buraco dentro. Se ambos foram construídos pelo mesmo tipo de pessoa, para fazer coisas semelhantes, não há nenhuma evidência disso em parte alguma.

— Na verdade, era. — Tonkee volta para a coluna e mexe a mão para que o aviso se projete. Desta vez, ela aponta para um símbolo dentro do texto reluzente vermelho: um círculo preto sólido cercado por um octógono branco. Você não sabe como não viu antes: ele se destaca do vermelho. — Uma pausa se segue. — Eu vi esta marca no Fulcro, pintada em alguns dos painéis de luz — ela prossegue. — Você estava ocupada demais olhando para o poço; acho que não viu. Mas eu estive em talvez meia dúzia de lugares onde se construíam obeliscos desde então, e essa marca sempre está perto de algo perigoso. — Ela está observando você com atenção. — Eu encontro pessoas mortas perto dela às vezes.

Você inadvertidamente pensa na Guardiã Timay. Que não foi *encontrada* morta, mas morreu mesmo assim, e você quase se juntou a ela naquele dia. Então, você se lembra de um momento na sala sem portas, perto da beirada do enorme poço. Você se lembra de pequenas protrusões semelhantes a agulhas que saíam das paredes do poço... exatamente como esses fragmentos de ferro.

— O soquete — você murmura. Foi assim que a Guardiã o chamou. — Um contaminante. — Um comichão dança pela sua nuca. Tonkee lança-lhe um olhar penetrante.

— "Algo perigoso" pode significar qualquer coisa ferrugenta — diz Hjarka, irritada, enquanto você fica olhando para os fragmentos de ferrugem.

— Não, neste caso significa uma coisa ferrugenta especificamente. — Tonkee lança um olhar de desaprovação para Hjarka, o que é impressionante em si. — Era a marca do inimigo deles.

Droga, você se dá conta. Droga, droga, droga.

— O quê? — pergunta Ykka. — Do que, em nome da Terra Cruel, você está falando?

— O *inimigo* deles. — Tonkee se inclina contra a borda da coluna; com cautela, você percebe, mas de modo enfático. — Eles estavam em guerra, você não entende? Perto do fim, pouco antes de a civilização deles desaparecer na poeira. Todas as ruínas, quaisquer coisas que tenham restado daquela época, são defensivas, voltadas para a sobrevivência. Como as comus de hoje... exceto que eles tinham muito mais do que muros de pedra para ajudar a protegê-las. Coisas como *ferrugentos e gigantescos geodos subterrâneos*. Eles *se escondiam* nesses lugares e estudavam o inimigo, talvez construíssem armas para contra-atacar. —

Ela gira e aponta para cima, para a metade superior da coluna de cristal, que bruxuleia assim que ela faz isso, semelhante a um obelisco.

— Não — você contesta automaticamente. Todos se viram para olhar para você, e você se contrai. — Quero dizer... — Merda. Mas agora você já falou. — Os obeliscos não são... — Você não sabe como dizer sem contar a maldita história inteira, e está relutante em fazer isso. Você não sabe ao certo por quê. Talvez pelo mesmo motivo que Antimony deu quando Alabaster começou a lhe contar: eles não estão prontos. Agora você precisa terminar de um jeito que não provocará mais comentários. — Não acho que eles sejam defensivos, nem que sejam algum tipo de... arma.

Tonkee não diz nada por um longo instante. Então, diz:

— O que eles são, então?

— Não sei. — Não é mentira. Você *não* sabe com certeza. — Uma ferramenta, talvez. Perigosa, se mal usada, mas não *concebida* para matar.

Tonkee parece preparar-se.

— Eu sei o que aconteceu com Allia, Essun.

É um golpe inesperado, e ele a derruba emocionalmente. Por sorte, você passou a vida inteira treinando para bloquear suas reações a golpes inesperados de maneira segura.

— Os obeliscos não são *feitos* para aquilo. Foi um acidente. — Você diz.

— Como você...

— Porque eu estava *conectada* àquela coisa ferrugenta quando ela foi destruída pelo fogo! — Você diz isso de forma tão ríspida que a sua voz ecoa pela sala e a faz perceber, sobressaltada, o quanto está brava. A mulher Costa-forte inspira e algo muda em seu olhar, e de repente isso a faz lembrar dos Costas-fortes em Tirimo, que olharam para você do mesmo modo quando Rask lhes pediu para deixarem você passar pelo portão. Até Ykka está olhando para você de uma maneira que diz, sem palavras: "você está assustando os habitantes locais, acalme-se, pelas ferrugens". Então você respira fundo e se cala.

(Só mais tarde é que você recordará a expressão que usou durante a conversa. *Destruída pelo fogo*. Você se perguntará por que a usou, o que ela significa, e não terá uma resposta.)

Tonkee respira fundo e solta o ar, com cuidado, e isso parece falar em nome dos demais.

— É possível que eu tenha feito algumas suposições erradas — ela diz.

Ykka esfrega uma das mãos no cabelo. Isso faz sua cabeça parecer incompativelmente pequena por um momento, até o cabelo ficar fofo de novo.

— Tudo bem. Nós já sabemos que Castrima foi usada como uma comu antes. Provavelmente várias vezes. Se você tivesse me *perguntado*, em vez de vir aqui e agir como uma criança ferrugenta, eu poderia ter te contado. Eu teria te contado tudo o que eu sei, porque quero entender este lugar tanto quanto você...

Tonkee solta uma risada ruidosa.

— Nenhum de vocês é inteligente o bastante para isso.

—... mas, por fazer *essa merda*, me fez perder a confiança em você. Eu não deixo pessoas em quem não confio fazerem coisas que podem machucar as pessoas que amo. Então eu quero você fora daqui de uma vez por todas.

Hjarka franze a testa.

— Isso é meio rigoroso, não é, Yeek?

Tonkee fica tensa de imediato, arregalando os olhos, horrorizada e magoada.

— Vocês não podem me deixar de fora. Ninguém mais nesta comu ferrugenta faz ideia do que...

— Ninguém mais nesta comu ferrugenta — diz Ykka, e agora os Costas-fortes olham para *ela* com inquietação, porque ela está quase gritando — colocaria fogo em todos nós pela chance de estudar pessoas que se foram desde que o mundo era mundo. Por alguma razão, estou ficando com a impressão de que você faria isso.

— Visitas supervisionadas! — Tonkee responde de modo abrupto. Ela parece desesperada agora.

Ykka se aproxima dela, ficando cara a cara, e de pronto Tonkee fica em silêncio.

— Eu preferiria não entender nada sobre este lugar — retruca Ykka, falando em um tom brutalmente baixo e frio agora — do que correr o risco de destruí-lo. Você pode dizer o mesmo?

Tonkee devolve o olhar, tremendo visivelmente e sem dizer nada. Mas a resposta é óbvia, não é? Tonkee é como Hjarka. Ambas foram criadas como Liderança, criadas para colocar as necessidades dos outros em primeiro lugar, e ambas escolheram um caminho mais egoísta. Não é sequer uma pergunta.

É por isso que, mais tarde, em retrospecto, você de fato não fica surpresa com o que acontece na sequência.

Tonkee se vira e dá uma investida; o aviso vermelho aparece e então um dos fragmentos de ferro está dentro de sua mão cerrada. Ela já está se afastando quando você se dá conta de que ela pegou algo. Corre em disparada para a porta que dá para a escada. Hjarka arqueja; Ykka simplesmente fica ali, um pouco perplexa e em grande parte resignada; os dois Costas-fortes olham, confusos, e com atraso começam a correr atrás de

Tonkee. Mas aí, um instante depois, Tonkee ofega e vai tropeçando até parar. Um dos Costas-fortes a pega pelo braço... mas solta imediatamente quando Tonkee *grita.*

Você se mexe antes de pensar. Tonkee é sua, de algum modo... como Hoa, como Lerna, como Alabaster, como se, na ausência dos seus filhos, você estivesse tentando adotar todo mundo que a toca emocionalmente, mesmo que por um momento. Você nem ao menos gosta de Tonkee. No entanto, sente um aperto no estômago quando pega o pulso dela e vê uma mancha de sangue na mão.

— O que...

Tonkee olha para você: um rápido pânico animal. Depois, ela se contorce e grita de novo, e você quase solta desta vez porque *alguma coisa está se movendo sob o seu polegar.*

— O que ferrugens? — pergunta Ykka de maneira brusca. Hjarka também põe a mão sobre o braço de Tonkee, ajudando, porque, em estado de pânico, Tonkee tem força. Você domina a sua inexplicável e violenta repulsa o suficiente para mover o seu polegar e segurar o pulso de Tonkee para poder dar uma boa olhada nele. Sim. Há alguma coisa se mexendo logo abaixo da pele dela. A coisa salta e treme, mas se move inexoravelmente para cima, seguindo a trilha de uma grande veia ali. É grande o bastante para ser o fragmento de ferro.

— Terra Cruel — diz Hjarka, lançando um rápido olhar para o rosto de Tonkee. Você luta contra a repentina vontade de dar uma gargalhada histérica por conta da involuntária ironia da imprecação de Hjarka.

— Preciso de uma faca — você diz em vez de rir. Sua voz soa surpreendentemente calma aos seus próprios ouvidos. Ykka se inclina, vê o que você viu e solta um palavrão.

— Oh, droga, ferrugens, merda — resmunga Tonkee. — Tira isso daí! Tira e eu nunca mais vou voltar para cá. — É mentira, mas talvez, nesse momento, ela acredite nas próprias palavras.

— Posso tirar com uma mordida. — Hjarka olha para você. Seus dentes afiados são pequenas navalhas.

— Não — você responde, certa de que a coisa apenas entraria em Hjarka e faria a mesma coisa. Línguas são mais difíceis de cortar do que braços.

Ykka pede "Faca!" aos gritos para os Costas-fortes, para a mulher com a faca de vidro e arame. É afiada, porém pequena, serve mais para cortar corda do que como arma; a menos que você atinja uma área vital logo de cara, você teria que esfaquear alguém um milhão de vezes para matar a pessoa com aquilo. É a única coisa que você tem. Você continua segurando o pulso de Tonkee porque ela está se debatendo e urrando como um animal. Alguém coloca a faca em sua mão, de forma desajeitada e com a lâmina para a frente. Parece que demora um ano para reposicionar a faca, mas você mantém o olhar naquele caroço que se sacode e se move pela carne marrom de Tonkee. Para onde ferrugens está indo? Você está silenciosamente horrorizada demais para especular.

Mas antes que possa colocar a faca em posição para cortar aquela coisa em movimento, ela desaparece. Tonkee grita outra vez, sua voz entrecortada e horrível. A coisa adentrou a carne dela.

Você dá um golpe, abrindo um corte profundo logo acima do cotovelo, que deveria estar à frente do trajeto da coisa.

— Mais fundo! Eu consigo sentir — Tonkee geme.

Mais fundo e você atingirá o osso, mas você cerra os dentes, determinada, e corta mais fundo. Há sangue por toda parte. Ignorando os arquejos e chiados de Tonkee, você tenta fuçar para achar a coisa... embora, no íntimo, esteja aterrorizada com a ideia de que possa encontrá-la e de que ela passe para a sua carne em seguida.

— Na artéria — ofega Tonkee. Ela está tremendo, lamuriando-se por entre os dentes em meio a cada palavra. — Como uma ferrugenta estrada alta para... sensa-ah! Droga! — Ela segura a parte de baixo do bíceps. Está mais para cima do braço dela do que você esperava. Movendo-se mais rápido agora que chegou às artérias maiores.

"Sensa". Você encara Tonkee por um instante, chocada por perceber que ela estava tentando dizer "sensapinae". Ykka passa o braço por cima de você e envolve o braço de Tonkee com uma das mãos logo abaixo do deltoide, apertando bem. Ela olha para você, mas você sabe que só resta uma coisa a fazer. Você não vai conseguir fazer isso com uma faca minúscula... mas existem outras armas.

— Segurem o braço dela estendido. — Sem esperar para ver se Ykka e Hjarka obedecem, você agarra o ombro de Tonkee. É no truque de Alabaster que você está pensando... uma espiral minúscula, finíssima e localizada como aquelas que ele usou para matar os fervilhões. Desta vez, você vai usá-la para cavar um buraco no braço de Tonkee e congelar o pequeno fragmento de ferro. Com sorte. Mas, quando você estende a sua consciência e fecha os olhos para se concentrar, algo muda.

Você penetrou no calor dela, procurando pela treliça metálica do fragmento de ferro e tentando sensar a diferença entre a sua estrutura e aquela do ferro no sangue dela, e então... sim. O brilho prateado da mágica está ali.

Você não estava esperando por isso, em meio às gélidas bolinhas das células dela. Tonkee não está se transformando em pedra como Alabaster, e você nunca sensou mágica em nenhuma outra criatura viva. No entanto, aqui, aqui em Tonkee, existe algo que brilha continuamente, prateado e filiforme, subindo por meio dos pés dela (vindo de onde? Não importa) e terminando no fragmento de ferro. Não é de estranhar que aquilo se mova tão rápido, estimulado por *outra coisa* como está sendo. Usando essa fonte de energia, ele estende seus próprios tentáculos para se fixar na carne de Tonkee e se arrastar para cima. É por isso que ela sente dor… porque cada célula que toca aquilo estremece, como se fosse queimada, e depois morre. Além disso, os tentáculos ficam maiores a cada contato; a maldita coisa está *crescendo* ao longo do trajeto por dentro dela, alimentando-se dela de alguma forma imperceptível. Um tentáculo de vanguarda tateia o caminho, orientando-se sempre em direção aos sensapinae de Tonkee, e você sabe, instintivamente, que deixá-lo chegar lá será Ruim.

Você tenta agarrar-se ao fio-raiz, pensando talvez em desacelerá-lo ou talvez privá-lo de força, mas

Oh

não

existe ódio e

*todos nós fazemos o que temos que fazer*

existe raiva e

*ah, olá, pequena inimiga*

— Ei! — A voz de Hjarka em seu ouvido, um grito. — Acorde! — Aos solavancos, você sai da névoa na qual não estava ciente de estar entrando. Tudo bem. Você se mantém longe do fio-raiz para não sentir outra vez o gosto do que quer que esteja conduzindo essa coisa. Esse instante de contato, porém, valeu a pena, porque agora você sabe o que fazer.

Você visualiza uma tesoura com fios de infinita finura e lâminas de um prateado brilhante. Corta o guia. Corta os tentáculos ou eles podem crescer de novo. Corta o contaminante antes que ele possa lançar garras mais profundas dentro dela. Você está pensando em Tonkee enquanto faz isso. Querendo salvar a vida dela. Mas Tonkee não é Tonkee para você neste exato momento; ela é um conjunto de partículas e substâncias. Você faz o corte.

Não é culpa sua. Eu sei que você jamais vai acreditar, mas... não é.

E quando você consegue relaxar seus sensapinae e ajustar a sua percepção de volta para a escala macroscópica e se vê coberta, completamente *coberta* de sangue, você fica surpresa. Você não entende muito bem por que Tonkee está no chão, arquejando, seu corpo cercado por uma poça que se espalha enquanto Hjarka grita para um dos Costas-fortes para ele lhe entregar o cinto agora, agora. Você sente a sacudida do fragmento de ferro por perto e se contrai, alarmada, porque agora sabe o que aquelas coisas estão tentando fazer, e que elas são más. Mas quando se vira para olhar para o fragmento de ferro, você fica confusa, porque a única coisa que vê é uma pele lisa tom de bronze manchada de sangue e um farrapo de tecido familiar. Então, segue-se um tipo de movimento espasmódico, e o peso fazendo-se sentir na sua mão, e. E. Bem. Você está segurando o braço amputado de Tonkee.

Você o deixa cair. O que você fez está mais para jogá-lo com violência, em meio ao seu estado de choque. Ele repica um pouco além de onde estão Ykka e os dois Costas-fortes, que estão amontoados ao redor de Tonkee fazendo algo, talvez tentando salvar a vida dela, você não consegue pensar nisso porque agora vê que o corte no braço de Tonkee é um corte transversal perfeito, ligeiramente inclinado, ainda sangrando e tendo espasmos porque você *acabou de cortá-lo*, mas espere, não, essa não é a única razão.

De um buraquinho perto do osso você vê alguma coisa saindo em ziguezague. O buraco é o corte transversal de uma artéria. A coisa é o fragmento de ferro, que cai no chão verde e liso e então fica entre o sangue esparramado como se não fosse nada mais do que um pedaço inofensivo de metal.

*Olá, pequena inimiga.*

# INTERLÚDIO

*Há uma coisa que você não verá acontecer; no entanto, ela vai impactar o resto da sua vida. Imagine-a. Imagine a mim. Você sabe o que eu sou, você acha, tanto com a sua mente racional quanto com a sua parte animal e instintiva. Você vê um corpo de pedra vestido de carne e, embora nunca tenha acreditado que eu fosse humano, você pensava em mim como criança. Ainda pensa, embora Alabaster tenha lhe contado a verdade: que eu não tenho sido uma criança desde antes de o seu idioma existir. Talvez eu* jamais *tenha sido criança. Contudo, ouvir e acreditar são coisas diferentes.*

*Você deveria, então, me imaginar como o que eu de fato sou em meio à minha espécie: velho, poderoso e muito temido. Uma lenda. Um monstro.*

*Você deveria imaginar...*

*Castrima como um ovo. Partículas de poeira cercam esse ovo, espreitando na pedra. Ovos são um prêmio valioso para carniceiros, fáceis de devorar quando os deixam desprotegidos. Este aqui está sendo devorado, embora as pessoas de Castrima mal tenham se dado conta do fato. (Só Ykka, eu acho, e mesmo ela apenas desconfia.) Uma refeição vagarosa como essa não é uma coisa que a maioria dos da sua espécie notaria. Nós somos um povo muito lento. Não obstante, será fatal, quando o processo tiver terminado.*

*No entanto, alguma coisa fez os carniceiros pararem, com os dentes à mostra, mas não cravados. Existe outra carniceira antiga e poderosa aqui: aquela que vocês chamam de Antimony. Ela não está interessada em proteger o ovo, mas poderia, se escolhesse fazê-lo. Ela o fará, se tentarem pilhar seu Alabaster. Os outros estão cientes disso, têm receio dela. Não deveriam ter.*

*É a mim que deveriam temer.*

*Eu destruo três deles no primeiro dia após deixar você. Enquanto você divide um mellow com Ykka, eu despedaço a comedora de pedra de Ykka, a criatura ruiva que ela vem chamando de Luster e você vem chamando de Cabelo de Rubi. Parasita imunda, espreitando apenas para tomar e não dar nada em troca! Eu a desprezo. Fomos destinados a coisas melhores do que isso. Depois, pego os dois que vinham rondando Alabaster na esperança de se lançarem em disparada caso Antimony se distraísse... não porque Antimony precise da ajuda, veja bem, mas simplesmente porque nossa raça não consegue suportar esse nível de estupidez. Eu os mato pelo bem de todos nós.*

*(Eles não estão mortos de verdade, se isso a perturba. Eles não podem morrer. Em dez mil ou dez milhões de anos, vão se reconstituir a partir dos átomos componentes nos quais eu os dissolvi. Um longo tempo para contemplar sua tolice e agir melhor da próxima vez.)*

*Esse massacre inicial faz muitos dos outros fugirem; no fundo, carniceiros são covardes. Mas eles não vão longe. Daqueles que permanecem por perto, alguns tentam negociar. Há o suficiente para todos nós, eles dizem. Se pelo menos um tiver o potencial... mas eu pego alguns desses observando você, e não Alabaster.*

*Eles confessam para mim enquanto eu os rodeio e finjo que talvez tenha misericórdia. Eles falam sobre outro dos antigos... um que me é conhecido por conta de conflitos de muito tempo atrás. Ele também tem uma visão para a nossa espécie, oposta à minha. Ele sabe sobre você, minha Essun, e a mataria se pudesse, porque você pretende terminar o que Alabaster começou. Ele não consegue chegar a você comigo no meio do caminho...*

*mas ele* pode *levar você a se destruir. Ele até encontrou alguns aliados entre humanos gananciosos mais ao norte para ajudá-lo a fazer isso.*

*Ah, essa nossa guerra ridícula. Nós usamos a sua espécie com tanta facilidade. Mesmo você, minha Essun, meu tesouro, meu peão. Um dia, eu espero, você me perdoará.*

# 14

## VOCÊ ESTÁ CONVIDADA!

Seis meses se passam à indiferenciada luz branca de um velho abrigo de sobrevivência alimentado por mágica. Após os primeiros dias, você começa a amarrar um tecido sobre os olhos quando está cansada, para assim criar os seus próprios dias e noites. Funciona razoavelmente.

O braço de Tonkee é reimplantado com sucesso, embora ela pegue uma forte infecção a certa altura, que os antibióticos básicos de Lerna parecem não ter o poder de interromper. Ela sobrevive, mas, quando a febre e as marcas roxas de infecção desaparecem, seus dedos perderam parte dos movimentos finos, e ela tem formigamento fantasma e dormência ao longo do membro. Lerna acha que isso será permanente. Tonkee murmura imprecações sobre isso às vezes, sempre que você a procura quando ela está colhendo amostras e a força a ir se encontrar com a líder da casta Inovadora. Sempre que ela exagera com os insultos do tipo "cortadora de braços", você a faz recordar que, em primeiro lugar, ela é a maldita culpada por soltar um pedaço da Terra Cruel e deixá-lo subir rastejando pela própria carne e que, em segundo, você é a única razão pela qual Ykka não a matou ainda, então talvez ela devesse considerar a possibilidade de calar a boca. Ela se cala, mas ainda age como uma babaca a respeito. Nada nunca muda de fato na Quietude.

E, no entanto... às vezes algo muda.

Lerna perdoa você por ser um monstro. Não é bem isso. Você e ele ainda não conseguem falar sobre Tirimo com facilidade. Contudo, ele ouviu a sua briga exaltada com Ykka durante toda a cirurgia que ele fez no braço de Tonkee, e isso significa algo para ele. Ykka queria que deixassem Tonkee morrer na mesa de cirurgia. Você batalhou pela vida dela e venceu. Lerna sabe agora que existem mais coisas em você além de morte. Você não sabe ao certo se concorda com essa avaliação, mas é um alívio ter algo da antiga amizade de volta.

Hjarka começa a flertar com Tonkee. Tonkee não reage bem a princípio. Ela fica em grande parte confusa quando começam a aparecer no apartamento presentes como animais mortos e livros, trazidos com um comentário demasiadamente fortuito de "caso a mente incrível dela precise de algo para se ocupar" e uma piscada. É você quem tem que explicar a Tonkee que Hjarka decidiu, por conta de qualquer que seja o complexo conjunto de valores que a grandalhona considere importante, que uma geomesta anteriormente sem comu com as habilidades sociais de uma pedra representa o que há de mais desejável. Depois, Tonkee fica sobretudo irritada, reclamando de "distrações" e "os caprichos do efêmero" e da necessidade de "se desligar da carne". Você ignora quase tudo.

São os livros que resolvem a questão. Hjarka parece escolhê-los pelo número de palavras grandes nas lombadas, mas, algumas vezes, ao voltar para casa, você encontra Tonkee envolvida com eles. Um dia, enfim, você volta para casa e encontra a cortina do quarto de Tonkee fechada e Tonkee envolvida com Hjarka, ou pelo menos é o que sugerem os sons que vêm de lá. Você não imaginava que elas pudessem fazer tudo aquilo com o braço dela estragado. Que coisa.

Talvez seja esse novo senso de conexão com Castrima que faça Tonkee começar a tentar mostrar seu valor a

Ykka. (Ou talvez seja apenas orgulho; Tonkee se enfureceu quando Ykka disse certa vez que Tonkee não é tão útil para a comu quanto o mais esforçado dos Costas-fortes.) Qualquer que seja o motivo, ela leva ao conselho um novo modelo preditivo que elaborou: a menos que Castrima encontre uma fonte estável de proteína animal, alguns membros da comu começarão a ter sintomas de deficiência dentro de um ano.

— Vai começar com bobeiras por falta de carne — ela diz a todos vocês. — Esquecimento, cansaço, coisinhas assim. Mas é um tipo de anemia. Se continuar, o resultado será demência e danos aos nervos. Vocês conseguem adivinhar o resto.

Existem demasiadas histórias de sabedoristas sobre o que pode acontecer a uma comu sem carne. Isso deixará as pessoas fracas e paranoicas, a comunidade se tornará vulnerável a ataques. A única escolha que evitará esse desfecho, explica Tonkee, é o canibalismo. Plantar mais feijão não vai bastar.

O relatório é uma informação útil, mas que ninguém queria de fato ouvir, e Ykka não passa a gostar mais de Tonkee por ter compartilhado isso. Você agradece Tonkee após a reunião, já que ninguém agradeceu. Ela empina um pouco o queixo quando responde:

— Bem, não vou poder continuar os meus estudos se todos nós começarmos a matar e comer uns aos outros, então...

Você passa as aulas das crianças orogenes para Temell, outro orogene adulto da comu. As crianças reclamam que ele não é muito bom; ele não tem o seu requinte e, embora seja mais brando, eles não estão aprendendo tanto. (É bom ser apreciada, mesmo que depois que suas aulas terminaram.) Você começa a treinar Cutter como alternativa depois que ele lhe pede para mostrar como cortou o braço de Tonkee. Você duvida que ele algum dia vá perceber a mágica ou mover obeliscos, mas ele tem pelo menos o nível de um-anel, e você quer ver se consegue transformá-lo em um dois ou três-anéis. Aparentemente, o ensino para um nível mais alto não interfere com o que você está aprendendo com Alabaster... ou, pelo menos, Bas não reclama a respeito. Você vai aproveitar. Sentiu falta de ensinar.

(Você oferece uma troca de técnicas para Ykka, já que ela não demonstra interesse nas aulas. Você quer saber como ela faz as coisas que faz. "Não", ela diz, piscando para você de um jeito que não é realmente provocador. "Preciso manter alguns truques na manga para que você não me congele um dia".)

Um grupo de negociadores, todos voluntários, vai ao norte para tentar chegar à comu de Tettehee. Eles não voltam. Ykka veta qualquer tentativa futura, e você não protesta. Um dos seus ex-alunos orogenes estava com o grupo que desapareceu.

Entretanto, fora a questão do suprimento de comida, Castrima prospera nesses seis meses. Uma mulher fica grávida sem permissão, o que é um grande problema. Bebês não dão nenhuma contribuição útil à comu durante anos, e nenhuma comu pode tolerar muitas pessoas inúteis durante uma Estação. Ykka decide que a moradia da mulher, com dois casais, não receberá uma cota maior até que algum idoso ou doente morra para abrir caminho para o bebê não autorizado. Você entra em outra briga com Ykka por conta disso, porque você sabe muito bem que ela estava falando de Alabaster quando acrescentou de improviso um "não deve demorar muito" para a mulher. Ykka não pede desculpas: estava sim falando de Alabaster e espera que ele morra logo porque ao menos o bebê tem valor no futuro.

Esse tumulto gera duas boas consequências: todos confiam mais em você depois de vê-la gritando com toda força no meio do Topo Plano sem causar sequer um tremor, e os Reprodutores decidem defender o novo bebê a fim de resolver o desentendimento. Baseados na recente genealogia favorável, eles oferecem para a família uma de suas licenças para ter filhos, embora com a condição de que ele terá que se juntar à casta de uso deles se nascer perfeito. Não é um preço tão horrível a se pagar, eles dizem, passar os anos reprodutivos da vida produzindo filhos um atrás do outro para a comu e para a casta em troca do direito de nascer. A mãe concorda.

Ykka não compartilhou a situação da proteína com a comu (Tonkee descobriu por conta própria, naturalmente), claro, ou os Reprodutores não estariam defendendo ninguém. Ykka também não quer contar a ninguém até que esteja claro que não há esperança de uma solução alternativa. Você e os outros membros do conselho concordam, relutantes. Ainda resta um ano. Mas, por conta do silêncio de Ykka, um homem Reprodutor visita você alguns dias depois de você trazer Tonkee de volta para casa para terminar de se recuperar. O Reprodutor tem cabelo de cinzas sopradas, ombros fortes e olhos puxados, e ficou muito interessado em saber que você teve três filhos saudáveis, todos orogenes poderosos. Ele a lisonjeia dizendo o quanto você é alta e forte, como resistiu bem a meses na estrada apenas com rações de viagem para comer, e insinua que você "só" tem 43 anos. Isso chega a fazer você rir. Você se sente tão velha quanto o mundo, e esse belo tolo acha que você está pronta para produzir outro bebê.

Você recusa sua oferta tácita com um sorriso, mas é... estranho ter essa conversa com ele. Desagradavelmente familiar. Quando o Reprodutor vai embora, você pensa em Corundum e acorda Tonkee ao jogar uma xícara na parede e gritar a plenos pulmões. Depois, vai ver Alabaster para ter outra aula, o que é totalmente inútil, pois você passa o tempo de pé diante dele, tremendo em um silêncio absoluto e cheio de raiva. Depois de cinco minutos assim, ele diz em um tom cansado:

— Seja lá o que ferrugens houver de errado com você, você vai ter que resolver sozinha. Não consigo mais detê-la.

Você o odeia por não ser mais invencível. E por não odiá-la.

Alabaster tem outra infecção feia durante esses seis meses. Ele só sobrevive a ela transformando deliberadamente em pedra o que restou das próprias pernas. Essa cirurgia autoinduzida desgasta tanto o corpo dele que seus poucos períodos de tempo lúcido diminuem para meia hora cada, intercalados por longos períodos de torpor ou sono irregular. Ele fica tão fraco quando está acordado que você tem que se esforçar para ouvi-lo, embora, por sorte, isso melhore no decorrer de algumas semanas. Você está progredindo, conectando-se com facilidade ao recém-chegado obelisco topázio e começando a entender o que ele fez para transformar o espinélio na arma semelhante a uma faca que mantém por perto. (Os obeliscos são condutos. Você flui através deles, flui com eles, conforme a mágica flui. Resista e morra, mas ressone com precisão suficiente e muitas coisas se tornam possíveis.)

Todavia, é bem diferente de interligar múltiplos obeliscos, e você sabe que não está aprendendo rápido o bastante. Alabaster não tem forças para xingar você pelo ritmo desajeitado, mas ele não precisa. Vê-lo definhando dia a dia é o que leva você a persistir com o obelisco repetidamente, mergulhando em sua luz líquida mesmo quando a sua cabeça dói e o seu estômago revira e você não quer fazer mais nada além de ir se encolher em algum canto e chorar. Dói demais olhar para Alabaster, então você se recompõe e tenta com muito mais afinco se tornar ele.

Uma coisa boa nisso: você tem um propósito agora. Parabéns.

Você chora no ombro de Lerna certo dia. Ele afaga as suas costas e sugere delicadamente que você não tem que passar por essa dor sozinha. É uma proposta, mas feita com gentileza em vez de paixão, então você não se sente culpada por ignorá-la. Por enquanto.

Assim as coisas atingem uma espécie de equilíbrio. Não é tempo de descanso nem de luta. Você sobrevive. Em uma Estação, *nesta* Estação, isso por si próprio é um triunfo.

E então Hoa retorna.

✦ ✦ ✦

Acontece em um dia de tristeza e renda. A tristeza é porque mais Caçadores morreram. No meio do caminho de volta à comu, trazendo uma rara presa de caça (um urso que estava claramente magro demais para hibernar em segurança, fácil de abater em sua agressividade desesperada), o grupo, por sua vez, também foi atacado. Três Caçadores morreram em uma torrente de flechas de arcos e de balestras. Os dois que sobreviveram não viram seus agressores; os projéteis pareciam vir de todas as direções. Sabiamente, eles correram, embora tenham voltado uma hora depois na esperança de recuperar os corpos de seus companheiros mortos em combate e a preciosa carcaça. Por incrível que pareça, nada foi tocado nem pelos agressores nem por carniceiros... mas um objeto foi deixado junto aos que morreram: uma vara fincada em torno da qual alguém amarrou uma faixa de tecido esfarrapado e sujo. Estava preso com um nó apertado, algo atado em seus laços puídos.

Você entra na sala de reuniões de Ykka bem no momento em que ela começa a cortar o nó, embora Cutter paire sobre ela e diga com voz firme:

— Isso é muito perigoso, você não faz ideia...

— Eu não me importo — murmura Ykka, concentrando-se no nó. Ela está sendo muito cuidadosa, evitando a parte mais grossa, que obviamente contém alguma coisa; você não consegue distinguir o quê, mas é granuloso e parece leve. A sala está mais cheia do que de costume porque um dos Caçadores também está aqui, encardido de cinzas e sangue e visivelmente determinado a saber por que seus companheiros morreram. Ykka levanta os olhos ao perceber a sua chegada, mas depois volta ao trabalho.

— Se algo estourar na minha cara, Cuts, você é o novo líder — diz ela.

Isso perturba e silencia Cutter o suficiente para que ela termine de lidar com o nó sem distrações. Os laços e as tiras de um tecido que um dia foi branco são de renda e, se você não errou seu palpite, era de uma qualidade que teria feito a sua avó lamentar a própria pobreza. Quando as tiras se abrem, o que jaz no meio delas é um pedaço de couro embolado. É um bilhete.

"Bem-vindos a Rennanis" está escrito com carvão.

Hjarka pragueja. Você se senta em um divã, porque é melhor do que o chão e você precisa se sentar em algum lugar. Cutter parece incrédulo.

— Rennanis é equatorial — comenta ele. E, portanto, deveria ter sumido; a mesma reação que você teve quando Alabaster lhe contou.

— Pode não ser Rennanis em si — diz Ykka. Ela ainda está examinando o pedaço de couro, virando-o de um lado a outro, raspando o carvão com a ponta da faca como que para testar sua autenticidade. — Um bando de sobreviventes daquela cidade, agora sem-comu e pouco mais do que bandidos, denominando-se assim em homenagem ao seu lar. Ou talvez sejam apenas aspirantes a equatoriais, aproveitando a chance de reivindicar algo que não conseguiram reivindicar antes de a verdadeira cidade ser queimada.

— Não importa — retruca Hjarka de forma brusca. — Isto é uma ameaça, de quem quer que esteja vindo. O que é que nós vamos *fazer* a respeito?

Eles entram em especulações e discussões, tudo com um crescente tom de pânico. Sem de fato planejar, você se recosta contra a parede da sala de reuniões de Ykka. Contra a parede do cristal que o apartamento dela habita.

Contra a casca do geodo, onde está enraizada a coluna do cristal. Não é um obelisco. Nem ao menos as partes bruxuleantes de cristal na sala de controle passam a sensação de poder que deveriam passar; mesmo que estejam em um estado de irrealidade semelhante ao dos obeliscos, esse é o único ponto de semelhança que compartilham com os obeliscos de verdade.

Mas você também se lembrou de algo que Alabaster lhe disse muito tempo atrás, em uma tarde cor de granada em uma comu à beira-mar que agora é uma ruína em lenta combustão. Alabaster murmurando sobre conspirações, observadores, nenhum lugar era seguro. "Você está dizendo que alguém poderia nos ouvir através das paredes? Através da própria pedra?", você se lembra de perguntar a ele. Houve um tempo em que você pensava que as coisas que ele fazia eram simplesmente milagres.

E agora você é uma nove-anéis, segundo Alabaster. Agora você sabe que os milagres são uma questão de mero esforço, mera percepção, talvez mera mágica. Castrima existe no meio de uma antiga rocha sedimentar enlaçada com veios de florestas mortas há muito e transformadas em carvão quebradiço, todas essas coisas precariamente equilibradas sobre um cruzamento de cicatrizes de falhas que quase fecharam. O geodo esteve aqui por tempo suficiente para que, por mais desajeitadamente que esteja encravado no meio dos estratos, suas camadas mais externas estejam fundidas com os minerais locais. Isso torna fácil para você projetar sua consciência para além de Castrima por meio de uma extrusão estreita que se afina aos poucos. Não é o mesmo que estender a sua espiral; uma espiral é o seu poder, isto é você. É mais difícil. Mas você consegue sentir o que o seu poder não consegue, e…

— Ei, acorda — diz Hjarka, dando-lhe um empurrão no ombro, e você volta depressa ao seu estado natural para encará-la.

Ykka chia.

— Me lembre, Hjar, de te contar um dia desses o que costuma acontecer quando alguém interrompe orogenia de alto nível. Quero dizer, você deve conseguir adivinhar, mas me lembre de descrever nos mínimos e sangrentos detalhes, porque quem sabe isso vai te impedir de fazer essas coisas.

— Ela só estava sentada ali — Hjarka se senta de novo, parecendo contrariada. — E o resto de vocês estava só olhando para ela.

— Eu estava tentando ouvir o norte — você diz de forma brusca. Todos eles olham para você como se você fosse louca. Terra Cruel, se ao menos mais alguém aqui houvesse sido treinado pelo Fulcro. Embora, de qualquer forma, isso era algo que ninguém a não ser um sênior entenderia.

— Ouvir… a terra? — arrisca Lerna. — Você quer dizer *sensar*?

É difícil explicar com palavras. Você esfrega os olhos.

— Não, eu quero dizer *ouvir*. Vibrações. Todo som é vibração, digo, mas… — A expressão deles fica mais confusa. Você vai ter que contextualizar. — A rede de estações de ligação ainda está lá — você explica. — Alabaster estava certo. Posso sensar, se eu tentar, uma zona de quietude onde o resto dos Equatoriais é um desastre em ebulição. Alguém *está* mantendo-os, os mantenedores das estações de ligação ao redor de Rennanis, vivos, então…

— Então são mesmo eles — diz Cutter, parecendo preocupado. — Uma cidade equatorial decidiu mesmo nos recrutar.

— Equatoriais não recrutam — diz Ykka. Ela cerra a mandíbula ao falar, olhando para o pedaço de couro em sua mão. — Eles são o Velho Sanze, ou o que sobrou dele. Nos velhos tempos, quando Sanze queria alguma coisa, Sanze pegava.

Após um período de silêncio tenso, eles começam aos poucos a entrar em pânico outra vez. Palavras demais. Você suspira e esfrega as têmporas e deseja estar sozinha para poder tentar de novo. Ou...

Você pisca os olhos. Ou. Você sensa a potencialidade em suspensão do obelisco topázio, que flutua no céu sobre Castrima-de-cima, onde tem estado nos últimos seis meses, meio escondido entre as nuvens de cinzas. Terra Cruel. Alabaster não está só sensando metade do continente; ele está usando o espinélio para fazer isso. Você nem ao menos pensou em usar um obelisco para estender o alcance, mas ele faz isso como se fosse o mesmo que respirar.

— Ninguém encoste em mim — você diz com calma. — Ninguém fale comigo. — Sem esperar para ver se eles entendem, você mergulha no obelisco.

(Porque, bem, parte de você *quer* fazer isso. Vem sonhando com uma água que cai para cima e um poder torrencial há meses. Você é apenas humana, digam o que disserem sobre a sua espécie. É bom sentir-se poderosa.)

Então você está dentro do topázio e passa por ele e estende a si mesma por todo o mundo no intervalo de uma respiração. Não há necessidade de estar no chão quando o topázio está no ar, *é* o ar; existe em estados que transcendem a solidez e, portanto, você é capaz de transcender também; *você* se torna ar. Você flutua em meio às nuvens de cinzas e vê os vestígios da Quietude abaixo de você em elevações da topografia e faixas de florestas que estão morrendo e fios de estradas, tudo isso acinzentado após os longos meses da Estação. O continente parece minúsculo e você pensa: *consigo alcançar o equador em um piscar de olhos*, mas esse pensamento a assusta. Você não sabe por quê. Você tenta não pensar; que distância existe entre entusiasmar-se com esse poder e usá-lo para destruir o mundo? (Será que Alabaster sentiu isso quando...?) Mas está empenhada; você se conectou; a ressonância é completa. Você se lança ao norte enfim.

E aí para bruscamente. Porque há alguma coisa muito mais perto do que o equador que chama a sua atenção. É tão chocante que você sai do alinhamento com o topázio de imediato, mas tem muita sorte. Há um instante de vidro alvejado em que você sente a trêmula imensidão do poder do obelisco e sabe que sobreviveu só por conta de afortunadas ressonâncias e de projetistas cautelosos mortos há muito tempo que obviamente fizeram seus planos pensando em erros como o seu, então você ofega e está de volta dentro de si mesma e balbucia sons antes de conseguir se lembrar o significado das palavras.

— Acampamento, fogueira — você diz, arquejando um pouco. Lerna se aproxima e se agacha diante de você, pegando as suas mãos e verificando o seu pulso; você o ignora. Isso é importante. — *Bacia*.

Ykka entende de pronto, sentando-se ereta e cerrando o maxilar. Hjarka entende também; ela não é burra – caso contrário, Tonkee jamais a suportaria. Ela pragueja.

Lerna franze o cenho e Cutter olha para todos vocês cada vez mais confuso.

— Isso quer mesmo dizer alguma coisa?

Idiota.

— Um exército — você responde de forma brusca à medida que se recupera. Mas palavras saem com dificuldade. — T-tem um... *exército* ferrugento. Na bacia da floresta. Eu pude. Sensar suas fogueiras.

— Quantos? — Ykka já está se levantando, pegando uma faca comprida em uma prateleira e prendendo-a ao redor da coxa. Hjarka se levanta também, vai até a porta do apartamento de Ykka e abre a cortina. Você a ouve gritando por Esni, a líder dos Costas-fortes. Os Costas-fortes às vezes fazem patrulhas e suplementam os Caçadores, mas, em uma situação como esta, eles são responsáveis principalmente pela defesa da comu.

Você não conseguiu contar todos os borrões de calor que surgiram em sua consciência quando estava no obelisco, mas você tenta adivinhar.

— Talvez cem? — Mas os borrões eram fogueiras. Quantas pessoas ao redor de cada fogueira? Você supõe que seis ou sete. Não é uma força muito grande em circunstâncias normais. Qualquer governador de distritante decente poderia enviar um exército dez vezes maior do que isso em um prazo relativamente curto. Durante uma Estação, no entanto, e para uma comu tão pequena como Castrima (cuja população total não é muito maior), um exército de quinhentos ou seiscentos é de fato uma ameaça terrível.

— Tettehee — menciona Cutter, recostando-se. Ele ficou mais pálido do que de costume. Mas você entende. Seis meses atrás, a plataforma de cadáveres empalados foi montada como um aviso na bacia da floresta. A comu de Tettehee fica além da bacia, perto da boca do rio que passa pelo território de Castrima e, por fim, deságua em um dos grandes lagos das Latmedianas do Sul. Vocês não ouviram nada de Tettehee em meses, e o grupo de negociadores que vocês mandaram passar para além do ponto do aviso não retornou. Esse exército deve ter atacado Tettehee mais ou menos nessa época, depois se escondeu lá por um tempo, enviando grupos de patrulha para marcar território. Reabastecendo as provisões, reconstruindo armas, curando ferimentos, talvez enviando parte dos despojos de volta para Rennanis. Agora que digeriram Tettehee, estão em marcha outra vez.

E, de algum modo, eles sabem que Castrima está aqui. Estão dizendo "oi".

Ykka sai e grita junto com Hjarka e, dentro de alguns minutos, alguém está tocando o alarme de tremores e convocando aos gritos uma reunião com os chefes de cada moradia no Topo Plano. Você nunca ouviu o alarme de tremores de Castrima, uma comu cheia de roggas, e ele é mais irritante do que você esperava, grave e ritmado e barulhento. Você entende por quê: em meio a um monte de estruturas cristalinas, tocar sinos não é a melhor das ideias. Ainda assim. Você, Lerna e o resto seguem Ykka enquanto ela atravessa a passos largos uma ponte de corda e circunda duas colunas mais amplas, seus lábios apertados e o rosto sombrio. Quando ela chega ao Topo Plano, já existe uma pequena multidão lá; quando ela grita para alguém parar de tocar o alarme ferrugento e o alarme de fato para, o cristal cortado está começando a parecer perigosamente lotado de pessoas sussurrantes e ansiosas. Há um parapeito, mas ainda assim. Hjarka grita para Esni, e Esni, por sua vez, grita para os Costas-fortes em meio ao aglomerado, e eles se mexem de forma desajeitada para afastar as pessoas de modo que não haja nenhuma tragédia pavorosa que vá distraí-los da possível tragédia pavorosa que se aproxima.

Quando Ykka ergue as mãos pedindo atenção, todos se calam instantaneamente.

— A situação — começa ela, e expõe tudo em algumas frases sucintas.

Você a respeita por não esconder nada. Você respeita o povo de Castrima também por não fazer nada além de arquejar ou murmurar, alarmado, sem entrar em pânico. Mas todos eles são bons e impassíveis habitantes de comu, e na Quietude sempre se reprovou o pânico. As histórias dos sabedoristas são cheias de avisos terríveis sobre aqueles que não conseguem controlar seu medo, e poucas comus darão nome de comu a essas pessoas, a menos que sejam opulentas ou influentes o bastante para insistir na questão. Essas coisas tendem a se resolver assim que uma Estação ocorre.

— Rennanis era uma cidade grande — diz uma mulher quando Ykka para de falar. — Metade do tamanho de Yumenes, mas ainda assim com milhões de pessoas. Será que nós conseguimos lutar contra isso?

— É uma Estação — retruca Hjarka, antes que Ykka possa responder. Ykka lhe dispara um olhar de reprovação, mas Hjarka ignora. — Não temos escolha.

— Nós podemos lutar por conta do modo como Castrima está construída — acrescenta Ykka, lançando a Hjarka um último olhar repressor. — Eles não têm exatamente como nos atacar por trás. Se chegar o momento, podemos bloquear os túneis, daí nada conseguirá descer até aqui. Podemos esperar até eles irem embora.

Mas não para sempre. Não quando a comu precisa tanto da caça como das negociações para suplementar a comida armazenada e os jardins aquáticos. Você respeita Ykka por *não* dizer isso. Há um ar de relativo alívio.

— Nós temos tempo para enviar um mensageiro para o sul para uma das nossas comus aliadas? — pergunta Lerna. Você consegue senti-lo tentando contornar o tema dos suprimentos. — Será que alguma delas estaria disposta a nos ajudar?

Ykka bufa ao ouvir essa última pergunta. Muitas outras pessoas bufam, algumas lançando olhares de pena na direção de Lerna. É uma Estação. Mas...

— Negociar é uma possibilidade. A gente poderia trazer suprimentos vitais, medicamentos, e estar mais preparados se houver um cerco. Leva dias para atravessar a bacia da floresta com um grupo pequeno; um grupo grande vai levar duas semanas, talvez. Menos tempo se eles forçarem o ritmo, mas isso é uma ideia idiota e perigosa em um terreno que eles não conhecem. Nós sabemos que os batedores estão no nosso território, mas... — Ela olha para você. — A que distância está o resto?

Você é pega de surpresa, mas sabe o que ela quer.

— A maior parte deles está perto do local dos empalamentos. — Isso é mais ou menos no meio da bacia da floresta.

— Eles poderiam chegar aqui em uma questão de dias — diz alguém, a voz estridente por conta da aflição, e muitas outras pessoas dão início a um burburinho. Elas começam a falar mais alto. Ykka ergue as mãos de novo, mas desta vez apenas algumas das pessoas reunidas ficam em silêncio; o restante continua especulando, calculando, e você avista algumas fugindo para as pontes, com a clara intenção de fazer seus próprios planos, que se dane Ykka. Não é um caos, não é exatamente pânico, mas há medo suficiente no ar a ponto de se sentir seu leve cheiro amargo. Você se levanta, pretendendo ir ao centro do aglomerado com Ykka para tentar somar sua voz à dela para pedir calma.

Mas você para. Porque alguém está no lugar para onde você pretendia ir.

Não é como acontece com Antimony, Cabelo de Rubi ou os outros comedores de pedra que você entrevia pela comu de tempos em tempos. Aqueles, por alguma razão, não gostam de ser vistos se movendo; você vislumbra um borrão vez ou outra, mas em seguida a estátua está ali, observando-a, como se sempre houvesse existido uma estátua de um estranho naquela posição, esculpida por alguém há muito tempo.

O comedor de pedra está se virando. Continua virando, deixando todos verem-no e ouvirem-no girar, observando quando você finalmente assimila a presença dele, o granito cinza de sua carne, a mancha indiferenciada do cabelo, o brilho ligeiramente maior dos olhos. A extensão e o volume do maxilar são cuidadosamente esculpidos e seu torso é primorosamente talhado com a musculatura humana masculina em vez da sugestão de uma vestimenta que a maioria dos comedores de pedra adota. É óbvio que este quer que você pense nele como homem, então tudo bem, ele é homem. É todo cinza, o primeiro comedor de pedra que você já viu que não parecesse nada além de uma estátua...

exceto pelo fato de que se mexe, e continua se mexendo, enquanto todos se calam, surpresos. Ele está olhando para todos vocês também, com um leve sorriso nos lábios. Está segurando alguma coisa.

Você fixa os olhos enquanto o comedor de pedra cinza se vira e, quando sua mente distingue a coisa ensanguentada e de formato estranho que ele carrega, é a experiência recente que faz você perceber de repente que é um braço. É um braço pequeno. É um braço pequeno ainda envolto parcialmente com um tecido que é familiar, a jaqueta que você comprou uma vida atrás, na estrada. A pele inumanamente branca manchada de vermelho da mão é familiar, e o tamanho é familiar, embora o pedaço de osso lascado na extremidade ensanguentada seja transparente e similar a vidro e finamente facetado e não seja osso de modo algum.

*Hoa é Hoa aquilo é o braço de Hoa*

— Trago uma mensagem — diz o comedor de pedra cinza. A voz é agradável, tenor. Sua boca não se mexe, e as palavras ecoam do seu peito. Isso, pelo menos, parece normal, até onde você é capaz hoje em dia de sentir a normalidade, enquanto você fita aquele desastre em forma de braço gotejante.

Ykka se mexe depois de um momento, talvez forçando-se a sair do estado de choque também.

— De quem?

Ele se volta para ela.

— Rennanis. — Ele se vira de novo, passando os olhos de rosto a rosto em meio à multidão, o mesmo que um humano faria se estivesse tentando estabelecer contato, transmitir uma ideia. Os olhos passam rápido por você, como se você não estivesse lá. — Não desejamos mal a vocês.

Você olha para o braço de Hoa na mão dele.

Ykka está incrédula.

— Então, o exército acampado à nossa porta...

Ele se vira. Ignora Cutter também.

— Temos alimentos em abundância. Muros fortes. Tudo para vocês, se se juntarem à nossa comu.

— Talvez a gente goste de estar na nossa própria comu — retruca Ykka.

Ele se vira. Seu olhar pousa em Hjarka, que pisca os olhos.

— Vocês não têm carne, e o seu território está esgotado. Vocês estarão comendo uns aos outros dentro de um ano.

Bem, isso provoca o burburinho. Ykka fecha os olhos um instante por pura frustração. Hjarka olha ao redor com raiva, como que se perguntando quem traiu vocês.

— Todos nós seríamos adotados pela sua comu? — pergunta Cutter. — Com as nossas castas de uso intactas?

Lerna fala com voz firme.

— Não vejo como essa poderia ser a questão, Cutter...

Cutter lança um olhar mordaz para Lerna.

— Não podemos lutar contra uma cidade equatorial.

— Mas *é* uma pergunta idiota — retruca Ykka. A voz dela está enganosamente branda, mas na parte de sua mente que não foi silenciada pelo choque de ver *aquele braço*, você percebe que ela nunca apoiou Lerna antes. Você sempre teve a impressão de que ela não gosta muito dele, e que o sentimento é mútuo... ela é fria demais para o gosto dele, ele é afável demais para o gosto dela. Isso é significativo. — Se eu fosse essas pessoas, eu mentiria, levaria o nosso povo para o norte, colocaria a gente em uma cabana reserva de sem-comus em algum lugar entre um gêiser de ácido e um lago de lava. Comus equatoriais já fizeram isso antes, especialmente quando precisavam de mão-de-obra. Por que deveríamos acreditar que esta é diferente?

O comedor de pedra cinza inclina a cabeça. Somando isso ao sorrisinho nos lábios, é um gesto surpreendentemente humano... um olhar que diz, *ah, você não é uma gracinha?*

— Nós não precisamos mentir. — Ele deixa essas palavras ditas em um tom agradável pairando no ar pelo intervalo de tempo certo. Ah, ele é bom nisso. Você vê as pessoas trocando olhares, ouve-as mexendo-se, desconfortáveis; sente o silêncio contido, já que Ykka não tem como retorquir. Porque é verdade.

Então ele joga a outra bomba.

— Mas os orogenes não têm nenhuma utilidade para nós.

Silêncio. Imobilidade resultante do choque.

— Pelos fogos debaixo da Terra — Ykka diz com brevidade, quebrando o silêncio. Cutter desvia o olhar. Lerna arregala os olhos quando entende as implicações do que o comedor de pedra acabou de fazer.

— Onde está Hoa? — você pergunta em meio ao silêncio. É a única coisa em que você consegue pensar.

O comedor de pedra transfere o olhar para você. O restante do rosto dele não se vira. Para um comedor de pedra, isso é uma linguagem corporal normal; para *este* comedor de pedra, é chamativo.

— Morto — responde ele. — Depois de nos trazer para cá.

— Você está mentindo. — Você nem sequer percebe que está brava. Você não pensa no que está prestes a fazer. Você apenas reage, como Damaya nos tormentos, como Syenite na praia. Tudo em você se cristaliza e se aguça, sua consciência se torna afiada como uma lâmina, você tece os fios que mal havia notado que estavam ali e acontece exatamente igual ao que aconteceu com o braço de Tonkee: *fuiiiim*. Você corta fora a mão do comedor de pedra.

A mão dele e o braço de Hoa caem ao chão. As pessoas arquejam. Não há sangue. O braço de Hoa bate no cristal com um baque ruidoso e carnudo – é mais pesado do que parece – e a mão do comedor de pedra faz um segundo estrépito ainda mais sólido, separando-se do braço. O corte transversal do pulso dele tem um tom indiferenciado de cinza.

O comedor de pedra não parece reagir a princípio. Então, você sensa a fusão de algo, como os fios prateados de mágica, mas *tantos*. A mão se contrai, depois salta ao ar, voltando ao coto do pulso como que puxado por cordões. Ele deixa o braço de Hoa para trás e, e então, se vira por completo para finalmente encarar você.

— Saia antes que eu te corte em mais pedaços do que você consegue pôr de volta no lugar — você diz em uma voz que treme como a terra.

O comedor de pedra cinza sorri. É um sorriso cheio, os olhos formando pés de galinha e os lábios revelando dentes de diamante... e, que milagre, parece de fato um sorriso e não uma demonstração de ameaça. Então, ele desaparece, esvaindo-se pela superfície do cristal. Por um instante, você vê uma sombra cinza dentro da translucidez, seu formato borrado e não mais tão humanoide, embora provavelmente seja devido ao ângulo. Então, mais rápido do que você consegue seguir com os olhos ou com os sensapinae, ele se precipita para baixo e para longe.

Na ressonante sequência de sua partida, Ykka respira fundo.

— Bem — diz ela, olhando ao redor para o seu povo. O que ela acredita ser o seu povo. — Parece que precisamos conversar. — Segue-se um ar de desconforto.

Você não quer ouvir. Você corre e pega o braço de Hoa. A coisa é pesada como uma pedra; você precisa usar as pernas para fazer força ou corre o risco de machucar a região lombar. Você vira e as pessoas abrem caminho e você ouve Lerna chamá-la. Mas você também não quer ouvi-lo.

Existem fios, entende. Linhas prateadas que só você consegue ver, saindo do coto do braço, agitando-se e volteando-se, mas que mudam quando você vira. Sempre apontando uma direção em particular. Então você as segue. Ninguém vai atrás de você, e você não se importa com o que isso significa. Não no momento.

Os tentáculos a levam ao seu próprio apartamento.

Você passa pela cortina e para. Tonkee não está em casa. Deve estar na casa de Hjarka ou na sala verde. Há mais dois membros no chão à sua frente, cotos ensanguentados com ossos de diamante à mostra. Não, eles não estão sobre o chão; estão *dentro* do chão, parcialmente submersos nele, um até a altura da coxa, o outro apenas a panturrilha e o pé. Presos, como se estivessem subindo a fim de sair. Há um rastro duplo de sangue, grosso o suficiente para ser preocupante, sobre o tapete acolhedor que você trocou por uma das velhas facas de pedra de Jija. Ele vai em direção ao seu quarto, então você o segue até lá. E aí você deixa o braço cair. Felizmente, ele não cai no seu pé.

O que restou de Hoa está rastejando até o colchão que você usa como cama. O outro braço dele também se foi, você não sabe para onde. Estão faltando tufos do cabelo dele. Ele para quando você entra, ouvindo ou sensando você, e fica imóvel enquanto você o rodeia e vê que seu maxilar inferior foi arrancado. Ele não tem os olhos, e há uma... mordida logo acima da têmpora. É por isso que está faltando cabelo. Alguma coisa mordeu o crânio dele como uma maçã, cortando um pedaço da carne e do osso de diamante por baixo dela. Você não consegue ver o que há dentro da cabeça dele devido ao sangue. Isso é bom.

Você ficaria assustada se não entendesse de imediato. Ao lado da sua cama está o embrulho envolto com tecido que ele vem carregando desde Tirimo. Você corre até o embrulho, abre, leva até o corpo arruinado de Hoa, e se agacha.

— Você consegue se virar?

Ele responde virando-se. Por um momento, você trava por conta da falta do maxilar inferior, e depois pensa: *que se dane*, e enfia uma das pedras do embrulho direto no buraco esfarrapado na garganta de Hoa. A carne dele parece quente e humana quando você empurra a pedra com o dedo até que os músculos do reflexo de deglutição a peguem (a ânsia sobe pela sua garganta; você a força a descer). Você começa a alimentá-lo com outra pedra, mas, após algumas respirações, ele começa a tremer violentamente. Você não percebe que ainda está sensando mágica até que o corpo de Hoa de repente fica cheio de brilhantes fios prateados, todos eles debatendo-se e volteando-se como os tentáculos urticantes das criaturas marinhas das histórias dos sabedoristas. *Centenas* deles. Você se afasta, alarmada, mas Hoa produz um som áspero e ofegante, que você acha que talvez signifique "mais". Você empurra outra pedra para dentro da garganta dele, e depois outra. Para começar, não haviam sobrado muitas. Quando restam apenas três, você hesita.

— Você quer todas?

Hoa hesita também. Você consegue ver isso na linguagem corporal dele. Você não entende nem um pouco por que ele precisa delas; fora aquele monte de mágica – ele é *feito* de mágica, cada centímetro dele está cheio disso, você nunca viu nada igual –, não houve nenhuma melhora quanto ao seu corpo ferido. Será que alguém consegue sobreviver ou se recuperar de ferimentos tão graves? Ele não é humano o bastante para você pelo menos estimar. Mas, por fim, ele grunhe de novo. É um som mais profundo do que o primeiro. Resignado, talvez, ou talvez seja a sua imaginação estampando humanidade nos sons animais da carne animal dele. Então você empurra as três últimas pedras para dentro dele.

Não acontece nada por um instante. Então...

Tentáculos prateados crescem e se dilatam em torno dele tão rápido, com tamanho frenesi, que você se afasta. Você sabe de algumas das coisas que a mágica pode fazer, e alguma coisa nisso parece completamente tempestuoso e descontrolado. O elemento preenche o quarto, no entanto, e... e você pisca os olhos. Você consegue *ver* aquilo, não só sensar. Todas as partes de Hoa brilham agora com uma luz branco-prateada, que em pouco tempo fica resplandecente demais para se olhar diretamente; mesmo um quieto seria capaz de ver isso. Você passa para a sala de estar, espiando pela porta do quarto porque parece mais seguro. No instante em que você atravessa o umbral da porta, a substância do apartamento inteiro (paredes, chão, todos os lugares onde há cristal) treme por um momento, tornando-se translúcido e *irreal como os obeliscos*. A mobília do seu quarto e os seus pertences flutuam em meio àquela brancura cintilante. Ressoa um baque suave atrás de você que a faz pular e virar, mas são as pernas de Hoa, que se desprenderam do chão da sala e estão deslizando ao longo da trilha de sangue até o seu quarto. O braço que você deixou cair está se mexendo também, aproximando-se da confusão brilhante que é Hoa, tornando-se brilhante também. Saltando para se unir de novo ao corpo, como a mão do comedor de pedra cinza se uniu outra vez ao pulso.

Alguma coisa sobe do chão... não. Você vê *o chão* subir, como se fosse massa de vidraceiro, e envolver o corpo dele. A luz se desvanece quando ele faz isso; o material imediatamente começa a se transformar em algo mais escuro. Quando você consegue, após várias piscadas, diminuir a imagem residual o suficiente para ver, há uma coisa enorme e estranha e impossível no lugar onde Hoa estava antes.

Você entra no quarto mais uma vez... com cautela, porque o chão e as paredes podem estar sólidos de novo, mas você sabe que esse é um estado possivelmente temporário. O cristal sob os seus pés, outrora liso, está áspero. A coisa ocupa a maior parte do quarto agora, deitada ao lado da sua cama desorganizada, meio submersa no chão novamente solidificado. Está quente. Seus pés enroscam brevemente na alça da sua bolsa de fuga meio vazia, que, por sorte, permanece intacta e não se fundiu ao quarto. Você se inclina rápido e a pega; hábitos da sobrevivência. *Pelos fogos da Terra*, está quente aqui. A cama não pega fogo, mas você acha que é só porque não está tocando diretamente a coisa grande. Você consegue sensá-la, o que quer que seja. Não, você sabe o que é: calcedônia. Um pedaço enorme e oblongo de calcedônia verde acinzentada, como a casca exterior de um geodo.

Você já sabe o que está acontecendo, não sabe? Eu lhe contei sobre Tirimo após a Fenda. O extremo do vale, onde a onda de choque do tremor soltou um geodo, que então se abriu como um ovo. O geodo não havia estado lá o tempo todo, você se dá conta; isso é mágica, não natureza. Bem, talvez um pouco de ambos. Para comedores de pedra, existe pouca diferença entre os dois.

E, de manhã, depois de ter passado a noite na mesa da sala, onde você pretendia ficar acordada e observar aquele pedaço de pedra fumegante, mas, em vez disso, caiu no sono, acontece de novo. A fissura do geodo é ruidosa e explosivamente violenta. A pressão expele uma centelha de plasma que chamusca ou derrete todos os pertences que você deixou no quarto. Exceto a bolsa de fuga, uma vez que você a pegou. Bons instintos.

Você está tremendo porque acordou de susto. Aos poucos, você se levanta e entra no quarto. Está tão quente que é difícil de respirar. Como um forno... embora a lufada de calor faça a cortina da entrada do apartamento erguer-se e abrir. Logo a quentura diminui até se tornar apenas desconfortável, e não perigosa.

Você mal percebe. Porque o que se levanta da abertura do geodo, movendo-se com uma suavidade demasiado humana em princípio, mas reajustando-se rapidamente a uma espécie familiar de imobilidade acentuada... é o comedor de pedra do obelisco granada.

Olá outra vez.

+ + +

NOSSA POSIÇÃO IDENTIFICA-SE INTEIRAMENTE COM A INTEGRIDADE FÍSICA DA QUIETUDE... PELO ÓBVIO INTERESSE NA SOBREVIVÊNCIA EM LONGO PRAZO. A MANUTENÇÃO DESTA TERRA DEPENDE DE FORMA PECULIAR DO EQUILÍBRIO SÍSMICO E, POR UMA IMPERIOSA LEI DA NATUREZA, NINGUÉM EXCETO OS OROGENES PODEM ESTABELECÊ-LA. UM GOLPE CONTRA O SEU ACORRENTAMENTO É UM GOLPE CONTRA O PRÓPRIO PLANETA. DECIDIMOS, PORTANTO, QUE, EMBORA ELES SE ASSEMELHEM A NÓS DE LINHAGEM BOA E SAUDÁVEL E, EMBORA DEVAM SER CONDUZIDOS COM GENTILEZA PARA O BENEFÍCIO TANTO DE ACORRENTADOS COMO DE PESSOAS LIVRES, DEVE-SE PARTIR DO PRESSUPOSTO DE QUE QUALQUER GRAU DE HABILIDADE OROGÊNICA NEGA SEU CORRESPONDENTE ESTADO DE SER HUMANO. ELES DEVEM SER LEGITIMAMENTE TIDOS E HAVIDOS COMO UMA ESPÉCIE INFERIOR E DEPENDENTE.

*– DECLARAÇÃO DO SEGUNDO CONSELHO YUMENESCENSE DE SABEDORISTAS SOBRE OS DIREITOS DOS ACOMETIDOS PELA OROGENIA*

# 15

## Nassun, em rejeição

O que eu me lembro da minha juventude é cor. Verde por toda parte. Iridescência branca. Vermelhos vivos e vitais. Essas cores em particular permanecem em minha memória, quando grande parte do resto é tênue e pálido e quase apagado. Há uma razão para isso.

✦ ✦ ✦

Nassun está sentada em um escritório dentro do Fulcro Antártico, de repente entendendo sua mãe melhor do que nunca.

Schaffa e Umber estão sentados cada um em um lado dela. Os três têm nas mãos uma xícara de segura que o pessoal do Fulcro lhes ofereceu. Nida está em Lua Encontrada porque alguém deve ficar para cuidar das crianças de lá e porque é a que tem mais dificuldade em simular um comportamento humano normal. Umber é tão calado que ninguém sabe no que ele está pensando. Schaffa é quem fala. Eles foram convidados a entrar para conversar com três pessoas que são chamadas de "seniores", o que quer que isso signifique. Esses seniores usam uniformes inteiramente pretos, com jaquetas caprichosamente abotoadas e calças plissadas... Ah, então é por isso que chamam os Orogenes Imperiais de jaquetas pretas. Tudo neles passa a sensação de poder e de medo.

Uma entre eles foi obviamente gerada nas Antárticas, seu cabelo vermelho tornando-se grisalho e sua pele tão branca que veias verdes ressaltam claramente sob a epiderme. Ela tem dentes protuberantes e lábios bonitos, e Nassun não consegue parar de olhar para ambos enquanto ela fala. Seu nome é Serpentine, o que não parece combinar nem um pouco com ela.

— Claro que não temos novos grãos chegando — diz Serpentine. Por algum motivo, ela olha para Nassun enquanto fala e faz um gesto largo com as mãos. Os dedos tremem ligeiramente. Isso vem acontecendo desde que a reunião começou. — É uma dificuldade que não tínhamos previsto. Ao menos, significa que temos dormitórios de grãos fora de uso em uma época em que um abrigo seguro é algo bastante valioso. Foi por essa razão que fizemos uma oferta para as comus próximas de aceitar seus órfãos, aqueles que eram novos demais para terem conquistado sua aceitação em uma comu. Muito sensato, não? E nós também acolhemos alguns refugiados, motivo pelo qual não tivemos escolha a não ser abrir negociações com os habitantes locais para obter suprimentos e coisas do tipo. Sem provisões vindo de Yumenes... — Ela assume uma expressão hesitante. — Bem. É compreensível, não é?

Ela está lamuriando-se. Com um sorriso gracioso e modos impecáveis, com duas outras pessoas acenando sabiamente junto com ela, porém lamuriando-se. Nassun não sabe ao certo por que essas pessoas a incomodam tanto. Tem algo a ver com a lamúria, com a falsidade delas: estão claramente desconfortáveis com a chegada dos Guardiões, claramente receosas e irritadas e, no entanto, fingem cortesia. Isso a faz pensar na mãe, que fingia ser gentil e amorosa quando o Pai ou qualquer outra pessoa estava por perto e que era fria e feroz em particular. Pensar no Fulcro Antártico como um lugar povoado por infinitas variantes de sua mãe faz os dentes, as palmas das mãos e os sensapinae de Nassun comicharem.

E ela pode ver, pela fria placidez do rosto de Umber e pela frágil amabilidade do sorriso de Schaffa, que os Guardiões também não gostam.

— É de fato compreensível — responde Schaffa. Ele gira a xícara de segura na mão. A solução turva permanecia branca como deveria, mas ele não tomou um único gole. — Imagino que as comus locais estejam agradecidas a vocês por abrigar e alimentar o excedente da população. E também é muito sensato que você colocasse essas pessoas para trabalhar. Protegendo seus muros. Cuidando dos campos. — Ele faz uma pausa e dá um sorriso mais largo. — Jardins, quero dizer.

Serpentine sorri de volta, e seus companheiros se remexem, desconfortáveis. É algo que Nassun não entende. A Estação ainda não atingiu em cheio a região antártica, então parece prudente que uma comu plante em seus campos verdejantes e coloque Costas-fortes em seus muros e comece a se preparar para o pior. No entanto, de alguma forma, é ruim que o Fulcro Antártico tenha feito isso. É ruim que este Fulcro sequer esteja em funcionamento. Nassun parou de tomar a xícara de segura que os seniores lhe deram, embora só tenha tomado segura duas vezes antes e meio que goste de ser tratada como adulta... mas Schaffa não está bebendo, e isso a adverte de que a situação não é de fato segura.

Uma das seniores é uma mulher latmediana do sul que poderia passar por parente de Nassun: alta, tom de pele meio marrom, cabelo enrolado e grosso, um corpo com cintura ampla, quadril largo e coxas grossas. Eles a apresentaram, mas Nassun não consegue lembrar seu nome. Sua orogenia parece ser a mais aguçada dos três, embora seja a mais jovem; há seis anéis em seus dedos compridos. E é ela quem finalmente para de sorrir e cruza as mãos e ergue o queixo, só um pouco. É outra coisa que faz Nassun se lembrar da mãe. Mamãe com frequência se comportava da mesma maneira, um sentimento de suave dignidade cobrindo um núcleo de obstinação diamantina. A obstinação é o que vem à tona agora quando a mulher diz:

— Presumo que esteja descontente, Guardião.

Serpentine estremece. O outro orogene do Fulcro, um homem que se apresentou como Lamprophyre, suspira. Schaffa e Umber inclinam a cabeça quase em sincronia, Schaffa dando um sorriso mais largo, interessado.

— Não descontente — diz ele. Nassun consegue ver que ele está contente que as cortesias tenham chegado ao fim. — Apenas surpreso. Afinal, é protocolo padrão que qualquer unidade do Fulcro seja fechada na eventualidade de uma Estação declarada.

— Declarada por quem? — pergunta a mulher dos seis anéis. — Até a sua chegada hoje, não houve nenhum Guardião aqui para declarar nada do tipo. As Lideranças das comus locais variaram: algumas declararam Lei Sazonal, algumas estão apenas em bloqueio, algumas estão fazendo as coisas como sempre.

— E se todas tivessem declarado Lei Sazonal — pergunta Schaffa, naquele tom bem baixo de voz que ele usa quando já sabe a resposta de uma pergunta e só quer ouvir o outro dizer — vocês teriam realmente se matado? Uma vez que, como vocês apontaram, não há nenhum Guardião aqui para cuidar dessa questão por vocês?

Nassun se contém antes de se sobressaltar, surpresa. Matar-se? Mas ela não é boa o suficiente em controlar sua orogenia a ponto de evitar que se contraia quando ela não o faz. As três pessoas do Fulcro olham para ela, e Serpetine dá um sorrisinho.

— Cuidado, Guardião — diz ela, olhando para Nassun, mas falando com Schaffa. — Seu bichinho de estimação parece desconfortável com a ideia de exterminação em massa sem motivo.

— Eu não escondo nada dela — retruca Schaffa, e a surpresa de Nassun é suplantada por amor e orgulho. Ele olha para Nassun. — Historicamente, o Fulcro sobreviveu com base na tolerância de seus vizinhos, dependendo dos muros e recursos das comus próximas. E como acontece com todos os que não têm uso viável durante uma Estação, existe com certeza uma expectativa de que os Orogenes Imperiais vão se retirar de qualquer concorrência pelos recursos... de modo que as pessoas normais, as pessoas saudáveis, tenham mais chance de sobreviver. — Ele faz uma pausa. — E já que não se permite que os orogenes existam sem a supervisão de um Guardião ou do Fulcro... — Ele faz um gesto largo com as mãos.

— Nós *somos* o Fulcro, Guardião — diz o terceiro sênior, cujo nome Nassun tentava lembrar. Esse homem é de algum povo costeiro do oeste; ele é esguio, tem o cabelo liso, as maçãs do rosto salientes e o rosto quase côncavo. Sua pele também é branca, mas seus olhos são escuros e frios. A orogenia dele parece leve, com múltiplas camadas, como mica. — E somos autossuficientes. Muito longe de ser um sorvedouro de recursos, nós fornecemos serviços necessários às comunidades próximas. Nós até trabalhamos, sem que nos pedissem e nos compensassem, para mitigar os tremores secundários da Fenda nas ocasiões em que eles chegam até aqui. É por nossa causa que poucas comus antárticas sofreram sérios danos desde o início da Estação.

— Admirável — diz Umber. — E inteligente, tornarem-se indispensáveis. Mas não é algo que os seus Guardiões teriam permitido. Imagino.

Os três seniores ficam imóveis por um instante.

— Isso é a Antártica, Guardião — responde Serpentine. Ela sorri, embora o sorriso não chegue aos olhos. — Nós somos uma fração do tamanho do Fulcro em Yumenes... mal chegamos a 25 orogenes com anéis, em sua maior parte um punhado de grãos crescidos. Nunca houve muitos Guardiões permanentemente estacionados aqui. A maioria do que tínhamos eram Guardiões em percurso nos visitando, ou nos entregando novos grãos. Nenhum desde a Fenda.

— Nunca houve muitos Guardiões estacionados aqui — concorda Schaffa — mas *havia* três, que me lembre. Eu conhecia um. — Ele faz uma pausa e, por um instante fugaz, sua expressão se torna distante e perdida e um pouco confusa. — Eu me lembro de conhecer um. — Ele pisca os olhos. Sorri de novo. — No entanto, agora não há nenhum.

Serpentine está tensa. Todos estão tensos, esses seniores, de uma forma que faz a comichão no fundo da mente de Nassun aumentar.

— Nós resistimos a vários ataques de bandos de semcomu antes de finalmente erguermos um muro — explica Serpentine. — Eles morreram bravamente, protegendo-nos.

É uma mentira tão descarada que Nasun fica olhando para ela, de queixo caído.

— Bem — diz Schaffa, colocando sua xícara de segura na mesa e soltando um pequeno suspiro. — Acho que as coisas se resolveram tão bem quanto se podia esperar.

E embora Nassun tenha adivinhado a essa altura o que está por vir, embora tenha visto Schaffa se mover antes a uma velocidade que não é humanamente possível, embora o prateado que há nele e em Umber se acenda como a chama de um fósforo e se incendeie dentro deles um momento antes, ela ainda é pega de surpresa quando Schaffa avança e enfia o punho no rosto de Serpentine.

A orogenia de Serpentine morre quando ela morre. Mas os outros dois seniores estão de pé e em movimento no instante seguinte, Lamprophyre caindo para trás por sobre a cadeira para escapar do rápido movimento de Umber para pegá-lo e a mulher dos seis anéis tirando uma zarabatana da manga. Schaffa arregala os olhos, mas sua mão ainda está presa em Serpentine; ele tenta investir contra ela, mas o cadáver é um peso morto em seu braço. Ela leva a arma aos lábios.

Antes que ela consiga soprar, Nassun se levanta, penetra na terra e começa a criar uma espiral que congelará a mulher em um instante. A mulher estremece, surpresa, e flexiona *algo* que estilhaça a espiral de Nassun antes que termine de se formar; é uma coisa que sua mãe costumava fazer durante as práticas, se Nassun fizesse algo que não deveria. O choque causado por perceber isso faz Nassun cambalear e tropeçar, dando um passo atrás.

*A mãe dela aprendeu esse truque aqui, no Fulcro, é assim que as pessoas do Fulcro treinam os orogenes jovens, tudo o que Nassun soube sobre sua mãe está e sempre esteve contaminado por este lugar...*

Mas a distração fugaz é o bastante. Schaffa livra enfim a mão do cadáver e atravessa a sala no intervalo de outra respiração, agarrando a zarabatana e tirando-a da mulher, cuja garganta ele apunhala antes que ela possa se recuperar. Ela cai de joelhos, sufocando, projetando-se instintivamente na terra, mas então alguma coisa se propaga pela sala em uma onda e Nassun arqueja quando, de repente, não consegue mais sensar uma única coisa. A mulher arqueja também, depois respira com dificuldade, arranhando a garganta. Schaffa pega sua cabeça e quebra seu pescoço com um puxão rápido.

Lamprophyre se desloca depressa para trás enquanto Umber o persegue, vasculhando a roupa, onde algum tipo de objeto pequeno e pesado alojou-se.

— Pela Terra Cruel — diz ele de forma brusca, puxando os botões da jaqueta. — Você está contaminado! Vocês dois estão!

Todavia, ele não consegue ir mais longe, porque Umber se move rápido, formando um borrão, e Nassun estremece quando algo salpica o rosto dele. Umber esmagou a cabeça do homem.

— Nassun — diz Schaffa, soltando o corpo da mulher dos seis anéis e olhando para ele —, vá para o terraço e espere a gente lá.

— S-sim, Schaffa — responde Nassun. Ela está tremendo. Apesar disso, obriga-se a virar e sai da sala. Existem aproximadamente 22 outros orogenes com anéis por ali em algum lugar, afinal, segundo Serpentine.

O Fulcro Antártico não é muito maior do que o vilarejo de Jekity. Nassun sai do edifício de dois andares que serve como prédio administrativo. Há também um aglomerado de chalés minúsculos onde aparentemente moram os orogenes mais velhos, e vários barracões compridos perto da grande estufa com paredes de vidro. Poucos deles vestem preto, embora alguns daqueles que vestem trajes civis passem a sensação de ser orogenes. Para além da estufa, há um terraço em declive que abriga vários pequenos canteiros... canteiros demais, no total, para serem de fato qualificados como hortas. Isto é uma lavoura. A maioria dos canteiros está densamente cultivada com grãos e verduras, e há várias pessoas trabalhando neles, já que é um dia agradável e ninguém sabe que os Guardiões estão laboriosamente matando todo mundo no prédio administrativo.

Nassun caminha rápido pela trilha pavimentada sobre o terraço com a cabeça abaixada de modo que possa concentrar-se em não tropeçar, uma vez que não consegue sensar nada depois do que quer que Schaffa tenha feito com a mulher dos seis anéis. Ela sempre soube que os Guardiões podem desativar a orogenia, mas nunca havia sentido. É difícil andar quando ela só consegue perceber o chão com os olhos e os pés, e também quando está tremendo tanto. Com cuidado, ela coloca um pé na frente do outro e, de repente, os pés de outra pessoa simplesmente estão *lá*, e Nassun para abruptamente, seu corpo todo enrijecendo-se devido ao choque.

— Olhe por onde anda — diz a garota automaticamente. Ela é magra e branca, embora tenha um tufo de cabelo de cinzas sopradas em tom ardósia acinzentado, e é talvez da mesma idade que Nassun. — Ei, tem alguma coisa no seu rosto. Parece um inseto morto ou algo. Nojento. — Ela estende a mão e tira a coisa dando um peteleco com um dedo.

Nassun recua um pouco, surpresa, depois se lembra de ter modos.

— Obrigada. Ãhn, me desculpe por estar no seu caminho.

— Tudo bem. — A garota pisca os olhos. — Disseram que alguns Guardiões vieram e trouxeram um grão novo. É você?

Nassun olha, confusa.

— G-grão?

A outra menina ergue as sobrancelhas.

— É. Aprendiz? Alguém que vai se tornar Orogene Imperial? — Ela está carregando um balde de apetrechos de jardinagem, que não combina nem um pouco com a conversa. — Os Guardiões costumavam trazer crianças para cá antes de a Estação começar. Foi assim que eu cheguei aqui.

Tecnicamente, é assim que Nassun chegou aqui também.

— Os Guardiões me trouxeram — ela repete. Está oca por dentro.

— Me trouxeram também. — A garota fica séria, depois desvia o olhar. — Eles já quebraram a sua mão?

A respiração de Nassun para na garganta.

Diante de seu silêncio, a expressão da menina se torna amarga.

— É. Eles fazem isso com todos os grãos em algum momento. Ossos da mão ou dos dedos. — Ela chacoalha a cabeça, depois respira rápido, engolindo em seco. — A gente não deveria falar sobre isso. Mas não é você, não importa o que eles digam. Não é culpa sua. — Ela respira rápido outra vez. — Te vejo por aí. Eu sou Ajae. Não tenho nome de orogene ainda. Qual é o seu nome?

Nassun não consegue pensar. O som do punho de Schaffa esmagando osso ecoa em sua mente.

— Nassun.

— Muito prazer, Nassun. — Ajae acena educadamente, depois segue em frente, descendo os degraus em direção ao terraço. Ela cantarola, balançando o balde. Nassun fica olhando para ela, tentando entender.

*Nome de orogene?*

Tentando não entender.

*Eles já quebraram a sua mão?*

Este lugar. Este... Fulcro. É o motivo pelo qual sua mãe quebrou sua mão.

A mão de Nassun se contrai com uma dor fantasma. Ela vê de novo a pedra na mão da mãe, erguendo-se. Parando por um instante. Descendo.

*Você tem certeza de que consegue se controlar?*

O Fulcro é o motivo pelo qual sua mãe jamais a amou.

É o motivo pelo qual seu pai não a ama mais.

É o motivo pelo qual seu irmão está morto.

Nassun observa Ajae acenar para um garoto mais velho e magro, que está ocupado capinando. Este lugar. Estas pessoas, que não têm o direito de existir.

O safira não está longe... pairando sobre Jekity, onde tem estado nas duas semanas desde que ela e Schaffa e Umber partiram para viajar para o Fulcro Antártico. Ela consegue sensá-lo a distância, embora ele esteja longe demais para se ver. Parece bruxulear quando ela sintoniza com ele e, por um momento, ela se admira de *saber* disso de algum modo. Instintivamente, ela havia se virado para ficar de frente com ele. Linha de visão. Ela não precisa de olhos, nem de orogenia, para usá-lo.

(Essa é a natureza de um orogene, o velho Schaffa poderia lhe dizer, se ainda existisse. A espécie de Nassun reage naturalmente a todas as ameaças da mesma forma: com uma contraforça devastadora. Ele teria lhe dito isso antes de quebrar sua mão para fazer entender a lição do controle.)

Há tantos fios prateados neste lugar. Os orogenes estão todos conectados por meio das práticas em conjunto, da experiência compartilhada.

**ELES QUEBRARAM A SUA MÃO?**

Acontece no intervalo de três respirações. Depois, Nassun se deixa sair do azul líquido, e fica ali tremendo na sequência. Algum tempo depois, Nassun se vira e vê Schaffa à sua frente, com Umber.

— Eles não deveriam estar aqui — ela diz de maneira brusca. — Você *disse*.

Schaffa não está sorrindo, ainda está de um jeito que Nassun conhece bem.

— Você fez isso para ajudar a gente, então?

Nassun não consegue raciocinar o suficiente para mentir. Ela chacoalha a cabeça.

— Este lugar era errado — ela responde. — O Fulcro é errado.

— É? — É um teste, mas Nassun não faz ideia de como passar. — Por que você diz isso?

— Mamãe estava errada. O Fulcro a deixou daquele jeito. Ela deveria ter sido uma, uma, uma, uma aliada de vocês — *como eu*, ela pensa, recorda. — Este lugar a transformou em outra coisa. — Ela não consegue articular. — Este lugar a deixou *errada*.

Schaffa olha para Umber, que inclina a cabeça e, por um instante, há uma centelha no prateado, uma centelha entre eles. As coisas alojadas em seus sensapinae ressoam de um modo estranho. Mas então Schaffa franze o cenho, e ela o vê afastando o prateado. Fazer isso lhe causa dor, mas ele faz mesmo assim, virando-se para olhar para ela com olhos brilhantes e maxilar cerrado e suor recente salpicando a testa.

— Acho que talvez esteja certa, pequenina — é a única coisa que ele diz. — E, seguida: — Coloque as pessoas em uma jaula e elas vão se dedicar a escapar, não a cooperar com aqueles que as trancaram. O que aconteceu aqui era inevitável, suponho. — Ele olha para Umber. — Ainda assim. Os Guardiões daqui devem ter sido muito negligentes para deixar um grupo de orogenes acabar com eles. Aquela com a zarabatana... nasceu selvagem, muito provavelmente, e aprendeu coisas que não deveria ter aprendido antes de ser trazida para cá. Ela era a incentivadora.

— Guardiões negligentes — fala Umber, observando Schaffa. — Sim.

Schaffa sorri para ele. Nassun franze a testa, confusa.

— Nós destruímos a ameaça — diz Schaffa.

— A maior parte — concorda Umber.

Schaffa confirma isso inclinando a cabeça e assumindo uma expressão ligeiramente irônica antes de se voltar para Nassun.

— Você estava certa de fazer o que fez, pequenina — diz ele. — Obrigado pela ajuda.

Umber está olhando fixamente para Schaffa. Para a nuca de Schaffa especificamente. Schaffa de súbito se vira para encará-lo de volta, o sorriso fixo e o corpo completamente imóvel. Depois de um momento, Umber desvia o olhar. Nassun entende então. O prateado se acalmou em

Umber, tanto quanto se acalma em qualquer dos Guardiões, mas as linhas cintilantes dentro de Schaffa ainda estão vivas, ativas, dilacerando-o. Ele luta contra elas, porém, e está preparado para lutar contra Umber também, se necessário.

Por ela?, Nassun se pergunta, exultante. Por ela.

Depois, Schaffa se agacha e põe as duas mãos no rosto dela.

— Você está bem? — pergunta ele. Seus olhos desviam rapidamente para o leste. O safira.

— Estou — responde Nassun, porque está. Conectar-se com o obelisco foi muito mais fácil desta vez, em parte porque não foi uma surpresa, em parte porque ela está se acostumando com o repentino advento da estranheza em sua vida. O segredo é deixar-se cair dentro dele, cair na mesma velocidade e pensar como uma grande coluna de luz.

— Fascinante — ele diz e depois se põe de pé. — Vamos embora.

Então eles deixam o Fulcro Antártico para trás, com novos cultivos cobrindo de verde seus campos, corpos resfriando em seu prédio administrativo e uma coleção de estátuas humanas reluzentes e multicoloridas espalhadas pelos canteiros, e barracões e muros.

\+ \+ \+

Mas, nos dias que se seguem, à medida que eles caminham pela estrada e pelas trilhas da floresta entre o Fulcro e Jekity, dormindo cada noite no celeiro de um estranho e ao redor da própria fogueira... Nassun pensa.

Ela não tem nada a fazer a não ser pensar, afinal de contas. Umber e Schaffa não falam um com o outro, e surgiu uma nova tensão entre eles. Ela entende o suficiente para tomar o cuidado de nunca estar sozinha na presença de Umber, o que é fácil, pois Schaffa toma o cuidado de nunca deixá-la. Isso não é estritamente necessário; Nassun acha que o que fez com Eitz e com as pessoas no Fulcro Antártico, provavelmente pode ser feito com Umber. Usar um obelisco não é sensar, o prateado não é orogenia e, portanto, nem mesmo um Guardião está a salvo do que ela pode fazer. Contudo, ela meio que gosta que Schaffa vá com ela à casa de banho e abra mão de dormir (Guardiões conseguem fazer isso, ao que parece) para velar por ela durante a noite. É uma sensação boa a de ter alguém, qualquer pessoa, protegendo-a de novo.

Mas. Ela pensa.

Nassun fica preocupada com o fato de Schaffa ter se prejudicado aos olhos de seus companheiros Guardiões ao escolher não matá-la. Fica mais preocupada ainda com o fato de que ele sofre, cerrando os dentes e fingindo que é outro sorriso, mesmo quando ela vê o prateado se mexer e queimar dentro dele. O prateado nunca para de fazer isso agora, e ele não a deixa aliviar sua dor porque o ato a deixa lenta e cansada no dia seguinte. Ela o observa suportando aquilo e odeia a coisinha na cabeça dele que o machuca tanto. A coisa lhe dá poder, mas de que serve o poder se vem em uma coleira com espinhos?

— Por quê? — ela lhe pergunta uma noite em que acampam em um bloco liso e elevado de algo que não é nem metal nem pedra e que é a única coisa que sobrou de alguma civextinta. Houve sinais de saqueadores ou sem-comus na região, e a minúscula comu onde eles ficaram na noite anterior os avisou para terem cuidado, então a elevação do bloco pelo menos os alertará de um ataque com antecedência suficiente. Umber saiu para montar armadilhas para pegar algo para o café da manhã. Schaffa usou a oportunidade para se deitar no saco de dormir enquanto Nassun fica de guarda, e ela não quer mantê-lo acordado. Mas precisa saber. — Por que essa coisa está na sua cabeça?

— Ela foi colocada quando eu era muito jovem — ele responde. Parece cansado. Lutar contra o prateado durante dias a fio sem dormir está cobrando seu preço. — Não teve um "porquê" para mim; foi simplesmente do jeito que tinha que ser.

— Mas... — Nassun não quer ser irritante perguntando por quê de novo. — *Tinha* que ser? Para que serve?

Ele sorri, embora seus olhos estejam fechados.

— Nós somos feitos para manter o mundo a salvo dos perigos da sua espécie.

— Eu sei disso, mas... — Ela chacoalha a cabeça. — *Quem* fez o senhor?

— Eu especificamente? — Schaffa abre um olho, depois franze um pouco a testa. — Eu... não lembro. Mas, em geral, os Guardiões são feitos por outros Guardiões. Somos encontrados, ou procriados, e dados à Garantia para passarmos por treinamento e... alterações.

— E quem fez o Guardião antes do senhor, e o Guardião antes disso? Quem fez *primeiro*?

Ele fica em silêncio por um tempo: tentando lembrar, ela adivinha pela expressão dele. Que existe algo de muito errado com Schaffa, talhando buracos na memória e colocando nos pensamentos uma pressão pesada como uma falha geológica, é uma coisa que Nassun simplesmente aceita. Ele é o que é. Mas ela precisa saber por que ele é do jeito que é... e, mais importante, ela quer saber como fazê-lo melhorar.

— Não sei — ele diz enfim, e ela sabe que ele terminou a conversa pelo modo como solta o ar e fecha os olhos outra vez. — No final, o porquê não importa, pequenina. Por que você é orogene? Às vezes nós temos apenas que aceitar o nosso quinhão da vida.

Nassun decide se calar então e, alguns minutos mais tarde, Schaffa relaxa e dorme pela primeira vez em dias. Ela fica diligentemente de guarda, estendendo seu sentido da terra recém-recuperado para captar as reverberações de pequenos animais e outras coisas em movimento nas imediações. Ela consegue sensar Umber também, ainda se movendo metodicamente na extremidade do seu alcance enquanto monta armadilhas e, por conta dele, ela tece um fio do prateado em sua teia de consciência. Ele pode se esquivar do sensamento, mas não disso. O fio vai captar qualquer sem-comu também, caso adentre uma zona de alcance de onde poderia atingi-los com uma flecha ou um arpão. Ela não deixará que Schaffa seja ferido como seu pai foi.

Fora alguma coisa pesada e quente que anda de quatro não muito longe de Umber, provavelmente procurando comida, não há nada que preocupe por perto. Nada...

... exceto. Algo muito estranho. Algo... imenso? Não, seus contornos são pequenos, não maiores do que os de uma pedra de tamanho médio, ou de uma pessoa. Mas está bem debaixo do bloco branco que não é de pedra.

Praticamente sob os seus pés, a não mais do que três metros de profundidade.

Como se notasse sua atenção, ele se move. A sensação é como se o mundo se movimentasse. Involuntariamente, Nassun arqueja e se inclina em sentido oposto, embora nada mude exceto a gravidade em torno dela, e isso só um pouco. A imensidão recua de repente, como que sentindo seu escrutínio. Contudo, ela não vai longe, e um momento depois, a imensidão se mexe de novo: para cima. Nassun pisca e abre os olhos para ver uma estátua de pé na borda do bloco, e que não estava lá antes.

Nassun não fica confusa. Como, afinal, um dia ela quis ser sabedorista; passou horas ouvindo histórias sobre comedores de pedra e os mistérios que cercam sua existência. Esse não tem a aparência que ela esperava. Nas histórias dos sabedoristas, os comedores de pedra têm pele de mármore e cabelo de pedras preciosas. Este é inteiramente cinza, até no "branco" dos olhos. Ele tem o torso despido e é musculoso, e está sorrindo, os lábios mostrando dentes que são claros e afiados.

— Foi você quem transformou o Fulcro em pedra alguns dias atrás — diz o peito dele.

Nassun engole em seco e olha para Schaffa. Ele tem um sono pesado, e o comedor de pedra não falou alto. Se ela gritar, Schaffa deve acordar... mas o que um Guardião pode fazer contra uma criatura dessas? Ela nem sequer tem certeza de que pode fazer alguma coisa com o prateado; o comedor de pedra é uma confusão resplandecente de prateado, giros e rodopios de fio todos embolados dentro dele.

O saber, entretanto, é claro sobre uma coisa a respeito dos comedores de pedra: eles não atacam sem serem provocados. Então:

— F-foi — ela responde, mantendo a voz baixa. — Isso é um problema?

— De modo algum. Eu só queria expressar a minha admiração pelo seu trabalho. — Sua boca não se mexe. Por que ele está sorrindo tanto? A cada respiração, Nassun tem mais certeza de que aquela expressão não é *apenas* um sorriso. — Qual é o seu nome, pequenina?

Ela fica arrepiada ao ouvir "pequenina".

— Por quê?

O comedor de pedra dá um passo à frente, movendo-se devagar. Soa como a moagem de uma pedra de moinho e parece tão errado quanto uma estátua que se mexe deveria parecer. Nassun se encolhe, com asco, e ele para.

— Por que você os transformou em pedra?

— Eles estavam errados.

O comedor de pedra dá um passo à frente outra vez, avançando pelo bloco. Nassun meio que espera que o bloco rache ou se incline com o peso terrível da criatura, que ela sabe ser imenso. Ele é uma montanha, compactada no tamanho e na forma de um ser humano. Entretanto, o bloco de material de civextinta não racha, e agora a criatura está perto o suficiente para ela ver individualmente os detalhes minuciosos de seus fios de cabelo.

— *Você* estava errada — ele diz, sua estranha voz ecoando. — As pessoas do Fulcro e os Guardiões não têm culpa pelas coisas que fazem. Você queria saber por que o seu Guardião precisa sofrer como sofre. A resposta é: ele não precisa.

Nassun se retesa. Antes que possa pedir para saber mais, a cabeça do comedor de pedra se vira em direção a ele. Surge uma centelha de... alguma coisa. Um ajuste infinitamente tênue para ver ou sensar e... e, de repente, a pulsação viva e violenta de prateado dentro de Schaffa se desfaz em silêncio. Apenas aquele borrão escuro em formato de agulha em seus sensapinae continua ativo, e Nassun sensa de imediato seu esforço para reafirmar o controle. No momento, porém, Schaffa solta o ar suavemente e relaxa, entrando em um sono mais profundo. A dor que vem afligindo-o há dias se foi, por enquanto.

Nassun ofega... de mansinho. Se Schaffa tem uma chance de enfim descansar de verdade, ela não vai destruí-la. Em vez disso, ela diz ao comedor de pedra:

— Como você fez isso?

— Posso ensinar a você. Posso ensinar como lutar contra o algoz dele, o *mestre* dele também. Se quiser.

Nassun engole em seco.

— S-sim. Eu quero. — Mas ela não é burra. — Em troca de quê?

— Nada. Se você lutar contra o mestre dele, então estará lutando contra o meu inimigo também. Isso nos tornará... aliados.

Agora ela sabe que o comedor de pedra esteve espreitando, escutando-a às escondidas, mas ela não se importa mais. Para salvar Schaffa... Ela passa a língua pelos lábios, que têm um ligeiro sabor de enxofre.

— Tudo bem — ela concorda.

— Qual é o seu nome? — Se esteve ouvindo, ele sabe quem ela é. Este é um gesto para formar uma aliança.

— Nassun. E o seu?

— Não tenho nome, ou tenho muitos. Me chame do que quiser.

Ele precisa de um nome. Alianças não funcionam sem nomes, funcionam?

— A-aço? — É a primeira coisa que surge em sua mente. Já que ele é tão cinzento. — Aço?

A sensação de que ele não liga perdura.

— Virei te procurar mais tarde — diz Aço. — Quando pudermos conversar sem sermos interrompidos.

No instante seguinte, ele some, entra na terra, e a montanha se desvanece de sua consciência em segundos. Um momento mais tarde, Umber sai da floresta ao redor do bloco de civextinta e começa a subir a colina em sua direção. Na verdade, ela está feliz em vê-lo, embora o olhar dele se torne penetrante à medida que se aproxima e vê que Schaffa está dormindo. Ele para a três passos de distância, mais do que perto o bastante para a velocidade de um Guardião.

— Vou te matar se tentar qualquer coisa — diz Nassun, acenando solenemente com a cabeça. — Sabe disso, certo? Ou se tentar acordá-lo.

Umber sorri.

— Sei que vai tentar.

— Vou tentar e vou conseguir.

Ele suspira, e existe muita compaixão em sua voz.

— Você nem sabe como é perigosa. Muito, muito mais do que eu.

Ela não sabe, e isso a incomoda bastante. Umber não age por crueldade. Se ele a vê como uma ameaça, deve haver alguma razão. Mas não importa.

— Schaffa me quer viva — ela diz. — Então eu vivo. Mesmo que eu tiver que te matar.

Umber parece levar isso em consideração. Ela vislumbra a rápida centelha do prateado dentro dele e sabe, de modo repentino e instintivo, que não está mais falando com Umber exatamente.

*O mestre dele.*

— E se Schaffa decidir que você deve morrer? — pergunta Umber.

— Então eu morro. — É isso que o Fulcro entendeu errado, ela tem certeza. Eles tratavam os Guardiões como inimigos, e talvez tenham sido um dia, como Schaffa contou. Mas aliados devem confiar um no outro, ser vulneráveis um diante do outro. Schaffa é a única pessoa no mundo que ama Nassun e Nassun vai morrer, ou matar, ou refazer o mundo, por ele.

Aos poucos, Umber inclina a cabeça.

— Então vou confiar no seu amor por ele — o Guardião diz. Por um instante, existe um eco em sua voz, em seu corpo, pelo chão, espalhando-se em reverberações, até tão fundo. — Por enquanto. — Com essas palavras, ele passa por ela e se senta perto de Schaffa, assumindo ele próprio uma postura de guarda.

Nassun não entende o raciocínio dos Guardiões, mas aprendeu uma coisa sobre eles ao longo dos meses: eles não se dão ao trabalho de mentir. Se Umber diz que vai confiar em Schaffa… não. Confiar *no amor de Nassun por Schaffa*, pois há uma diferença. Mas se Umber diz que isso tem significado para ele, então ela pode confiar em suas palavras.

Então ela se deita no próprio saco de dormir e relaxa, apesar de tudo. Mas demora algum tempo para dormir. Nervos, talvez.

A noite cai. O céu do fim de tarde está limpo, exceto pela leve neblina de cinzas soprando do norte e por alguns fragmentos de nuvens tom de pérola que flutuam de quando em quando para o sul junto com a brisa. Surgem as estrelas, piscando em meio à neblina, e Nassun fica olhando para elas por um bom tempo. Ela está começando a cabecear, sonolenta, sua mente enfim relaxando, caindo no sono, quando percebe, tardiamente, que uma das minúsculas luzes brancas está se movendo em uma direção diferente do resto... meio que para baixo, enquanto as outras estrelas atravessam o céu do oeste para o leste. Devagar. É difícil deixar de ver agora que ela a distinguiu. É um pouco maior e mais brilhante do que as demais também. Estranho.

Nassun rola para ficar de costas para Umber e dorme.

\+ \+ \+

ESSAS COISAS ESTÃO AQUI HÁ UMA ERA DO MUNDO. É TOLICE CHAMÁ-LAS DE OSSOS. ELAS SE TRANSFORMAM EM PÓ QUANDO AS TOCAMOS.

MAS, MAIS ESTRANHOS DO QUE OS OSSOS SÃO OS MURAIS. PLANTAS QUE NUNCA VI, ALGO QUE PODERIA SER UM IDIOMA, MAS PARECE APENAS FORMAS E SERPENTEIOS. E UMA DELAS: UMA COISA GRANDE, REDONDA E BRANCA EM MEIO ÀS ESTRELAS, SUSPENSA EM UMA PAISAGEM. ESQUISITO. NÃO GOSTEI DAQUILO. MANDEI QUE O JAQUETA PRETA DESTRUÍSSE O MURAL.

*– Diário da Obreira Fogrid Inovadora Yumenes. Arquivos da Licenciatura de Geoneria, Leste Equatorial*

# 16

## VOCÊ ENCONTRA UM VELHO AMIGO, OUTRA VEZ

Quero continuar contando isso como tenho feito: em sua mente, em sua voz, dizendo-lhe o que pensar e saber. Você acha grosseiro? E é, eu admito. Egoísta. Quando falo apenas como eu mesmo, é difícil me sentir parte de você. É mais solitário. Por favor, deixe-me continuar um pouco mais.

+ + +

Você olha para o comedor de pedra que emergiu da crisálida de calcedônia. Ele permanece curvado e perfeitamente imóvel, observando você de soslaio através da ligeira oscilação de calor do ar em torno do geodo partido. O cabelo dele é como você se lembra naquele momento meio real, meio onírico dentro do obelisco granada: uma explosão congelada o que acontece com um cabelo de cinzas sopradas quando uma forte rajada de vento o sopra para cima e para trás. Cor de opala branca translúcida agora, em vez de apenas branco. Mas, diferente da forma de carne que você passou a conhecer, a "pele" desse comedor de pedra é tão negra quanto o céu da noite era antes da Estação. O que você antes achava que eram rachaduras, agora percebe que eram, na verdade, veios marmoreados brancos e prateados. Até o drapeado elegante da pseudo-roupa em torno de seu corpo, uma túnica simples que deixa um ombro nu, é de mármore preto. Apenas os olhos não têm o marmoreado, o branco deles são agora de um tom escuro, suave e fosco. As íris ainda são branco-gelo. Elas se destacam no rosto preto, tão duras e atavicamente perturbadoras que você chega a demorar um momento para perceber que o rosto ao redor ainda é o de Hoa.

Hoa. *Ele* está mais velho, você vê isso de pronto; o rosto é de um homem jovem e não de um garoto. Ainda muito largo, com uma boca estreita demais, racialmente sem sentido. Contudo, você consegue interpretar ansiedade nesses traços paralisados porque aprendeu a interpretá-la em um rosto que um dia foi mais macio e criado para suscitar a sua compaixão.

— Qual foi a mentira? — você pergunta. É a única coisa que você consegue pensar em perguntar.

— A mentira? — A voz agora é uma voz de homem. A mesma voz, mas no tom de tenor. Vindo de algum lugar do peito.

Você entra no quarto. Ainda está desagradavelmente quente, embora esteja esfriando rápido. De qualquer forma, você está suando.

— A sua forma humana, ou esta?

— As duas foram verdadeiras em diferentes momentos.

— Ah, sim. Alabaster disse que todos vocês já foram humanos. Um dia, em todo caso.

Segue-se um momento de silêncio.

— Você é humana?

Ao ouvir a pergunta, você não consegue deixar de dar uma risada.

— Oficialmente? Não.

— Esqueça o que os outros pensam. O que você sente que é?

— Humana.

— Então eu também sou.

Ele está fumegando entre as metades da gigantesca rocha de onde acabou de emergir.

— Ahn, não mais.

— Devo acreditar na sua palavra? Ou ouvir o que eu sinto ser?

Você chacoalha a cabeça, andando o mais longe possível em torno do geodo. Dentro não há nada: é uma casca fina de pedra sem cristais ou os habituais revestimentos precipitantes. Provavelmente não se classifica como geodo, nesse caso.

— Como você foi parar em um obelisco?

— Irritei o rogga errado.

Isso a surpreende a ponto de você rir, o que a faz parar e encará-lo. É uma risada desconfortável. Ele a está observando da maneira como sempre costumava observar, cheio de atenção e esperança. Será que deveria mesmo importar que seus olhos sejam tão estranhos agora?

— Eu não sabia que dava para fazer isso — você comenta. — Prender um comedor de pedra, quero dizer.

— Você conseguiria. É uma das únicas formas de deter um de nós.

— Não matá-los, obviamente.

— Não. Só existe um modo de fazer isso.

— Que é?

Ele vira de pronto para encarar você. Parece instantâneo; de repente, a pose da estátua é completamente diferente, serena e ereta, com uma das mãos erguida em um gesto… convidativo? Apelativo?

— Você está planejando me matar, Essun?

Você suspira e chacoalha a cabeça e estende uma das mãos para tocar uma das metades da rocha, por curiosidade.

— Não toque. Ainda está quente demais para a sua carne. — Ele faz uma pausa. — É assim que eu me limpo, sem sabonete.

Um dia ao lado de uma estrada, ao sul de Tirimo. Um menino que olhou para um sabonete confuso, depois encantado. Ainda é ele. Você não consegue se livrar dessa ideia. Então, suspira e também deixa de lado a parte de você que quer tratá-lo como algo diferente, algo assustador, algo alheio. Ele é Hoa. Ele quer comer você e tentou ajudá-la a encontrar a sua filha, embora tenha falhado. Existe uma intimidade nesses fatos, por mais estranhos que sejam, que significa alguma coisa para você.

Você cruza os braços e caminha devagar ao redor do geodo e dele. Os olhos de Hoa a seguem.

— Então, quem detonou você? — Ele regenerou os olhos, que estavam faltando, e o maxilar inferior. Os membros que haviam sido arrancados voltaram a fazer parte dele. Ainda há sangue na sala, mas o que havia de sangue no quarto sumiu, junto com uma camada do chão e das paredes. Dizem que os comedores de pedra têm controle sobre as menores partículas da matéria. É bastante simples se reapropriar da sua própria substância que foi separada de você e reaproveitar material extra sem uso. Você acha.

— Mais ou menos uns doze da minha espécie. Depois um em particular.

— Tantos assim?

— Eles eram crianças para mim. Quantas crianças seriam necessárias para dominar você?

— *Você* era uma criança.

— Eu parecia uma criança. — A voz dele se suaviza. — Só fiz isso por você.

Existe uma diferença maior entre esse Hoa e aquele Hoa além de seu estado de ser. Quando o Hoa adulto diz coisas desse tipo, as palavras têm uma textura completamente diferente de quando o Hoa criança as dizia. Você não sabe ao certo se gosta da textura.

— Então você esteve se metendo em brigas esse tempo todo — você fala, trazendo o assunto de volta para algo confortável. — Tinha um comedor de pedra no Topo Plano. Um de cor…

— Sim. — Você não achava que era possível um comedor de pedra parecer descontente, mas Hoa parece. — Aquele não é criança. Foi ele quem me derrotou por fim, embora eu tenha conseguido escapar sem muitos danos. — Por um instante, você fica admirada de que ele pense que ter todos os membros e o maxilar arrancados não é muito dano. Mas você também fica um pouco contente. O comedor de pedra machucou Hoa, você o machucou de volta. Uma vingança efêmera, talvez, mas faz você se sentir como alguém que cuida dos seus.

Hoa ainda parece estar na defensiva.

— Também foi… imprudente da minha parte enfrentá-lo enquanto vestia carne humana.

Está quente demais no quarto. Limpando suor do seu rosto, você passa para a sala, puxa e amarra a cortina da porta principal para que o ar fresco circule com mais facilidade lá dentro, e se senta à mesa. Quando você volta, Hoa está à porta do seu quarto, belamente emoldurado pelo arco: estudo de um jovem em receosa contemplação.

— Foi por isso que você mudou sua forma? Para enfrentá-lo? — Você não viu o pedaço de trapo que continha as pedras dele enquanto esteve no quarto. Talvez tenha pegado fogo e seja apenas um tecido chamuscado em meio ao resto, função já cumprida.

— Mudei de forma porque era hora. — Sua voz tem aquele tom de resignação de novo. Esse era o tom dele quando você percebeu pela primeira vez o que ele era. Como se ele soubesse que perdeu algo aos seus olhos, algo que não pode ter de volta, e não tem escolha a não ser aceitar isso... mas não tem que gostar. — Eu só poderia ter mantido aquela forma por tempo limitado. Escolhi reduzir esse tempo e aumentar as chances de você sobreviver.

— Ah, é?

Atrás dele, no seu quarto, você nota de repente que o que sobrou da casca do, ãhn, ovo dele está derretendo. Mais ou menos. Está se dissolvendo e clareando e fundindo-se outra vez ao material alvo do cristal, espalhando os detritos dos seus pertences enquanto se une de novo à sua antiga substância e se solidifica. Por um momento, você olha para isso em vez de olhar para ele, fascinada.

Até que ele diz:

— Eles querem você morta, Essun.

— Eles? — Você pisca os olhos. — Quem?

— Alguns da minha espécie. Alguns querem só usar você. Não vou deixar.

Você franze o cenho.

— O quê? Você não vai deixá-los me matar, ou não vai deixá-los me usar?

— *Nenhum dos dois.* — A voz ressoante fica mais acentuada de repente. Você se lembra dele agachado, mostrando os dentes como uma fera selvagem. Ocorre-lhe, com a brusquidão de uma epifania, que você não tem visto tantos comedores de pedra por aí nos últimos tempos. Cabelo de Rubi, Mármore de Manteiga, Vestido Feio, Dentes Brilhantes, todos os de costume; nem uma vista de relance em meses. Ykka até comentou a súbita ausência da comedora de pedra "dela".

— Você a comeu — você diz abruptamente.

Segue-se uma pausa.

— Comi muitos — responde Hoa. É uma resposta sem inflexão.

Você se lembra dele dando uma risadinha e chamando-a de estranha. Encolhendo-se contra você para dormir. Pelos fogos da Terra, você não consegue lidar com isso.

— Por que eu, Hoa?

Você faz um gesto largo com as mãos. São mãos comuns de uma mulher de meia-idade. Um pouco ressecadas. Você ajudou o grupo de curtimento de couro alguns dias atrás, e a solução fez a sua pele rachar e descascar. Você vem esfregando as mãos com algumas das nozes que vieram com a cota da comu da semana anterior, embora a gordura seja preciosa e você devesse estar comendo-as em vez de usá-las para satisfazer a sua vaidade. Na palma da sua mão direita, há um pequeno arco branco em formato de unha de polegar. Em dias frios, os ossos dessa mão doem. Mãos comuns de mulher.

— Não existe nada de especial em mim — você diz. — Deve ter outros orogenes com potencial para acessar os obeliscos. Pelos fogos da Terra, Nassun... — Não. — Por que você está *aqui*? — Você quer dizer: por que ele se ligou a você?

Ele fica em silêncio por um instante. Depois:

— Você me perguntou se eu estava bem.

Isso não faz sentido por um momento, e então faz. Allia. Um belo dia ensolarado, um desastre iminente. Enquanto você pairava em agonia em meio ao núcleo rachado e dissonante do obelisco granada, você o viu pela primeira vez. Há quanto tempo ele estava naquela coisa? Tempo suficiente para ela estar enterrada debaixo de sedimentos e recifes de coral correspondentes a várias Estações. Tempo suficiente para ser esquecido, como todas as civilizações extintas do mundo. E então você chegou e perguntou como ele estava. Terra Cruel, você pensou que isso havia sido uma alucinação.

Você respira fundo e se levanta, indo até a entrada do apartamento. A comu está quieta, até onde você pode ver. Algumas pessoas estão cuidando de seus afazeres, mas há menos delas por ali do que de costume. Aqueles que estão seguindo a própria rotina não são prova de que as coisas estão em paz; as pessoas cuidavam de seus afazeres em Tirimo também, antes de tentarem matar você.

Tonkee não voltou para casa de novo ontem à noite, mas, desta vez, você não tem tanta certeza de que ela esteja com Hjarka ou lá em cima na sala verde. Há um catalisador vivo em Castrima agora, acelerando reações químicas invisíveis, facilitando resultados inesperados. "Juntem-se a nós e vivam", o comedor de pedra cinza dissera, "mas não com os seus roggas".

Será que o povo de Castrima vai parar para pensar que nenhuma comu equatorial quer de fato um fluxo repentino de latmedianos vira-latas e que, no máximo, vai escravizá-los ou transformá-los em comida? Seu instinto materno está em alerta total. *Cuide dos seus*, ele sussurra no fundo da sua mente. *Reúna-os e proteja-os bem. Você sabe o que acontece quando vira as costas, mesmo que por um minuto.*

Você coloca no ombro a bolsa de fuga que ainda está na sua mão. Tê-la com você nem é mais uma questão a essas alturas. Depois você se vira para Hoa.

— Vem comigo.

Hoa de repente está sorrindo de novo.

— Eu não ando mais, Essun.

Ah. Certo.

— Vou voltar para o apartamento de Ykka, então. Me encontre lá.

Ele não concorda com a cabeça, simplesmente desvanece. Nenhum movimento desperdiçado. Mas ora, você vai se acostumar.

As pessoas evitam olhar para você enquanto você atravessa as pontes e os passadiços da comu. Mas o centro das suas costas coça devido aos seus olhares quando você passa. Você não consegue deixar de pensar em Tirimo outra vez.

Ykka não está no apartamento. Você olha ao redor, segue os padrões de movimento da comu com os olhos e, por fim, dirige-se para o Topo Plano. Ela não pode estar lá ainda. Você foi para casa, viu uma criança se transformar em um comedor de pedra, dormiu várias horas. Ela não pode estar.

Ela está. Você vê que apenas algumas pessoas permanecem no Topo Plano agora... um amontoado com talvez umas vinte, sentadas ou andando de um lado para o outro, parecendo irritadas, exasperadas e preocupadas. Para as vinte que você vê, com certeza há outras cem se reunindo em apartamentos e casas de banho e salas de depósito, tendo a mesma conversa em tom baixo em pequenos grupos. Mas Ykka está aqui, sentada em um dos divãs que alguém trouxe do apartamento dela, ainda conversando. Ela está rouca, você percebe quando se aproxima. Visivelmente exausta. Mas ainda conversando. Algumas palavras sobre linhas de suprimento partindo de uma das comus aliadas ao sul, que ela está dirigindo a um homem que anda em círculos com os braços cruzados, debochando de tudo o que ela diz.

*Cuide dos seus.*

Você dá um passo em meio às pessoas (algumas das quais se encolhem diante de você) e para ao lado dela.

— Preciso conversar com você em particular.

Ykka para no meio de uma frase e ergue os olhos para você, piscando-os. Os olhos dela estão vermelhos e secos. Ela está há algum tempo sem tomar água.

— Sobre o quê?

— É importante. — Como gesto de cortesia, você acena para as pessoas sentadas ao redor. — Me desculpem.

Ela suspira e esfrega os olhos, o que apenas os deixa mais vermelhos.

— Tudo bem. — Ela se levanta, depois para a fim de encarar os que restaram. — A votação é amanhã. Se eu não tiver convencido vocês... bem. Vocês sabem o que fazer, então.

Eles observam em silêncio enquanto você a leva embora.

De volta ao apartamento dela, você fecha a cortina da frente e abre a que dá para os quartos particulares. Não há muito nesse espaço que indique seu status: ela tem dois paletes e muitos travesseiros, mas suas roupas estão apenas em um cesto, e os livros e os rolos de pergaminho a um lado do quarto estão apenas empilhados no chão. Nenhuma estante, nenhuma cômoda. A comida de sua cota da comu está empilhada de forma desordenada contra uma parede, ao lado de uma cabaça familiar que os castrimenses costumam usar para armazenar água potável. Você pega a cabaça com a parte de dentro do cotovelo e, da pilha de alimentos, pega uma laranja seca, uma barra de tofu seco que Ykka estava ensopando com um pouco de cogumelo em uma panela rasa e uma fatia pequena de peixe salgado. Não é exatamente uma refeição, mas é nutritivo.

— Na cama — você diz, apontando com o queixo e trazendo a comida para ela. Você lhe entrega a cabaça primeiro.

Ykka, que observou tudo isso com crescente irritação, retruca de maneira brusca:

— Você não faz o meu tipo. Foi para isso que me arrastou até aqui?

— Não exatamente. Mas enquanto você está aqui, precisa descansar. — Ela parece rebelde. — Você não vai convencer ninguém de nada... — Menos ainda no caso de pessoas com cujo ódio não se pode argumentar. —... se estiver exausta demais para pensar direito.

Ela resmunga, mas o fato de realmente ir para a cama e se sentar na beirada é uma medida de como está cansada. Você faz um gesto apontando a cabaça, e ela toma obedientemente... três rápidos goles e por enquanto chega, como aconselham os sabedoristas após a desidratação.

— Estou fedendo. Preciso de um banho.

— Devia ter pensado nisso antes de decidir tentar dissuadir uma multidão de linchamento em formação.

Você pega a cabaça e coloca o prato de comida na mão dela. Ela suspira e começa a mastigar com tristeza.

— Eles não vão... — Ela não vai muito longe com a mentira, porém, antes de se encolher e encarar alguma coisa atrás de você. Você sabe antes de se virar: Hoa. — Certo, não, não no meu quarto ferrugento.

— Eu disse para ele nos encontrar aqui — você fala. — É Hoa.

— Você disse... é... — Ykka engole em seco, fica olhando por mais um momento, depois volta enfim a comer a laranja. Ela mastiga lentamente, seu olhar jamais desviando de Hoa. — Ficou cansado de bancar o humano, então? Não sei ao certo por que você se deu ao trabalho; era esquisito demais para se passar por um.

Você vai até a parede perto da porta do quarto e se senta contra ela, no chão. Você precisa tirar a bolsa de fuga do ombro para isso, mas se certifica de mantê-la ao alcance da mão. Para Ykka, você diz:

— Você conversou com os outros membros do seu conselho e com metade da sua comu, quietos e roggas e nativos e recém-chegados. A perspectiva que te falta é a deles. — Você gesticula para Hoa.

Ykka pisca os olhos, depois observa Hoa com novo interesse.

— Eu *pedi* que você se sentasse no meu conselho uma vez.

— Não posso falar pela minha espécie da mesma forma que você não pode falar pela sua — diz Hoa. — E eu tinha coisas mais importantes para fazer.

Você vê Ykka piscar os olhos ao ouvir a voz dele e fitá-lo descaradamente. Você faz um aceno de mão para Hoa, cansada. Diferente de Ykka, você dormiu, mas não foi exatamente um sono de qualidade, enquanto você ficou sentada em um apartamento escaldante esperando um geodo se abrir.

— Contar o que você sabe vai ajudar. — E então, movida por algum instinto, você acrescenta: — Por favor.

Porque, de certo modo, você acha que ele está reticente. A expressão dele não mudou. A postura é aquela que ele lhe mostrou da última vez, o jovem em repouso com uma das mãos erguidas; ele mudou de localização, mas não de posição. Parado.

A prova de sua reticência vem quando ele diz:

— Muito bem. — Está tudo no tom de voz. Mas tudo bem, você consegue trabalhar com reticente.

— O que aquele comedor de pedra cinza quer? — Porque você tem uma certeza ferrugenta de que ele não quer de fato que Castrima se junte a alguma comu equatorial. A política humana dos estados-nação não significa muito para eles, a menos que esteja a serviço de outro objetivo. As pessoas de Rennanis são seus peões, e não o contrário.

— Há muitos de nós agora — responde Hoa. — O suficiente para sermos chamados de um povo em si e não apenas um equívoco.

Ao ouvir essa aparente mudança de assunto, você troca olhares com Ykka, que olha de volta para você como que dizendo: "ele é confusão sua, não minha". Talvez seja relevante, de alguma forma.

— Sim? — Você o incentiva.

— Existem aqueles da minha espécie que acreditam que este mundo só pode suportar um único povo com segurança.

Oh, Terra Cruel. Era disso que Alabaster estava falando. Como ele descreveu? Facções de uma guerra antiga. Aqueles que queriam as pessoas… neutralizadas.

*Como os próprios comedores de pedra*, Bas disse.

— Vocês querem nos exterminar — você diz. — Ou… nos transformar em pedras? Como o que está acontecendo com Alabaster?

— Não todos nós — diz Hoa em um tom suave. — E não todos vocês.

Um mundo apenas de pessoas feitas de pedra. Essa ideia faz você estremecer. Você imagina chuva de cinzas e árvores esqueléticas e estátuas assustadoras por toda parte, algumas dessas últimas se movendo. Como? Eles são imbatíveis, mas, até agora, só haviam predado uns aos outros (que você saiba). Será que eles podem transformar todos vocês em pedra, como Alabaster? E, se quisessem aniquilar a humanidade, não deveriam ter sido capazes de conseguir isso antes?

Você chacoalha a cabeça.

— Este mundo *produziu* dois povos durante várias Estações. Três, se contar os orogenes. Os quietos contam.

— Nem todos nós estamos satisfeitos com isso. — Ele fala em voz muito baixa agora. — É uma coisa tão rara, o nascimento de um novo ser da nossa espécie. Nós perduramos infinitamente, enquanto vocês nascem, procriam e murcham como cogumelos. É difícil não invejar. Ou cobiçar.

Ykka está chacoalhando a cabeça, confusa. Embora sua voz tenha a mesma atitude inabalável de sempre, você a vê franzir um pouco a testa, pensando. No entanto, ela entorta um pouco a boca, como se não conseguisse deixar de mostrar pelo menos um pouco de repulsa.

— Certo — ela diz. — Então os comedores de pedra costumavam ser como nós, e agora vocês querem nos matar. Por que deveríamos confiar em você?

— Não os "comedores de pedra". Nem todos nós queremos a mesma coisa. Alguns gostam das coisas como elas estão. Alguns querem até tornar o mundo melhor...

embora nem todos estejam de acordo sobre o que isso significa. — Instantaneamente, sua postura muda: as mãos espraiadas, com as palmas para cima, os ombros erguidos em um gesto de "o que se pode fazer?". — Somos pessoas.

— E o que *você* quer? — você pergunta. Porque ele não respondeu a pergunta de Ykka, e você percebeu.

Aquelas íris prateadas passam a olhar para você, permanecem assim. Você pensa ver tristeza no rosto imóvel dele.

— A mesma coisa que eu sempre quis, Essun. Ajudar você. Só isso.

Você pensa: *nem todos estão de acordo sobre o que "ajudar" significa.*

— Bem, isso é tocante — diz Ykka. Ela esfrega os olhos cansados. — Mas você não está indo direto ao ponto. O que a destruição de Castrima tem a ver com... dar ao mundo um povo? O que esse homem cinza está tramando?

— Não sei. — Hoa ainda está olhando para você. Não é tão inquietante quanto deveria. — Tentei perguntar a ele. Não deu certo.

— Chuta — você pede. Porque você sabe muito bem que há um motivo para ele ter perguntado ao homem cinza para começo de conversa.

Hoa abaixa os olhos. Sua desconfiança machuca.

— Ele quer garantir que o Portão do Obelisco nunca mais seja aberto.

— O quê? — pergunta Ykka. Mas você recosta a cabeça contra a parede, atordoada e horrorizada e pensativa. Claro. *Alabaster*. Que maneira mais fácil de exterminar pessoas que dependem de comida e luz do sol para sobreviver do que simplesmente deixar esta Estação continuar até que elas estejam extintas? Sem deixar nada a não ser comedores de pedra para herdar a Terra sombria. E, para se certificar de que isso aconteça, matar a única pessoa com o poder de pôr fim a ela.

A única pessoa além de você, você percebe com um calafrio. Mas não. Você consegue manipular um obelisco, mas não faz ideia de como ativar duzentas dessas coisas ferrugentas ao mesmo tempo. E será que Alabaster ainda consegue fazer isso? Cada uso da orogenia o mata aos poucos. Pela ferrugem escamada... *você é* a única pessoa que restou que ao menos tem potencial para abrir o Portão. Mas se o exército de estimação do Homem Cinza matar vocês dois, isso serve aos objetivos dele de qualquer modo.

— Significa que o Homem Cinza quer exterminar orogenes em particular — você explica para Ykka. Você está resumindo muito, não mentindo. É o que você diz a si mesma. É o que você precisa contar a Ykka, de forma que ela nunca descubra que os orogenes têm o possível poder de salvar o mundo e de forma que ela nunca tente acessar um obelisco por conta própria. Isso é o que Alabaster deve ter tido que fazer com você constantemente... contar parte da verdade porque você merece, mas não o suficiente a ponto de você se espetar com ela. Aí você pensa em outra pequena informação que pode dar. — Hoa ficou preso em um obelisco durante algum tempo. Ele disse que é a única coisa que pode detê-los.

Não a única maneira, ele disse. Mas talvez Hoa também esteja lhe dando apenas as verdades seguras.

— Bom, merda — diz Ykka, irritada. — Você consegue fazer coisas de obelisco. Jogue um nele.

Você geme.

— Isso não funcionaria.

— O que funcionaria, então?

— Não faço ideia! É isso que venho tentando aprender com Alabaster esse tempo todo. — E fracassando, você não quer dizer. De qualquer modo, Ykka consegue adivinhar essa parte.

— Ótimo. — Ykka parece murchar abruptamente. — Você está certa; eu preciso dormir. Pedi a Esni que mobilizasse os Costas-fortes para protegerem as armas da comu. Ostensivamente, eles estão preparando-as para uso se tivermos que lutar contra esses equatoriais. Na verdade... — Ela dá de ombros, suspira, e você entende. As pessoas estão assustadas neste exato momento. É melhor não desafiar o destino.

— Você não pode confiar nos Costas-fortes — você diz em voz baixa.

Ykka olha para você.

— Castrima não é o lugar de onde você veio.

Você quer sorrir, embora não o faça porque sabe como o sorriso será feio. Você vem de tantos lugares. Em cada um deles você aprendeu que roggas e quietos jamais podem viver juntos. Em todo caso, Ykka muda um pouco ao ver a expressão em seu rosto. Ela tenta de novo:

— Olha, quantas outras comus teriam me deixado viver depois de descobrir o que eu era?

Você chacoalha a cabeça.

— Você era útil. Isso funcionava para os Orogenes Imperiais também. — Mas ser útil aos outros não é a mesma coisa que ser igual.

— Tudo bem, então eu sou útil. Todos nós somos. Mate ou exile os roggas e nós perdemos Castrima-de-

-baixo. Então ficamos à mercê de um bando de gente que logo trataria *todos nós* como roggas, só porque os nossos ancestrais não conseguiram escolher uma raça e limitar-se a ela…

— Você continua dizendo "nós" — você fala. A fala é gentil. Incomoda-lhe destruir as ilusões dela.

Ela para e mexe um músculo do maxilar uma ou duas vezes.

— Os quietos *aprenderam* a nos odiar. Eles podem aprender a deixar isso de lado.

— Agora? Com um inimigo literalmente à nossa porta? — Você está tão cansada. Tão cansada dessa merda toda. — Agora é que vamos ver o pior que há neles.

Ykka observa você por um longo instante. Depois ela se afunda… completamente, suas costas curvando-se e sua cabeça pendendo e seu cabelo de cinzas sopradas caindo nas laterais do seu pescoço até ficar totalmente ridículo, uma crina de borboleta. O cabelo esconde o rosto. Mas ela respira longa e cansadamente, e a respiração soa quase como um soluço. Ou uma risada.

— Não, Essun. — Ela esfrega o rosto. — Apenas… não. Castrima é o meu lar, assim como é o deles. Eu trabalhei por ela. Lutei por ela. Castrima não estaria aqui se não fosse por mim… e provavelmente por alguns dos outros roggas que se arriscaram para manter tudo funcionando ao longo dos anos. Não vou desistir.

— Cuidar de si mesma não é desistir…

— *É. É sim.* — Ela ergue a cabeça. Não foi um soluço nem uma risada. Ela está furiosa. Só que não com você. — Você está dizendo que essas pessoas… os meus pais, os meus professores da creche, os meus amigos, os meus amantes… Você está me dizendo para deixá-los entregues ao próprio destino. Está dizendo que eles não são nada. Que não são pessoas de modo algum, apenas feras que têm a natureza de matar. Você está dizendo que os roggas não são nada exceto… exceto *presas* e que essa é a única coisa que vamos ser! Não! Não vou aceitar isso.

Ela parece tão determinada. Faz o seu coração doer, porque você sentiu o mesmo um dia. Seria bom ainda se sentir dessa forma. Ter alguma esperança de um futuro real, uma comunidade real, uma vida real… mas você perdeu três filhos confiando no lado bom dos quietos.

Você pega a bolsa de fuga e se levanta para partir, passando a mão pelos cachos. Hoa desvanece, interpretando a sua deixa de que a conversa terminou. Mais tarde, então. Porém, quando você está quase na cortina, Ykka faz você parar com o que diz.

— Espalhe a informação — ela lhe diz. A emoção sumiu de sua voz. — Não importa o que aconteça, *nós* não podemos começar nada. — Essa delicada ênfase traz o reconhecimento de que os orogenes são o *nós* a que ela se refere desta vez. — Nós não deveríamos sequer terminar. Revidar poderia dar início a uma multidão descontrolada. Apenas converse com os outros em pequenos grupos. De pessoa para pessoa é melhor, se puder, de maneira que ninguém *pense* que nós estamos nos reunindo para conspirar. Certifique-se de que as crianças saibam de tudo isso. Certifique-se de que ninguém fique sozinho.

A maioria das crianças orogenes sabe se defender. As técnicas que você lhes ensinou funcionam tão bem para impedir ou deter agressores quanto para congelar ninhos de fervilhões. Mas Ykka está certa: há poucos demais de vocês para revidar... pelo menos sem destruir Castrima, o que seria uma vitória pírrica. Significa que alguns orogenes vão morrer. Você vai *deixá-los* morrer, mesmo que puder salvá-los. E você não achou que Ykka fosse fria o bastante para pensar assim.

Sua surpresa deve estar transparecendo no seu rosto. Ykka sorri.

— Eu tenho esperança — ela diz —, mas não sou burra. Se você estiver certa, e as coisas ficarem irremediáveis, então não vamos sem lutar. Vamos fazê-los se arrependerem de se voltar contra nós. Mas, até chegarmos a esse ponto sem volta... Espero que você esteja errada.

Você sabe que está certa. A crença de que os orogenes nunca serão nada além de carne para o mundo dança entre as suas células, como mágica. Não é justo. Você só quer que a sua vida importe.

Mas você diz:

— Eu também espero estar errada.

\+ \+ \+

Os mortos não têm desejos.

— *Tábua Três, "Estruturas", versículo seis*

# 17

# Nassun, versus

Faz tanto tempo desde que Nassun sentiu orgulho de si mesma que, quando se torna capaz de curar Schaffa, ela corre pelo vilarejo inteiro até Lua Encontrada para lhe contar.

"Curar" é como ela pensa nisso. Ela passou os últimos dias na floresta, praticando a nova habilidade. Não é sempre fácil detectar o que há de errado em um corpo; às vezes ela precisa seguir com cautela os fios de prateado dentro de uma coisa para encontrar seus nós e distorções. As chuvas de cinzas se tornaram mais frequentes e incessantes nos últimos tempos, e a maior parte da floresta está salpicada de cor cinza, algumas plantas começando a murchar ou adormecer em resposta. Isso é normal para elas e os fios prateados provam esse fato com seu fluxo ininterrupto. No entanto, quando Nassun vai devagar, olha com cuidado, ela em geral consegue encontrar coisas para as quais a mudança não é normal ou saudável. A larva debaixo da pedra tem um crescimento estranho em uma das laterais. A cobra (venenosa e mais violenta agora que começou uma Estação, de modo que ela apenas a examina a distância) com uma vértebra quebrada. A vinha de melão cujas folhas estão crescendo em forma convexa, pegando cinzas demais, em vez de côncava, a qual deveria sacudir as cinzas. As poucas formigas de um ninho que foi infectado por um fungo parasita.

Ela pratica a extração do que há de errado nessas coisas, e em muitas outras. É um truque difícil de dominar... como realizar uma cirurgia usando só fios, sem jamais tocar no paciente. Ela aprende como fazer a ponta de um fio ficar bem afiada, a fazer uma volta e um laço com outro fio, a cortar um terceiro e usar sua ponta ardente para cauterizar. Ela tira a excrescência da larva, mas ela morre. Ela une as pontas do osso quebrado dentro da cobra, embora isso apenas acelere o que já estava acontecendo naturalmente. Ela encontra as partes da planta que estavam dizendo *curvem para cima* e as convence a dizer *curvem para baixo*. Com as formigas, ela se sai melhor. Não consegue tirar todo o fungo nem a maior parte dele de dentro delas, mas consegue queimar as conexões nos seus cérebros que as fazem se comportar de modo estranho e espalhar a infecção. Ela está muito, muito contente de ter cérebros nos quais trabalhar.

O ápice da prática de Nassun ocorre quando saqueadores sem-comu atacam outra vez, numa manhã em que o orvalho ainda umedece as cinzas e os detritos no chão. O bando que Schaffa devastou se foi; esses são novos canalhas que não conhecem o perigo. Nassun não está mais distraída devido a seu pai, nem impotente e, depois que ela congela um dos saqueadores, a maioria foge. Mas ela detecta um emaranhado de fios em um deles no último instante, então precisa recorrer à orogenia ao modo antigo (como passou a pensar sobre isso) a fim de derrubar o chão debaixo da saqueadora e prendê-la em um poço.

A saqueadora atira uma faca em Nassun quando ela espreita por sobre a borda; é uma questão de sorte que erre. Mas, com cautela, enquanto permanece fora de vista, Nassun segue os fios e encontra uma lasca de madeira com mais de sete centímetros alojada na mão da mulher, tão funda que arranha o osso. Está envenenando seu sangue e vai matá-la; a infecção já está tão avançada que fez sua mão inchar até dobrar de tamanho. Um médico de comu, ou mesmo um ferreiro decente, poderia extrair a coisa, mas os sem-comu não têm o luxo de uma assistência qualificada. Eles vivem com base na sorte, o pouco que houver dela em uma Estação.

Nassun decide se tornar a sorte da mulher. Ela se instala ali perto para poder se concentrar e então, com cuidado – enquanto a mulher arqueja e xinga e grita "o que está acontecendo?" – ela solta a lasca. Quando olha para dentro do poço de novo, a mulher está de joelhos e geme enquanto segura a mão que está sangrando. Tardiamente, Nassun percebe que precisará aprender a anestesiar, então se acomoda contra uma árvore e lança seu fio para pegar um nervo desta vez. Demora algum tempo para ela aprender a anestesiá-lo, não simplesmente causar mais dor.

Mas ela aprende e, quando termina, sente-se agradecida à saqueadora, que está deitada, gemendo, em estado de torpor no fundo do poço. Nassun sabe que não deve soltar a mulher; se ela sobreviver, apenas morrerá de forma lenta e cruel ou voltará e talvez, da próxima vez, ameace alguém que Nassun ama. Então Nassun lança o fio uma última vez, e agora faz um corte perfeito no alto da espinha dela. É indolor e mais gentil do que o destino que a mulher pretendia dar a Nassun.

Agora, ela corre morro acima em direção a Lua Encontrada, eufórica pela primeira vez desde que matou Eitz, tão ansiosa para ver Schaffa que quase não nota as outras crianças do complexo quando elas param o que quer que estivessem fazendo e lhe lançam olhares frios. Schaffa explicou a elas que o que ela fez com Eitz foi um acidente e assegurou a ela que as crianças um dia vão mudar de opinião. Nassun espera que ele esteja certo, porque sente falta da amizade delas. Mas nada disso é importante agora.

— Schaffa! — Primeiro ela coloca a cabeça dentro da cabana dos Guardiões. Apenas Nida está lá, de pé em um canto como sempre faz, olhando a meia distância como que perdida em pensamentos. No entanto, ela se concentra com a entrada de Nassun e sorri do seu modo vazio.

— Olá, pequenina do Schaffa — ela cumprimenta. — Você parece alegre hoje.

— Olá, Guardiã. — Ela sempre é educada com Nida e Umber. Só porque eles querem matá-la não quer dizer que ela tenha que se esquecer dos modos. — A senhora sabe onde Schaffa está?

— Está no tormento com Wudeh.

— Certo, obrigada! — Nassun sai correndo, decidida. Ela sabe que Wudeh, o próximo orogene mais habilidoso depois que Eitz se foi, é a única criança em Lua Encontrada além dela que tem alguma esperança de se conectar com um obelisco. Nassun acha que é inútil porque ninguém pode treiná-lo da maneira como ele precisa ser treinado, considerando que ele é tão pequeno e frágil. Wudeh jamais teria sobrevivido aos tormentos da Mamãe.

Entretanto, ela é educada com ele também, correndo até a beirada do círculo de prática mais externo e pulando só um pouco, mantendo sua orogenia quieta de forma a não distraí-lo enquanto ele ergue uma grande coluna de basalto do chão e depois tenta empurrá-la de volta. Ele já está respirando com dificuldade, embora a coluna não esteja se movendo muito rápido. Schaffa está observando-o com muita atenção, seu sorriso não tão largo como de costume. Schaffa também está vendo.

Finalmente, Wudeh enterra a coluna de volta no chão. Schaffa põe a mão no ombro dele e o ajuda a ir até um banco, o que é claramente necessário porque Wudeh mal consegue andar a essa altura. Schaffa olha para Nassun de relance e ela acena com a cabeça de pronto e se vira para correr de volta para o refeitório para pegar um copo de água flavorizada de fruta do jarro. Quando ela traz a água para Wudeh, ele pisca os olhos uma vez ao vê-la, depois parece envergonhado por hesitar, e enfim pega o copo com um tímido aceno de agradecimento. Schaffa sempre tem razão.

— Você precisa de ajuda para voltar ao dormitório? — O Guardião pergunta a ele.

— Eu consigo voltar sozinho, senhor — responde Wudeh. Ele transfere o olhar para Nassun, atitude pela qual Nassun entende que Wudeh provavelmente gostaria de ter ajuda para voltar, mas sabe que não deve se meter entre ele e sua aluna favorita.

Nassun olha para Schaffa. Ela está entusiasmada, mas pode esperar. Ele ergue uma sobrancelha, depois inclina a cabeça e estende uma das mãos para ajudar Wudeh a se levantar.

Uma vez que Wudeh está em segurança na cama, Schaffa volta para o banco em que Nassun agora está sentada. Ela está mais calma por conta do atraso, o que é bom, porque sabe que vai precisar parecer calma e fria e profissional a fim de convencê-lo a deixar uma garota parcialmente crescida e parcialmente treinada fazer experimentos de magia com ele.

Schaffa se senta ao seu lado, parecendo achar graça.

— Tudo bem, então.

Ela respira fundo antes de começar.

— Eu sei como tirar a coisa de dentro de você.

Ambos sabem exatamente do que ela está falando. Ela se sentou ao lado de Schaffa, silenciosamente se oferecendo, enquanto ele se encolhia neste mesmo banco, pondo as mãos na cabeça e sussurrando respostas para uma voz que a menina não consegue ouvir e estremecendo quando a voz o pune com açoites de dor prateada. Mesmo agora é uma pulsação fraca e irritada dentro dele, instigando-o a obedecer. A matá-la. Ela se oferece porque sua presença alivia a dor para ele, e porque ela não acredita que ele vá matá-la de fato. Isso é loucura, ela sabe. Amor não é vacina contra assassinato. Mas ela precisa acreditar nele.

Schaffa franze o cenho para ela, e um dos motivos pelos quais ela o ama é o fato de ele não mostrar sinais de descrença.

— Sim. Tenho sensado que você vem se tornando... mais aguçada nos últimos tempos, desenvolvendo-se pouco a pouco. Isso acontecia com os orogenes do Fulcro também, quando recebiam permissão para progredir até esse ponto. — Eles se tornam seus próprios professores. O poder os guia ao longo de uma trilha particular, por linhas de aptidão natural. — Sua testa franze de leve. — Mas, em geral, nós os desviávamos *dessa* trilha.

— Por quê?

— Porque é perigoso. Para todos, não só para o orogene em questão. — Ele encosta-se nela, seu ombro quente e solidário. — Você sobreviveu ao ponto que mata a maioria: conectar-se a um obelisco. Eu... lembro como outros morreram tentando. — Por um instante, ele parece preocupado, perdido, confuso, enquanto sonda cautelosamente as bordas de suas lembranças despedaçadas. — Eu lembro parte disso. Fico contente... — Ele se encolhe de novo, parece preocupado de novo. Dessa vez, não é o prateado que o está machucando. Nassun supõe que ou ele se lembrou de algo de que não gosta ou não consegue se lembrar de algo que acha que deveria lembrar.

Ela não será capaz de tirar dele a dor da perda, não importa o quanto se torne boa. É decepcionante. Mas ela pode retirar o resto da dor, e essa é a parte que interessa. Ela toca a mão de Schaffa, seus dedos cobrindo as finas cicatrizes que ela o viu infligindo com as próprias unhas quando a dor se torna grande demais até mesmo para os seus sorrisos aliviarem. Há mais cicatrizes hoje do que alguns dias atrás, algumas ainda vermelhas.

— Eu não morri — ela o lembra.

Ele pisca os olhos, e isso por si só é o bastante para fazê-lo voltar ao aqui e agora de si mesmo.

— Não. Você não morreu. Mas, Nassun. — Ele arruma as mãos deles: agora ele está segurando a dela. A mão dele é enorme e ela não consegue nem vislumbrar a sua ali dentro. Ela sempre gostou disso, ser tão completamente envolvida por ele. — Minha compassiva. Eu não *quero* que meu núcleo pétreo seja removido.

Núcleo pétreo. Agora ela sabe o nome de seu inimigo. A expressão não faz sentido, porque é metal, não pedra, e não está no núcleo dele, só na cabeça, mas isso não importa. Ela cerra o maxilar devido ao ódio.

— Ele machuca o senhor.

— Como deveria. Eu o traí. — Ele aperta a mandíbula por um curto instante. — Mas eu aceitei as consequências disso, Nassun. Consigo suportá-las.

Isso não faz sentido.

— Ele *machuca* o senhor. Eu poderia acabar com a dor. Eu poderia até fazê-lo parar de machucar sem tirá-lo, mas apenas por pouco tempo. Eu teria que ficar com o senhor. — Ela aprendeu isso com a conversa que teve com Aço e observando o que o comedor de pedra fez. Os comedores de pedra são cheios de magia, muito mais do que as pessoas, mas Nassun pode fazer algo semelhante. — Mas, se eu tirar...

— Se você tirar — diz Schaffa —, eu não serei mais um Guardião. Você sabe o que isso quer dizer, Nassun?

Quer dizer que então Schaffa pode ser o seu pai. Ele já é de todas as formas que importam. Nassun não pensa sobre esse assunto de maneira muito elaborada porque há coisas que ela não está preparada para confrontar sobre si mesma ou sobre a própria vida (isso vai mudar muito em breve). Mas isso está em sua mente.

— Quer dizer que eu vou perder muito da minha força e da minha saúde — ele diz em resposta ao desejo silencioso da menina. — Não vou mais ser capaz de te *proteger*, pequenina. — Ele transfere o olhar para a cabana dos Guardiões, e ela entende então. Umber e Nida vão matá-la.

*Vão tentar*, ela pensa.

Ele inclina a cabeça; claro que instantaneamente toma ciência de seu intuito desafiador.

— Você não poderia derrotar os dois, Nassun. Nem mesmo você é tão poderosa. Eles têm truques que você ainda não viu. Habilidades que... — Ele parece preocupado outra vez. — Não quero me lembrar do que eles são capazes de fazer com você.

Nassun tenta não deixar o lábio inferior para fora. Sua mãe sempre disse que isso era fazer bico, e que fazer bico e choramingar eram coisas de bebê.

— O senhor não deveria recusar por *minha* causa. — Ela podia tomar conta de si mesma.

— E não estou. Digo isso apenas com a esperança de que o impulso de autopreservação ajudasse a convencê-la. Mas, de minha parte, eu não quero ficar fraco e doente e *morrer*, Nassun, que é o que aconteceria se você tirasse o núcleo. Sou mais velho do que você consegue imaginar… — O olhar enevoado volta por um momento. Ao ver isso, ela sabe que ele não se lembra da própria idade. — Mais velho do que *eu* imagino. Sem o núcleo pétreo para detê-lo, o tempo vai me alcançar. Um punhado de meses e eu serei um velho, trocando a dor do núcleo pela dor da velhice. E então eu morrerei.

— O senhor não sabe disso. — Ela está tremendo um pouco. Sua garganta dói.

— Eu sei. Eu vi acontecer, pequenina. E é crueldade, não gentileza, quando acontece. — Schaffa estreitou os olhos, como se precisasse se esforçar para ver a lembrança. Depois se concentra em Nassun. — Minha Nassun. Eu te machuquei tanto assim?

Nassun cai no choro. Ela não sabe ao certo por quê, a não ser… a não ser talvez porque ela vinha *querendo* tanto isso, trabalhando tanto nesse sentido. Ela queria fazer alguma coisa boa com a orogenia, quando já a usou para fazer tantas coisas terríveis… e queria fazer isso por ele. Ele é a única pessoa no mundo que a entende, que a ama pelo que ela é, que a protege apesar do que ela é.

Schaffa suspira e coloca Nassun no colo, onde ela se aninha e chora no ombro dele por um bom tempo, alheia ao fato de estarem em um espaço aberto.

Contudo, quando o choro passa, ela percebe que ele continua abraçando-a com a mesma firmeza. O prateado está vivo e queima dentro dele porque ela está tão perto.

As pontas do dedo dele estão em sua nuca, e seria tão fácil para Schaffa furar a carne, destruir seus sensapinae, matá-la com um único golpe. Ele não fez isso. Ele vem lutando contra esse impulso esse tempo todo. Ele prefere sofrer assim, correr esse risco, do que deixá-la ajudar, e essa é a pior coisa do mundo.

Ela cerra o maxilar e aperta as mãos na parte de trás da camisa dele. Dance junto com o prateado, flua com ele. O safira está por perto. Se ela conseguir fazer ambos fluírem juntos, será rápido. Um puxão rápido e cirúrgico.

Schaffa fica tenso.

— Nassun — A chama de prateado dentro dele de repente fica imóvel e levemente difusa. É como se o núcleo pétreo estivesse ciente da ameaça que ela representa.

É para o bem dele.

Mas.

Ela engole em seco. Se ela o machucar porque o ama, ainda é machucar? Se ela o machucar muito agora de modo que ele vá sentir menos dor depois, será que isso a torna uma pessoa horrível?

— Nassun, por favor.

Não é assim que o amor deveria funcionar?

Mas esse pensamento a faz lembrar de sua mãe, e de uma tarde fria com nuvens encobrindo o sol e um vento fresco fazendo-a tremer enquanto os dedos da Mamãe cobriam os seus e seguravam sua mão em uma pedra lisa. *Se você conseguir se controlar em meio à dor, eu saberei que está a salvo.*

Ela solta Schaffa e se recosta, sentindo um calafrio por conta da pessoa que quase se tornou.

Ele fica imóvel por mais um tempo, talvez por alívio ou por arrependimento. Depois diz em voz baixa:

— Você sumiu o dia inteiro. Você já comeu?

Nassun está com fome, mas não quer admitir. De súbito, ela sente a necessidade de se distanciar dele. Algo que a ajudará a amá-lo menos, de maneira que o impulso de ajudá-lo contra a vontade dele não lhe doa tanto.

Ela responde, olhando para as mãos:

— Eu... eu quero ir ver o Papai.

Schaffa fica em silêncio por mais um instante. Ele desaprova. Ela não precisa ver nem sensar para saber. A essa altura, Nassun já ouviu falar sobre o que mais ocorreu no dia em que matou Eitz. Ninguém ouviu o que Schaffa disse a Jija, mas muitas pessoas o viram derrubar Jija, agachar-se sobre ele e sorrir na cara dele enquanto Jija o fitava de volta com olhos arregalados e assustados. Ela pode imaginar por que isso aconteceu. Todavia, pela primeira vez, Nassun tenta não se importar com os sentimentos de Schaffa.

— Devo ir com você? — ele pergunta.

— Não. — Ela sabe como lidar com o pai, e sabe que Schaffa não tem paciência com ele. — Volto logo em seguida.

— Garanta que voltará, Nassun. — Soa gentil. É um alerta.

Mas ela sabe lidar com Schaffa também.

— Sim, Schaffa. — Ela olha para ele. — Não fique com medo. Eu sou forte. Como o senhor me fez.

— Como você fez a si mesma. — Seu olhar é suave e terrível. Olhos branco-gelo não podem ser outra coisa, embora haja uma camada de amor cobrindo o terrível. Nassun está acostumada com essa combinação a essa altura.

Então Nassun sai do colo dele. Ela está cansada, embora não tenha feito nada. Emoções sempre a deixam cansada. Mas ela desce a colina em direção a Jekity, acenando para as pessoas que conhece (quer elas acenem de volta ou não), notando o novo celeiro que o vilarejo está construindo, já que tiveram tempo de aumentar os estoques enquanto a chuva de cinzas e a oclusão do céu ainda são intermitentes. É um dia trivial e silencioso nessa comu trivial e silenciosa e, de certa forma, parece muito com Tirimo. Se não fosse por Lua Encontrada e por Schaffa, Nassun odiaria esse lugar do mesmo modo. Ela talvez nunca entenda por que, se Mamãe tinha o mundo inteiro à disposição após ter fugido de seu Fulcro, ela escolheu viver em um local tão plácido e atrasado.

Portanto, é com a mãe em mente que Nassun bate à porta da casa do pai. (Ela tem um quarto aqui, mas não é a casa dela. É por isso que ela bate à porta.)

Jija abre a porta quase que de imediato, como se estivesse prestes a sair para ir a algum lugar, ou como se estivesse esperando por ela. Da casa, da pequena lareira perto do fundo, sai o cheiro de alguma coisa impregnada de alho. Nassun acha que talvez seja peixe na caçarola, já que as cotas da comu de Jekity têm muito peixe e legumes. É a primeira vez que Jija a vê em um mês, e ele arregala os olhos por um instante.

— Oi, Papai — ela diz. É embaraçoso.

Jija se curva e, antes que Nassun saiba o que está acontecendo, ele a pega e a abraça com um gesto amplo.

Jekity parece com Tirimo, mas de um modo bom agora. Como quando a Mamãe estava por perto, mas o Papai era quem a amava mais e a comida no fogão era pato na caçarola em vez de peixe. Se fosse aquela época, a Mamãe estaria gritando com o filhote de kirkhusa dos vizinhos por roubar repolho do jardim deles; a velha dona Tukkle nunca prendia a criatura do jeito como deveria. O ar teria o cheiro que tem agora, boa comida em preparo, misturado com os cheiros mais azedos das pedras recém-lascadas e dos produtos químicos que o Papai usa para amaciar e alisar suas ferramentas de britar. Uche estaria correndo no fundo, fazendo "zum" e gritando que estava caindo enquanto tentava pular no ar...

Nassun se retesa em meio ao abraço de Jija quando de súbito se dá conta. Uche. Pulando para cima. *Caindo* para cima, ou fingindo cair.

Uche, que Papai espancou até a morte.

Jija sente que ela está tensa e fica tenso também. Aos poucos, ele a solta, colocando-a no chão à medida que a alegria de sua expressão se transforma em inquietação.

— Nassun — ele diz. Seu olhar examina o rosto dela. — Você está bem?

— Estou bem, Papai. — Ela sente falta do abraço dele. Não consegue evitar. Mas a epifania sobre Uche a fez lembrar de ser cautelosa. — Só queria te ver.

Parte da inquietação de Jija desvanece um pouco. Ele hesita, parece atrapalhado, procurando algo para dizer, depois enfim dá um passo para o lado.

— Entra. Você está com fome? Tem comida suficiente para você também.

Então ela entra e eles se sentam para comer e ele comenta enfaticamente sobre como seu cabelo cresceu e como as tranças e o puff cacheado estão bonitos. Foi ela que fez sozinha? E ela está um pouco mais alta? Poderia estar, ela reconhece, corando, embora saiba com certeza que cresceu mais de dois centímetros desde a última vez que Jija mediu sua altura; Schaffa verificou um dia porque pensou que precisaria requisitar novas roupas junto com a próxima cota de comu de Lua Encontrada. Ela está tão crescida agora, diz Jija, e há tanto orgulho de verdade em sua voz que isso desarma suas defesas. Quase onze anos e tão bonita, tão forte. Tão parecida... ele vacila. Nassun olha para o prato porque ele quase disse: "tão parecida com a sua mãe".

Não é assim que o amor deveria funcionar?

— Tudo bem, Papai — Nassun se obriga a falar. É terrível que Nassun seja bonita e forte como a mãe, mas o amor sempre vem atado a coisas terríveis. — Eu também sinto saudade dela. — Porque ela sente, apesar de tudo.

Jija se retesa de leve e mexe um pouco um músculo ao longo da curva da mandíbula.

— Eu não sinto saudade dela, querida.

É uma mentira tão óbvia que Nassun fica olhando e se esquece de fingir concordar com ele. Ela se esquece de muitas coisas, ao que parece, inclusive o bom senso, pois diz sem pensar:

— Mas você sente. Sente saudade do Uche também. Eu posso ver.

Jija enrijece e fica olhando para ela de uma maneira que fica entre o choque por ela ter dito isso em voz alta e o horror pelo *que* ela disse. E então, como Nassun passou a entender que é normal para o pai, o choque do inesperado abruptamente se transforma em raiva.

— É isso o que estão te ensinando lá em cima naquele... *lugar*? — ele pergunta de repente. — A desrespeitar o seu pai?

De pronto, Nassun fica mais cansada. Tão cansada de tentar se esquivar da insensatez dele.

— Eu não estava desrespeitando o senhor — ela responde. Ela tenta manter a voz equilibrada, sem inflexão, mas consegue ouvir a frustração que existe nela. A menina não consegue evitar. — Estava só dizendo a verdade, Papai. Mas não me importo que o senhor...

— Não é a verdade. É um insulto. Não gosto desse tipo de linguajar, mocinha.

Agora ela ficou confusa.

— *Que* tipo de linguajar? Eu não disse nada de ruim.

— Chamar uma pessoa de amante de rogga é ruim!

— Eu... não disse isso. — Mas, de certa forma, disse. Se Jija sente saudade da Mamãe e de Uche, então significa que ele os ama, e isso o torna um amante de rogga. Mas. *Eu sou uma rogga.* Ela sabe que não deve dizê-lo. Mas tem vontade.

Jija abre a boca para retrucar, depois parece se deter. Ele desvia o olhar, apoiando os cotovelos sobre a mesa e colocando as mãos em campanário como tantas vezes faz quando está tentando se controlar.

— *Roggas* — ele diz, e a palavra soa imunda em sua boca — mentem, querida. Eles ameaçam, manipulam e usam. Eles são maus, Nassun, tão maus quanto o próprio Pai Terra. Você não é assim.

Isso também é mentira. Nassun fez o que teve que fazer para sobreviver, inclusive mentir e matar. Ela fez algumas dessas coisas para sobreviver *a ele*. Ela odeia ter tido que fazê-las e se exaspera pelo fato de que ele aparentemente nunca percebeu. Pelo fato de que ela está fazendo isso agora e ele não vê.

*Por que eu ainda o amo?* Nassun se vê pensando enquanto olha para o pai.

Em vez de dizer isso, ela fala:

— Por que o senhor nos odeia tanto, Papai?

Jija recua, talvez por conta desse "nos" casual.

— Eu não odeio você.

— Mas odeia a Mamãe. E devia odiar U...

— Eu não odiava! — Jija se afasta da mesa e fica de pé. Nassun se encolhe mesmo sem querer, mas ele vira as costas e começa a andar em pequenos e viciosos semicírculos ao redor da sala. — Eu só... eu sei do que eles são capazes, querida. Você não entenderia. Eu precisava te proteger.

Em um súbito borrão de entendimento tão poderoso quanto a magia, Nassun se dá conta de que Jija não se lembra de estar sobre o corpo de Uche, os ombros e o peito arfando, os dentes cerrados ao pronunciar as palavras "Você é uma também?". Agora, ele acredita que nunca a ameaçou. Nunca a empurrou de um assento de carroça e a fez cair em uma colina cheia de galhos e pedras. Algo reescreveu a história dos filhos orogenes na cabeça de Jija, uma história que é tão talhada e imutável quanto a pedra na mente de Nassun. Talvez seja a mesma coisa que reescreveu Nassun como *filha* para ele, e não *rogga*, como se as duas coisas pudessem ser separadas uma da outra de algum modo.

— Ouvi falar deles quando era menino. Mais novo do que você. — Jija não está mais olhando para ela, e gesticula enquanto fala e caminha. — O primo de Makenba. — Nassun pisca os olhos. Ela se lembra da sra. Makenba, a senhora calada que sempre cheirava a chá. Lerna, o médico do vilarejo, era filho dela. A sra. Makenba tinha um primo no vilarejo? Então Nassun entende.

— Eu o encontrei atrás do silo de sementes de espátula um dia. Ele estava ali agachado, tremendo. Pensei que estava doente. — Jija chacoalha a cabeça o tempo todo, ainda andando de um lado para o outro. — Tinha outro menino comigo. A gente sempre brincava junto, os três. Kirl foi sacudir Litisk e Litisk simplesmente... — Jija para de forma abrupta. Está mostrando os dentes. Os ombros estão se agitando como naquele dia. — Kirl *gritava* e Litisk dizia que não conseguia parar, que não sabia como. O gelo consumiu o braço de Kirl e o braço se quebrou. O sangue estava aos pedaços no chão. Litisk disse que sentia muito, ele até chorou, mas continuou congelando Kirl. Ele não *parava*. Quando eu saí correndo, Kirl estava estendendo o braço na minha direção, e as únicas partes dele que não tinham sido congeladas eram a cabeça e aquele braço. Mas era tarde demais. Era tarde demais mesmo antes de eu fugir para pedir ajuda.

Saber que há um motivo, um motivo específico, não conforta Nassun quanto ao que seu pai fez. A única coisa em que ela consegue pensar é: *Uche nunca perdeu o controle desse jeito; a Mamãe não teria deixado*. É verdade. A Mamãe sempre conseguiu sensar e aquietar, a orogenia de Nassun, estando do outro lado da cidade às vezes. O que significa que Uche nunca fez nada para provocar Jija. Jija matou o próprio filho por conta de algo que uma pessoa completamente diferente fez, muito tempo antes do nascimento desse filho. Isso, mais do que qualquer outra coisa, ajuda a garota a entender enfim que não dá para argumentar contra o ódio de seu pai.

Então Nassun está quase preparada quando Jija de repente transfere o olhar para ela, oblíquo e desconfiado.

— Por que você ainda não se curou?

Não dá para argumentar. Mas ela tenta porque, um dia, esse homem foi o seu mundo inteiro.

— Talvez eu consiga em breve. Eu aprendi como fazer as coisas acontecerem com o prateado e como tirar coisas das pessoas. Não sei como a orogenia funciona, nem de onde vem, mas, se for alguma coisa que pode ser tirada, então...

— Nenhum dos outros monstros naquele acampamento se curou. Eu perguntei por aí. — Os passos de Jija se tornaram visivelmente mais rápidos. — Eles vão lá para cima e não melhoram. Moram lá com aqueles Guardiões, mais deles a cada dia, e nenhum foi curado! Era mentira?

— Não é mentira. Se eu ficar boa o bastante, vou conseguir fazer isso. — Ela entende isso instintivamente. Com controle preciso o suficiente e ajuda do obelisco safira, ela conseguirá fazer quase qualquer coisa. — Mas...

— Por que você ainda não é boa o bastante? Faz quase um ano que a gente está aqui!

"Porque é difícil", ela sente vontade de dizer, mas percebe que ele não quer ouvir. Ele não quer saber que o único jeito de usar a orogenia e a magia para transformar uma coisa é se tornar um especialista no uso da orogenia e da magia. Ela não responde porque é inútil fazê-lo. Ela não pode dizer o que ele quer ouvir. Não é justo ele chamar os orogenes de mentirosos e depois exigir que ela minta.

Ele para e a circunda, instantaneamente desconfiado de seu silêncio.

— Você não está tentando melhorar, não é? Fale a verdade, Nassun.

*Pelas ferrugens*, ela está tão cansada.

— Estou tentando melhorar, Papai — responde Nassun enfim. — Estou tentando me tornar uma orogene melhor.

Jija dá um passo para trás, como se ela houvesse lhe batido.

— Não foi por isso que deixei você morar lá em cima.

Ele não está *deixando* nada; Schaffa o obrigou. Ele está até mentindo para si mesmo agora. Mas são as mentiras que está contando para ela – como ele vem lhe contando, Nassun se dá conta de pronto, a vida toda – que de fato partem seu coração. Ele disse que a amava, afinal, mas isso obviamente não é verdade. Ele não pode amar um orogene, e é isso que ela é. Ele não pode ser o pai de um orogene, e é por essa razão que exige a todo momento que ela seja algo diferente do que é.

E ela está cansada. Cansada e farta.

— Eu gosto de ser orogene, Papai — ela diz. Ele arregala os olhos. É uma coisa terrível o que ela está dizendo. É uma coisa terrível que ela ame a si mesma. — Gosto de fazer as coisas se mexerem, e de usar o prateado, e de cair nos obeliscos. Eu não gosto...

Ela está prestes a dizer que odeia o que fez com Eitz e, em particular, odeia o modo como os outros a tratam agora que sabem do que é capaz, mas não tem a chance de fazê-lo. Jija dá dois passos rápidos para a frente e o dorso da sua mão se movimentam tão rápido que a menina nem sequer o vê antes de ser derrubada da cadeira.

É como aquele dia na Estrada Imperial, quando ela se viu de repente no sopé de uma colina, sentindo dor. Deve ter sido assim com Uche, ela percebe, em outra rápida epifania. O mundo como ele deveria ser em um momento, e completamente errado, completamente despedaçado no instante seguinte.

*Pelo menos Uche não teve tempo para odiar*, ela pensa, triste.

E então ela congela a casa inteira.

Não é um reflexo. E ela faz isso de propósito, com precisão, configurando a espiral para se ajustar exatamente às dimensões da casa. Ninguém do lado de fora das paredes será pego pela espiral. Ela configura dois núcleos a partir da espiral também, e os centraliza em si mesma e no pai. Ela sente o frio nos pelos de sua pele, o puxão da pressão baixa do ar em sua roupa e em seu cabelo trançado. Jija sente a mesma coisa enquanto *grita*, seus olhos arregalados e desvairados e sem visão. A lembrança da morte cruel e congelada de um menino está em seu rosto. Quando Nassun se põe de pé, olhando para o pai ao longo de um chão liso com placas de gelo sólido e em volta de uma cadeira caída que agora está deformada demais para ser usada de novo, Jija havia tropeçado, escorregado no gelo, caído e deslizado parcialmente pelo chão até bater contra as pernas da mesa.

Não há perigo. Nassun só manifestou a espiral por um instante, como um alerta contra mais demonstrações de violência por parte dele. Porém, Jija continua gritando, enquanto Nassun olha para o pai, encolhido e em estado de pânico. Talvez ela devesse sentir pena ou remorso. O que ela de fato sente, contudo, é uma ira fria contra a mãe. Ela sabe que é irracional. Não é culpa de ninguém a não ser de Jija que ele tenha tanto medo de orogenes a ponto de não amar os próprios filhos. Entretanto, houve um dia em que Nassun pôde amar o pai sem restrições. Agora, ela precisa de alguém a quem culpar pela perda desse amor perfeito. Ela sabe que a mãe consegue suportar isso.

*Você deveria ter nos tido com alguém mais forte*, ela pensa sobre Essun, onde quer que ela esteja.

É preciso cuidado para atravessar o chão liso sem escorregar, e Nassun tem que sacudir a tranca por alguns segundos para abri-la. Quando ela abre, Jija parou de gritar atrás dela, embora a menina ainda possa ouvi-lo respirando com dificuldade e emitindo um pequeno gemido cada vez que solta o ar. Ela não quer olhar para ele. De toda forma, ela se obriga a fazê-lo, porque quer ser uma boa orogene, e bons orogenes não podem se iludir.

Jija estremece como se o olhar dela tivesse o poder de queimar.

— Adeus, Papai — ela diz. Ele não responde com palavras.

✦ ✦ ✦

E A ÚLTIMA LÁGRIMA QUE ELA DERRAMOU, À MEDIDA QUE ELE A QUEIMAVA VIVA COM GELO, FRAGMENTOU-SE COMO A ESTAÇÃO DO ESTILHAÇAMENTO SOBRE O CHÃO. TRANSFORME SEU CORAÇÃO EM PEDRA CONTRA OS ROGGAS, POIS NÃO HÁ NADA ALÉM DE FERRUGEM NA ALMA DELES!

*– Do conto sabedorista "Beijos de gelo", registrado no Distritante de Bebbec, Teatro de Msida, por Whoz Sabedorista Bebbec. (Nota: uma carta assinada por sete sabedoristas equatoriais itinerantes repudia Whoz como um "sabedorista popular charlatão". O conto pode ser apócrifo.)*

# 18

## VOCÊ, EM CONTAGEM REGRESSIVA

Quando a mulher sanzed sai, eu levo você para um canto. Figurativamente falando.

— Aquele que você chama de Homem Cinza não quer evitar a abertura do Portão — eu digo. — Eu menti.

Você está tão desconfiada de mim agora. Isso a preocupa, eu posso ver; você *quer* confiar em mim, mesmo que os seus próprios olhos a lembrem de como eu a enganei. Mas você suspira e diz:

— É. Eu achei que poderia ter mais coisa nessa história.

— Ele vai matar você porque você não pode ser manipulada — eu digo, ignorando a ironia. — Porque, se abrir o Portão, você iria restaurar a Lua e acabaria com as Estações. O que ele quer de verdade é alguém que abra o Portão para os propósitos *dele*.

Você entende os jogadores agora, se não o jogo em sua totalidade. Você franze a testa.

— Então que propósito seria esse? Transformação? Status quo?

— Não sei. Isso importa?

— Suponho que não. — Você esfrega uma das mãos nos cachos, que você refez recentemente. — Seria por isso que ele está tentando fazer Castrima expulsar todos os roggas?

— Sim. Ele vai encontrar um jeito de forçar você a fazer o que ele quer, Essun, se puder. Se não encontrar... você não tem utilidade. Pior. Você é o inimigo.

Você suspira com o cansaço da Terra e não dá outra resposta além de acenar com a cabeça e se afastar. Eu fico com tanto medo enquanto vejo você sair.

\+ + +

Como fez em outros momentos de desespero, você procura Alabaster.

Não resta mais muito dele. Desde que abriu mão das pernas, ele tem passado os dias em um estado de torpor causado pelos medicamentos, encolhido contra Antimony como um filhote mamando na mãe. Às vezes você não pede aulas quando vem vê-lo. É um desperdício do seu tempo juntos, pois você tem certeza de que a única razão pela qual ele se obrigou a continuar vivendo é passar para você a arte da destruição global. Ele pegou você visitando--o desse modo algumas vezes: você acordou encolhida ao lado do ninho dele para encontrá-lo olhando para você. Ele não a repreende. Provavelmente não tem forças para repreender. Você fica agradecida.

Ele está acordado agora, quando você se acomoda ao seu lado, embora não se mexa muito. Antimony passou a ocupar o ninho junto com ele nos últimos tempos, e você raramente a vê em outra pose que não a de "cadeira viva" para ele: sentada, as pernas abertas, as mãos escoradas nas coxas. Alabaster está apoiado contra a parte frontal do corpo dela, o que só é possível agora porque, perversamente, as poucas queimaduras nas costas dele sararam ao mesmo tempo em que as pernas apodreceram. Por sorte, ela não tem seios para tornar a posição menos confortável e, ao que parece, a vestimenta que simula não é pontuda nem áspera. Os olhos de Alabaster a seguem enquanto você se senta, como os de um comedor de pedra. Você odeia que essa comparação lhe venha à mente.

— Está acontecendo de novo — você diz. Não se dá ao trabalho de explicar o quê. Ele sempre sabe. — Como você... em Meov. Você *tentou.* Como? — Porque você não se sente mais capaz de se dar o trabalho de lutar por este lugar ou de construir uma vida aqui. Todos os seus instintos lhe dizem para pegar a sua bolsa de fuga, pegar o seu pessoal, e correr antes que Castrima se volte contra vocês. Isso é provavelmente uma sentença de morte, considerando que a Estação se estabeleceu de vez lá em cima, mas ficar parece uma morte mais certa.

Ele respira de maneira profunda e lenta, para que você saiba que pretende responder. Apenas demora um pouco para que ele forme as palavras.

— Eu não pretendia. Você estava grávida, eu estava... solitário. Achei que seria suficiente. Por algum tempo.

Você chacoalha a cabeça. Claro que ele sabia que você estava grávida antes de você saber. Tudo isso é irrelevante agora.

— Você lutou por eles. — Enfatizar a última palavra requer esforço, mas você enfatiza. Por você e por Corundum e por Innon, claro, mas ele lutou por Meov também. — Eles também teriam se voltado contra nós um dia. Você sabe que teriam. — Quando Corundum se mostrasse poderoso demais, ou se houvessem expulsado os Guardiões só para ter que deixar Meov e se mudar para outro local. Era inevitável.

Ele faz um som afirmativo.

— Então por quê?

Ele solta um longo e lento suspiro.

— Havia uma chance de não se voltarem contra nós. — Você balança a cabeça. As palavras são tão impossíveis de acreditar que soam como um falatório incoerente. Mas ele acrescenta: — Valia a pena tentar qualquer probabilidade.

Ele não diz "por você", mas você sente. É um subtexto quase sensável sob a superfície das palavras. Para que a sua família pudesse ter uma vida normal entre outras pessoas, como uma delas. Oportunidades normais. Lutas normais. Você olha para ele. Em um impulso, você leva a mão até o rosto dele e passa os dedos sobre os lábios cicatrizados. Ele observa você fazer isso e lhe dá aquele quarto de sorriso, que é a única coisa que ele consegue fazer hoje em dia. É mais do que você precisa.

Então você levanta e sai para tentar salvar o mínimo e fragmentado nada que são as chances de Castrima.

✦ ✦ ✦

Ykka convocou uma votação para a manhã seguinte... Vinte e quatro horas após a "oferta" de Rennanis. Castrima precisa dar algum tipo de resposta, mas ela acha que a decisão não deveria caber apenas ao seu conselho informal. Você não consegue ver que diferença a votação vai fazer, exceto enfatizar que, se a comu atravessar a noite intacta, será um milagre ferrugento.

As pessoas olham para você enquanto você cruza a comu. Mantém o olhar à frente e tenta não deixar que eles a afetem visivelmente.

Em curtas visitas particulares, você passa as ordens de Ykka para Cutter e Temell, e pede a eles que espalhem a notícia. Temell em geral sai com as crianças para as aulas mesmo; ele diz que vai visitar os alunos em casa e encorajá-los a formar grupos de estudo de dois ou três, nas casas de adultos de confiança. Você sente vontade de dizer "nenhum adulto é confiável", mas ele sabe. Não há como contornar isso, então não há por que dizer em voz alta.

Cutter diz que vai passar as ordens aos poucos roggas adultos restantes. Nem todos têm a habilidade de criar uma espiral ou de se controlar bem; exceto por você e Alabaster, todos eles são selvagens. Mas Cutter vai garantir que aqueles que não conseguem fiquem perto daqueles que conseguem. Ele tem uma expressão impassível quando acrescenta:

— E quem vai te proteger?

O que significa que está oferecendo. A repulsa que a perpassa ao ouvir essa ideia é surpreendente. Você nunca confiou nele de verdade, mesmo sem entender por quê. Algo sobre o fato de que ele se escondeu a vida inteira... o que é uma hipocrisia dos infernos depois dos seus dez anos em Tirimo. Mas, pelas doces ferrugens escamadas, você confia em alguém? Contanto que ele faça o trabalho dele, não importa. Você se obriga a aquiescer.

— Venha comigo depois que terminar, então.

Ele concorda.

Com isso, você decide descansar um pouco. O seu quarto está arruinado graças à transformação de Hoa, e você não está muito interessada em dormir na cama de Tonkee; faz dez meses, mas a lembrança do mofo não se apaga. Além do mais, você se dá conta, tardiamente, de que não há ninguém para proteger Ykka. Ela acredita em sua comu, mas você não. Hoa comeu Cabelo de Rubi, que, pelo menos, tinha um interesse presumível em mantê-la viva. Então você pega outra sacola emprestada com Temell e vasculha seu apartamento em busca de alguns suprimentos básicos (não é exatamente uma bolsa de fuga, dá para negar de forma plausível se Ykka protestar) e depois se dirige ao apartamento dela (isso terá o propósito extra de tornar mais difícil para Cutter encontrá-la). Ela ainda está dormindo, a julgar pelo som de sua respiração através da cortina do quarto. Os divãs dela são bastante confortáveis, em especial se comparados a dormir ao relento na estrada. Você usa sua bolsa de fuga como travesseiro e se encolhe, tentando esquecer o mundo por um tempo.

E então você acorda quando Ykka pragueja e tropeça ao passar por você a toda velocidade, rasgando metade de uma das cortinas do apartamento na pressa. Você acorda com esforço e se senta.

— O que... — Mas aí você também ouve os gritos crescentes lá fora. Gritos *irritados*. Uma multidão se reunindo.

Então começou. Você se levanta e a segue, e é só depois de uma reflexão posterior que você pega as bolsas.

O aglomerado de pessoas está reunido no nível térreo, próximo às casas de banho comunitárias. Ykka desce com dificuldade até esse nível de uma forma que você não vai descer: escorregando por escadas de metal, pulando sobre o corrimão de uma plataforma para cair na plataforma que ela sabe que existe embaixo, correndo em pontes que chacoalham de modo alarmante sob os pés dela. Você desce da maneira sensata e não suicida; por isso, quando chega ao aglomerado de gente, Ykka está gritando a plenos pulmões, tentando fazer todo mundo calar a boca e ouvir e se afastar.

No centro do aglomerado está Cutter, vestido apenas com uma toalha, pela primeira vez aparentando algo que não indiferença. Agora ele está tenso, com uma expressão determinada, desafiador, pronto para fugir. E, a dois metros de distância, jaz no chão o cadáver congelado de um homem, congelado enquanto se arrastava para trás, um olhar de terror abjeto permanentemente no rosto. Você não o reconhece. Não importa. O que importa é que um rogga matou um quieto. Isso é um fósforo jogado bem no meio de uma comu que é um graveto seco e encharcado de óleo.

—... como isso aconteceu — Ykka está gritando quando você alcança o amontoado de gente. Você mal consegue vê-la; já estão reunidas quase cinquenta pessoas aqui. Você poderia forçar sua passagem lá para a frente, mas, em vez disso, decide ficar no fundo. Agora não é hora de chamar a atenção para si mesma. Você olha ao redor e também vê Lerna espreitando da parte de trás da multidão. Ele arregala os olhos e cerra o maxilar quando olha de volta para você. Também há... oh, Terra ardente... um grupo de três crianças roggas aqui. Uma delas é Penty, que você sabe que é a líder de algumas das crianças roggas mais corajosas e estúpidas. Ela está na ponta dos pés, esticando o pescoço para ver melhor. Quando ela tenta avançar em meio à multidão, você atrai a atenção dela e lhe dá um Olhar de Mãe. Ela recua e se abaixa de imediato.

— Quem ferrugens se importa com como aconteceu? — Este é Sekkim, um dos Inovadores. Você o conhece porque Tonkee reclama constantemente de que ele é burro demais para merecer fazer parte dessa casta e que, em vez disso, deveria ser jogado para uma casta não essencial, como a Liderança. — É por isso...

Outra pessoa grita:

— *Maldito rogga!*

Uma terceira pessoa grita para fazer calar a mulher que acabou de dizer isso.

— Droga, escutem! É a Ykka!

— Quem ferrugens se importa com outro monstro rogga...?

— Filho ferrugento de um canibal, vou te bater até você sangrar se...

Alguém empurra outra pessoa. Seguem-se mais empurrões, mais xingamentos, votos de assassinato. É uma catástrofe.

Então um homem se precipita para a frente da multidão, agachando-se ao lado do cadáver congelado e tentando passar o braço ao redor dele o melhor que pode. A semelhança entre ele e o cadáver é óbvia mesmo através do gelo: irmãos, talvez. Seu gemido de angústia faz um silêncio repentino e nervoso repercutir em meio ao amontoado. Eles se remexem, desconfortáveis, quando o gemido do homem transforma-se em soluços profundos de cortar a alma.

Ykka respira fundo e dá um passo adiante, usando a oportunidade que a tristeza lhe deu. Para Cutter, ela diz entredentes:

— O que foi que eu disse? Pelas ferrugens, o que foi que eu *disse*?

— Ele me atacou — responde Cutter. Não há nenhum arranhão nele.

— Besteira — retruca Ykka. Várias pessoas na multidão repetem o que ela diz, mas ela os encara até se calarem. Ela olha para o homem morto, seu maxilar cerrado. — Betine não teria feito isso. Ele não conseguiu nem matar um frango quando foi a vez dele de cuidar da criação.

Cutter a encara.

— A única coisa que sei é que eu queria tomar um banho. Sentei para me lavar e ele se afastou de mim. Eu pensei tudo bem, é assim que vai ser, e não dei importância. Depois eu passei por ele para entrar na piscina e ele me *bateu*. Com força, na nuca.

Isso causa um murmúrio tênue e irritado... mas também um alvoroço de preocupação. Dizem que a nuca é o melhor lugar para desferir um golpe em um rogga. Não é verdade. Só funciona se você bater com força suficiente para causar uma concussão ou rachar o crânio e, nesse caso, é isso que os derruba, e não qualquer tipo de dano aos sensapinae. Ainda é um mito popular. E, se for verdade, poderia ser razão suficiente para Cutter revidar.

— *Que vá tudo para as ferrugens.* — As palavras são um grunhido; o homem que segura o cadáver ligeiramente sibilante de Betine. — Bets não era assim. Yeek, você *sabe* que ele não era...

Ykka concorda com a cabeça, aproximando-se para tocar o ombro do homem. A multidão se remexe outra vez, uma fúria contida movendo-se com as pessoas. Com ela, de forma tênue, por ora.

— Eu sei. — Ela mexe um músculo da mandíbula uma vez, duas. Olha ao redor. — Alguém mais viu a briga?

Várias pessoas erguem as mãos.

— Eu vi Bets se afastar — conta uma mulher. Ela engole em seco, olhando para Cutter; há gotas de suor sobre o seu lábio superior. — Mas acho que ele só queria chegar mais perto do sabonete.

— Ele olhou para mim — diz Cutter de modo brusco. — Eu sei o que ferrugens significa quando alguém me olha daquele jeito!

Ykka o interrompe com um aceno de mão.

— Eu sei, Cutter, mas cala a boca. O que mais? — ela pergunta à mulher.

— Foi só isso. Eu desviei o olhar e, quando olhei de volta, havia aquele... redemoinho. Vento e gelo. — Ela faz uma careta, cerrando o maxilar. — Você sabe como vocês matam as pessoas.

Ykka a encara, mas depois vacila, uma vez que surgem mais gritos, dessa vez concordando com a mulher. Alguém tenta abrir caminho em meio à multidão para chegar até Cutter; alguma outra pessoa segura o agressor, mas é por um triz. Você vê Ykka perceber que os está perdendo. Ela não vai conseguir fazer o seu povo entender. Eles estão se preparando para ir para cima, e não há nada que ela possa fazer para impedi-los.

Bem. Você está errada sobre isso. Há uma coisa que ela pode fazer.

Ela o faz virando-se e pousando uma das mãos no peito de Cutter e fazendo algo perpassá-lo. Você não está sensando ativamente no momento, então capta apenas a repercussão do que ela faz, e é... o quê? Parece... a maneira como Alabaster açoitou com violência um ponto quente até fazê-lo ceder, anos atrás e a um quinto de continente de distância. Só que menor. Parece o que aquele Guardião fez com Innon, só que localizado, e não manifestamente horrível. E você não sabia que roggas podiam fazer coisas desse tipo.

Seja lá o que for, Cutter não tem sequer a chance de arquejar. Ele arregala os olhos. Cambaleia para trás. Depois cai, com uma expressão de choque no rosto para combinar com a expressão de medo de Betine.

Todos ficam em silêncio. Seu queixo não é o único que fica caído.

Ykka recupera o fôlego. O que quer que tenha feito, exigiu muito dela; você a vê cambalear um pouco e depois se recompor.

— Já basta — ela diz, virando-se para olhar todas as pessoas do aglomerado. — Mais do que basta. A justiça foi feita, estão vendo? Agora todos vocês vão para as suas casas ferrugentas.

Você não espera que aquilo vá funcionar. Você deduz que só vai aguçar a sede de sangue da multidão... mas isso mostra quão pouco você sabe. As pessoas perambulam um pouco, resmungam mais um pouco, mas então começam a se dispersar. Os silenciosos soluços de um homem de luto as seguem enquanto vão embora.

É meia-noite, grita o encarregado das horas. Oito horas até a votação da manhã.

+ + +

— Eu tive que fazer aquilo — murmura Ykka. Você está meio que no apartamento dela de novo, de pé ao seu lado. A cortina está aberta para que Ykka possa ver o povo dela, para que eles possam vê-la, mas ela está recostada contra o batente da porta, tremendo. Só um pouco. Ninguém veria a distância. — Eu tive.

Você lhe oferece o respeito da honestidade.

— Sim. Você teve.

São duas horas.

+ + +

Em torno das cinco horas, você está pensando em dormir. Está mais silencioso do que você esperava. Lerna e Hjarka vieram se juntar a vocês no apartamento de Ykka. Ninguém diz que vocês estão de vigília, condoendo-se em silêncio, lamentando a morte de Cutter, esperando o mundo acabar (outra vez), mas é isso que vocês estão fazendo. Ykka está sentada em um divã, os joelhos abraçados e a cabeça apoiada contra a parede, o olhar cansado e vazio de pensamento.

Quando você ouve gritos de novo, você fecha os olhos e pensa em ignorá-los. São os gritos agudos de crianças que a tiram dessa completa falta de empatia. Os outros se levantam, e você também, e todos vocês saem à sacada. As pessoas estão correndo em direção a uma das plataformas amplas que circundam uma coluna de cristal pequena demais para abrigar apartamentos. Você e os outros se dirigem para aquele lado também. A comu usa essas plataformas como depósito, então essa contém barris e caixas e jarros de argila empilhados. Um dos jarros de argila está rolando solto, mas parece intacto; vê isso quando você e os outros chegam à plataforma. O que não explica de modo algum as outras coisas que você vê.

São as crianças roggas de novo. A turma de Penty. Duas delas são responsáveis por toda a gritaria, puxando e batendo em uma mulher que encurralou Penty e está gritando com ela, agarrando a garganta dela. Outra mulher está ao lado, gritando com as crianças também, mas ninguém está prestando muita atenção nela. Sua voz ininteligível é só uma provocação.

Você meio que conhece a mulher que pegou Penty. Ela talvez seja dez anos mais nova do que você, com compleição mais pesada e cabelo mais comprido: Waineen, uma das Resistentes. Ela foi suficientemente agradável quando você fez turnos de trabalho nos cultivos de cogumelos ou nas latrinas, mas você ouviu os outros fofocarem pelas costas dela. Waineen faz os mellows que Lerna fuma de tempos em tempos e o licor que algumas pessoas da comu bebem. Em algum momento antes da Estação, ela tinha uma atividade paralela lucrativa ajudando os castrimenses nativos a animar suas vidas de mineiros e negociadores, e estocava o produto em Castrima-de-baixo para evitar que os inspetores fiscais do distritante algum dia o encontrassem. Conveniente, agora que o mundo acabou. Mas ela mesma é a cliente mais assídua, e não é raro encontrá-la tropeçando pela comu com o rosto vermelho e falando alto, soltando mais fumaça do que uma explosão.

Waineen não costuma ser uma bêbada mesquinha compartilhando livremente, motivo pelo qual ninguém se importa de fato com o que ela faz com as coisas dela. Todos lidam com a Estação à sua própria maneira. No entanto, algo a tirou do sério dessa vez. Penty é irritante. Hjarka e alguns dos outros castrimenses avançam a passos largos para tirar a mulher de cima da garota, e você diz a si mesma que é bom que Penty tenha autocontrole suficiente para não congelar a maldita plataforma inteira, quando a mulher ergue um dos braços e cerra o punho.

um punho que

*você viu a marca do punho de Jija, um hematoma com quatro marcas paralelas, na barriga e no rosto de Uche*

um punho que

que
que
*não*

Você está no topázio e entre as células da mulher quase no mesmo instante. Não é um ato pensado. Sua mente cai, *mergulha*, no fluxo ascendente de luz amarela como se aquele fosse o seu lugar. Os seus sensapinae ondeiam em torno dos fios prateados e você os une; você faz parte do obelisco e da mulher e *não* vai deixar isso acontecer, não de novo, não de novo, você não pôde deter Jija, mas...

— Mais uma criança não — você sussurra, e todos os seus companheiros olham para você, surpresos e confusos. Depois param de olhar para você, porque a mulher que estava incitando a briga começa a gritar de repente, e as crianças gritam mais alto. Até Penty está gritando agora, porque a mulher em cima dela se transformou em pedra brilhante e multicolorida.

— Mais uma criança não! — Você consegue sensar as pessoas mais próximas de você: os outros membros do conselho, a bêbada que está gritando, Penty e suas amigas, Hjarka e o resto, todos eles. Todo mundo em Castrima. Eles pisam sobre os filamentos dos seus nervos, sapateando e agitando-se, e *eles são Jija*. Você se concentra na mulher bêbada e é quase instintivo o impulso de começar a comprimir o movimento e a vida até tirá-los dela e substituí-los por qualquer que seja de fato o subproduto das reações mágicas, essa coisa que parece pedra. Essa coisa que está matando Alabaster, o pai do seu outro filho morto, MAIS UMA FERRUGENTA CRIANÇA NÃO. Por quantos séculos o mundo vem matando crianças roggas para que os filhos de todos os outros possam dormir sossegados? *Todos* são Jija, o maldito mundo inteiro é Schaffa, Castrima é Tirimo é o Fulcro MAIS UMA NÃO e você se vira com o obelisco jorrando seu poder através de você para começar a matar todo mundo dentro do seu campo de visão e para além dele.

Algo abala a sua conexão com o obelisco. De repente, você tem que lutar em busca de um poder que lhe foi dado com tanta facilidade antes. Você mostra os dentes sem pensar, grunhe sem ouvir a si mesma, cerra os punhos e grita em sua mente NÃO EU NÃO VOU DEIXÁ-LO FAZER ISSO DE NOVO e você está vendo Schaffa, pensando em Jija.

Mas está *sensando* Alabaster.

Sentindo-o, em resplandecentes tentáculos brancos que açoitam sua ligação com o obelisco. Essa é a força de Alabaster lutando contra a sua e... não vencendo. Ele não desativa a sua orogenia do modo como você sabe que ele pode. Ou do modo como você achava que ele podia. Ele está mais fraco? Não. Você simplesmente está muito mais forte do que costumava ser.

De súbito o sentido disso penetra a fuga da memória e o horror onde você estava presa, trazendo-a de volta para a realidade fria e chocante. Você matou uma mulher com magia. Você está prestes a dizimar Castrima com magia. Você está lutando contra Alabaster com magia... *e Alabaster não consegue suportar mais magia.*

— Oh, Terra indiferente — você sussurra. Você para de lutar de imediato. Alabaster desfaz a sua conexão com o obelisco; ele ainda tem um toque mais preciso do que o seu. Mas você sente a fraqueza dele enquanto faz isso. A força decadente.

Você nem se dá conta de que está correndo a princípio. Mal se qualifica como correr porque a disputa de magia e a desconexão abrupta do obelisco a deixaram tão desorientada e fraca que você cambaleia do corrimão até a corda como se você mesma estivesse bêbada. Alguém está gritando no seu ouvido. Uma mão agarra a parte de cima do seu braço e você se livra dela, resmungando. De algum modo, você chega ao térreo sem morrer em uma queda. Faces passam por você como um borrão, irrelevantes. Você não consegue enxergar porque está soluçando alto, balbuciando. *Não, não, não*. Você sabe o que fez, mesmo negando com as palavras e o corpo e a alma.

Então, você chega à enfermaria.

Você está na enfermaria, olhando para uma escultura de pedra incongruentemente pequena, porém feita com primor. Esta não tem cor, nem brilho, só um tom monótono de marrom arenoso por toda parte. É quase abstrata, arquetípica: *Homem em seu momento final. Truncamento do espírito. Nuncapessoa, despessoa. Um dia encontrado, mas agora perdido.*

Ou talvez você possa simplesmente chamá-la de *Alabaster*.

São 5h30.

\+ \+ \+

Às sete, Lerna vem até o lugar onde você se encolheu no chão em frente ao cadáver de Alabaster. Você quase não o ouve se acomodar ali perto e se pergunta por que ele veio. Ele devia saber. Ele deveria ir, antes que você tenha outro surto e o mate também.

— Ykka convenceu a comu a não te matar — ele conta. — Eu contei a eles sobre o seu filho. Chegaram, ãhn, a um acordo mútuo de que Waineen podia ter matado Penty, batendo nela daquele jeito. Sua reação exagerada foi… compreensível. — Ele faz uma pausa. — O fato de Ykka ter matado Cutter mais cedo ajuda. Eles confiam mais nela agora. Sabem que ela não está falando por você só por… — Ele puxa o ar, encolhe os ombros. —… Senso de fraternidade.

Certo. É como os professores lhe disseram no Fulcro: os roggas são uma coisa só. Os crimes de qualquer um deles são os crimes de todos.

— Ninguém vai matá-la. — É Hoa. Claro que ele está aqui agora, protegendo seu investimento.

Lerna se remexe com desconforto ao ouvir isso. Mas então outra voz concorda:

— Ninguém vai matá-la.

E você estremece, porque é Antimony.

Você se soergue de sua posição encolhida aos poucos. Ela está na mesma posição de sempre (ela esteve aqui o tempo todo), com o pedaço de pedra que era Alabaster apoiado contra ela como o corpo vivo se apoiava antes. Ela já pousou os olhos sobre você.

— Você não pode ficar com ele — você diz. Grunhe. — Nem comigo.

— Eu não quero você — responde Antimony. — Você o matou.

Ah, merda. Você tenta manter uma fúria abjeta, tenta usar esse sentimento para se concentrar e sintonizar o poder para desafiá-la, mas a fúria se dissolve em vergonha. E, de qualquer forma, você só consegue chegar até aquela maldita faca-obelisco de Alabaster. O espinélio, que afasta sua arremetida agitada sobre ele quase de imediato, como se cuspisse na sua cara. Você *é* digna de desprezo, não é? Os comedores de pedra, os humanos, os orogenes, até mesmo os obeliscos escamados, todos sabem disso. Você não é nada. Não, você é morte. E matou mais uma pessoa que ama.

Então você fica ali, com as mãos e os joelhos no chão, desamparada, rejeitada, tão machucada que é como se houvesse uma engrenagem de dor trabalhando no seu âmago. Talvez os construtores dos obeliscos pudessem haver inventado alguma maneira de controlar uma dor assim, mas eles estão todos mortos.

Ouve-se um som que tira você da dor da perda. Antimony está de pé agora. Sua postura é imponente, de pernas retas e implacável. Ela olha para você de cima para baixo. Nos braços dela está o pedaço marrom que constitui os restos de Alabaster. Deste ângulo, não se parece com nada que já tenha sido humano. Oficialmente, não era.

— Não — você diz. Sem desafio dessa vez; é uma súplica. *Não o leve.* No entanto, foi isso que ele pediu. Era o que ele queria... ser dado a Antimony e não ao Pai Terra, que tirou tanto dele. Essa é a escolha aqui: a Terra ou a comedora de pedra. Você não está na lista.

— Ele deixou uma mensagem para você — ela diz. Sua voz sem inflexão não está diferente e, contudo. De alguma forma. Isso é um sentimento de pena? — "O ônix é a chave. Primeiro uma rede, depois o Portão. Não enferruje tudo, Essun. Innon e eu não amamos você por nada."

— O quê? — você pergunta, mas depois ela bruxuleia, tornando-se translúcida. Pela primeira vez, ocorre-lhe que o modo como os comedores de pedra se movem pelas pedras e o modo como os obeliscos mudam do estado real para o irreal são o mesmo.

É uma observação inútil. Antimony desvanece na Terra que odeia você. Com Alabaster.

Você se senta no lugar onde ela a deixou, onde ele a deixou. Não há nenhum pensamento em sua cabeça. Mas, quando uma mão toca o seu braço, uma voz diz o seu nome e uma conexão que não é o obelisco se apresenta diante de você, você se vira na direção dela. Você não consegue evitar. Você precisa de algo e, se não for família ou morte, então precisa ser outra coisa. Então você se vira e agarra e Lerna está ali por você, o ombro dele é quente e macio, e você precisa desse ombro. Você precisa de Lerna. Só um pouco, por favor. Só uma vez, você precisa se sentir humana, não importando as designações oficiais e, talvez com braços humanos envolvendo-a e uma voz humana murmurando "Sinto muito. Sinto muito, Essun" no seu ouvido, talvez você consiga se sentir assim. Talvez você *seja* humana, só por um tempinho.

✦ ✦ ✦

Às 7h45, você está sentada e sozinha outra vez.

Lerna foi falar com um dos assistentes dele, e talvez com os Costas-fortes que estão observando você da porta da enfermaria. No fundo da sua bolsa de fuga, há um bolso para esconder coisas. Foi por isso que você comprou essa bolsa de fuga em particular, anos atrás, desse artesão em particular. Quando ele lhe mostrou o bolso, você pensou na mesma hora em algo que queria colocar nele. Algo em que, como Essun, você não se permitia pensar com frequência, porque é uma coisa de Syenite e ela estava morta. No entanto, você guardou os restos dela.

Você vasculha a bolsa até os seus dedos encontrarem o bolso e remexerem nele. O pacote ainda está lá. Você o tira, abre o linho barato. Seis anéis, polidos e semipreciosos, estão ali.

Não são suficientes para você, uma nove-anéis, mas, de qualquer maneira, você não liga para os quatro primeiros. Eles retinem e rolam pelo chão quando os descarta. Os dois últimos, os que ele fez para você, você coloca um no dedo indicador de cada mão.

Em seguida, você se levanta.

✦ ✦ ✦

Oito horas. Representantes das moradias da comu se reúnem no Topo Plano.

Um voto por cota de comu é a regra. Você vê Ykka no centro do círculo de novo, os braços cruzados e o rosto cuidadosamente inexpressivo, embora você consiga sensar um tom de tensão no ambiente que vem em grande parte dela. Alguém trouxe uma caixa de madeira velha, e as pessoas estão perambulando por ali, conversando umas com as outras, escrevendo em pedaços de papel ou couro, colocando-os na caixa.

Você anda em direção ao Topo Plano com Lerna a tiracolo. As pessoas não a notam até você estar quase terminando de atravessar a ponte. Quase em cima deles. Então alguém vê você chegando e arqueja ruidosamente. Outra pessoa dá um grito de alarme: "*Ah, ferrugens, é ela*".

As pessoas saem do seu caminho, quase tropeçando umas nas outras.

Eles deveriam. Na sua mão direita está a faca longa e ridiculamente cor-de-rosa de Alabaster, o obelisco espinélio miniaturizado e remodelado. A essa altura, você o tocou, ressoou com ele; ele é seu. Ele a rejeitou antes porque você estava instável, debatendo-se, mas agora você sabe o que precisa dele. Você encontrou seu foco. O espinélio não machucará ninguém enquanto você não permitir que o faça. Se você vai permitir ou não é uma questão completamente diferente.

Você entra no centro do círculo, e o homem que segura a caixa com os votos se afasta de você, deixando-a lá. Ykka franze a testa, dá um passo à frente e diz:

— Essun...

Mas você a ignora. Você avança e de repente é instintivo, fácil, natural pegar o cabo da faca longa cor-de-rosa com as duas mãos e virar-se e girar o quadril e brandir. No instante em que a espada toca a caixa de madeira, a caixa é destruída. Ela não é cortada, não é quebrada; ela se desintegra nas partículas microscópicas que a compõem. O olho processa isso como poeira, que se espalha e brilha sob a luz antes de desaparecer. Transformada em pedra. Muitas pessoas estão arquejando ou gritando, o que significa que inalam os próprios votos. Provavelmente não lhes fará mal. Não muito.

Depois você se volta e ergue a faca longa, girando devagar para apontá-la para cada rosto.

— Sem votos — você diz. Está tão silencioso que você consegue ouvir a água gotejando dos canos na piscina comunitária, várias dezenas de metros abaixo. — Vão embora. Juntem-se a Rennanis se eles aceitarem vocês. Mas, se ficarem, nenhuma parte desta comu vai decidir que qualquer outra parte da comu é descartável. Sem *votação* para decidir quem tem direito de ser gente.

Alguns deles se remexem e se entreolham. Ykka te olha como se você fosse uma criatura possivelmente perigosa, o que é hilário. Ela deveria saber a essas alturas que não existe "possivelmente" quanto a esse ponto.

— Essun — ela começa a dizer, no tipo de voz equilibrada que se usa com animais domésticos ou com os loucos —, isto é… — Ela para, porque não sabe o que é. Mas você sabe. É um maldito golpe. Não importa quem está no comando, mas, nessa questão, você será a ditadora. Você não vai permitir que Alabaster tenha morrido salvando essas pessoas de você em vão.

— *Sem voto* — você diz outra vez. Sua voz é modulada para se propagar, como se eles fossem garotos de doze anos na sua antiga creche. — Isto é uma comunidade. Vocês serão unidos. Vocês lutarão uns pelos outros. *Ou eu vou matar todos até o último ferrugento.*

Silêncio de verdade desta vez. Eles não se mexem. Seus olhos estão pálidos e muito mais do que apenas assustados, de modo que você sabe que eles acreditam em você.

Ótimo. Você se vira e se afasta.

# INTERLÚDIO

*Nas profundezas que revolvem, eu ressoo com o meu inimigo… ou tento ressoar. "Uma trégua", eu digo. Imploro. Já houve tanta perda de todos os lados. Uma lua. Um futuro. Esperança.*

*Aqui embaixo, é quase impossível ouvir uma resposta expressa em palavras. O que chega até mim é uma reverberação furiosa, são flutuações brutais de pressão e gravidade. Sou forçado a fugir depois de um tempo, para não ser esmagado – e, embora este seja apenas um contratempo efêmero, não posso me dar o luxo de ficar incapacitado neste exato momento. As coisas estão mudando entre a sua espécie, com a mesma rapidez que a sua espécie muitas vezes faz as coisas quando vocês enfim tomam verdadeiras decisões. Tenho que estar pronto.*

*A ira foi a minha única resposta, em todo caso.*

# 19

## VOCÊ SE PREPARA PARA A LUTA

Faz um mês desde a última vez que você foi à superfície. Faz dois dias que matou Alabaster em meio à sua loucura e sua dor. Tudo muda em uma Estação.

Castrima-de-cima está ocupada. O túnel pelo qual você passou da primeira vez para entrar está bloqueado; um dos orogenes da comu ergueu um bloco de pedra a partir da terra para efetivamente vedá-lo. Talvez tenha sido Ykka, ou Cutter antes de Ykka matá-lo; eles eram os dois na comu com a melhor precisão além de você e Alabaster. Agora dois desses quatro estão mortos, e o inimigo está à porta. Os Costas-fortes que estão aglomerados na boca do túnel atrás da vedação de pedra se levantam num pulo quando você entra no círculo iluminado pela luz elétrica, e os que já estavam de pé se empertigam. Xeber, o segundo-em-comando de Esni entre os Costas-fortes, chega a sorrir ao vê-la. Isso mostra como as coisas estão ruins. Como as pessoas estão preocupadas. Eles enlouqueceram a ponto de pensar em você como a campeã deles.

— Não gosto disso — Ykka diz a você. Ela está lá na comu, organizando a defesa que será necessária se os túneis forem invadidos. O verdadeiro perigo é os batedores de Rennanis descobrirem os dutos de ventilação do geodo de Castrima. Eles estão bem escondidos (um na caverna subterrânea de um rio, os outros em lugares igualmente fora de mão, como se os próprios construtores de Castrima temessem um ataque), mas o povo da comu será forçado a sair se eles forem fechados. — E eles têm comedores de pedra como aliados. Você é perigosa e ferrugeira o suficiente para ferrar com um exército, Essie, eu reconheço, mas nenhum de nós consegue lutar contra comedores de pedra. Se eles matarem você, nós perdemos a nossa melhor arma.

Ela lhe disse isso no Mirante Panorâmico, para onde vocês duas iam quando tinham que resolver questões. As coisas ficaram estranhas entre vocês duas durante mais ou menos um dia. Ao proibir uma votação, você minou a autoridade de Ykka e destruiu a ilusão de todos de que tinham poder de decisão na administração da comu. Aquilo foi necessário, você ainda acredita; as pessoas *não deveriam* ter poder de decisão sobre por quais vidas vale a pena lutar. Na verdade, Ykka concordava, como admitira enquanto vocês conversavam. Mas isso a prejudicou.

Você não pediu desculpas, mas tentou tapar as rachaduras.

— *Você* é a nossa melhor arma — você diz com firmeza. Você está falando sério. O fato de Castrima ter durado tanto, uma comu de quietos que repetidas vezes deixaram de linchar os roggas que viviam abertamente entre eles, é um milagre. Mesmo que "ainda não cometeu uma chacina genocida" seja um nível baixo de expectativa, outras comunidades não conseguiram nem isso. Você reconhece o mérito quando é devido.

Essas palavras diminuíram o clima estranho entre vocês.

— Bem, pelas ferrugens, não morra — ela lhe diz por fim. — Não tenho certeza de que consigo segurar essa confusão toda sem você a essa altura. — Ykka é boa nisto: fazer as pessoas sentirem que têm um motivo para fazer alguma coisa. É por isso que ela é a líder.

E é por isso que, agora, você caminha pela Castrima-de-cima, transformada em um acampamento de soldados de Rennanis, e realmente fica com medo. É sempre mais difícil lutar por outras pessoas do que lutar por si mesma.

As cinzas têm caído regularmente faz um ano agora e cobrem a comu até a altura do joelho. Houve pelo menos uma chuva para baixá-las nos últimos tempos, então você consegue sensar um tipo de crosta de lama úmida sob a camada poeirenta de cima, mas até mesmo isso é substancial. Os soldados inimigos se amontoam nas varandas e entradas das casas outrora vazias, observando você, e as cinzas não compactadas sob o beiral chegaram até a metade da parede da maioria das casas. Eles tiveram que cavar ao redor das janelas. Os soldados parecem... apenas pessoas, porque não vestem uniformes, mas, não obstante, apresentam uma característica uniforme: são totalmente sanzed ou têm uma aparência em grande parte sanzed. Onde você consegue ver cor em suas roupas de viagem desbotadas pelas cinzas, você avista o revelador pedaço de tecido mais bonito e delicado amarrado na parte de cima dos braços, ou nos punhos nas testas. Não são mais equatoriais desabrigados, então: encontraram uma comu. Algo mais antigo e primitivo do que uma comu: eles são uma *tribo*. E agora estão aqui para tomar o que pertence a vocês.

Mas, para além disso, são só pessoas. Muitos têm a sua idade ou são mais velhos. Você supõe que vários deles são Costas-fortes suplementares ou sem-comus tentando provar a sua utilidade. Há um número ligeiramente maior de homens do que de mulheres, mas isso também procede, uma vez que a maioria das comus é mais propensa a expulsar aqueles não podem produzir bebês do que aqueles que podem... mas o número de mulheres aqui significa que Rennanis não está precisando de repovoadores saudáveis. Uma comu forte.

Os olhares a seguem enquanto você desce a rua principal de Castrima-de-cima. Você chama a atenção, como bem sabe, com a pele sem cinzas, o cabelo limpo e as roupas coloridas. São apenas calças de couro marrom e uma blusa de um branco natural, mas essas são cores que se tornaram raras neste mundo de ruas cinzentas e árvores mortas cinzentas e um céu cinzento repleto de nuvens. Você também é a única latmediana à vista, e é pequena comparada à maioria deles.

Não importa. Atrás de você flutua o espinélio, permanecendo a exatos trinta centímetros da sua nuca e virando-se devagar. Não é você que o faz realizar esse movimento. A menos que você o segure na mão, é isso o que ele costuma fazer: você tentou colocá-lo no chão, mas ele flutuava de novo e ia para trás de você desse jeito. Você deveria ter perguntado a Alabaster como fazer a coisa se comportar antes de matá-lo, ora essa. Agora ele está bruxuleando um pouco, de real para translúcido para real outra vez, e você consegue ouvir (não sensar, *ouvir*) o leve zunido de suas energias conforme ele gira. Você vê o rosto das pessoas se contrair quando percebem. Elas podem não saber o que é, mas conhecem uma coisa ruim quando a ouvem.

No centro de Castrima-de-cima há um pavilhão abobadado e aberto que Ykka lhe disse ter sido outrora o centro de convivência da comu, usado para bailes de casamento e a ocasional reunião com toda a comu. Foi transformado em uma espécie de centro de operações, você vê à medida que anda em direção a ele: um amontoado de homens e mulheres está de pé, agachado ou sentado ali dentro, mas um grupo se posta ao redor de uma mesa recém-construída. Quando você chega perto o bastante, vê que eles têm, lado a lado, um diagrama rudimentar de Castrima e um mapa da área, os quais estão discutindo. Para a sua consternação, você consegue ver que eles marcaram pelo menos um dos dutos de ventilação; aquele que fica atrás de uma pequena cachoeira em um rio próximo. Eles provavelmente perderam um ou dois batedores no processo: as margens do rio estão agora infestadas de ninhos de fervilhões. Não importa; eles o encontraram, e isso é ruim.

Três das pessoas conversando em torno dos mapas erguem os olhos quando você se aproxima. Uma delas cutuca outra com o cotovelo, que se vira e acorda uma terceira pessoa quando você entra no pavilhão e para a alguns metros da mesa. A mulher que se levanta, esfregando o rosto com olhos de sono quando vem se juntar aos outros, não parece particularmente impressionante. Ela cortou as laterais do cabelo logo acima da orelha... um corte extremamente grosseiro que parece feito com uma faca. O corte a faz parecer pequena, embora sua estatura não seja particularmente baixa: seu torso é um barril uniforme, seios pequenos emendando com uma barriga que provavelmente já carregou ao menos uma criança, e pernas como colunas de basalto. Ela não está vestindo nada diferente dos outros; sua faixa indicativa de filiação à tribo é apenas um lenço de seda de um amarelo desbotado amarrado frouxamente ao redor do pescoço. Mas há uma seriedade em seu olhar, mesmo estando meio adormecido, que faz você se concentrar nela.

— Castrima? — ela lhe pergunta como forma de cumprimento. De qualquer forma, é a única coisa que de fato importa sobre quem você é.

Você aquiesce.

— Eu falo por eles.

Ela apoia a mão na mesa, acenando com a cabeça.

— Nossa mensagem foi entregue então. — Ela transfere o olhar para o espinélio pairando atrás de você, e algo se ajusta em sua expressão. Não é ódio que você está vendo.

Ódio requer emoção. O que essa mulher fez foi simplesmente dar-se conta de que você é uma rogga e decidir que você não é uma pessoa, sem mais nem menos. Indiferença é pior do que ódio.

Bem. Você não consegue munir-se de indiferença em resposta, não consegue deixar de vê-la como humana. Vai ter que se contentar com o ódio, então. E o mais interessante é que, de algum modo, ela sabe o que é o espinélio e o que ele significa. Muito interessante.

— Nós não vamos nos juntar a vocês — você diz. — Se vocês querem lutar por conta disso, que seja.

Ela inclina a cabeça para um lado. Um de seus tenentes esconde uma risadinha com a mão, mas logo se cala diante do olhar de outro. Você gosta desse silenciamento. É respeitoso... em relação às suas habilidades – se não em relação a você mesma – e a Castrima, mesmo que eles achem que vocês não têm chance. Mesmo que vocês de fato, provavelmente, *não* tenham chance.

— Nós nem precisamos atacar, percebe — diz a mulher. — Podemos apenas ficar aqui sentados, matar qualquer um que suba para caçar ou fazer comércio. Fazer vocês morrerem de fome.

Você consegue não reagir.

— Nós temos um pouco de carne. Vai demorar um tempo, meses pelo menos, para termos deficiência de vitaminas. Nos demais quesitos, nossos estoques são bastante consistentes. — Você se obriga a dar de ombros. — E outras comunidades contornaram a escassez de carne com facilidade.

Ela sorri. Seus dentes não são afiados, mas você pensa por um breve momento que aqueles caninos são mais longos do que o estritamente necessário. Deve ser uma projeção.

— Verdade, se esse for o seu gosto. E é por isso que também estamos trabalhando para encontrar os seus dutos de ventilação. — Ela dá uma batidinha no mapa. — Vamos fechá-los e sufocar vocês até ficarem fracos, daí vamos derrubar aquelas barreiras que vocês colocaram nos túneis e entrar. É burrice viver no subsolo: assim que alguém descobre que estão lá, vocês se tornam um alvo mais fácil, não um mais difícil.

Isso é verdade, mas você chacoalha a cabeça.

— Podemos ser bastante difíceis, se vocês nos obrigarem. Mas Castrima não é rica, e nossas provisões não são melhores do que as de outras comus que não estão cheias de roggas. — Você faz uma pausa para dar efeito. A mulher não estremece, mas as outras pessoas do pavilhão se remexem quando se dão conta. Ótimo. Significa que estão pensando. — Há tantos ossos mais fáceis de roer por aí. Por que se incomodar com a gente?

Você sabe o verdadeiro motivo de estarem fazendo isso, porque o Homem Cinza está atrás de orogenes que possam abrir o Portão dos Obeliscos, mas ele não pode ter dito isso a essas pessoas. O que poderia induzir uma comu equatorial forte e estável a se transformar em uma conquistadora? Espere, não; ela não pode ser estável. Rennanis está relativamente perto da Fenda. Mesmo com mantenedores vivos na estação de ligação, a vida nessa comu seria difícil. Escapes diários de gases nocivos. Uma chuva de cinzas muito pior do que aqui, exigindo que as pessoas usem máscaras o tempo todo. Que a Terra os ajude se chover, poderia ser puro ácido, isso se for possível chover com a Fenda produzindo calor e cinzas sem parar. É de duvidar que tenham gado... então talvez estejam enfrentando escassez de carne também.

— Porque é o que é necessário para sobreviver — responde a mulher, para a sua surpresa. Ela se endireita e cruza os braços. — Rennanis tem pessoas demais para os nossos estoques. Todos os sobreviventes de todas as outras cidades equatoriais vieram acampar à nossa porta. A gente teria que fazer isso de qualquer forma, ou teríamos problemas com uma população de sem-comus grande demais na região. Sendo assim, melhor dar armas a eles para que arranjem alimento para si próprios e tragam o que sobrar de volta para a comu. Você sabe que esta Estação não vai acabar.

— Vai sim.

— Algum dia. — Ela dá de ombros. — Nossos mestas calcularam que, se cultivarmos cogumelos e outros alimentos em quantidade suficiente e limitarmos estritamente a nossa população, poderemos alcançar sustentabilidade suficiente para sobreviver até o fim da Estação. Mas as nossas chances são melhores se pegarmos as provisões de todas as outras comus que encontrarmos...

Você revira os olhos porque não consegue evitar.

— Você acha que um pão armazenado vai durar *mil anos*? — Ou dois mil. Ou dez mil. E depois algumas centenas de milhares de anos de gelo.

Ela para até você terminar.

— ... e se estabelecermos linhas de suprimento a partir de cada comu com alimentos renováveis. Vamos precisar de algumas comus costeiras com recursos oceânicos, algumas antárticas nas quais cultivar plantas com pouca luz talvez ainda seja possível. — Ela faz uma pausa, também para causar efeito. — Mas vocês, latmedianos, comem demais.

Bem.

— Então, basicamente, vocês estão aqui para exterminar a gente. — Você chacoalha a cabeça. — Por que não disseram? Por que essa bobagem de se livrar dos orogenes?

— Danel!— alguém de fora do pavilhão chama, e a mulher ergue os olhos, acenando com a cabeça de maneira distraída. Esse parece ser o nome dela.

— Sempre existe uma chance de vocês se voltarem uns contra os outros. Então a gente poderia só entrar e recolher as sobras. — Ela chacoalha a cabeça. — Agora as coisas vão ter que ser difíceis.

O zumbido monótono e insistente que invade de súbito os seus sensapinae é um alerta tão patente quanto um grito.

É tarde demais quando você o sensa, porque significa que está ao alcance da habilidade de um Guardião de anular a sua orogenia. Você se vira de qualquer modo, meio que tropeçando ao mesmo tempo em que começa a criar uma espiral imensa que congelará instantaneamente toda a cidade ferrugenta, e é porque você estava esperando a anulação e não criou uma espiral de proteção bem fechada que a faca de interrupção atinge o seu braço direito.

Você se lembra de Alabaster dizer que essas facas doem. Ela é pequena, feita para ser arremessada, e *deveria* doer, considerando que penetrou o seu bíceps e provavelmente lascou o osso. Mas o que Alabaster não especificou (você está irracionalmente furiosa com ele horas após sua morte, ferrugento estúpido e inútil) é que alguma coisa nessa faca parece botar fogo em todo o seu sistema nervoso. O fogo é mais quente, é *incandescente*, nos seus sensapinae, embora eles não fiquem perto do seu braço. Dói tanto que todos os seus músculos se contraem de uma vez só; você cai de lado e não consegue nem gritar. Você apenas fica ali, sentindo espasmos e olhando para a mulher que passa por entre o amontoado de soldados de Rennanis para sorrir para você. Ela é surpreendentemente jovem, ou assim parece, embora as aparências sejam insignificantes, pois ela é uma Guardiã. Ela está nua da cintura cima e tem uma pele incrivelmente escura em meio a todos esses sanzeds. Seus seios são pequenos, compostos quase que inteiramente pela aréola, fazendo você se lembrar da última vez que esteve grávida. Você pensou que suas mamas jamais voltariam ao tamanho normal depois de Uche... e se pergunta se vai doer quando for despedaçada da forma como Innon foi despedaçado.

Tudo escurece. Você não entende o que está acontecendo a princípio. Você morreu? Foi rápido assim? Tudo ainda está pegando fogo, e você acha que ainda está tentando gritar. Mas, então, toma conhecimento de novas sensações. Movimento. Pressa. Algo mais parecido com vento. O toque de moléculas estranhas contra receptores infinitesimais na sua pele. É... estranhamente pacífico. Você quase se esquece da dor.

Depois vê a luz, assombrosa diante das pálpebras que você não percebeu haver fechado. Você não consegue abri-las. Alguém pragueja por perto e se aproxima, e mãos pressionam você para baixo, o que quase a faz entrar em pânico, pois você não consegue realizar orogenia com os seus nervos explodindo desse jeito. Mas então alguém arranca a faca do seu braço.

É como se um alarme de tremores dentro de você houvesse, de súbito, sido silenciado. Você relaxa o corpo, aliviada, sentindo apenas a dor comum, e abre os olhos agora que consegue controlar seus músculos voluntários outra vez.

Lerna está ali. Você está no chão do apartamento dele, a luz vem das paredes de cristal, e ele está segurando a faca e olhando para você. Atrás dele está Hoa, em pose de súplica, que ele devia estar dirigindo a Lerna. Hoa transferiu o olhar para você, embora não tenha se dado ao trabalho de ajustar a pose.

— Droga ardente e ferrugenta — você resmunga em meio a um suspiro. E depois, porque agora você sabe o que deve ter acontecido, você acrescenta: — Obrigada — falando a Hoa. Que puxou você para dentro da terra e para longe antes que a Guardiã pudesse matá-la. Você nunca pensou que ficaria grata por algo assim.

Lerna deixou a faca cair e já se virou para buscar ataduras. Você não está sangrando muito; a faca entrou na vertical, ficando em paralelo com os tendões em vez de atravessá-los, e parece não ter atingido a grande artéria. É difícil ter certeza quando suas mãos ainda estão tremendo um pouco; choque. Mas Lerna não está correndo naquela velocidade quase inumana que forma um borrão e que ele tende a empregar quando uma vida está em jogo, então isso a encoraja.

Lerna diz, de costas para você enquanto reúne alguns itens:

— Suponho que a sua tentativa de negociação não tenha dado certo.

As coisas têm estado estranhas entre vocês dois ultimamente. Ele deixou claro o interesse, e você não respondeu na mesma moeda. Mas tampouco o rejeitou, por isso o embaraço. A certa altura algumas semanas atrás, Alabaster resmungou que você deveria dar logo uns pegas no rapaz, porque você sempre fica mais ranzinza quando está com tesão. Você o chamou de babaca e mudou de assunto, mas, na verdade... Alabaster é o motivo pelo qual você tem pensado mais nisso.

Mas você fica pensando em Alabaster também. Isso é pesar? Você o odiou, o amou, sentiu saudade dele durante anos, obrigou-se a esquecê-lo, o encontrou de novo, o amou de novo, o matou. Esse pesar não parece o que você sentiu em relação a Uche, ou Corundum, ou Innon; aqueles são rasgos em sua alma que ainda gotejam sangue. A perda de Alabaster é simplesmente... uma diluição de quem você é.

E talvez agora não seja a hora de pensar em sua catastrófica vida amorosa.

— Não — você diz. Você tira a jaqueta. Por baixo, você está vestindo uma blusa sem manga, boa para o calor de Castrima. Lerna se vira outra vez, agacha e começa a limpar o sangue com um chumaço de trapos macios. — Você estava certo. Eu não devia ter ido lá em cima. Eles tinham uma Guardiã.

Lerna transfere o olhar para você, depois de volta para o ferimento.

— Ouvi falar que eles conseguem interromper a orogenia.

— Essa não precisou. Essa faca maldita fez isso por ela. — Você acha que sabe o porquê também, à medida que se lembra de Innon. Aquele Guardião também não o anulou. Talvez aquela coisa da pele só funcione em roggas cuja orogenia ainda esteja ativa. Era assim que ela queria matar você. Mas Lerna já está de maxilar cerrado, e você decide que talvez ele não precise saber disso.

— Eu não sabia sobre a Guardiã — diz Hoa de maneira inesperada. — Me desculpe.

Você olha para ele.

— Eu não esperava que os comedores de pedra fossem oniscientes.

— Eu disse que ia te proteger. — Sua voz tem menos inflexão agora que ele não está mais na forma de carne. Ou talvez sua voz seja a mesma, e você só a esteja interpretando como sem inflexão porque ele não tem uma linguagem corporal para adorná-la. Apesar disso, ele parece... bravo. Consigo mesmo, talvez.

— Você me protegeu. — Você se contrai quando Lerna começa a colocar uma atadura apertada em torno do seu braço. Sem pontos, no entanto, então isso é bom. — Não que eu *quisesse* ser arrastada para dentro da terra, mas você chegou na hora certa.

— Você foi machucada. — Definitivamente bravo consigo mesmo. Essa é a primeira vez que ele soa aos seus ouvidos como o menino que aparentou ser durante tanto tempo. Será que Hoa é jovem para alguém da espécie dele? De espírito jovem? Talvez tão aberto e sincero que poderia muito bem ser jovem.

— Vou sobreviver. É o que importa.

Ele se cala. Lerna trabalha em silêncio. Entre o ar de reprovação coletiva que os dois exibem, você não consegue deixar de se sentir um pouco culpada.

Mais tarde, você sai do apartamento de Lerna para se dirigir ao Topo Plano, onde Ykka montou seu próprio centro de operações. Alguém trouxe o resto dos divãs do apartamento dela, que os organizou em um tosco semicírculo, basicamente trazendo o conselho para um espaço aberto. Como prova disso, Hjarka se esparrama sobre um dos divãs como de costume, deixando a cabeça apoiada no punho e ocupando a coisa toda de modo que ninguém mais possa se sentar, e Tonkee fica andando de um lado a outro no meio do semicírculo. Há outros por perto, pessoas ansiosas ou entediadas que trouxeram suas próprias cadeiras ou estão sentadas no chão duro do cristal, mas não tantas quanto você esperaria. Há muita atividade sendo realizada por toda a comu, você notou enquanto se dirigia ao Topo Plano: pessoas emplumando flechas em uma câmara pela qual você passa, construindo balestras em outra. No nível térreo, você consegue ver o que parece ser uma aula sobre como manejar uma faca longa: um rapaz esguio está ensinando umas trinta pessoas como dar um golpe por cima e por baixo. Lá em cima, no Mirante Panorâmico, alguns dos Inovadores parecem estar montando o que aparenta ser uma armadilha de derrubar pedras.

Os espectadores, porém, animam-se quando você e Lerna sobem ao Topo Plano; é hilário. Todos sabem que você se ofereceu para ir à superfície dar a resposta de Castrima a Rennanis. Você fez isso em parte para mostrar publicamente que não estava assumindo o controle; Ykka ainda está no comando. Todo mundo parece estar interpretando isso como um sinal de que você pode ser louca, mas pelo menos está do lado deles. Há tanta esperança naqueles olhos! Contudo, ela logo desvanece. O fato de você estar de volta e de haver uma atadura visivelmente manchada de sangue ao redor de um braço não tranquiliza ninguém.

Tonkee está fazendo um discurso inflamado sobre algo. Até mesmo ela está pronta para a batalha, tendo trocado saia por uma calça pantalona, amarrado o cabelo no alto da cabeça, formando um monte desmazelado de cachos, e prendido duas facas de vidro às coxas. Na verdade, ela parece até formidável. Então, você presta atenção no que ela está dizendo.

— A terceira onda terá que ser o toque mais delicado. A pressão os faz se espalharem, entende? Um diferencial de temperatura deve fazer o vento soprar o suficiente e a pressão do ar cair o suficiente. Mas tem que acontecer *rápido*. E sem tremores. A gente vai perder a floresta de qualquer jeito, mas o tremor vai simplesmente fazê-los escavar. A gente precisa que eles se mexam.

— Eu consigo fazer isso — responde Ykka, embora pareça preocupada. — Pelo menos, consigo fazer parte disso.

— Não, precisa ser feito tudo de uma vez — Tonkee para e a encara, furiosa. — Esse detalhe ferrugento não é negociável. — Então ela vê você e para, transferindo imediatamente o olhar para a atadura no seu braço.

Ykka se vira e arregala os olhos também.

— Droga.

Você chacoalha a cabeça cansadamente.

— Eu concordei que valia a pena tentar. E agora nós sabemos que não dá para argumentar com eles.

Depois você se senta, e as pessoas no Topo Plano se calam enquanto você compartilha as informações que conseguiu colher em sua ida à superfície. Um exército de pessoas excedentes ocupando as casas, uma general chamada Danel, pelo menos uma Guardiã. Acrescentar isso ao que vocês já sabem (comedores de pedra do lado deles, uma cidade inteira com mais deles em algum lugar nos Equatoriais) compõe um cenário desolador. Mas o que vocês não sabem é que é mais alarmante.

— Como eles sabiam da escassez de carne? — Ninguém parece estar usando a revelação do comedor de pedra cinza contra Ykka, ou pelo menos não neste exato momento, embora saibam agora que ela estava escondendo essa informação deles. Chefes devem fazer esse tipo de escolha. — Como estão encontrando os dutos ferrugentos?

— Com pessoas em número suficiente, não é difícil procurar — você começa a sugerir, mas ela a interrompe.

— É sim. A gente vem usando este geodo de uma maneira ou de outra há cinquenta anos. A gente conhece o território... e levamos anos para encontrar aqueles dutos. Um deles está em uma turfeira mais adiante do rio, que fede como carniça e às vezes pega fogo. — Ela se senta mais para a frente, apoiando os cotovelos nos joelhos e suspirando. — Como é que eles sequer ficaram sabendo que a gente estava *aqui*? Até mesmo os nossos parceiros comerciais só viram a Castrima-de-cima.

— Talvez eles também tenham orogenes trabalhando com eles — diz Lerna. Depois de passar tantas semanas ouvindo "rogga" a maior parte do tempo, o educado "orogene" dele soa forçado e artificial aos seus ouvidos. — Eles poderiam...

— Não — retruca Ykka. Ela olha para você então. — Castrima é enorme. Quando chegou a essa região, você percebeu um buraco imenso no chão? — Você pisca os olhos, surpresa. Ela concorda com a cabeça antes de você responder, já que a sua cara respondeu tudo. — É, você deveria ter percebido, mas alguma coisa neste lugar meio que... eu não sei. *Desvia* a orogenia. Quando você está dentro dele, é o oposto, claro: o geodo se alimenta de nós para funcionar. Mas, da próxima vez que estiver lá em cima e não estiver quase sendo morta, tente sensar este lugar. Vai entender do que estou falando. — Ela chacoalha a cabeça. — Mesmo que eles tenham roggas de estimação, não deveriam ter descoberto que estávamos aqui.

Hjarka suspira e vira de barriga para cima, murmurando entredentes. Tonkee mostra os dentes, provavelmente um hábito que está pegando de Hjarka.

— Isso não é relevante — diz Tonkee de forma brusca.

— Só porque você não quer ouvir, meu bem — replica Hjarka. — Não quer dizer que esteja errado. Você gosta das coisas organizadas. A vida não é organizada.

— *Você* gosta das coisas bagunçadas.

— Ykka gosta das coisas *explicadas* — diz Ykka de modo enfático.

Tonkee hesita, e Hjarka suspira e fala:

— Não é a primeira vez que eu penso que poderia ter um espião na comu.

Ah, ferrugens. Segue-se um murmúrio e uma movimentação instantâneos entre as pessoas que ouviram. Lerna olha para ela.

— Isso não faz sentido — ele comenta. — nenhum de nós teria razão para trair Castrima. Todos os que foram acolhidos por esta comu não tinham para onde ir.

— Não é verdade. — Hjarka rola para se sentar em uma posição ereta, sorrindo e mostrando os dentes afiados. — Eu poderia ter ido para a comu natal da minha mãe. Ela era Liderança lá antes de ir para a minha comu natal... concorrência demais, e ela queria ser chefe. Eu saí da minha comu porque *não* queria ser chefe depois dela. Comu cheia de idiotas. Mas eu definitivamente não estava planejando viver os meus anos inúteis em um buraco no chão. — Ela olha para Ykka.

Ykka dá um suspiro longo e sofrido.

— Não acredito que você ainda está brava comigo porque não te mandei para as cinzas. Eu te disse, precisava da ajuda.

— Certo. Mas só estou dizendo: eu não teria ficado se você tivesse me perguntando naquela época.

— Você preferia alguma comu equatorial superpovoada com a ilusão de ser o Velho Sanze renascido? — Lerna franze o cenho.

— *Eu* não. — Hjarka encolhe os ombros. — Gosto daqui agora. Mas estou dizendo que outra pessoa poderia preferir Rennanis. O suficiente a ponto de trair a gente em troca de um lugar nela.

— Precisamos encontrar este espião! — grita alguém de perto da ponte de corda.

— Não — você responde então de forma brusca. É a sua voz de professora, e todos se sobressaltam e olham para você. — Danel *disse* que esperava fazer Castrima destruir a si mesma. Não vamos começar nenhuma caçada de roggas aqui. — Isso tem dois significados, mas você não está tentando ser engraçadinha. Você sabe muito bem que a sua voz de professora não é o único motivo pelo qual todos a estão encarando com um desconforto palpável. O espinélio ainda flutua atrás de você, tendo-a seguido desde a superfície.

Ykka esfrega os olhos.

— Você precisa parar de ameaçar as pessoas, Essie. Quero dizer, sei que você cresceu no Fulcro e não conhece uma alternativa melhor, mas... não é um bom comportamento em comunidade.

Você pisca os olhos, um pouco desconcertada e muito insultada. Mas... ela está certa. As comus sobrevivem por meio de um cuidadoso equilíbrio entre confiança e medo. Sua impaciência está fazendo a balança pender muito para um só lado.

— Tudo bem — você concorda. Todos relaxam um pouco, aliviados por Ykka conseguir acalmar você, e ouvem-se até mesmo algumas risadinhas nervosas. — Mas eu ainda não acho relevante discutir se tem um espião neste exato momento. Se tiver, Rennanis sabe o que sabe. A única coisa que podemos fazer é pensar em um plano que eles não vão prever.

Tonkee aponta para você e olha para Hjarka com um silencioso *Viu?*

Hjarka se senta mais para a frente, colocando uma das mãos em um joelho e encarando todos vocês. Ela não costuma discutir muito (esse era o papel de Cutter), mas você vê teimosia em sua expressão determinada agora.

— Mas saber se o espião ainda está aqui tem uma importância ferrugenta. Boa sorte com a tentativa de impedi-los de prever algo se...

O tumulto começa no Mirante Panorâmico. É difícil de ver do Topo Plano, mas alguém está gritando por Ykka. Ela se levanta de pronto, indo para aquela direção, mas um vulto pequeno, uma das crianças da comu trabalhando como mensageira, vem correndo pelas trilhas para encontrá-la antes mesmo que ela tenha atravessado a ponte principal do Topo Plano.

— Mensagem dos túneis lá de cima! — grita o menino antes mesmo de parar. — Diz que os rennies estão abrindo caminho a marretadas!

Ykka olha para Tonkee. Tonkee aquiesce rapidamente.

— Morat disse que os explosivos estavam preparados.

— Espera, o quê? — você pergunta.

Ykka ignora você. Para a criança, ela fala:

— Diz para eles recuarem e seguirem o plano. Vai. — O menino se vira e sai correndo, embora apenas até certo ponto, de onde ele tem uma linha de visão clara do Mirante Panorâmico: ele ergue uma das mãos, cerra o pulso, e depois o abre, esticando os dedos. Segue-se uma série de assobios pela comu à medida que esse sinal é retransmitido e muita movimentação à medida que grupos de pessoas se reúnem e se dirigem aos túneis. Você reconhece alguns deles: Costas-fortes e Inovadores. Você não faz ideia do que está acontecendo.

Ykka está surpreendentemente calma quando se vira para encarar você.

— Vou precisar da sua ajuda — ela diz em voz baixa. — Se estão usando martelos, então é uma coisa boa; eles não têm nenhum rogga. Mas destruir os túneis só vai segurá-los por pouco tempo, se estiverem mesmo determinados a vir aqui para baixo. E eu não gosto muito da ideia de ficar encurralada. Você me ajuda a construir um túnel de fuga?

Você recua um pouco, chocada. Destruir os túneis? Mas claro que é a única estratégia que faz sentido. Castrima não pode lutar contra um exército com mais membros, com mais armas e com mais comedores de pedra e Guardiões como aliados.

— O que devemos fazer, fugir?

Ykka encolhe os ombros. Você entende agora por que ela parece tão cansada... não é só o fato de ter que lidar com o fato de que a comu quase se voltou contra os seus roggas, mas o receio pelo futuro.

— É uma contingência. Fiz pessoas carregarem suprimentos críticos para cavernas laterais durante dias. Não podemos carregar tudo, claro, nem mesmo a maior parte. Mas, se a gente sair e se esconder em algum lugar... a gente tem um lugar, antes que você pergunte, uma caverna de depósito a alguns quilômetros de distância... então, mesmo se os rennies entrarem, vão encontrar uma comu escura e inútil, e que vai sufocá-los se ficarem por muito tempo. Eles vão pegar o que puderem e vão partir, e talvez a gente possa voltar quando eles tiverem terminado.

É por isso que ela é a chefe: enquanto você esteve envolvida com os seus próprios dramas, Ykka preparou tudo isso. Ainda assim...

— Se tiverem um rogga sequer com eles, o geodo vai funcionar. Será deles. Seremos sem-comu.

— É. Como plano de contingência, é uma desgraça, você tem razão. — Ykka suspira. — É por isso que quero tentar o plano de Tonkee.

Hjarka parece furiosa.

— Pelas ferrugens, eu te *disse* que não quero ser chefe, Yeek.

Ykka revira os olhos.

— Você preferia ser sem-comu? Engole essa.

Você se vira para Tonkee e de volta para ela, sentindo-se completamente perdida.

Tonkee suspira, frustrada, mas se obriga a explicar.

— Orogenia controlada — ela diz. — Rajadas contínuas de resfriamento lento na superfície em um círculo ao redor desta região, mas se fechando, centralizando na comu. Isso vai fazer os fervilhões formarem um enxame. Os outros Inovadores vêm estudando o comportamento deles há semanas. — Ela faz um gesto com os dedos, quem sabe inconscientemente desprezando aquele tipo de pesquisa como inferior. — Deve funcionar. Mas precisa ser feito rápido, por alguém que tenha a precisão e a resistência necessárias. Caso contrário, os insetos simplesmente escavam e entram em hibernação.

De repente, você entende. É monstruoso. E também poderia salvar Castrima. No entanto... você olha para ela. Ykka encolhe os ombros, mas você pensa ver tensão naqueles ombros.

Você nunca entendeu como Ykka faz as coisas que faz com a orogenia. Ela é uma selvagem. Em tese, ela é *capaz* de fazer qualquer coisa que você consegue fazer; um autodidata dedicado poderia, concebivelmente, dominar o básico e depois aperfeiçoá-lo a partir daí. A maioria dos roggas autodidatas simplesmente... não faz isso. Mas você sensou Ykka enquanto ela trabalha, e é óbvio que, no Fulcro, ela teria anéis, embora apenas dois ou três. Ela consegue mover um rochedo, não um pedregulho.

E, no entanto. Ela consegue, de alguma maneira, atrair um rogga em um raio de pouco mais de 150 quilômetros ao redor de Castrima. E, no entanto, há o que quer que ela tenha feito com Cutter. E, no entanto, há uma firmeza nela, uma estabilidade e uma implicação de força, embora você não tenha visto nada que as explique, o que faz você duvidar de sua avaliação segundo os padrões do Fulcro. Os dois ou três anéis não passam esse tipo de sensamento.

E, no entanto. Orogenia é orogenia; sensapinae são sensapinae. A carne tem seus limites.

— Aquele exército ocupa tanto a Castrima-de-cima como a bacia da floresta — você diz. — Você vai desmaiar antes de conseguir congelar metade de um círculo tão grande assim.

— Talvez.

— Com certeza!

Ykka revira os olhos.

— Eu sei que ferrugens estou fazendo porque já fiz antes. Eu conheço um jeito. Você meio que... — Ela vacila. Você decide que, se conseguirem sobreviver a isso, os roggas de Castrima deveriam começar a tentar criar palavras para as coisas que fazem. Ykka suspira, frustrada consigo mesma, como que ouvindo o seu pensamento. — Talvez seja uma coisa do Fulcro? Quando você corre com outro rogga, mantém todo mundo no mesmo ritmo, você se limita às habilidades do menor, mas usa a resistência do maior...?

Você pisca os olhos... e então um arrepio percorre o seu corpo.

— Pelos fogos da Terra e pencas de ferrugem. Você sabe como fazer... — Alabaster fez isso com você duas vezes, há muito tempo, uma vez para fechar um ponto quente e outra para se salvar de um envenenamento. —... Escalonamento paralelo?

— É assim que vocês chamam? De todo modo, quando você forma um grupo inteiro trabalhando em paralelo, em uma... corrente, eu conseguia fazer com Cutter e Temell antes... Bom, eu posso fazer isso agora. Usar os outros roggas. Até as crianças podem ajudar. — Ela suspira. Você já adivinhou. — Acontece que a pessoa que mantém os outros juntos... — A parelha de bois, você pensa, lembrando-se de uma longínqua discussão com Alabaster. — ...é a que fica esgotada primeiro. A que tem que, que suportar a... a *fricção* dessa prática. Ou todos da corrente vão simplesmente neutralizar uns aos outros. Não acontece nada.

Fica esgotada. *Morre.*

— Ykka. — Você é cem vezes mais habilidosa, mais precisa do que ela. Você consegue usar os obeliscos.

Ela chacoalha a cabeça, perplexa.

— Você já, ahn, "estabeleceu uma corrente" com alguém antes? Eu te disse: precisa de prática. E você tem outro trabalho a fazer. — O olhar dela é decidido. — Fiquei sabendo que o seu amigo finalmente partiu na enfermaria. Antes de morrer, ele te ensinou o que você precisava saber?

Você desvia o olhar com um amargor na boca porque a prova do seu domínio sobre obeliscos individuais é o fato de tê-lo matado com um. Mas você não chegou mais perto de entender como abrir o Portão. Você não sabe como usar muitos obeliscos juntos.

*Primeiro uma rede, depois o Portão. Não enferruje tudo, Essun.*

Oh, Terra. *Oh, incrível idiota*, você pensa. É para você mesma e, ao mesmo tempo, é um pensamento voltado para Alabaster.

— Me ensina como construir uma... corrente, com você — você pede para Ykka de forma brusca. — Uma rede. Vamos chamar de rede.

Ela franze a testa para você.

— Eu acabei de te dizer...

— É o que ele queria que eu fizesse! Pelas malditas ferrugens escamadas! — Você se vira e começa a andar de um lado para o outro, ao mesmo tempo entusiasmada e horrorizada e furiosa. Todos estão olhando para você.

— Não uma rede de orogenia, uma rede... — Todas aquelas vezes que ele fez você estudar os fios de magia no corpo dele, no seu próprio corpo, sentindo como eles se conectam e fluem. — E é claro que ele não podia apenas me *dizer* uma ferrugem dessas, por que ele faria uma coisa tão sensata?

— Essun. — Tonkee está olhando para você de soslaio, com uma expressão preocupada no rosto. — Você está começando a falar como eu.

Você dá risada dela, embora achasse que jamais conseguiria voltar a rir depois do que fez com Bas.

— Alabaster — você diz. — O homem na enfermaria. Meu amigo. Ele era um orogene dez-anéis. Ele também é o homem que fragmentou o continente lá no norte.

Muitos murmúrios desta vez. Tlino, o padeiro, comenta:

— Um rogga *do Fulcro*? Ele era *do Fulcro* e fez isso?

Você o ignora.

— Ele teve seus motivos. — Vingança, e a chance de criar um mundo no qual Coru pudesse viver, mesmo que Coru não estivesse mais vivo. Será que eles precisam saber sobre a Lua? Não, não há tempo, e isso só os deixaria tão confusos quanto você fica com essa bagunça toda. — Eu não entendia como ele tinha feito até agora. "Primeiro uma rede, depois o Portão." Preciso aprender a fazer o que você está prestes a fazer, Ykka. Você não pode morrer até me ensinar.

Algo sacode o ambiente. É pequeno, em comparação ao poder de um tremor, e localizado. Você e Ykka e quaisquer outros roggas no Topo Plano imediatamente se viram e olham para cima, orientando-se na direção de onde vem. Uma explosão. Alguém detonou explosivos de formato pequeno e destruiu um dos túneis que levam para fora de Castrima. Alguns instantes depois, ouvem-se gritos do Mirante Panorâmico. Você aperta os olhos, espiando naquela direção, e vê um grupo de Costas-fortes – aqueles que estavam protegendo o túnel principal da comu quando você subiu para conversar com Danel e o pessoal de Rennanis – caminhando a passos rápidos até pararem, sem fôlego e com uma expressão ansiosa... e cobertos de poeira. Eles explodiram o túnel enquanto fugiam.

Ykka chacoalha a cabeça e diz:

— Então vamos trabalhar juntas no túnel de fuga. Com sorte, não vamos nos matar no processo.

Ela a chama com um gesto e você a segue e; juntas, vocês meio que andam, meio que trotam para o lado oposto do geodo. Isso acontece por um acordo implícito: instintivamente, vocês duas sabem exatamente onde está o melhor ponto extra para romper. Vocês circundam duas plataformas, atravessam duas pontes e então lá está a parede mais distante do geodo, enterrada em meio a cristais baixos, pequenos demais para abrigar apartamentos. Ótimo.

Ykka ergue as mãos e faz um retângulo, o que confunde você até você sensar a súbita força acentuada da orogenia dela, que perfura a parede do geodo em quatro pontos. É fascinante. Você a observou antes fazendo orogenia, mas esta foi a primeira vez que ela tentou ser precisa em alguma coisa. E... é completamente diferente do que você esperava. Ela não consegue mover um pedregulho, mas consegue cortar cantos e linhas com tanta perfeição que o resultado final parece feito à máquina. É melhor do que o que você poderia ter feito e, de repente, você se dá conta: talvez ela não fosse capaz de mover um pedregulho porque quem ferrugens precisa mover pedregulhos? Esse é o modo do Fulcro de testar precisão. O modo de Ykka é simplesmente *ser precisa* quando for prático sê-lo. Talvez ela tenha falhado nos seus testes porque eram os testes errados.

Agora ela faz uma pausa e você sensa a "mão" dela estendendo-se até você. Vocês estão em uma plataforma que circunda uma coluna de cristal estreita demais para apartamentos e que, em vez disso, abriga depósitos e uma pequena loja de ferramentas. Foram construídos recentemente, de forma que o corrimão é feito de madeira, e você não gosta muito da ideia de confiar sua vida a ele. Mas você agarra o corrimão e fecha os olhos de qualquer maneira, e projetando-se orogenicamente até a conexão que Ykka oferece.

Ela pega você. Se você não houvesse sido usada para isso por Alabaster, teria entrado em pânico, mas é a mesma coisa que aconteceu naquela época: a orogenia de Ykka meio que se mescla à sua e a consome. Você relaxa e a deixa assumir o controle porque, instantaneamente, você percebe que é mais forte do que ela e poderia, deveria, assumir o controle... mas você é a aprendiz aqui, e ela é a professora. Então você se contém, para aprender.

É mais ou menos uma dança. A orogenia dela é como... um rio com redemoinhos, girando e fluindo segundo um padrão e um ritmo. A sua é mais rápida, mais profunda, mais direta, mais potente, mas ela ajusta você com tanta eficiência que os dois fluxos se unem. Você flui de forma mais lenta e mais frouxa. Ela flui mais rápido, usando a sua profundidade para aumentar a própria força. Por um instante, você abre os olhos e a vê recostando-se contra a coluna de cristal e escorregando para baixo até se agachar na base do cristal para não ter que prestar atenção no próprio corpo enquanto se concentra... e então você está dentro do substrato do cristal do geodo, atravessando a casca e adentrando a rocha que o cerca, fluindo em torno das deformidades e do movimento de rochas antigas e frias. Fluindo com Ykka, com tanta facilidade que você fica surpresa. Alabaster era mais bruto, mas talvez não estivesse acostumado a fazer essas coisas quando tentou pela primeira vez com você. Ykka já fez isso com outros, e ela é tão boa professora quanto qualquer um que você já teve.

Mas...

*Mas*. Oh! Você vê com tanta facilidade agora.

Magia. Há fios entrelaçados com o fluxo de Ykka. Dando apoio e catalisando a energia dela onde é mais fraca do que a sua, amenizando a camada de contato entre vocês. De onde está vindo tudo isso? Ela retira da própria rocha, o que é outro prodígio, porque você não havia percebido até agora que há magia *na* rocha. Mas lá está ela, esvoaçando entre as partículas infinitesimais de silício e calcita com tanta facilidade quanto esvoaçava entre as partículas da substância pétrea de Alabaster. Espere. Não. Entre a calcita e a calcita, especificamente, embora toque o silício. Ela está sendo gerada pela calcita, que existe em inclusões de calcário dentro da pedra. Em algum momento há milhões ou bilhões de anos, você imagina, essa região toda estava no fundo de um oceano, talvez de um mar interno. Gerações de vida marinha nasceram e viveram e morreram aqui, depois se acumularam no fundo do oceano, formando camadas e compactando-se. Aquilo que você está vendo são erosões glaciais? Difícil dizer. Você não é geomesta.

Mas o que você entende de repente é: a magia resulta da vida... daquilo que está vivo, ou esteve vivo, ou mesmo aquilo que esteve vivo tantas eras atrás que se transformou em algo diferente. De súbito, essa compreensão faz alguma coisa mudar na sua percepção, e

e

*e*

Repentinamente você vê: *a rede*. Uma teia de fios prateados entrelaçando a terra, permeando a rocha e até mesmo o magma logo abaixo, dispostos como pedras preciosas entre as florestas, os corais fossilizados e os reservatórios de petróleo. Carregados pelo ar nas teias de saltitantes crias de aranha. Fios nas nuvens, embora tênues, ligados entre microscópicos seres vivos em gotículas de água. Fios que vão até a altura que a sua percepção consegue alcançar, roçando as próprias estrelas.

E onde tocam os obeliscos, os fios se tornam algo completamente diferente. Pois quanto aos obeliscos que flutuam contra o mapa da sua consciência (que de súbito se tornou vasto, quilômetros e quilômetros, você está percebendo com muito mais do que os seus sensapinae agora), cada um plana como a junção de milhares, milhões, *trilhões* de fios. Esse é o poder que os mantém lá no alto. Cada um resplandece em um tom branco prateado em pulsos bruxuleantes; pela Terra Cruel, *é isso que os obeliscos são quando não são reais*. Eles flutuam e bruxuleiam, de sólido para mágico para sólido de novo e, em outro plano de existência, você respira, deslumbrada com a beleza deles.

E então você respira outra vez, quando percebe nas proximidades...

O controle de Ykka puxa você e, tardiamente, você se dá conta de que ela usou o seu poder mesmo enquanto você vagava em meio à epifania. Agora existe um novo túnel inclinado para cima atravessando as camadas de rocha sedimentar e ígnea. Dentro dele, há uma escadaria com degraus amplos e rasos, seguindo direto até em cima, exceto por amplas plataformas regulares. Nada foi escavado para abrir espaço para essas escadas; em vez disso, Ykka simplesmente moldou a rocha, prensando-a contra as paredes e comprimindo-a contra o chão para formar as escadas e usando o aumento da densidade para estabilizar o túnel contra o peso da rocha ao redor dele. Mas ela parou de construir o túnel pouco antes de chegar à superfície, e agora ela solta você da rede (essa palavra de novo). Você pisca os olhos e se volta para ela, entendendo o motivo de imediato.

— Você consegue terminar — diz Ykka. Ela está se levantando da plataforma, batendo na bunda para tirar a poeira. Ela já parece exausta; tentar ajustar as suas flutuações de surpresa deve tê-la cansado. Não vai ser capaz de fazer o que escolheu fazer. Ficaria esgotada antes de alcançar metade do vale.

E agora ela não precisa.

— Não. Eu cuido disso.

Ykka esfrega os olhos.

— Essie.

Você sorri. Pela primeira vez, o apelido não a incomoda. E então você usa o que acabou de aprender com ela, pegando-a do modo como Alabaster um dia fez, pegando os outros roggas da comu também. (Há uma contração coletiva quando você faz isso. Eles estão acostumados quando é Ykka quem faz, mas conhecem uma parelha de bois diferente quando a sensam. Você não ganhou a confiança deles como ela.) Ykka se retesa, mas você não faz nada, só a segura, e agora fica evidente: você de fato consegue fazê-lo.

Depois você torna sua capacidade irrefutável conectando-se ao espinélio. Ele está atrás de você, mas você sensa o momento em que ele para de bruxulear e, em vez disso, emana um silencioso pulso que faz a terra tremer. *Pronto*, você acha que ele está dizendo. Como se falasse.

Ykka arregala os olhos de repente quando sensa como a catálise do obelisco... amplifica? desperta? desperta... a rede de roggas. É porque você está fazendo agora o que Alabaster tentou ensiná-la durante seis meses: usar orogenia e magia juntas de uma maneira que sustente e fortaleça cada uma delas, tornando o todo mais forte. Depois integrar isso a uma rede de orogenes trabalhando em prol de um único objetivo, todos eles mais fortes juntos do que são individualmente, ligados a um obelisco que amplifica seu poder em muitas vezes. É incrível.

Alabaster não conseguiu ensiná-la porque é igual a você: treinado pelo Fulcro e limitado pelo Fulcro, ensinado a pensar no poder apenas em termos de energia e equações e formas geométricas. Ele dominou a magia por conta de quem era, mas não a entendia verdadeiramente. Nem você entende, mesmo agora. Ykka, selvagem como é, sem nada para desaprender, era a chave o tempo todo. Se você não houvesse sido tão arrogante...

Bem. Não. Você não pode dizer que Alabaster estaria vivo. Ele morreu no instante em que usou o Portão do Obelisco para partir o continente ao meio. As queimaduras já o estavam matando; o fato de você ter terminado o processo foi misericórdia. Um dia você vai acreditar nisso.

Ykka pisca os olhos e franze a testa.

— Você está bem?

Ela conhece a magia em você, sente o seu pesar. Você engole o nó que tem na garganta... com cautela, mantendo um rigoroso controle sobre o poder reprimido dentro de si.

— Estou — você mente.

Ykka lhe dirige um olhar de muita cumplicidade. Ela suspira.

— Sabe... se nós duas sobrevivermos a isso, eu tenho um estoque de seredis yumenescense em um dos esconderijos de provisões. Quer ficar bêbada?

O nó na sua garganta parece se desfazer, e você o coloca para fora com uma risada. Seredis é um licor destilado feito com a fruta de mesmo nome que era colhida no sopé das colinas nos arredores de Yumenes. As árvores não cresciam bem nenhum outro lugar, então o estoque de Ykka talvez seja o último seredis em toda a Quietude.

— *Inestimavelmente* bêbada?

— *Desastrosamente* bêbada.

O sorriso dela é um sorriso cansado, mas verdadeiro. Você gosta da ideia.

— Se sobrevivermos a isso. — Mas agora você está bastante certa de que irá. Há poder mais do que suficiente na rede de orogenes e no espinélio. Você tornará Castrima segura para os quietos e para os roggas e para qualquer outra coisa que esteja do seu lado. Ninguém precisa morrer, exceto os seus inimigos.

Com isso, você se vira e ergue as mãos, esticando os dedos à medida que a sua orogenia (e a sua magia) se estende.

Você percebe Castrima... a de cima, a de baixo e tudo o que importa entre elas e abaixo e acima das duas. Agora o exército de Rennanis está diante de você, centenas de pontos de calor e magia no seu mapa mental, alguns aglomerados em casas que não lhes pertencem e o resto aglomerado em torno das bocas dos três túneis que levam à comu subterrânea. Em dois dos túneis, eles atravessaram os rochedos que um dos roggas de Castrima posicionou para vedá-los. Em um deles, rochas desmoronaram sobre a passagem. Alguns soldados estão mortos, seus corpos, esfriando. Outros soldados estão trabalhando para desobstruir o bloqueio. Você percebe que vai levar alguns dias, no mínimo.

Mas, no outro, pelas *ferrugens* escamadas, eles encontraram e desativaram os explosivos. Você sente a acidez do potencial químico não utilizado e o azedume do suor mesclado com sede de sangue; eles estão desobstruindo o caminho até Castrima-de-baixo e percorreram mais da metade do caminho até o Mirante Panorâmico. Em minutos, a primeira leva deles, várias dezenas de Costas-

-fortes, cheios de facas longas e balestras e fundas e lanças, chegarão às defesas da comu. Mais centenas entram na boca do túnel atrás deles.

Você sabe o que tem que fazer.

Você se afasta dessa perspectiva próxima. Agora a floresta ao redor de Castrima se espalha abaixo de você. Uma visão mais ampla: agora você sente as bordas do platô de Castrima e a depressão adjacente que é a bacia da floresta. Fica óbvio agora que um dia houve um mar aqui, uma geleira antes dele e mais. Ficam óbvios também os nós de luz e fogo que compõem a vida da região, espalhados pela floresta. Há mais deles do que você pensava, embora grande parte esteja hibernando ou escondida ou protegendo-se contra a investida da Estação de outra maneira. Muito brilhantes ao longo do rio: os fervilhões infestam tanto as margens como a maioria do platô e da bacia além dele.

Você começa com o rio então, resfriando delicadamente o solo e o ar e a rocha em toda a extensão do curso d'água. Você faz isso em ondas pulsantes, uma onda e esfria, outra onda e esfria mais um pouco. Você faz a temperatura cair apenas dentro do círculo de frio que está formando, o que faz o vento soprar para dentro, em direção a Castrima. É um incentivo e um alerta: *saiam e vão viver. Fiquem e eu vou congelá-los até a extinção, seus malditos*.

Os fervilhões se mexem. Você os percebe como uma onda de calor reluzente que sai de ninhos subterrâneos e de pilhas de alimento que se formaram na superfície ao redor das muitas vítimas deles... centenas de ninhos, milhões de insetos, você não fazia ideia de que a floresta de Castrima tinha tantos deles. O alerta de Tonkee a respeito da escassez de carne é insignificante e chegou tarde demais; vocês jamais poderiam ter competido com predadores tão bem-sucedidos. Vocês iam ter que se acostumar ao gosto da carne humana de qualquer forma.

Isso é irrelevante. O círculo de frio em torno do território de Castrima está completo, e você direciona a energia para dentro em ondas, empurrando, arrebanhando. Os insetos são *velozes*... e, pelos infernos ferrugentos, eles voam. Você havia se esquecido do estojo que guarda as asas.

E... oh, Terra ardente. De súbito, você fica feliz de poder apenas sensar o que está acontecendo lá em cima, e não ver ou ouvir.

O que você percebe está retratado em pressão e calor e química e magia. Eis aqui um aglomerado vivo e resplandecente de soldados de Rennanis, amontoados dentro de limites de madeira e tijolo, quando um enxame abrasador de fervilhões chega ao local. Através do alicerce da casa você sensa batidas de pés, o estrondo de uma porta se fechando, o estrondo posterior de corpos se chocando uns contra os outros e contra o chão. Pequenos tremores de pânico. A figura dos soldados reluz mais no ambiente à medida que os insetos pousam e fazem o seu trabalho, fervendo e fumegando.

Terteis Caçador Castrima não teve sorte; apenas alguns insetos o pegaram, motivo pelo qual ele não morrera disso. Aqui são dezenas de fervilhões por soldado, cobrindo cada pedaço acessível de pele, e isso é misericordioso. Seus inimigos não se debatem por muito tempo, e uma a uma as casas de Castrima-de-cima se acalmam e se silenciam mais uma vez.

(A rede estremece na sua parelha. Nenhum dos outros gosta disso. Você os conduz com firmeza, mantendo-os focados. Não pode haver misericórdia agora.)

Agora os enxames entram no porão, recaindo sobre os soldados reunidos ali, encontrando os túneis escondidos que levam até a Castrima-de-baixo. Você se apoia mais no poder do espinélio aqui, tentando sensar quais das partículas vivas no túnel são soldados de Rennanis e quais são defensores de Castrima. Eles estão em aglomerados, lutando. Você tem que ajudar o seu povo... ah... merda... ferrugenta. Ykka se rebela contra o seu controle e, embora você esteja integrada demais à rede para ouvir o que ela diz em voz alta, você entende.

*Você sabe o que tem que fazer.*

Então você desprende um bloco das paredes e o usa para vedar os túneis. Alguns dos Costas-fortes e dos Inovadores de Castrima estão do lado da vedação onde estão os fervilhões. Alguns dos soldados de Rennanis estão do lado seguro. Ninguém nunca consegue tudo o que quer.

Através da rocha dos túneis, você não consegue deixar de sensar a vibração dos gritos.

Mas, antes que você possa se obrigar a ignorar isso, ouve-se outro grito, mais próximo, uma vibração que você percebe com os tímpanos e não com os sensapinae. Assustada, você começa a desfazer a rede... mas não rápido o suficiente, nem de perto, antes que algo puxe a sua parelha. Que algo a *parta*, fazendo você e todos os outros roggas rolarem uns sobre os outros e neutralizarem as espirais uns dos outros quando saem do alinhamento. Que ferrugens? Alguma coisa soltou duas pessoas do grupo.

Você abre os olhos e se vê estendida na plataforma de madeira, um dos braços dolorosamente torcido debaixo do corpo, o rosto comprimido contra uma caixa de depósito. Sentindo-se confusa e gemendo... seus joelhos estão fracos, ser a parelha é *difícil*... você se soergue.

— Ykka? O que foi...?

Ouve-se um ruído atrás das caixas. Um arquejo. Um rangido de madeira da plataforma debaixo de você quando alguma coisa incompreensivelmente pesada tensiona os suportes. Um ruído de pedra sendo triturada, tão surpreendentemente alto que você estremece ao mesmo tempo em que se dá conta de que já ouviu esse som antes. Segurando-se à beirada da caixa e ao corrimão de madeira, você se apoia sobre um dos joelhos. É o bastante para você ver:

Hoa, em uma pose que a sua mente denomina, de modo imediato e semiconsciente, de "Guerreiro", está de pé com um braço estendido. Da mão, pende uma cabeça. Uma cabeça de *comedora de pedra*, o cabelo com um penteado cacheado de madrepérola, o rosto destruído do lábio superior para baixo. O resto da comedora de pedra, do maxilar inferior para baixo, está diante de Hoa, congelado em uma postura que tenta alcançar algo. Você consegue ver parcialmente o rosto de Hoa de lado. O rosto não está se mexendo nem mastigando, mas há um pálido pó de pedra em seus lábios de mármore preto primorosamente esculpidos. Há um torrão mais ou menos do tamanho de uma mordida no que sobrou da nuca da comedora de pedra. Esse foi o familiar som de pedra triturada.

Um instante depois, os restos da comedora de pedra *se despedaçam*, e você percebe que a posição de Hoa mudou para atravessar o torso com o punho. Depois ele transfere o olhar para você. Ele não engole pelo que você consegue ver, mas, por outro lado, ele não precisa da boca para falar mesmo.

— Os comedores de pedra de Rennanis estão vindo atrás dos orogenes de Castrima.

Oh, Terra Cruel. Você se obriga a levantar, embora se sinta tonta e seus pés vacilem.

— Quantos?

— O suficiente. — Uma piscada, e Hoa virou a cabeça em direção ao Mirante Panorâmico. Você olha e vê uma luta violenta lá... as pessoas de Castrima revidando contra os rennanianos que conseguiram descer pelo túnel. Você avista Danel entre os agressores, precipitando-se com duas facas longas contra dois Costas-fortes enquanto, ali por perto, Esni grita pedindo outra balestra; a dela está emperrada. Ela deixa cair sua arma inútil, puxa uma faca de ágata talhada que cintila sob a luz, e depois se joga em meio à luta contra Danel.

E então sua atenção se concentra em um ponto mais próximo, onde Penty se enroscou em uma ponte de corda. Você vê o porquê: na plataforma de metal atrás dela há outra comedora de pedra estranha, essa de tom inteiramente dourado citrino a não ser pela mica branca em torno dos lábios. Ela está com uma das mãos esticadas, os dedos curvados em um gesto de chamamento. Penty está longe de você, talvez a uns 5 metros, mas você consegue ver lágrimas correndo pelo rosto da garota enquanto ela luta para se libertar das cordas. Uma das mãos está caída. Quebrada.

A mão dela está quebrada. Sua pele toda comicha.

— Hoa.

Ouve-se um baque contra a plataforma de madeira quando ele deixa cair a cabeça da inimiga.

— Essun.

— Preciso ir lá para a superfície rápido. — Você consegue sensá-lo lá em cima, senti-lo com a magia, ameaçador e imenso. Esteve lá esse tempo todo, mas você ficou se esquivando dele. Era demais para o que você precisava antes. É exatamente o que você precisa agora.

— A superfície está infestada, Essie. Não tem nada além de fervilhões. — Ykka apenas se mantém de pé, escorando-se na parede do cristal. Você quer alertá-la que os comedores de pedra podem chegar através do cristal, mas não há tempo. Se você for lenta demais, eles vão pegá-la de qualquer maneira.

Você chacoalha a cabeça e cambaleia até Hoa. Ele não pode vir até você; ele é tão pesado que é de se espantar que a plataforma de madeira não tenha desmoronado ainda. A pose dele mudou outra vez, agora que a comedora de pedra é um monte de pedaços espalhados ao redor dele; agora ele se mexeu para colocar uma das mãos na parede do cristal, embora o resto dele esteja de frente para você. A outra mão está estendida na sua direção, aberta como um gesto de convite. Você se lembra de um dia na margem de um rio, depois que Hoa caiu na lama. Você lhe ofereceu uma mão para ajudá-lo, sem se dar conta de que tinha o peso de ossos de diamante e de antigas histórias não contadas. Ele recusou a ajuda para manter o segredo, e você ficou magoada, embora tenha tentado não ficar.

Agora a mão dele está fria comparada ao calor de Castrima. Sólida... embora não o sense exatamente como pedra, você percebe com um fascínio fugaz. A carne dele tem uma textura estranha. Uma ligeira flexibilidade diante da pressão dos seus dedos. Ele tem digitais. Isso a surpreende.

Então você olha para o rosto dele. Hoa remodelou aquela expressão de frieza que você viu quando ele destruiu a inimiga. Agora há um leve sorriso nos lábios.

— Claro que vou te ajudar — ele diz. Ainda resta tanto do menino nele que você quase sorri de volta.

Não há tempo para analisar isso com mais detalhe porque, de repente, Castrima se torna um borrão branco à sua volta e depois se segue a escuridão, preta de barro. Contudo, a mão de Hoa está segurando a sua, então você não entra em pânico.

Em seguida, você está de pé no pavilhão de Castrima-de-cima, em meio aos mortos e aos moribundos. À sua volta, nas passarelas e nas lajotas do pavilhão jazem os soldados de Rennanis, seus corpos retorcidos, alguns deles impossíveis de ver sob o tapete de insetos, muito poucos ainda rastejando e gritando. A mesa que Danel usou para planejar o ataque está tombada ali por perto; besouros rastejam sobre a superfície. Há aquele cheiro outra vez, de carne na salmoura. O ar rodopia com fervilhões e com a brisa de pressão baixa que você criou.

Um dos insetos dispara em sua direção e você se encolhe. Um instante depois, a mão de Hoa está onde o inseto estava, pingando água quente enquanto o chiado de chaleira da criatura esmagada vai desaparecendo.

— Você deveria criar uma espiral — ele aconselha. Pelas ferrugens escamadas, sim. Você começa a se afastar dele para poder fazer isso com segurança, mas a mão dele aperta a sua de leve. — A orogenia não pode me machucar.

Você tem mais poder à sua disposição do que apenas orogenia, mas ele sabe disso, então tudo bem. Você cria uma espiral alta e estreita ao seu redor, fazendo-a rodopiar com a neve formada pela umidade, e os fervilhões imediatamente começam a se afastar. Talvez eles rastreiem a presa através da temperatura corporal. Tudo isso é irrelevante.

Você ergue os olhos então para o negrume que cobre o céu.

O ônix é diferente de todos os obeliscos que você já viu. A maioria deles não passa de fragmentos: colunas hexagonais ou octogonais de pontas duplas, embora você tenha visto alguns irregulares ou com extremidades rugosas. Este é um cabochão ovoide, descendo lentamente ao seu chamado por entre a camada de nuvens que o escondeu desde a chegada algumas semanas antes. Você consegue estimar suas dimensões, mas, quando se vira para observar a abóbada do céu de Castrima-de-cima, o ônix quase a preenche de norte a sul, desde o horizonte com nuvens cinzentas até o vermelho apagado. Ele não reflete nada e não brilha. Quando você levanta os olhos para vê-lo (é surpreendentemente difícil fazer isso sem se encolher), é apenas pelas nuvens leves ao redor das extremidades que sabe que ele está flutuando lá no alto sobre Castrima. Olhando para ele, parece mais próximo. Bem em cima de você. Só precisa erguer a mão... mas uma parte de você fica aterrorizada com a ideia de fazer isso.

Ouve-se um baque que chacoalha os estratos quando o espinélio cai até o chão atrás de você, como que em súplica diante dessa coisa maior. Ou talvez aconteça apenas que, com o ônix aqui e atraindo você, puxando você para dentro, puxando você para cima...

... oh, Terra, ele a puxa tão *rápido*...

... não sobra nada em você que possa comandar nenhum outro obelisco. Você não tem nada de que dispor. Você está caindo para cima, voando para dentro de um vácuo que não faz você se mover rápido, mas a *suga*. Você aprendeu com outros obeliscos a se submeter à corrente deles, mas, de imediato, você sabe que não deve fazer isso aqui. O ônix vai engolir você inteira. Mas você também não pode lutar contra ele; isso vai destroçá-la.

O melhor que você consegue fazer é alcançar uma espécie de precário equilíbrio, no qual você luta contra o arrastamento e, no entanto, flutua em meio aos seus interstícios. E já há força demais dele em você, tanta força. Você precisa usar esse poder ou, ou, mas não, algo está errado, alguma coisa está escapando a esse equilíbrio, de repente há açoites de luz à sua volta e você percebe que está emaranhada em um trilhão, um quintilhão de fios de magia, e eles estão apertando.

Em outro plano de existência, você grita. Isso foi um erro. *Ele está devorando você*, e é horrível. Alabaster estava errado. Seria melhor deixar os comedores de pedra matarem todos os roggas de Castrima e destruir a comu do que morrer desse jeito. Seria melhor deixar Hoa mastigar cada pedaço seu com aqueles lindos dentes; pelo menos você gosta dele

*o ama*

*a a a a a m a*

Açoites cada vez mais apertados de magia em mil direções. Laços de luz resplandecendo, de repente, contra o preto. *Você vê.* Isso é tão mais amplo do que o seu alcance normal que é quase incompreensível. Você vê a Quietude, o continente inteiro. Você percebe a metade da casca deste lado do planeta, sente um resquício de cheiro do outro lado. Aquilo é demais... e, pelos fogos da Terra, você é uma tola. Alabaster lhe disse: primeiro uma rede, depois o Portão. Você não pode fazer isso sozinha: você precisa de uma rede menor para amortecer a maior. Sem muito jeito, você procura os orogenes de Castrima outra vez, mas não consegue pegá-los. Há menos deles agora, brilhando e apagando ao mesmo tempo em que você se projeta, e estão apavorados demais até para você reivindicá-los.

Mas ali, bem ao seu lado, há uma pequena montanha de força: Hoa. Você nem tenta sintonizá-lo, pois aquela força é tão estranha e assustadora, mas ele sintoniza você. Estabiliza você. Mantém você firme.

O que permite que você enfim se lembre: *o ônix é a chave.*

A chave abre um portão.

O portão ativa uma rede...

E de repente o ônix pulsa, profundo como o magma e pesado como a terra, ao seu redor.

*Oh, Terra, não uma rede de orogenes, ele quis dizer uma rede de*

O espinélio primeiro, bem ali como ele está. O topázio é o próximo, seu poder reluzente e etéreo entregando-se a você tão facilmente.

O quartzo esfumaçado. O ametista, seu velho amigo, seguindo-a diligentemente desde Tirimo. O kunzita. O jade.

*oh*

O ágata. O jaspe, o opala, o citrino...

Você abre a boca para gritar e não ouve a si mesma.

o rubi o espodumena O ÁGUA-MARINHA O PERIDOTO O

— Isso é demais pra mim! — Você não sabe se está gritando as palavras em sua mente ou em voz alta. — Demais!

A montanha ao seu lado diz:

— Eles precisam de você, Essun.

E tudo entra em foco. Sim. O Portão do Obelisco só abre por um *propósito*.

Lá embaixo. As paredes do geodo. Colunas bruxuleantes de protomagia; aquilo de que Castrima é feita. Você sensa-sente-conhece os contaminantes dentro de sua estrutura. Aqueles que rastejam sobre sua superfície, você permite.

(Ykka, Penty, todos os outros roggas, os quietos que dependem deles para manter a comu funcionando. Todos eles precisam de você.)

No entanto, há também os que interferem nas treliças do cristal, seguindo pelos seus cordões de matéria e magia, espreitando dentro da rocha ao redor da casca do geodo como parasitas tentando entrar. Eles são montanhas também... Mas não são a *sua* montanha.

"Irritei o rogga errado", Hoa dissera a respeito do próprio encarceramento. Sim, pelas ferrugens, esses comedores de pedra inimigos irritaram mesmo.

Você grita de novo, mas, desta vez, é esforço, é agressão. PREC e você quebra as treliças e os cordões de magia e os veda segundo o seu próprio padrão. CRAC e você ergue colunas de cristal inteiras para arremessá-las como lanças a fim de pulverizar seus inimigos ali embaixo. Você procura o Homem Cinza, o comedor de pedra que machucou Hoa, mas ele não está entre as montanhas que ameaçam o seu lar. Esses são apenas os subordinados. Tudo bem. Você vai mandar uma mensagem para ele então, escrita no medo deles.

Quando você termina, prendeu pelo menos cinco dos comedores de pedra inimigos em cristais. É fácil de fazer, na verdade, quando são tolos a ponto de tentar transitar dentro deles enquanto você está observando. Eles mudam de fase para atravessar o cristal; você simplesmente os faz mudar de fase de novo, capturando-os como insetos no âmbar. O resto está fugindo.

Alguns fogem para o norte. Inaceitável, e distância não significa nada para você. Você ergue a consciência e a gira e a direciona para baixo de novo, e lá está Rennanis, aninhada em meio à sua treliça de estações de ligação como uma aranha entre suas presas embaladas e secas. O Portão tem como objetivo agir em escala planetária. Para você, canalizar esse poder para baixo e infligir a todos os cidadãos de Rennanis a mesma coisa que fez com a mulher que teria espancado Penty até a morte não é nada. Valentões são valentões. É tão simples torcer o prateado bruxuleante entre as células deles até tais células ficarem imóveis, sólidas. Pedra. Está feito, e a guerra de Castrima está ganha, no intervalo de uma respiração.

Agora é perigoso. Você está entendendo: manejar o poder dessa rede de obeliscos sem um foco é *tornar-se* o foco dela e morrer. A coisa sensata a se fazer, agora que Castrima está a salvo, seria desmanchar o Portão e romper a conexão antes que ela a destrua.

Mas. Há outras coisas que você quer além da segurança de Castrima.

O Portão é como a orogenia, entende. Sem controle consciente, ele responde a todos os desejos como se fossem o desejo de destruir o mundo. E você não vai controlar isso. Você não é capaz. Esse desejo é uma parte tão quintessencial sua quanto o seu passado ou a sua personalidade defensiva ou o seu coração muitas vezes partido.

Nassun.

A sua consciência gira. Para o sul. Rastreando.

*Nassun.*

Interferência. Dói. O pérola o diamante o

Safira. Ele resiste a ser incorporado à rede do Portão. Você mal havia notado antes, sobrecarregada como estava por dezenas, centenas de obeliscos, mas nota agora porque

NASSUN

É ELA

É a sua filha, é Nassun, você conhece sua imperturbável complexidade como conhece o próprio coração e a própria alma, *é ela, escrita por toda parte nesse obelisco* e você a encontrou, ela está viva.

Com o (seu) objetivo alcançado, o Portão começa automaticamente a se desconectar. Os outros obeliscos se desvinculam; o ônix solta você por último, ainda que com um sopro de fria relutância. Quem sabe da próxima.

E quando o seu corpo cede e se inclina a um lado porque algo de repente tirou o seu equilíbrio, mãos a seguram e a endireitam. Você mal consegue erguer a cabeça. A sensação é a de que o seu corpo está distante, pesado, como a sensação de estar na rocha. Você não come há horas, mas não sente fome. Você sabe que foi forçada muito além da sua resistência, mas não se sente exausta.

Há montanhas à sua volta.

— Descanse, Essun — diz aquele que você ama. — Vou cuidar de você.

Você concorda com uma cabeça tão pesada quanto uma pedra. Em seguida, novas presenças chamam a sua atenção, e você se obriga a levantar os olhos uma última vez.

Antimony está diante de você, impassível como sempre, mas, não obstante, há algo reconfortante em sua presença. Você sabe instintivamente que ela não é inimiga.

Ao lado dela há outro comedor de pedra: alto, esguio, um tanto desajeitado em sua "vestimenta" drapeada. É inteiramente branco, embora o formato dos traços de seu rosto seja costeiro do leste: boca carnuda e nariz comprido, maçãs do rosto altas e uma escultura perfeita de cabelo crespo. Apenas seus olhos são pretos e, embora eles a observem somente com um ligeiro reconhecimento, com a cintilação perplexa de algo que poderia ser (mas não deveria ser) lembrança... alguma coisa naqueles olhos é familiar.

Que irônico. Esta é a primeira vez que você vê um comedor de pedra feito de alabastro.

E então você some.

\+ \+ \+

E SE NÃO ESTIVER MORTO?

*– Carta de Rido Inovador Dibars para a Sétima Universidade, enviada por um mensageiro do Distritante e Comu de Allia após o soerguimento do obelisco granada, recebida três meses depois da notícia da destruição de Allia espalhada via telégrafo.*

*Referência desconhecida.*

# INTERLÚDIO

*Você cai nos meus braços, e eu a levo para um lugar seguro.*

*A segurança é relativa. Você expulsou meus repugnantes irmãos, aqueles da minha espécie que a teriam matado, já que não podem controlá-la. Ao descer até Castrima, porém, e aparecer em um espaço silencioso e familiar, sinto cheiro de ferro no ar, entre o odor de merda e mofo e outros cheiros de carne e fumaça. O ferro é um cheiro de carne também: aquela variedade de ferro contida no sangue. Do lado de fora, há corpos ao longo das passarelas e dos degraus. Há até um corpo dependurado em uma tirolesa. No entanto, a luta quase acabou, por dois motivos. Primeiramente, os invasores perceberam que estão encurralados entre a superfície infestada de insetos e os inimigos, que estão em maior número agora que a maior parte do exército invasor morreu. Aqueles que querem viver se renderam; aqueles que temem uma morte pior se atiraram contra as espadas ou os cristais de Castrima.*

*A segunda coisa que parou a luta é o fato inescapável de que o geodo está muito danificado. Por toda a comu, os cristais que antes brilhavam agora bruxuleiam em pulsos irregulares. Um dos cristais mais compridos se soltou da parede e se quebrou, sua poeira e seus escombros espalhados pelo chão do geodo. No nível térreo, a água quente parou de encher a piscina comunitária, embora às vezes sobrevenha um jorro aleatório. Vários dos cristais da comu estão completamente escuros, mortos, rachados… mas, dentro de cada um, pode-se ver um vulto mais escuro, paralisado e preso. Humanoide.*

*Tolos. É isso o que acontece quando irritam a minha rogga.*

*Eu coloco você em uma cama e me certifico de que haja comida e água por perto. Alimentar você vai ser difícil, agora que me desfiz da capa apressada que vesti para me tornar seu amigo, mas é bastante provável que alguém apareça antes que eu seja forçado a tentar. Estamos no apartamento de Lerna. Coloquei você na cama dele. Ele vai gostar, eu acho. Você vai gostar também, já que quer se sentir humana de novo.*

*Eu não ressinto você por essas conexões. Você precisa delas.*

*(Eu não ressinto você por essas conexões. Você precisa delas.)*

*Mas posiciono você com cuidado, para que fique confortável. E coloco o seu braço em cima das cobertas, de modo que você fique sabendo, assim que acordar, que agora precisa fazer uma escolha.*

*O seu braço direito, que se transformou em uma coisa feita de magia marrom, solidificada e concentrada. Não há crueza aqui: a sua carne é pura, perfeita, sadia. Cada átomo é como deveria ser; a treliça arcana, precisa e forte. Eu a toco uma vez, brevemente, embora meus dedos mal percebam a pressão. Desejo que restou da carne que vesti há tão pouco tempo. Vou superar isso.*

*A sua mão de pedra tem o formato de um punho fechado. Há uma rachadura nas costas da mão, perpendicular aos ossos. Mesmo enquanto a magia a remodelava, você lutou. (Você lutou. Isso é o que você tem que se tornar. Você sempre lutou.)*

*Ah, estou ficando sentimental. A nostalgia de alguns dias na carne já faz eu me esquecer de mim mesmo.*

*Por isso, espero. E horas ou dias depois, quando Lerna retorna ao apartamento, fedendo a sangue de outras pessoas e ao próprio cansaço, ele para de repente ao me ver de guarda na sala de estar.*

*Ele fica parado só por um momento.*

*— Onde está ela?*

*Sim. Ele é digno de você.*

*— No quarto. — Lerna vai para lá de imediato. Não há necessidade de eu segui-lo. Ele vai voltar.*

*Algum tempo depois... minutos ou horas, conheço as palavras, mas elas significam tão pouco... ele volta para a sala de estar, onde eu estou. Senta-se pesadamente e esfrega o rosto.*

*— Ela vai viver — eu digo desnecessariamente.*

*— Vai. — Ele sabe que é um coma e vai cuidar bem de você até que acorde. Um instante depois, ele abaixa as mãos e olha para mim. — Você não, ãhn. — Ele passa a língua pelos lábios. — O braço dela.*

*Sei exatamente o que ele quer dizer.*

*— Não sem a permissão dela.*

*O rosto dele se contorce. Sinto uma ligeira repulsa antes de me lembrar de que, não muito tempo atrás, eu também estava tão constante e umidamente em movimento. Estou feliz que isso tenha terminado.*

*— Que nobre da sua parte — Lerna diz em um tom que provavelmente foi usado com a intenção de insultar.*

*Não mais nobre do que a decisão dele de não comer o seu outro braço. Algumas coisas são mera questão de decência.*

*Algum tempo mais tarde – provavelmente não anos, pois ele não se mexeu, possivelmente horas, pois parece tão cansado –, ele diz:*

*— Não sei o que vamos fazer agora. Castrima está morrendo. — Como que para enfatizar essas palavras, o cristal à nossa volta para de brilhar por um instante, deixando-nos na penumbra desagradavelmente iluminada pela luz de fora do apartamento. Depois a luz volta. Lerna solta o ar, sua respiração impregnada de fobialdeídos. — Somos sem-comu.*

*Não vale a pena salientar que eles também seriam sem-comus se seus inimigos houvessem conseguido matar Essun e os outros orogenes. Ele vai acabar se dando conta, à sua maneira lenta e suada. Mas, já que há uma coisa que ele não sabe, eu a digo em voz alta.*

*— Rennanis está morta — eu falo. — Essun a matou.*

*— O quê?*

*Ele me ouviu. Só não acredita no que ouviu.*

*— Você quer dizer... que ela congelou a cidade? Daqui?*

*Não, ela usou magia, mas a única coisa que importa é:*

*— Todos dentro de seus muros estão mortos agora.*

*Lerna reflete sobre isso durante uma eternidade, ou talvez durante segundos.*

*— Uma cidade equatorial deve ter vastos esconderijos de provisões. O suficiente para durar anos conosco. — Então ele franze as sobrancelhas. — Viajar para lá e trazer tanta mercadoria de volta seria uma grande empreitada.*

*Ele não é burro. Eu reflito sobre o passado enquanto Lerna põe as ideias em ordem. Quando ele arqueja, presto atenção de novo.*

*— Rennanis está* vazia. *— Ele me encara, depois se levanta, trombando e patinhando pela sala. — Terra Cruel...*

*Hoa, é isso que você quer dizer! Muros intactos, casas intactas, provisões... e com quem ferrugens nós vamos ter que lutar para ficar com essas coisas? Ninguém com bom-senso vai para o norte hoje em dia. Nós poderíamos* viver *lá.*

*Até que enfim. Eu volto para a minha contemplação ao mesmo tempo em que ele murmura para si mesmo e anda de um lado para o outro e por fim ri em voz alta. Mas então Lerna para, olhando para mim. Ele estreita os olhos, desconfiado.*

*— Você não faz nada por nós — ele diz em voz baixa. — Só por ela. Por que está me contando isso?*

*Moldo meus lábios formando uma curva, e ele cerra o maxilar com repulsa. Eu não deveria ter me dado ao trabalho.*

*— Essun quer um lugar seguro para Nassun — eu respondo.*

*Silêncio, durante talvez uma hora. Ou um instante.*

*— Ela não sabe onde Nassun está.*

*— O Portão dos Obeliscos permite precisão suficiente de percepção.*

*Ele recua. Eu me lembro das palavras de movimentos: recuar, inspirar, engolir, fazer careta.*

*— Pelos fogos da Terra. Então... — Ele fica sério e se vira para olhar para a cortina do quarto.*

*Sim. Quando você acordar, vai querer encontrar sua filha. Observo essa ideia suavizar a expressão no rosto de Lerna, sobrecarregar a tensão dos músculos dele, afrouxar a postura. Não faço ideia do que qualquer uma dessas coisas signifique.*

*— Por quê? — Demora um ano para eu perceber que ele está falando comigo e não consigo mesmo. Entretanto, quando percebo, ele terminou a pergunta. — Por que você fica com ela? Você só... está com fome?*

*Eu resisto ao impulso de esmagar a cabeça dele.*

*— Eu a amo, claro. — Pronto, consegui falar com um tom civilizado.*

*— Claro. — A voz de Lerna ficou débil.*

*Claro.*

*Ele sai então para passar a informação para os outros líderes da comu. Segue-se um século, ou uma semana, de atividade frenética conforme as demais pessoas da comu empacotam coisas e se preparam e reúnem forças para o que sem dúvida será uma viagem longa, extenuante e, para alguns, mortal. Mas elas não têm escolha. A vida é assim em uma Estação.*

*Durma, meu amor. Recupere-se. Vou proteger você e estar do seu lado quando você partir outra vez. Claro. A morte é uma escolha. Vou me certificar de que seja, para você.*

*(Mas não para você.)*

# 20

## Nassun, facetada

Mas também...

Eu ouço através da terra. Ouço as reverberações. Quando uma nova chave é talhada, e seus dentes estão enfim cerrados e afiados o bastante para ela poder se conectar aos obeliscos e fazê-los cantar, todos nós ficamos sabendo. Aqueles de nós que... têm esperança... procuram quem canta. Estamos para sempre impedidos de girar a chave nós mesmos, mas podemos influenciar sua direção. Toda vez que um obelisco ressoa, você pode ter certeza de que um de nós está à espreita ali por perto. Nós conversamos. É assim que eu sei.

✦ ✦ ✦

Na calada da noite, Nassun acorda. Ainda está escuro nos barracões, então ela toma muito cuidado para não pisar nas tábuas mais barulhentas enquanto põe os sapatos e a jaqueta e atravessa o quarto. Nenhum dos outros se mexe, se é que acordam e se dão conta. Devem achar que ela tem que ir ao banheiro externo.

O exterior está silencioso. O céu começa a clarear com o alvorecer no leste, embora seja mais difícil distinguir agora que as nuvens de cinzas engrossaram. Ela vai até o início da trilha que leva colina abaixo e percebe algumas luzes em Jekity. Alguns dos fazendeiros e pescadores estão de pé. Em Lua Encontrada, no entanto, o silêncio impera.

O que é que está cutucando sua mente? A sensação é irritante, *pegajosa*, como se algo estivesse preso no seu cabelo e precisasse ser solto. A sensação fica centralizada nos sensapinae... não. Mais fundo. Isso cutuca a luz em sua espinha, o prateado entre as suas células, os fios que a ligam ao chão e a Lua Encontrada e a Schaffa e ao safira que paira logo acima das nuvens de Jekity, visível vez ou outra, quando o céu se abre um pouco. A irritação está... está... ao norte.

Alguma coisa está acontecendo no norte.

Nassun se vira para seguir a sensação, subindo a colina até o mosaico do tormento e parando no centro dele enquanto o vento faz seus puffs cacheados estremecerem. Aqui em cima, ela consegue ver a floresta que cerca Jekity espalhada à sua frente como um mapa: copas redondas de árvores e ocasionais afloramentos de faixas de basalto. Parte dela consegue perceber forças cambiantes, linhas reverberantes, conexões, amplificação. Mas do quê? Por quê? Algo imenso.

— O que você está percebendo é a abertura do Portão do Obelisco — diz Aço. Ela não fica surpresa de encontrá-lo de repente ao seu lado.

— Mais de um obelisco? — pergunta Nassun, porque é o que ela está sensando. *Muitos* mais.

— Todos os que estão posicionados sobre esta metade do continente. Cem partes do grande mecanismo começando a trabalhar de novo da forma como devem. — A voz de Aço, barítona e surpreendentemente agradável, soa melancólica neste momento. Nassun se vê imaginando a vida dele, o passado, se ele já foi criança como ela. Parece-lhe impossível. — Tanto poder. O próprio núcleo do planeta é canalizado através do Portão... e ela o usa para um propósito tão frívolo. — Um ligeiro suspiro. — Por outro lado, seus criadores originais fizeram o mesmo, eu suponho.

De algum modo, Nassun sabe que Aço está falando de sua mãe com aquele *ela*. Mamãe está viva, irritada e cheia de um imenso poder.

— Que propósito? — Nassun se obriga a perguntar.

Aço transfere o olhar para Nassun. Ela não especificou dos propósitos de quem está falando: os da mãe ou os daquelas pessoas antigas que criaram e empregaram os obeliscos pela primeira vez.

— A destruição dos inimigos, claro. Um propósito pequeno e egoísta que parece grandioso no momento... embora tenha consequências.

Nassun reflete sobre o que aprendeu, sensou, e viu nos sorrisos mortos dos outros dois Guardiões.

— O Pai Terra revidou — ela diz.

— Como uma pessoa revida contra aqueles que procuram escravizá-la. É compreensível, não é?

Nassun fecha os olhos. Sim. É tudo tão compreensível, na verdade, quando ela pensa sobre o assunto. A regra do mundo não é os fortes devorando os fracos, mas os fracos enganando e envenenando e sussurrando nos ouvidos dos fortes até eles se tornarem fracos também. Então tudo são mãos quebradas e fios prateados trançados como cordas, e mães que movem a terra para destruir seus inimigos, mas não conseguem salvar um menininho.

(Menininha.)

Nunca houve ninguém para salvar Nassun. Sua mãe a alertou de que jamais haveria. Se Nassun quiser se livrar do medo algum dia, não terá escolha a não ser forjar essa liberdade para si mesma.

Então ela se vira, devagar, para encarar o pai, que está em silêncio atrás dela.

— Querida — Jija diz. É o tom de voz que ele costuma usar com ela, mas ela sabe que não é sincero. Seus olhos estão tão frios quanto o gelo que ela deixou por toda a casa alguns dias antes. Seu maxilar está cerrado, seu corpo tremendo só um pouquinho. Ela abaixa o olhar para ver seu punho cerrado. Ele contém uma faca... uma faca bonita feita de opala vermelha, a favorita dela entre os trabalhos mais recentes dele. Há uma ligeira iridescência e um brilho suave que disfarçam por completo o corte afiado das pontas talhadas.

— Oi, Papai — ela diz. Ela olha de relance para Aço, que certamente sabe o que Jija pretende. Mas o comedor de pedra cinza não se deu o trabalho de virar das costas para a paisagem da floresta da madrugada ou para o céu ao norte, onde estão acontecendo tantas coisas capazes de mudar a terra.

Muito bem. Ela encara o pai outra vez.

— A Mamãe está viva, Papai.

Se as palavras significam alguma coisa para ele, Jija não demonstra. Ele só fica ali, olhando para ela. Olhando para os olhos dela em particular. Nassun sempre teve os olhos da mãe.

De repente, não importa. Nassun suspira e esfrega o rosto com as mãos, tão cansada quanto o Pai Terra deve estar após tantas eternidades de ódio. O ódio cansa. O niilismo é mais fácil, embora ela não conheça a palavra nem vá conhecê-la por mais alguns anos. Independentemente disso, é o que ela está sentindo: um senso esmagador de falta de sentido em tudo.

— Acho que entendo por que o senhor odeia a gente — ela diz ao pai enquanto deixa os braços caírem ao lado do corpo. — Eu fiz coisas ruins, Papai, como o senhor provavelmente pensou que eu faria. Não sei como *não* fazer essas coisas. É como se todos quisessem que eu fosse ruim, então não tem mais nada que eu possa ser. — Ela hesita, depois diz tudo o que esteve em sua mente há meses, sem ser dito. Ela acha que não vai ter outra chance de falar. — Gostaria que o senhor pudesse me amar de qualquer maneira, mesmo eu sendo ruim.

Mas ela pensa em Schaffa ao dizer isso. Schaffa, que a ama aconteça o que acontecer, como um pai deveria fazer.

Jija apenas continua olhando para ela. Em outra parte em meio ao silêncio, naquele plano de consciência ocupado pela sensuna e por qualquer que seja o nome do sentido dos fios prateados, Nassun sente a mãe desfalecer. Para ser específica, ela sente o esforço da mãe sobre a cambiante e bruxuleante rede de obeliscos cessar de súbito. Não que a rede tenha em algum momento tocado seu safira.

— Sinto muito, Papai — diz Nassun enfim. — Tentei continuar amando o senhor, mas era difícil demais.

Jija é muito maior do que ela. Está armado, ao passo que ela não está. Quando ele se mexe, é com um movimento pesado como uma montanha, com os ombros à frente e todo o seu volume e um lento período de preparação para que se atinja uma velocidade imbatível. Nassun mal chega a pesar 45 kg. Ela não tem chance de verdade.

Mas, no instante em que sente a contração dos músculos do pai, pequenos choques reverberantes contra o chão e o ar, ela orienta sua consciência em direção ao céu em um único comando vibrante.

A transformação do safira é instantânea, causando um abalo no ar que flui para dentro a fim de preencher o vácuo. O som que isso produz é o trovão mais estrondoso que Nassun já ouviu. Jija, no meio de sua arremetida, sobressalta-se e tropeça, olhando para cima. Um instante depois, o safira pousa ruidosamente no chão à frente de Nassun, rachando a pedra central do mosaico do tormento e um raio de quase dois metros do chão ao redor dela.

Não é o safira como ela o viu até agora, embora a similaridade transcenda coisas como formato. Quando ela estende a mão para pegar o cabo da longa faca bruxuleante de pedra azul, ela cai um pouco dentro dele. Para cima, flutuando em meio a facetas líquidas de luz e sombras. Para dentro, para baixo no chão. Para fora, para longe, roçando outras partes do todo que é o Portão. A coisa em sua mão é o mesmo dínamo monstruoso e montanhoso de poder prateado que sempre foi. A mesma ferramenta, só que mais versátil agora.

Jija olha para a coisa, depois para ela. Há um momento em que ele vacila, e Nassun espera. Se ele der meia-volta, correr... ele foi seu pai um dia. Será que ele se lembra dessa época? Ela quer que ele se lembre. Nada entre eles nunca será o mesmo, mas ela quer que aquela época importe.

Não. Jija vem para cima dela outra vez, gritando enquanto ergue a faca.

Então Nassun ergue da terra a lâmina safira. É quase do tamanho do seu corpo, mas não pesa nada: o safira flutua, afinal. Ela também não a ergue, estritamente falando. Ela deseja que a lâmina adote uma nova posição e ela o faz. Na frente dela. Entre ela e Jija, de modo que, quando Jija colocar o corpo no ângulo certo para esfaqueá-la, ele não possa deixar de esbarrar na lâmina. Isso torna fácil, inevitável, que o poder dela o ataque.

Ela não o mata com gelo. Nassun tende a usar o prateado em vez de orogenia na maioria das vezes. A transformação da carne de Jija é mais controlada do que o que ela fez com Eitz, em grande parte porque ela está ciente do que está fazendo, e também porque está fazendo de propósito. Jija começa a se transformar em pedra, iniciando pelo ponto de contato entre ele e o obelisco.

O que Nassun não leva em consideração é o ímpeto, que leva Jija para a frente mesmo enquanto que ele resvala no safira e se vira e vê o que está acontecendo com a sua carne e começa a puxar o ar para gritar. Ele não termina de inspirar antes de seus pulmões se solidificarem. Contudo, ele termina a arremetida, embora sem equilíbrio e fora de controle, mais uma queda do que um ataque a essa altura. Ainda assim, é uma queda com uma faca como ponto principal, e desse modo a faca atinge o ombro de Nassun. Ele estava mirando o coração.

A dor do golpe é repentina e terrível e interrompe a concentração de Nassun de pronto. Isso é ruim, porque o safira palpita quando sua dor palpita, bruxuleando para o seu estado semirreal e de volta enquanto ela ofega e cambaleia. Isso acaba com Jija em um instante, transformando-o completamente em uma estátua com um cabelo ondulado de quartzo enfumaçado, um rosto redondo vermelho-ocre e roupas de um profundo azul serendibita porque ele usava roupas escuras para perseguir a filha. Entretanto, essa estátua permanece posicionada apenas por um momento... então o bruxuleio do safira envia uma reverberação que o atravessa como quando se bate em um sino. Não é diferente da concussão de força orogênica voltada para dentro que um Guardião certa vez infligiu a um homem chamado Innon.

Jija se estilhaça da mesma maneira, só que não de modo tão úmido. Ele é uma coisa frágil, fraca, malfeita. Os pedaços dele caem imóveis ao redor dos pés de Nassun.

Nassun olha para os restos de seu pai por um longo e doloroso instante. Atrás dela em Lua Encontrada e lá embaixo em Jekity, luzes estão se acendendo nas cabanas. Todos foram despertados pelo trovão do safira. Há confusão, vozes chamando umas às outras, sensamento e sondagens da terra frenéticos.

Aço agora olha para Jija junto com ela.

— Nunca acaba — ele diz. — Nunca melhora.

Nassun não diz nada. As palavras de Aço recaem sobre ela como pedra na água, e ela não reverbera diante delas.

— Você vai acabar matando tudo o que ama. Sua mãe. Schaffa. Todos os seus amigos aqui de Lua Encontrada. Não tem jeito.

Ela fecha os olhos.

— Não tem jeito... a não ser um. — Uma pausa cautelosa, ponderada. — Devo lhe contar qual é?

Schaffa está vindo. Ela pode sensá-lo, seu zunido, o constante tormento da coisa em seu cérebro que ele não a deixa tirar. Schaffa, que a ama.

*Você vai acabar matando tudo o que ama.*

— Sim — ela se obriga a responder. — Me conte como não... — As palavras vão sumindo. Ela não pode dizer machucá-los, porque já machucou tantos. Ela é um monstro. Mas deve haver uma forma de conter a sua monstruosidade. De neutralizar a ameaça da existência de um orogene.

— A Lua está voltando, Nassun. Ela foi perdida há tanto tempo, arremessada como um bumerangue... mas logo trazido de volta. Abandonada à própria sorte, ela passará aqui perto e voará para longe outra vez; já fez isso várias vezes.

Ela consegue ver um dos olhos do pai, fixo em um pedaço do rosto dele, olhando para ela em meio à pilha. Os olhos dele eram verdes, e agora adquiriram uma bela tonalidade de peridoto turvo.

— Mas, com o Portão, você consegue dar um toquezinho nela. Só de leve. Ajustar a tra... — Um som suave de quem acha graça. — A rota que a Lua segue naturalmente. Em vez de deixá-la passar de novo, perdida e errante, trazê-la para casa. O Pai Terra sente saudades dela. Traga-a direto para cá e deixe-os se reunirem.

Oh. *Oh.* Ela entende, de súbito, por que o Pai Terra quer que ela morra.

— Será uma coisa terrível — diz Aço em voz baixa, quase ao ouvido dela, porque se aproximou mais da menina. — Dará fim às Estações. Dará fim a *todas* as estações. E, além do mais... o que você está sentindo neste exato momento, nunca mais vai precisar sentir. Ninguém jamais vai sofrer de novo.

Nassun se vira para fitar Aço. Ele se inclinou em direção a ela, uma expressão quase cômica de malícia talhada no rosto.

Então Schaffa chega andando a passos largos e para diante deles. Ele está olhando para o corpo arruinado de Jija, e Nassun vê o momento em que a compreensão do que ele está vendo perpassa o seu rosto, uma onda de choque expressiva. Seu olhar branco-gelo se ergue para fitá-la, e ela examina a expressão dele com um aperto na barriga contra uma dor iminente.

Há apenas angústia no rosto dele. Medo por ela, tristeza em nome dela, inquietação ao ver seu ombro sangrando. Desconfiança e raiva protetora quando ele se concentra em Aço. Ele ainda é o Schaffa dela. A dor por conta de Jija se desvanece dentro do alívio que é a preocupação dele. *Schaffa* vai amá-la não importa no que ela se torne.

Então Nassun se vira para Aço e pede:

— Me conta como trazer a Lua para casa.

# APÊNDICE 1

*Um catálogo das Quintas Estações que foram registradas antes e desde a fundação da Afiliação Equatorial Sanzed, da mais recente para a mais antiga*

**Estação da Asfixia:** do ano 2714 ao 2719 da Era Imperial. Causa aproximada: erupção vulcânica. Localização: as Antárticas, perto de Deveteris. A erupção do monte Akok cobriu um raio de aproximadamente oitocentos quilômetros com nuvens de cinzas finas que se solidificavam em pulmões e membranas mucosas. Cinco anos sem luz do sol, embora o hemisfério norte não tenha sido tão afetado (apenas dois anos).

**Estação Ácida:** do ano 2322 ao 2329 da Era Imperial. Causa aproximada: tremor de nível maior que dez. Localização: desconhecida; em algum ponto distante do oceano. Um deslocamento repentino de placa tectônica deu origem a uma cadeia de vulcões no caminho de uma grande corrente de jato. Essa corrente acidificou-se, fluindo em direção à costa oeste e enfim por toda a Quietude. A maioria das comus costeiras pereceu no tsunami inicial; as restantes fracassaram ou foram forçadas a mudar de lugar quando suas frotas e instalações portuárias se corroeram e a pesca se esgotou. A oclusão atmosférica causada pelas nuvens durou sete anos; os níveis de pH permaneceram insustentáveis por muitos anos mais.

**Estação da Ebulição:** do ano 1842 ao 1845 da Era Imperial. Causa aproximada: erupção de um ponto quente sob um grande lago. Localização: Latmedianas do Sul, distritante do Lago Tekkaris. A erupção lançou milhões de galões de vapor e partículas ao ar, o que provocou chuvas ácidas e oclusão atmosférica sobre a metade sul do continente durante três anos. Entretanto, a metade norte não sofreu impactos negativos, então os arqueomestas contestam se isso se qualifica como uma "verdadeira" Estação.

**Estação Ofegante:** do ano 1689 ao 1798 da Era Imperial. Causa aproximada: acidente de mineração. Localização: Latmedianas do Norte, distritante de Sathd. Uma Estação inteiramente causada pelos humanos, provocada quando mineiros na extremidade das regiões carboníferas do nordeste das Latmedianas do Norte deram origem a incêndios subterrâneos. Estação relativamente amena, apresentando ocasional luz do sol e nenhuma chuva de cinzas nem acidificação, exceto na região; poucas comus declararam Lei Sazonal. Aproximadamente catorze milhões de pessoas da cidade de Heldine morreram na erupção inicial de gás natural e no buraco de fogo que se espalhava rapidamente antes que Orogenes Imperiais acalmassem e fechassem com êxito as extremidades do fogo para evitar que se espalhasse mais. A massa restante só pôde ser isolada e continuou queimando durante 109 anos. A fumaça desse fogo, espalhada através dos ventos predominantes, causou problemas respiratórios e ocasionais sufocamentos em massa nessa região durante várias décadas. Um efeito secundário da perda das regiões carboníferas das Latmedianas do Norte foi um aumento catastrófico nos custos do combustível para fins de aquecimento e a adoção mais ampla do aquecimento geotermal e hidroelétrico, levando à criação do Licenciamento para Geoneiros.

**Estação dos Dentes:** do ano 1553 ao 1566 da Era Imperial. Causa aproximada: tremor oceânico que provocou uma explosão supervulcânica. Localização: Fissuras Árticas. Um abalo secundário do tremor oceânico rompeu um ponto quente antes desconhecido próximo ao polo norte. Isso provocou uma explosão supervulcânica; testemunhas relatam ter ouvido o som da explosão até nas Antárticas. As cinzas subiram até os níveis mais altos da atmosfera e se espalharam ao redor do globo rapidamente, embora as Árticas tenham sido mais fortemente afetadas. O dano dessa Estação foi exacerbado pela má preparação da parte de muitas comus, porque uns novecentos anos haviam se passado desde a última Estação; a crença popular na época era a de que as Estações eram apenas lendas. Relatos de canibalismo se espalharam do norte até os Equatoriais. Ao final dessa Estação, o Fulcro foi fundado em Yumenes, com instalações satélite nas Árticas e nas Antárticas.

**Estação dos Fungos:** ano 602 da Era Imperial. Causa aproximada: erupção vulcânica. Localização: oeste dos Equatoriais. Uma série de erupções durante a Estação das Monções aumentou a umidade e obstruiu a luz do sol sobre aproximadamente 20% do continente durante seis meses. Embora essa tenha sido uma Estação branda no que se refere a esse tipo de coisa, a época em que veio criou condições perfeitas para o aparecimento de fungos que se espalharam pelos Equatoriais e chegaram até as Latmedianas do Norte e do Sul, dizimando um alimento que então era básico, o miroq (agora extinto). A fome que resultou disso durou quatro anos (dois anos para a ferrugem do fungo encerrar o seu ciclo, mais dois anos para a agricultura e os sistemas de distribuição se recuperarem).

Quase todas as comus afetadas conseguiram subsistir com os seus estoques, provando assim a eficácia das reformas imperiais e do planejamento sazonal, e o Império foi generoso em compartilhar sementes estocadas com aquelas regiões que dependiam do miroq. No período subsequente, muitas comus das latitudes medianas e das regiões costeiras uniram-se voluntariamente ao Império, dobrando sua extensão e dando início à sua Era de Ouro.

**Estação da Loucura:** do ano 3 antes da Era Imperial ao ano 7 da Era Imperial. Causa aproximada: erupção vulcânica. Localização: Derrame de Basalto de Kiash. A erupção de múltiplas crateras de um antigo supervulcão (o mesmo responsável pela Estação Gêmea de aproximadamente 10.000 anos antes) lançou ao ar grandes quantidades de sedimento de augito, um mineral de cor escura. Os decorrentes dez anos de escuridão não foram devastadores apenas no sentido sazonal habitual, mas resultaram em uma incidência maior que o comum de doenças mentais. A Afiliação Equatorial Sanzed (comumente chamada de Império Sanze) nasceu nessa Estação quando a Guerreira Verishe de Yumenes conquistou múltiplas comus atormentadas usando técnicas de guerra psicológica. (Veja *A arte da loucura*, vários autores, Editora da Sexta Universidade.) Verishe se autonomeou Imperatriz no dia em que reapareceu o primeiro raio de sol.

[**Nota do Editor:** Muitas das informações sobre Estações anteriores à fundação de Sanze são contraditórias ou não confirmadas. As próximas são Estações reconhecidas pela Conferência Arqueoméstrica da Sétima Universidade de 2532.]

**Estação Errante:** aproximadamente 800 anos antes da Era Imperial. Causa aproximada: mudança do polo magnético. Localização: não verificável. Essa estação resultou na extinção de várias importantes culturas comerciais da época e em vinte anos de fome devido à confusão dos polinizadores por conta do movimento do verdadeiro norte.

**Estação da Mudança de Ventos:** aproximadamente 1.900 anos antes da Era Imperial. Causa aproximada: desconhecida. Localização: não verificável. Por motivos desconhecidos, a direção dos ventos predominantes mudou durante muitos anos antes de voltar ao normal. É consenso que essa tenha sido uma Estação, apesar da falta de oclusão atmosférica, pois apenas um evento sísmico substancial (e provavelmente em um ponto distante do oceano) poderia tê-la provocado.

**Estação dos Metais Pesados:** aproximadamente 4.200 anos antes da Era Imperial. Causa aproximada: erupção vulcânica. Localização: Latmedianas do Sul, perto das regiões costeiras do leste. Uma erupção vulcânica (que se acredita ter sido no Monte Yrga) causou oclusão atmosférica durante dez anos, exacerbada pela contaminação generalizada por mercúrio por toda a metade leste da Quietude.

**Estação dos Mares Amarelos:** aproximadamente 9.200 anos antes da Era Imperial. Causa aproximada: desconhecida. Localização: Regiões Costeiras do Leste e do Oeste, e nas regiões costeiras até as Antárticas. Essa Estação só é conhecida por meio de relatos escritos encontrados em ruínas equatoriais. Por motivos desconhecidos, o aparecimento generalizado de uma bactéria intoxicou quase toda a vida marinha e causou fome nas regiões costeiras durante várias décadas.

**Estação Gêmea:** aproximadamente 9.800 anos antes da Era Imperial. Causa aproximada: erupção vulcânica. Localização: Latmedianas do Sul. De acordo com canções e histórias orais datadas daquela época, a erupção de uma cratera vulcânica causou uma oclusão de três anos. Quando ela começou a clarear, foi seguida por uma segunda erupção de uma cratera diferente, que estendeu a oclusão por mais trinta anos.

# APÊNDICE 2

*Um glossário de termos comumente usados em todos os distritantes da Quietude*

**ANÉIS:** usados para denotar classificação entre os Orogenes Imperiais. Orogenes em treinamento e sem classificação devem passar por uma série de testes para obter o primeiro anel; dez anéis é a classificação mais alta que um orogene pode alcançar. Cada anel é feito de uma pedra semipreciosa polida.

**ANTÁRTICAS:** as latitudes mais ao sul do continente. Também se refere às pessoas das comus da região antártica.

**ARMAZENADOS:** comida armazenada e suprimentos. As comus mantêm protegidas e trancadas as provisões armazenadas o tempo todo devido à possibilidade de uma Quinta Estação. Apenas membros reconhecidos da comu têm direito a uma cota dos armazenados, embora os adultos possam usar sua cota para alimentar crianças não reconhecidas e outros. Residências individuais costumam manter seus próprios armazenados caseiros, igualmente protegidos contra pessoas que não são membros da família.

**ÁRTICAS:** as latitudes mais ao norte do continente. Também se refere às pessoas das comus da região ártica.

**BASTARDO:** uma pessoa nascida sem casta de uso, o que só é possível para meninos cujos pais são desconhecidos. Aqueles que se distinguirem podem receber permissão para usar a casta de uso da mãe ao receber o nome de comu.

**Bolsa de fuga:** um pequeno estoque facilmente carregável de provisões armazenadas que as pessoas mantêm em suas casas em caso de tremores ou outras emergências.

**Borbulha:** um gêiser, uma fonte termal ou saídas de vapor.

**Britador:** um artesão que, com ferramentas pequenas, trabalha em pedra, vidro, osso ou outro material. Em grandes comus, britadores podem usar técnicas mecânicas ou de produção em massa. Britadores que trabalham em metal, ou britadores incompetentes, são coloquialmente chamados de ferrugentos.

**Cabeças quietas:** termo pejorativo usado pelos orogenes para as pessoas que não têm orogenia, em geral abreviado para "quietos".

**Cabelo de cinzas sopradas:** um traço racial sanzed peculiar, considerado nas atuais diretrizes da casta de uso Reprodutora como sendo vantajoso e, portanto, com preferência na seleção. O cabelo de cinzas sopradas é notadamente grosso e espesso, geralmente crescendo em direção ascendente; quando é comprido, ele recai sobre o rosto e os ombros. É resistente a ácidos, retém pouca água após a imersão e mostrou-se eficaz como filtro de cinzas em circunstâncias extremas. Na maioria das comus, as diretrizes dos Reprodutores reconhecem somente a textura; entretanto, os Reprodutores Equatoriais em geral também requerem uma coloração natural "cinza" (de cinzento ardósia a branco, presente desde o nascimento) para a cobiçada designação.

**Campos verdes:** uma área não cultivada dentro ou bem próxima dos muros da maioria das comus, segundo é aconselhado pelo Saber das Pedras. Os campos verdes das comus podem ser usados para agricultura ou criação de animais o tempo todo, ou podem ser mantidos como parques ou áreas não cultivadas durante as épocas não sazonais. Residências individuais costumam manter também seus próprios espaços verdes, ou jardins.

**Cebaki:** um membro da raça cebaki. Cebak foi um dia uma nação (unidade de um sistema político obsoleto antes da Era Imperial) nas Latmedianas do Sul, embora tenha sido reorganizado dentro do sistema de distritantes quando o Velho Império Sanze a conquistou séculos antes.

**Comu:** comunidade. A menor unidade sócio-política do sistema de governo imperial, geralmente correspondendo a uma cidade ou vilarejo, embora cidades muito grandes possam conter várias comus. Membros aceitos de uma comu são aqueles a quem foram concedidos direitos de cota de armazenados e proteção, e que, por sua vez, sustentam a comu através de impostos e outras contribuições.

**Comedores de pedra:** espécie humanoide senciente raramente vista cuja pele, cabelo etc. assemelham-se à pedra. Pouco se sabe sobre eles.

**Costa-forte:** uma das sete castas de uso comuns. Costas-fortes são indivíduos selecionados por sua destreza física, responsáveis por trabalhos pesados e pela segurança quando acontece uma Estação.

**Costeiro:** uma pessoa de uma comu costeira. Poucas comus costeiras têm condições de contratar Orogenes Imperiais para erguer recifes de corais ou para se proteger de outra forma contra tsunamis, então as cidades costeiras precisam sempre se reconstruir e, como consequência, tendem a ter poucos recursos. As pessoas da costa oeste do continente tendem a ser claras, de cabelo liso, e às vezes têm olhos com dobras epicânticas. As pessoas da costa leste tendem a ter a pele escura, cabelo crespo, e às vezes olhos com dobras epicânticas.

**Creche:** um lugar onde as crianças pequenas demais para trabalhar recebem cuidados enquanto os adultos realizam as tarefas necessárias na comu. Quando as circunstâncias permitem, é um local de ensino.

**Distritante:** o nível intermediário do sistema de governo imperial. Quatro comus geograficamente adjacentes formam um distritante. Cada distritante tem um governador ao qual os chefes individuais das comus se reportam, e que, por sua vez, reporta-se a um governador regional. A maior comu em um distritante é sua capital; as maiores capitais de distritante estão ligadas umas às outras por meio do sistema da Estrada Imperial.

**Equatoriais:** latitudes ao redor do equador, inclusive este, exceto as regiões costeiras. Também se refere às pessoas das comus da região equatorial. Graças ao clima temperado e à relativa estabilidade no centro da placa continental, as comus equatoriais tendem a ser prósperas e politicamente poderosas. Os equatoriais um dia formaram o centro do Velho Império Sanze.

**Estação de ligação:** a rede de estações mantida pelo Império e localizada por toda a Quietude a fim de reduzir ou acalmar eventos sísmicos. Devido à relativa raridade dos orogenes treinados pelo Fulcro, as estações de ligação se agrupam principalmente nos Equatoriais.

**Estrada Imperial:** uma das grandes inovações do velho Império Sanze, as estradas altas (rodovias elevadas para andar a pé ou a cavalo) ligam todas as principais comus e a maior parte dos grandes distritantes uns aos outros. As estradas altas foram construídas por equipes de geoneiros e Orogenes Imperiais, com os orogenes determinando o caminho mais estável em meio a áreas de atividade sísmica (ou acalmando a atividade sísmica se não houvesse um caminho estável) e os geoneiros determinando o trajeto da água e de outros recursos importantes perto da estrada para facilitar a viagem durante as Estações.

**Explosão:** um vulcão. Também chamado de montanhas de fogo em algumas línguas costeiras.

**Falha geológica:** Um lugar onde rupturas na terra criam frequentes e graves tremores e explosões são mais comuns.

**Fulcro:** uma ordem paramilitar criada pelo Velho Sanze após a Estação dos Dentes (1560 da Era Imperial). A sede do Fulcro fica em Yumenes, embora dois Fulcros satélites estejam localizados nas regiões árticas e antárticas, para uma máxima cobertura continental. Orogenes treinados pelo Fulcro (ou "Orogenes Imperiais") têm permissão legal para praticar a habilidade da orogenia que, de outra forma, é ilegal, sob estritas regras organizacionais e com supervisão atenta da ordem dos Guardiões. O Fulcro é autoadministrado e autossuficiente. Orogenes Imperiais são marcados por seus uniformes pretos e coloquialmente conhecidos como "jaquetas pretas".

**Geoneiro:** Um engenheiro que trabalha com a terra: mecanismos de energia geotermal, túneis, infraestrutura subterrânea, mineração.

**Geomesta:** pessoa que estuda a pedra e seu lugar no mundo natural; termo geral para cientista. Especificamente, geomestas estudam litologia, química e geologia, que não são consideradas disciplinas separadas na Quietude. Alguns geomestas se especializam em orogênese, o estudo da orogenia e seus efeitos.

**Grãos:** no Fulcro, crianças orogenes sem anéis que ainda estão no treinamento básico.

**Guardião:** membro de uma ordem que se diz preceder o Fulcro. Os Guardiões rastreiam, protegem, combatem e orientam os orogenes na Quietude.

**Hospedaria:** postos localizados a intervalos ao longo de todas as Estradas Imperiais e de muitas estradas secundárias. Todas as hospedarias contêm uma fonte de água e ficam perto de terras aráveis, florestas ou outros recursos úteis. Muitas delas estão localizadas em áreas de mínima atividade sísmica.

**Inovador:** uma das sete castas de uso comuns. Os Inovadores são indivíduos selecionados por sua criatividade e inteligência aplicada, responsável pela resolução de problemas técnicos e logísticos durante uma Estação.

**Kirkhusa:** um mamífero de porte médio, às vezes criado como animal de estimação ou usado para proteger as casas ou o gado. Normalmente herbívoro; durante as Estações, carnívoro.

**Latmedianas:** as latitudes "médias" do continente, aquelas entre o equador e as regiões árticas ou antárticas. Também se refere às pessoas das regiões latmedianas (às vezes chamados "latmedianos"). Essas regiões são vistas como o lugar mais atrasado da Quietude, embora produzam boa parte da comida, dos materiais e de outros recursos essenciais do mundo. Existem duas regiões latmedianas: a do norte (Latmedianas do Norte) e a do sul (Latmedianas do Sul).

**Lei Sazonal:** lei marcial que pode ser declarada por qualquer chefe de comu, governador de distritante, governador regional ou membro reconhecido da Liderança Yumenescense. Durante a Lei Sazonal, os governos distritante e regional ficam suspensos, e as comus funcionam como unidades políticas soberanas, embora a cooperação local com outras comus seja fortemente encorajada de acordo com a política imperial.

**Mela:** uma planta das latmedianas, da família dos melões dos climas equatoriais. As melas são plantas terrestres em forma de vinha que normalmente produzem as frutas acima do solo. Durante uma Estação, as frutas crescem sob o solo como tubérculos. Algumas espécies de mela produzem flores que prendem insetos.

**Meta-saber:** como a alquimia e a astromestria, uma descreditada pseudociência repudiada pela Sétima Universidade.

**Nome de comu:** o terceiro nome usado pela maioria dos cidadãos, indicando sua lealdade e seus direitos no que se refere a uma comu. Esse nome geralmente é concedido na puberdade como sinal da passagem à maioridade, indicando que uma pessoa foi considerada um membro de valor da comunidade. Aqueles que imigraram para uma comu podem solicitar adoção a essa comu; se forem aceitos, tomam o nome da comu adotiva como seu.

**Nome de uso:** o segundo nome usado pela maioria dos cidadãos, indicando a casta de uso à qual aquela pessoa pertence. Há vinte castas de uso reconhecidas, embora apenas sete sejam correntemente usadas por todo o atual e o antigo Velho Império Sanze. Uma pessoa herda o nome de uso do progenitor de mesmo sexo, com base na teoria de que traços úteis são mais facilmente passados dessa forma.

**Nova comu:** termo coloquial para comus que surgiram apenas desde a última Estação. Comus que sobreviveram a pelo menos uma Estação geralmente são vistas como lugares mais desejáveis para morar, tendo provado sua eficácia e força.

**Orogene:** pessoa que possui orogenia, quer seja treinada ou não. Forma pejorativa: rogga. (N. da T.: Para criar esse neologismo, a autora se inspirou na palavra "nigga", criada a partir de "nigger", termo usado nos Estados Unidos para se referir aos negros que foram escravizados. "Nigga" é considerada uma palavra extremamente ofensiva.)

**Orogenia:** a habilidade de manipular energia termal, cinética e formas de energia relacionadas para lidar com eventos sísmicos.

**Região:** o nível mais alto do sistema de governo imperial. Regiões imperialmente reconhecidas são as Árticas, as Latmedianas do Norte, as Costeiras do Oeste, as Costeiras do Leste, os Equatoriais, as Latmedianas do Sul e as Antárticas. Cada região tem um governador a quem todos os distritantes locais se reportam. Os governadores regionais são oficialmente nomeados pelo Imperador, embora, na prática, sejam geralmente escolhidos pela Liderança Yumenescense ou são membros dela.

**Reprodutor:** uma das sete castas de uso comuns. Reprodutores são indivíduos selecionados por sua saúde e por sua desejável constituição física. Durante uma Estação, são responsáveis pela manutenção de linhagens saudáveis e pela melhoria da comu ou da raça por meio de medidas seletivas.

**Resistente:** uma das sete castas de uso comuns. Resistentes são indivíduos escolhidos pela habilidade de sobreviver à fome e à pestilência. São responsáveis por cuidar dos enfermos e dos cadáveres durante as Estações.

**Sabedorista:** pessoa que estuda o Saber das Pedras e a história perdida.

**Sanze:** originalmente uma nação (unidade de um sistema político obsoleto, Antes da Era Imperial) nos Equatoriais; origem da raça sanzed. Ao final da Estação da Loucura (ano 7 da Era Imperial), a nação Sanze foi abolida e substituída pela Afiliação Equatorial Sanzed, consistindo em seis comus predominantemente sanzed sob o domínio da Imperatriz Verish Liderança Yumenes. A Afiliação se expandiu após a Estação, englobando por fim todas as regiões da Quietude em torno do ano 800 da Era Imperial. Mais ou menos na época da Estação dos Dentes, a Afiliação se tornou coloquialmente conhecida como o Velho Império Sanze, ou simplesmente o Velho Sanze. A partir dos Acordos Shilteen de 1850 da Era Imperial, a Afiliação oficialmente deixou de existir, já que o controle local (segundo recomendação da Liderança Yumenescense) foi considerado mais eficiente no caso de uma Estação. Na prática, a maioria das comus ainda seguem os sistemas imperiais de governo, finanças, educação e outros, e a maioria dos governadores regionais ainda pagam impostos em tributo a Yumenes.

**Sanzed:** um membro da raça sanzed. De acordo com os padrões de Reprodução Yumenescense, os sanzeds têm, idealmente, pele cor de bronze e cabelo de cinzas sopradas, com constituições mesomórficas e endomórficas e uma altura na fase adulta de no mínimo 1,80m.

**Sanze-mat:** língua falada pela raça sanze e língua oficial do Velho Império Sanze, agora língua franca da maior parte da Quietude.

**Segura:** uma bebida tradicionalmente servida em negociações, primeiros encontros entre partes potencialmente hostis e outras reuniões formais. Ela contém o leite de uma planta que reage à presença de qualquer substância estranha.

**Sem-comu:** criminosos e outros indivíduos indesejados incapazes de conquistar aceitação em qualquer comu.

**Sensuna:** consciência dos movimentos da terra. Os órgãos sensoriais que realizam essa função são os sensapinae, localizados no tronco cerebral. Forma verbal: sensar.

**Sétima Universidade:** uma faculdade famosa para o estudo de geomestria e do Saber das Pedras, atualmente financiada pelo Império e localizada na cidade equatorial de Dibars. Versões anteriores da Universidade foram mantidas pelo setor privado ou de forma coletiva; notadamente, a Terceira Universidade em Am-Elat (aproximadamente 3.000 antes da Era Imperial) foi reconhecida na época como uma nação soberana. Faculdades regionais ou distritantais menores pagam tributos à Universidade e recebem conhecimentos especializados e recursos em troca.

**Terreno quebrado:** solo que foi revolvido por atividade sísmica extrema e/ou muito recente.

**Tremor:** um movimento sísmico da terra.

# AGRADECIMENTOS

Graças a esta trilogia, eu agora tenho mais respeito por autores que escrevem sagas de milhões de palavras que abrangem cinco, sete, dez volumes ou mais. Quer vocês gostem ou não, quer comemorem ou desanimem sempre que ouvem falar delas, deixem-me dizer uma coisa: contar uma única e longa história intrincada é *difícil*, pessoal. Tenho grande respeito pelos escritores de múltiplos volumes.

E o meu muito obrigada desta vez vai para o chefe do meu emprego fixo, que me arranjou o horário flexível que me permitiu terminar este livro em um ano; à minha agente e ao meu editor, que toleraram minhas reclamações periódicas em ligações telefônicas de uma hora sobre como "está tudo completamente errado"; à publicitária da Orbit, Ellen Wright, que pacientemente tolera o fato de que eu me esqueço, bem, de lhe contar tudo (pare de verificar o e-mail de trabalho no feriado, Ellen); à colega do Altered Fluid e consultora médica Danielle Friedman, que fez uma beta-leitura à velocidade da luz em cima da hora; à colega do Fluid Kris Dikerman, que me ajudou a projetar e construir meu próprio vulcão (longa história); à Word Books, no Brooklyn, que me deixou usar seu espaço de graça para a Festa de Lançamento de Sismologia Mágica; ao meu pai, que me mandou diminuir o ritmo e respirar; às garotas do Octavia Project, que me fizeram lembrar até onde cheguei e para que é tudo isso; ao meu terapeuta; e, por fim, ao meu gato ridículo, King Ozzymandias, que parece ter aperfeiçoado a arte de pular da estante para o meu laptop exatamente quando eu preciso de uma pausa no processo de escrita.

1ª REIMPRESSÃO

Esta obra foi composta em Caslon Pro e
impressa em papel Pólen Soft 70g com capa
em Cartão Trip Suzano 250g pela Santa Marta
para Editora Morro Branco em junho de 2021